suhrkamp taschenbuch 4264

Rosie Winter ist auf dem Weg in die Südsee. Zusammen mit ihrer Freundin Jayne und einer Gruppe Tänzerinnen soll sie in diesem Juni 1943 bei den Soldaten an der Front für gute Laune sorgen. Doch das erweist sich als gar nicht so einfach: Die Überfahrt ist turbulent, die Feldbetten hart und das Essen schlecht. Außerdem stiehlt der Hollywood-Star Gilda DeVane den anderen Frauen die Show, und Rosies große Liebe Jack gilt seit Wochen als vermisst. Während Rosie zwischen Tanzeinlagen und Luftangriffen versucht, mehr über Jacks Verschwinden herauszufinden, wird Gilda bei einem ihrer Auftritte erschossen ...

Kathryn Miller Haines, aufgewachsen in San Antonio, Texas, studierte Englische Literatur und Theaterwissenschaften. Sie ist Dramatikerin, Schauspielerin und Krimiautorin. Mit Mann und Hunden lebt sie in Western Pennsylvania. Zuletzt sind von ihr erschienen: *Miss Winters Hang zum Risiko* (st 4090) und *Ein Schlachtplan für Miss Winter* (st 4166).

Kirsten Riesselmann arbeitet als Kulturjournalistin und Übersetzerin in Berlin. Sie hat u. a. Kathryn Miller Haines und Adrian McKinty aus dem Amerikanischen übertragen. Ihre Artikel erscheinen u. a. in der taz, der Spex und der Berliner Zeitung.

Kathryn Miller Haines

Miss Winter lässt nicht locker

Ein neuer Fall für Rosie Winter

Aus dem Amerikanischen von
Kirsten Riesselmann

Suhrkamp

Die amerikanische Originalausgabe erschien 2009
unter dem Titel *Winter in June*
bei HarperCollins Publishers.

Umschlagfotos:
Sie Productions/Corbis; plainpicture/Gunter Flegar

suhrkamp taschenbuch 4264
Erste Auflage 2011
Deutsche Erstausgabe

Druck: CPI – Ebner & Spiegel, Ulm
Printed in Germany
Umschlag: HAUPTMANN & KOMPANIE Werbeagentur, Zürich
ISBN 978-3-518-46264-5

1 2 3 4 5 6 – 16 15 14 13 12 11

Miss Winter lässt nicht locker

Für meine Schwester Pam,
die noch nie davor zurückgeschreckt ist,
einmal halb um die Welt zu reisen,
um zu finden, was sie sucht.

Und für Garrett,
der Grund genug für mich ist,
zuhause zu bleiben.

1 Eine kleine Reise

Mai 1943

Ich hatte gehofft, wir würden einen Bon-Voyage-Champagner bekommen. Stattdessen bekamen wir eine Leiche.

Was nicht das erste Problem war, das uns auf unserer Reise begegnete. Im Vorfeld war ich von der Regierung gepiesackt und vom Passamt gedemütigt worden, und man hatte mir so viele Schutzimpfungen verpasst, dass ich schon kein Wasser mehr zu trinken wagte – aus Angst davor, leck zu schlagen.

»Gehen Sie bitte zur Seite.«

Und jetzt standen meine beste Freundin Jayne und ich am Hafen von San Francisco in einer kilometerlangen Schlange, um an Bord der *Queen of the Ocean* zu gehen, einem ehemaligen Kreuzfahrtschiff, das die Navy einem neuen Verwendungszweck zugeführt hatte: uns zu den Kriegsschauplätzen im Pazifik zu bringen.

»Gehen Sie zur Seite, Miss.«

Ein Hafenwachtmeister, der sich über den Kai einen Weg in Richtung Schiff zu bahnen versuchte, stieß mit mir zusammen.

»Was schubsen Sie denn so?« Mir taten die Füße weh, ich hatte schlechte Laune und jetzt schon die Nase voll davon, wie die Militärs vorgaben, wer gut behandelt wurde und wer nicht. Der Wachmann machte sich gar nicht erst die Mühe, mir zu antworten. Er war bereits der Dritte, der mit versteinerter Miene an uns vorbeigerauscht war. Die Sonne brannte auf uns herunter, aber die Luft war kühl, es blies eine frische Brise. Dummerweise hatten wir uns im Zug umgezogen und Sommerkleider übergestreift, und ich stellte fest, dass ich mich nach meiner wollenen Strickjacke sehnte.

»Wie lange stehen wir jetzt schon hier?«, fragte Jayne. Seit fast einer Stunde waren wir keinen Zentimeter vorangekommen. Ich fragte mich bereits, ob das Ganze vielleicht eine militärische Übung war, die unsere Fähigkeit, stundenlang auf einem Fleck zu stehen, auf die Probe stellen sollte – sicher eine nützliche Fertigkeit, falls der Feind sich entschließen sollte, unsere Truppen mit attraktiven Krediten zu bombardieren. »Wenn ich mich nicht bald hinsetzen kann, kippe ich um, das versprech' ich dir«, sagte Jayne.

Weitere Soldaten und Matrosen reihten sich hinter uns in die Schlange ein. Ich kann nicht behaupten, dass mir gefiel, was ich sah. Diese Jungs waren so jung, dass mindestens die Hälfte von ihnen sich noch nicht zu rasieren brauchte – darauf hätte ich meinen rechten Arm verwettet. Sie ließen Kaugummiblasen platzen, erzählten Witze und blätterten ihre Comics mit einer Hand um, weil sie mit der anderen ihre Taschen schleppen mussten. Vielleicht versuchten sie, sich von den kriegerischen Heldentaten von Mandrake dem Zauberer und Joe Palooka inspirieren zu lassen. Immerhin hatte man den beiden Geschichten auf den Leib geschrieben, in denen sie zur Armee gingen, um gegen die Nazis zu kämpfen, was nur recht und billig war. Oder waren solche Storys für die Soldaten doch zu nah dran am echten Leben? Vielleicht mochten sie Superman lieber, der nie die Möglichkeit bekommen würde, die amerikanische Uniform anzulegen. Er war wegen mangelnder Sehkraft ausgemustert worden – wahrscheinlich wusste der Verlag, wie unfair es wäre, den Mann aus Stahl im Kampfeinsatz zu zeigen, während die Jungs, die ihn verehrten, nicht über dieselben Superkräfte verfügten.

Jemand tippte mir auf die Schulter. Als ich mich umdrehte, sah ich einen hübschen Jungen, der erwartungsvoll auf mich herunterblickte. Die weiße Matrosenmütze hatte er so weit zurückgeschoben, dass er gegen die Sonne anblinzeln musste. »Stimmt es, dass sie eine Leiche gefunden haben?«

»Was?« Wenn das seine Art war, mit mir anzubandeln, musste er noch viel lernen.

»Es hört sich so an, als hätten sie eine tote Frau im Wasser gefunden.«

»Ja, das stimmt«, sagte ein Kamerad, der nicht zur Gruppe des Ersten gehörte. Er trug eine Marineuniform und hatte ein Milchgesicht. »Sie ist immer noch da unten. Sie versuchen, sie unterm Pier herauszufischen.«

»Ja«, sagte ein Freund von ihm, der mit seinem hellblonden Bürstenhaarschnitt in der Sonne fast glatzköpfig aussah. »Sie soll erschossen worden sein. Die Hafenpolizei durchkämmt in dieser Minute das ganze Schiff.«

Ich trat aus der Schlange, ließ meinen Blick über den Hafen schweifen und suchte nach einem Beleg für das, was sie gesagt hatten. Überall waren Menschen – insgesamt vielleicht zwanzigtausend, und alle mit dem Ausdruck im Gesicht, als seien sie gerade unabkömmlich. Neben den tausenden auf dem Kai herumwuselnden Männern und Frauen, die von hier in ihnen unbekannte Gefilde aufbrechen würden, standen tonnenweise Lebensmittel, Verpflegung und Munition – alles »Made in America« für die Truppen in Übersee. Auf riesigen Paletten warteten Milch- und Eipulver auf die Verladung. In eilig aufgebauten Kabinen wurden Soldaten in letzter Sekunde geimpft. Diejenigen, die noch keinen Einberufungsbefehl erhalten hatten und die Zeit bis zur Order absitzen mussten, wurden an Informationsständen in örtliche Hotels oder andere Vergnügungsetablissements dirigiert.

Und dann sah ich sie. Mit dem Gesicht nach unten im Wasser. Ihre Kleidung, die um ihre Aufgabe gebracht war, blähte sich um sie herum auf und sah aus, als wollte sie jeden Augenblick die Flucht ergreifen. Wenn ich nicht gewusst hätte, wonach ich suchte, hätte ich sie wahrscheinlich für eine im Hafenbecken dümpelnde, weggeworfene Puppe gehalten. Neben ihr schaukelte ein Motorboot, und der von ihm verursachte Wellengang erweckte für einen Augenblick den Anschein, sie wäre noch am Leben. Der Mann im Boot versuchte, ihren Rock mit etwas, das nach einem großen Haken aussah, zu fassen zu kriegen und sie zu sich heranzuziehen.

»Oh Gott«, sagte Jayne, »wie schrecklich.«

Als ihr Körper zum Boot gezogen wurde, drehte sich die tote Frau auf den Rücken. Lange blonde Ringellocken lagen wie ein Strahlenkranz um ihren Kopf – so würde ein Kind die Sonne malen. Obwohl wir weit weg standen, konnte ich sehen, dass ihre Augen geöffnet waren und immer noch Zeugnis ablegten von ihren entsetzlichen letzten Augenblicken.

Jayne griff meinen Arm und versuchte, mich zurück in die Schlange zu ziehen. »Kuck nicht hin«, sagte sie. »Und denk nicht weiter dran.«

Ich versuchte, ihr zu gehorchen, aber die Frau im

Wasser hatte mich in ihren Bann geschlagen. Sie kam mir bekannt vor. Vielleicht war mir das Antlitz des Todes aber auch derart vertraut, dass ich sie nur zu kennen glaubte. Der Tod schaffte es ja immer ganz gut, in meiner Nähe zu bleiben.

Der Junge mit dem blonden Bürstenhaarschnitt kam zu uns, schaute ebenfalls hinab und stieß einen leisen Pfiff aus. »Jetzt ist aber genug – so etwas sollten sich Damen doch nicht ansehen.« Er griff nach unseren Händen und zog uns zurück in die Reihe. Beim Loslassen musterte er uns von Kopf bis Fuß. Zweifelsohne versuchte er sich einen Reim darauf zu machen, warum wir uns anstellten, um an Bord eines Kriegsschiffs zu gehen, ohne eine Uniform zu tragen. »Sie sind nicht beim Women's Army Corps, oder?«

»Nein«, sagte Jayne, »wir sind Schauspielerinnen.«

Er runzelte die Stirn. Unsere Rolle im Krieg war ihm offensichtlich nicht sofort klar.

»Wir machen bei den USO-Camp-Shows mit«, sagte Jayne.

»Wohin soll's denn gehen?«

»Auf die Salomonen«, erläuterte ich. »Wir machen die Fronttournee.«

Er wandte sich wieder an seine Freunde. »Wow, Leute, die Mädels hier sind von der USO.«

Sofort schob uns einer seinen Koffer hin und drehte ihn so, dass wir eine Bank zum Sitzen hatten. Unser eigenes Gepäck – auf Anordnung der United Service Organizations nur vierundzwanzig Kilo schwer – war bei einem Gepäckträger, der versprochen hatte, es aufs Schiff zu bringen, bevor wir den Hafen verließen.

Die Männer bombardierten Jayne mit Fragen, wollten

wissen, wen wir kannten, wo wir schon aufgetreten waren und ob sie uns schon mal irgendwo gesehen haben könnten. Jayne zählte eine ganze Reihe unbedeutender Theaterstücke, C-Prominenter und New Yorker Bezirke auf, von denen die meisten noch nie gehört hatten. Ich mischte mich nicht ein. In Gedanken war ich im Wasser und paddelte wie ein Hund, um bei der Leiche zu bleiben.

Warum kam sie mir so bekannt vor? Ich trat erneut aus der Schlange ans Hafengeländer, um das im Wasser treibende Mädchen zu betrachten. Sie war nicht mehr da. Obgleich es nicht mehr zu sehen war, konnte ich noch das Tuckern des Motorboots hören, das zum Anleger zurückfuhr. Schon ließ sich auch eine jammernde Sirene vernehmen, die schnell lauter wurde, als ein Krankenwagen in einer Kakophonie aus Lärm und Blaulicht auf den Kai gefahren kam. Die Sanitäter sprangen aus dem Führerhaus und zogen eine Bahre hinten aus dem Wagen. Sie bewegten sich zu schnell. Vielleicht wussten sie noch nicht, dass sie bereits tot war. Oder sie hatten Anweisung bekommen, den Leichnam zu bergen, bevor er noch mehr Aufsehen erregte. Schließlich wollte niemand, dass Soldaten an den Tod denken mussten.

Irgendwann ging den Jungs der Gesprächsstoff aus, und Jayne ersetzte die angelegentliche Plauderei durch die Zeitschriften, die sie als Reiselektüre eingepackt hatte. Während ich nach der Bahre auf dem Rückweg Ausschau hielt, blätterte sie durch eine Ausgabe der *Photoplay*.

»Unglaublich!« Ihre Stimme riss mich aus den Gedanken. Ich ging zurück zur Schlange und fand sie mit gerunzelter Stirn über dem Foto einer Frau in einem derart eng sitzenden schwarzen Samtkleid, dass ihre Vorderfront auf eine zweite Seite überquoll.

»Was ist?«, fragte ich.

»Wusstest du, dass MGM Gilda DeVane fallengelassen hat?«

Ich setzte mich neben sie und richtete meine Aufmerksamkeit zu gleichen Teilen auf sie und die heulende Sirene. »Nein. Aber ich würde wetten, dass Gilda DeVane nichts über die im Hafen treibende Tote weiß.« Gilda DeVane war der Inbegriff eines Hollywood-Stars. Sie hatte mit Musikkomödien angefangen, aber irgendjemand irgendwo hatte gemerkt, dass sie darin fürchterlich fehlbesetzt war, und ihr geholfen, sich ihren heutigen Ruf als ultimative Femme Fatale zu machen. Sie sah unglaublich gut aus – grüne Augen, blonde Haare, perfekte Figur – und gab einem mit jedem ihrer Leinwandauftritte das Gefühl, selbst etwas falsch zu machen. Immer spielte sie harte Frauen, die böse Dinge taten, gegen Ende der letzten Rolle Zelluloids aber ihr Fehlverhalten einsahen. Falls man den Magazinen Glauben schenken durfte, war Gilda auch im echten Leben genau wie ihre Leinwandfiguren – ohne die schlussendliche Wendung zum Guten allerdings. Sie verschliss die Männer nur so, war zwei Mal verheiratet und mindestens sechs Mal verlobt gewesen, und wenn in den Boulevardheftchen ein Gerücht ohne Nennung eines Namens in die Welt gesetzt wurde, ging es meistens um sie. Ihr neuester Geliebter war Van Lauer, ein noch unbekanntes Gesicht, der aber von allen für den nächsten Tyrone Power gehalten wurde. Ein gut aussehender Junge mit einiger Schauspielerfahrung. Und einer Ehefrau.

»Man hat ihr auf jeden Fall den Vertrag gekündigt, ohne dasselbe auch mit Van Lauer zu machen«, sagte Jayne.

»Warum sollte er auch noch rausgeworfen werden?«

Jayne seufzte und gab sich keine Mühe, ihr Missfallen ob meiner Unwissenheit zu verbergen. Für sie las ich eindeutig nicht die richtigen Dinge. »Weil sie beide zu spät zu den Dreharbeiten erschienen sind. Das stand doch in allen Zeitungen.«

»Nicht in denen, die ich gelesen habe.« Über ihre Schulter gebeugt überflog ich den Artikel. Tatsächlich hatten Metro Goldwyn Mayer vor einem Monat ihren größten weiblichen Star gehen lassen. Der Autor vermutete, dass die Beziehung zwischen DeVane und Lauer der Grund für ihren Rausschmiss war, obwohl das Verhältnis zwischen den beiden laut Gerüchteküche auch schon wieder Schnee von gestern war. »Warum haben sie denn dann Lauer nicht gefeuert?« fragte ich. »Immerhin ist er doch derjenige mit der Frau und dem Skandal. Und mittlerweile müssten sie doch wissen, dass sie bei Gilda mit so was zu rechnen haben.«

Jayne zuckte mit den Schultern. »Frag mich nicht.« Die wahrscheinlichste Antwort war, dass mit Lauer mehr Geld zu verdienen war – oder dass jemand bei MGM zumindest daran glaubte. Gilda war auf dem absteigenden Ast, weswegen man sich, statt vor ihr den Kotau zu machen, seinen Wünschen gefügt und ihr die Tür gewiesen hatte, als die Affäre in den Zeitungen landete. Die Verlogenheit von Hollywood war einer der vielen Gründe, warum ich fest vorhatte, in New York zu bleiben. Nun ja – ein bisschen auch, weil Hollywood kein Interesse an mir zeigte. »Ich hoffe, Twentieth Century

Fox macht mit ihr einen größeren und besseren Deal«, sagte Jayne und blätterte auf die nächste Seite, wo der schmucke Van Lauer in einer Air Force-Uniform abgebildet war.

Ich schob die Zeitschrift von mir. »Ist das nicht wieder typisch? Er darf den Helden spielen, während sie als Hure ihres Weges ziehen muss.« Aus seiner Sicht sicher ein geschickterer Schachzug, als sich nur auf die Schauspielkarriere zu konzentrieren. Ich hatte erst letztens gehört, dass die Oscar-Statue wegen der kriegsbedingten Kontingentierung überarbeitet werden sollte. Anstatt aus Metall sollte sie jetzt aus Gips gemacht werden – eine interessante Metapher für die Art und Weise, wie der Krieg sogar Hollywood veränderte. Es reichte nicht mehr, schauspielerisch begabt zu sein. Die amerikanische Öffentlichkeit hatte schließlich bemerkt, dass Schauspieler selbst nicht viel mehr als bemalter Gips waren, und wollte jetzt echte, für unser aller Freiheit kämpfende Helden und keinen – angeblich ausgemusterten – Errol Flynn, der ihr im Kino etwas vorspielte. Was für alle bisherigen Leinwandhelden bedeutete: Wer weiter für wichtig erachtet werden wollte, hatte sich in Form zu bringen und aufs Schiff zu gehen.

Sich als Soldat zu verpflichten war ein brillanter Schachzug von Lauer. Der Krieg hatte eine Menge Schrecken zur Folge, war aber auch zu einer öffentlichkeitswirksamen Chance für tausende von Karrieren geworden, die etwas Anschub brauchten. Egal, was für ein fieser Geselle man war – man musste nichts weiter tun als zur Armee zu gehen, Kriegsanleihen zu kaufen oder einem Krankenhaus voller Veteranen einen Besuch abzustatten, und schon hatte die Öffentlichkeit vergessen, mit welchen Missetaten man vorher in Verbindung gebracht worden war. Eine Möglichkeit, die nicht nur Hollywood-Stars offen stand. Als Charles Lindbergh in die Uniform stieg und für die Alliierten in den Kampf zog, vergaß die amerikanische Öffentlichkeit schließlich auch recht schnell, dass er vorher die Nazis unterstützt hatte. Der Krieg konnte alle von ihren Sünden lossprechen. Vielleicht sogar Mörder.

Die Rettungssanitäter kamen vom Kai zurück. Der Leichnam war auf der Bahre festgezurrt und mit einem weißen Tuch bedeckt worden, das in der Brise flatterte. Eine Hand allerdings hatte sich gelöst, hing schlaff herab und schwang vor und zurück, als die Männer über die unebenen Bohlen gingen. Die Fingernägel der Frau waren Victory-Rot lackiert, und wegen der leuchtenden Farbe vor ihrer bleichen Haut sah es für einen Augenblick so aus, als ob ihr Blut von der Hand tropfte.

Der Krankenwagen fuhr weg, und die Hafenpolizei kam vom Schiff. Falls sie den Täter gefunden hatten, machten sie sich nicht die Mühe, ihn mitzubringen. »Gehen Sie weiter«, rief jemand dem Kopf der Schlange zu, und plötzlich ging es Stück für Stück voran. Jayne und ich standen auf, ganz erpicht darauf, aufs Schiff und aus der Sonne zu kommen. Schnell traten wir vom Pflaster auf den Landungssteg.

»Jetzt geht's los«, sagte Jayne.

»Jetzt geht's los«, echote ich und schloss in der Tasche die Hand um ein Foto, das ich kurz vor unserer Abreise aus New York eingesteckt hatte. Es war ein Bild von meinem Ex-Freund Jack, dem Grund für dieses irrsinnige Unterfangen. Auf dem Foto trug er noch keine Uniform, war noch der Jack vor dem Krieg, auf den Lippen ein Schauspielerlächeln, das für ein Stück warb, in dem er mitspielte. Als er mir den Abzug des Bildes gegeben hatte, hatte ich ihn in einer Schublade verstaut, weil ich es komisch fand, eine Art Erinnerungsstück von jemandem zu bekommen, den ich täglich sah. Vielleicht war er aber doch vorausschauender gewesen, als ich ihm zugetraut hatte.

Als ich mich noch einmal umdrehte, sah ich, wie Soldaten und Matrosen Familienmitglieder umarmten, die gekommen waren, um sich zu verabschieden. Jeder Abschied brach mir ein bisschen das Herz: Mütter, die sich die Gesichter ihrer Söhne einprägten, Frauen, die um einen noch ein bisschen länger währenden Kuss bettelten, und Kinder, die jene Tränen vergossen, die die Erwachsenen runterzuschlucken versuchten.

»Jetzt gibt's kein Zurück mehr«, sagte Jayne.

Ich war mir nicht sicher, ob sie uns oder die anderen meinte, ging aber von Ersterem aus.

»Nein. Kein Zurück mehr.« Ich hatte die letzten vierundzwanzig Stunden nicht mehr geschlafen und merkte, wie das Adrenalin, das mich bislang bei der Stange gehalten hatte, langsam zur Neige ging. Was danach kommen würde, konnte ich mir denken. Die manische Energie, die ich aufgebracht hatte, um uns hierher zu bringen, würde versiegen, und an ihre Stelle würde der Strom der Gefühle treten, die ich seit Tagen zu unterdrücken versuchte. Wir waren dabei, aus Amerika wegzugehen. Wir ließen Karrieren hinter uns, die gerade erst Fahrt aufgenommen hatten, und ein Zimmer im Wohnheim, das nicht unter allen Umständen für uns frei gehalten würde. Wir verließen enge Freundinnen, noch innigere Feindinnen und einen Kater, der mich durchschaut hatte. Wir verließen alles Vertraute und fuhren in ein fremdes Land, mit einem Vorhaben, das im besten Falle unklug war.

»Glaubst du, wir machen etwas falsch?«, fragte ich.

Diese Frage hatte ich bislang noch gar mit ihr besprochen. Jayne war die Art Freundin, die auf den Vorschlag, auf der Suche nach einem vermissten Ex-Freund in die Südsee zu reisen, mit der Gegenfrage »Was soll ich einpacken?« reagierte. Nie würde ihr in den Sinn kommen, mich deswegen für völlig von der Rolle zu erklären. Wenn sie mich andersherum mit ähnlichen Plänen konfrontiert hätte, wäre auch ich sofort zur Stelle gewesen – zumindest bildete ich mir das ein. Noch waren die Grenzen meiner Freundschaft nicht so weit strapaziert worden.

Jayne drückte meine Hand. »Wir machen nichts falsch, wir erleben ein Abenteuer.«

Auf dem Pier hinter uns hob ein Matrose sein Mädchen in die Höhe und drehte sich mit ihr im Kreis. Er ging nicht auf ein Schiff nach irgendwo, sondern kam auf Urlaub nach Hause, gesund und munter, aus irgendeiner Hölle dieser Erde, wo er stationiert gewesen war. Die Gesichter der beiden barsten fast vor Freude. Es war kein schön anzusehendes Glück. Sie schienen panisch nacheinander zu greifen, als ob der Boden, auf dem sie standen, Treibsand wäre.

»Wir finden ihn«, sagte Jayne.

»Versprochen?«, fragte ich.

»Großes Indianerehrenwort.«

Das war keine allzu große Garantie, aber ich musste trotzdem lächeln.

2 Unter Seglern

Eine Stunde später bekamen wir von einem übereifrigen Matrosen namens Carson Dodger eine Führung durchs Schiff. Kurz bevor wir an Bord gegangen waren, hatte er uns aus der Schlange gefischt und gesagt, man habe sich Sorgen um uns gemacht. Wir seien die Letzten aus unserer Tourneetruppe – ob wir denn nicht gewusst hätten, dass wir uns nicht mit den ganzen anderen armen Würstchen hätten anstellen müssen?

»Muss uns entfallen sein«, sagte ich.

Carson war so groß wie ich und pummelig. An seinem Körper zeigte sich, was passiert, wenn man unterbeschäftigt zu viel Zeit auf See verbringt. Er hatte ein stets leutseliges Gesicht, obwohl mir bei genauerer Betrachtung auffiel, dass das weniger an seiner Zufriedenheit lag als an der Tatsache, dass er fett und sonnenverbrannt war.

»War da wirklich eine Frauenleiche im Wasser?«, fragte ihn Jayne. Die Kunst des Dummchen-Spielens beherrschte sie meisterhaft.

»Ja, Ma'am«, sagte er. »Sieht so aus, als ob sie erschossen und vom Pier gestoßen wurde.«

»Hat man den Täter schon geschnappt?«, fragte ich.

»Noch nicht, aber bald. Man geht davon aus, dass er sich auf eines der Schiffe geschlichen hat, weswegen sich hier eine ganze Zeit lang nichts vor und zurück bewegt hat.«

»Woher wissen Sie, dass es ein ›er‹ war?«, fragte ich.

»Nur geraten, Ma'am, aber so was würde eine Dame doch sicher nicht machen.«

Junge, Junge, der hatte noch eine ganze Menge über Frauen zu lernen.

»Ich kann Ihnen allerdings garantieren«, sagte Carson, »dass Sie an Bord der *Queen of the Ocean* absolut sicher sind.«

Ein allzu großer Trost war mir das nicht. Immerhin hatte die *Queen of the Ocean* die Größe von zwei Fußballfeldern. Man konnte sie in zwei Stunden unmöglich bis auf den letzten Winkel durchsucht haben.

Ich sparte mir, auf dem Thema herumzureiten. Während Carson weiter über die Sicherheit an Bord salbaderte, machte ich mir ein Bild von der Lage. Vor dem Krieg war die *Queen of the Ocean* ein Luxuskreuzfahrtschiff gewesen, das Schickimickis von Kalifornien nach Hawaii geschippert und währenddessen mit Speisen der Spitzenklasse, Unterhaltung erster Sahne und großzügigster Ausstattung verwöhnt hatte. Nach Pearl Harbor hatte sich die Navy das Schiff unter den Nagel gerissen, die Speisen durch Armeefraß und die Unterhaltung durch ein verstimmtes Klavier ersetzt sowie die Schotten olivgrün gestrichen, so dass sich in den übrig gebliebenen Kronleuchtern nur noch die Trostlosigkeit eines Feldlagers spiegelte.

Carson führte uns in einen ehemaligen Ballsaal, der jetzt zu einer der Kantinen geworden war, die unsere Mitreisenden verpflegen sollten. Die einzigen Relikte seiner einstigen Bestimmung waren vergoldete Wandpaneele, Marmorböden und ein paar vereinzelt herumstehende Ledersessel. Aber es wartete kein Essen auf uns, nur zwei miteinander plaudernde Frauen saßen in dem weitläufigen, leeren Saal.

Als wir näher kamen, unterbrachen sie ihr Gespräch

und musterten uns, als ob wir zwei zur Auktion stehende Ponys wären.

»Hallo«, sagte ich. »Ich bin Rosie Winter, und das ist Jayne Hamilton.«

Die Frau links stand auf und gab uns die Hand. »Ich heiße Violet Lancaster.« Sie hatte ein rechteckiges Gesicht und so kleine blaue Augen, dass es aussah, als würde sie schielen. Die blonden Haare hatte sie sich in einem schlecht beratenen Versuch, Betty Huttons Frisur nachzuahmen, in fette Wurstlocken gelegt und auf den Kopf getürmt. Das Make-up war unbeholfen aufgetragen – zwischen ihrer Gesichts- und ihrer Halsfarbe gab es einen deutlichen Unterschied. Hätte sie ihre Haare offen getragen und einige Schichten Make-up heruntergemeißelt, wäre sie vermutlich gar nicht so unattraktiv gewesen, aber so hätte sie auch beim Zirkus auftreten können.

»Ich bin Kay Thorpe«, sagte die andere und gab uns die Hand. Ihr Erscheinungsbild ähnelte auf bedauernswerte Weise dem eines Pferdes. Auf ihrem lang gestreckten, kräftigen Körper thronte ein von einem derartigen Zinken beherrschtes Gesicht, dass sie selbst Cyrano in den Schatten gestellt hätte, und auf ihre riesigen Zähne hätte man mühelos Kinofilme projizieren können. Wenn sie sprach, sah sie alles andere an, nur nicht ihren Gesprächspartner. Zuerst hielt ich sie für unhöflich, aber dann wurde mir schnell klar, dass sie einfach nur schüchtern war. Na toll: eine schüchterne Bühnenkünstlerin. Das würde ungefähr so hilfreich sein wie ein blinder Busfahrer.

»Habt ihr von der Leiche gehört?«, fragte Jayne.

»Gehört ist gut – ich war schon da, als der Schuss

fiel«, sagte Violet. Sie hatte einen Südstaaten-Akzent, dem man anmerkte, dass sie ihn normalerweise unterdrückte und nur dann herausrollte, wenn er ihre vornehme Herkunft und Andersartigkeit unterstreichen sollte.

»Du hast den Mörder gesehen?«, fragte ich.

»Nein, ich habe den Schuss gehört. Ich hätte mir vor Schreck fast in die Hosen gemacht.«

Was nicht einfach gewesen wäre, denn sie trug einen Rock. »Aber mehr hast du nicht mitgekriegt?«, fragte ich.

»Doch, einen Schrei. Und ein Platschen.«

»Hast du das der Polizei erzählt?«

Violet reckte den Kopf, als wäre allein schon die Frage ein Affront. »Natürlich.«

»Wer ist denn die Tote?«, fragte Jayne.

»Ich glaube, das wissen sie noch nicht«, sagte Kay, unverwandt an die Decke starrend. Sollte ich jemals von ihr bei einem Verbrechen ertappt werden, würde ich zu gern sehen, wie sie mich bei einer Gegenüberstellung identifizieren wollte.

»Hoffentlich niemand, der mit uns auf Tournee gehen sollte«, sagte Jayne. »Könnt ihr euch vorstellen, wie scheußlich das wäre?«

Und wie typisch. Im letzten Jahr waren gleich zwei Bekannte von mir umgebracht worden. Wäre ich ein prominentes Mitglied der Unterwelt, hätte ich solche Schicksalsschläge ja noch nachvollziehen können, aber ich war doch nur eine Schauspielerin, verdammt noch mal. Das Schlimmste, was Leuten wie mir passieren sollte, waren Ablehnung und Zurückweisung. Und kellnern müssen.

»Oh, keine Sorge«, sagte Violet. »Sie war keine von uns. Unsere Nummer fünf hat man bereits sicher in der Kapitänskajüte weggeschlossen.«

»Womit hat sie das denn verdient?«, fragte ich.

Violet ließ sich wieder auf dem Sessel nieder und schlug die Beine übereinander. »Willst du damit sagen, du weißt es noch nicht?« Ich schüttelte den Kopf. »Oh, das ist ja der Hammer. Haltet euch fest, Mädels. Wir sind nicht einfach nur fünf unbekannte Schauspielerinnen, die in die Südsee fahren – wir haben einen Star unter uns. Gilda DeVane hat sich unserer kleinen Truppe angeschlossen.«

»Gilda DeVane?«, fragte Jayne. »Echt?«

Violet beugte sich vor und sprach so leise weiter, als ob die Klatschreporterinnen Louella Parsons und Hedda Hopper mit gezückten Stiften im Hintergrund lauerten. »Es ist alles noch streng geheim, aber ein Freund von einem Freund von mir hat die ganze Tournee zusammengestellt, und er hat erzählt, dass Gilda noch im letzten Moment angeheuert hat. Kay hat vorhin gesehen, wie sie an Bord gegangen ist. Oder, Kay?«

Kay nickte. »Man hat sie in Windeseile zur Kapitänskajüte gebracht, noch vor der Durchsuchung des Schiffs.«

»Der Rest von uns scheint offensichtlich nicht ganz so unverzichtbar zu sein«, sagte Violet.

»Warum sollte Gilda DeVane in den Südpazifik fahren?«, fragte ich. »Ich dachte immer, die großen Namen kommen nach Europa.«

Violet grinste, was ihr Schielen doppelt so heftig wirken ließ. »Diejenigen, die nichts mehr zu verlieren haben, fahren mit Vorliebe dahin, wo die wüstesten Kämpfe toben. Das bringt die fettesten Schlagzeilen.«

Ich begriff, was sie sagen wollte. Gilda versuchte dasselbe wie Van Lauer, hatte sich aber, anstatt zum Militär zu gehen und einen schicken, privilegierten Einsatzbefehl zu bekommen, dafür entschieden, in eine Gefahrenzone zu reisen, damit die Öffentlichkeit dabei zusehen konnte, wie sie bei der Unterstützung der Truppen ihr Leben aufs Spiel setzte.

»Sie ist cleverer, als ich dachte«, sagte Violet. »Sie muss die Leute dazu bringen, sich wieder für sie zu interessieren. Blitzlichtgewitter und Sexgeschichten tun's nicht mehr. Aber MGM wird sich um sie reißen, wenn sie das hier abgehakt hat, da bin ich mir sicher. Wenn sie's schlau anstellt, bringt sie alle Soldaten, die ihr auf der Tournee über den Weg laufen, dazu, sich beim Studio schriftlich für sie ins Zeug zu legen. Zu einer Heldin kann niemand nein sagen.« *Falls* Gilda es wirklich genauso plante. Jetzt, nachdem MGM sie gefeuert hatte, würde alles, was sie tat, unausweichlich als Versuch interpretiert, ihre Karriere noch mal neu zu zünden. Beharrlich würden manche alles, was sie unternahm, nur ihrer Jagd nach einem Vertrag zuschreiben – sogar wenn es ohne diese Absicht geschah. »Wie auch immer«, sagte Violet. »Die schlechte Nachricht ist: Wegen Gilda rücken wir alle auf die hinteren Bänke. Und die gute: Das Wetter da unten soll schön sein.«

Wenn ich nicht gerade darüber nachgrübelte, wie ich etwas über Jacks Verbleib herausfinden sollte, verklärte ich in Gedanken meine Rolle bei den USO-Shows. Ich stellte mir vor, wie ich zum gefeierten Star wurde, als der Typ Mädchen, wegen dem die Männer sich schon Stunden vorher in die Schlange stellten. Die Wochenschau würde über mich berichten, mein Gesicht wäre auf allen Plakaten, und die Regisseure zuhause würden sich noch vor meiner Rückkehr darum prügeln, mit mir Gespräche führen zu dürfen. Natürlich würde ich etwas Gutes tun, aber ich würde gleichzeitig auch mein berufliches Fortkommen sichern.

Die Vorstellung, es wäre längst beschlossene Sache, dass wir auf der Tournee nur Nebenrollen zu spielen hatten, gefiel mir gar nicht. Zurückgestuft zu werden, weil jemand mehr Talent hatte als ich, machte mir nichts aus, aber in den Hintergrund treten zu müssen, nur weil jemand berühmter war als ich? Diese Erfahrung hatte ich schon einmal machen dürfen – und sie wurmte mich immer noch.

Bevor ich den anderen mein Unbehagen mitteilen konnte, öffneten sich die Türen des Ballsaals und das fünfte Gruppenmitglied rauschte in einer Wolke aus Stoff und Parfüm heran.

Wir alle begafften ihren Auftritt. Gilda DeVane beherrschte einen Raum nicht einfach nur, wenn sie ihn betrat. Man war vielmehr sofort davon überzeugt, dass es auch in ihrer Macht stand, mit einem Fingerschnipsen die Wände zum Verschwinden zu bringen. Obwohl sie in ihren imposant hochhackigen Schuhen kleiner war, als ich gedacht hatte. Trotz der geringen Körpergröße hatte sie üppige Stundenglas-Kurven, die im Vergleich sogar Jayne wie Shirley Temple aussehen ließen. Das lange, gewellte honigblonde Haar rahmte ihr Gesicht so, dass man den Eindruck hatte, sie immer nur im Profil zu betrachten. Und die großen, grünen Schlafzimmerblick-Augen deuteten an, dass sie gerade etwas Ungehöriges getan hatte, dem sie einfach nicht hatte widerstehen können.

Ab der ersten Sekunde konnte ich den Blick nicht von ihr wenden. Wie die Leiche im Wasser schlug sie mich in eine Art Bann.

Nach ein paar Schritten auf uns zu blieb sie stehen, das eine Bein leicht vor dem anderen. Der Trick eines Filmstars. Sie kannte ihre Schokoladenseite und beutete sie so oft wie möglich aus.

»Und das ist die Gruppe?« Ihre leise, melodische Stimme brachte einen dazu, sich vorzubeugen, damit man bloß nichts Wichtiges verpasste.

Befangen standen wir auf, um uns vorzustellen. Sie überwand die restlichen Meter und schüttelte jeder von uns die Hand. Ihre war weich und hinterließ einen Lavendelduft auf meiner Pranke.

»Wie reizend, euch alle kennenzulernen.« Sie stellte eine braune Lederhandtasche auf den Tisch, die weder zu ihren Schuhen noch zum Rest ihrer Garderobe passte. Aber was spielte das schon für eine Rolle. Nur aufgrund der Tatsache, dass sie Gilda gehörte, hinterließ sie bei mir den Eindruck des perfekten Accessoires. »So, wie dieser Tag begonnen hat, dachte ich schon, die ganze Reise wird abgeblasen. Als ich von der Frau im Wasser hörte, hatte ich Angst, es könnte sich um eins meiner Mädchen handeln. Unvorstellbar, wie entsetzlich das gewesen wäre.«

Wir murmelten unisono, es wäre wirklich furchtbar gewesen. Das war Gildas Zauber: Man hielt jeden ihrer Gedanken für originell, auch wenn man dieselbe Idee nur ein paar Augenblicke vorher selbst gehabt hatte.

Sie zog einen Sessel heran und setzte sich uns gegenüber. »Sie soll keinerlei Ausweise bei sich gehabt haben. Hoffentlich lässt sich ihre Identität noch feststellen. Armes Ding.« Ihr gedankenvoller Gesichtsausdruck hellte sich von jetzt auf gleich sehr stark auf. »Aber es hilft nichts, wir müssen jetzt nach vorne schauen. Ich bin schon ganz gespannt, alles über euch zu erfahren. Erzählt doch mal, wo ihr herkommt und was ihr so macht.«

Eine nach der anderen listeten wir unsere Heimatstädte und unsere bisherigen beruflichen Erfolge auf. Sie zeigte sich beeindruckt von Jaynes und meinem Theaterhintergrund, aber es ist sehr gut möglich, dass sie nur höflich sein wollte.

»Ich wohne seit neuestem in Hollywood«, sagte Kay. »Ich bin erst seit ein paar Monaten da und versuche, als Sängerin Fuß zu fassen. Auf das Gelände eines Filmstudios habe ich mich bislang noch nicht getraut.« Ihre Ausführungen richtete sie an ihren Schoß und den Fußboden.

Anstatt sie darauf anzusprechen, tätschelte Gilda ihr sanft das Knie. »Schon wenn man dich reden hört, ist klar, dass du eine wunderbare Singstimme hast.«

»Wirklich?« Kay sah zu ihr hoch und lächelte. Komplimente war sie nicht gewohnt.

»Und was für schöne Augen du hast«, sagte Gilda. »Die Männer werden in Schwierigkeiten stecken, sobald sie dich nur ansehen.«

Kay errötete, schaute aber nicht wieder zu Boden.

»Und du, Violet?«, fragte Gilda. »Was hat dich hierher verschlagen?«

»Das hier ist schon meine zweite Tournee mit der USO.« Vielleicht lag ich falsch, aber Violet schien von Gilda nicht im Entferntesten so eingenommen zu sein wie wir anderen. Etwas in ihren Äuglein verriet, dass sie sich von Gildas Charmeoffensive nicht so schnell würde entwaffnen lassen.

»Wirklich? Oh, dann kannst du uns sicher eine Menge beibringen. Bist du auch Sängerin, wie Kay?«

»Nein. Ich bin Komikerin, obwohl ich als Schauspielerin angefangen habe. Ich hatte eine Zeit lang einen Vertrag bei MGM. Bis der Krieg ausgebrochen ist. Als die Arbeit knapp wurde, habe ich beschlossen, mit auf Tournee zu gehen.« Ihre Stakkato-Sätze schrien nach einer Unterbrechung, die aber nie zu kommen schien.

Anmutig rahmte Gildas Hand ihr Gesicht. »Wo hast du bei MGM mitgespielt?«

»Ach Gott, bei nichts Großem. Nur Nebenrollen. Ich habe nie die Möglichkeit bekommen, ein Star zu werden, so wie du – obwohl mich schon viele Leute mit dir verglichen haben. Einer der Regisseure, mit denen ich zusammengearbeitet habe, hat mich immer Baby Gilda genannt. Ist das nicht zum Schießen?«

Gilda nickte, aber das Lächeln gefror auf ihrem Gesicht. Bevor sie es schaffte, ihre Überraschung zu verbergen, ging die Tür auf, und ein Mann und eine Frau kamen herein.

»Herzlich willkommen, meine Damen«, sagte der Mann. »Ich bin Reg Bancroft, der Kapitän der *Queen of the Ocean*, und das hier ist Molly Dubois von der USO.« Reg zog ein Klemmbrett unterm Arm hervor und stellte schnell unsere Anwesenheit fest. »Ich bitte Sie, die ganze Aufregung zu entschuldigen, durch die wir so in Verzug gekommen sind. Man hat mich darüber in Kenntnis gesetzt, dass das Schiff sauber ist, und wir uns in Kürze auf den Weg machen können.« Als er das Wort »Aufregung« benutzte, kräuselte ich die Lippen. Eine Frau war ermordet worden. Man hätte diesen Umstand sicher angemessener benennen können. »Zunächst ein paar Formalitäten: Ihr Gepäck wird auf Ihre Zimmer gebracht. Bedauerlicherweise sind wir mit den Quartieren an Bord recht beengt, weswegen es nur zwei Zimmer für Sie fünf gibt. Seien Sie versichert, dass diese Aufteilung sehr viel großzügiger ist als das, was unsere Soldaten und Soldatinnen hinnehmen müssen.« Kay kicherte. Da das Gesagte nicht besonders lustig gewesen war, fragte ich mich, ob es eine Angewohnheit von ihr war, in unpassenden Momenten zu lachen. »Sie befinden sich jetzt im Hauptspeisesaal des Schiffs. Dort drüben«, er zeigte auf einen abgetrennten Bereich, wo – im Gegensatz zu den bis auf ein paar Kratzer nackten anderen Tischen im Raum – mit Tischdecken, Tafelsilber und Gläsern eingedeckt worden war, »werden Sie dinieren, zusammen mit den Offizieren an Bord. Das Essen wird Ihnen serviert und ist von einem anderen Kaliber als das, was die Allgemeinheit bekommt.« Ich übersetzte mir, was er gesagt hatte: Wir waren die Crème de la crème auf dieser Badewanne. Und das hieß: besseres Essen und mehr Privilegien als für alle anderen. »Wenn Sie gerade keine Probe haben, sind Sie herzlich eingeladen, die Annehmlichkeiten an Bord in Anspruch zu nehmen, auch unser Sonnendeck, das eigentlich den Offizieren vorbehalten ist, und das Kasino, in dem wir ein abendliches Unterhaltungsprogramm auf die Beine zu stellen versuchen, darunter auch ein paar Auftritte von Ihnen, wie ich hoffe.«

Er räusperte sich und blätterte zum nächsten Blatt auf seinem Klemmbrett. »Von diesem Moment an haben Sie sich an die Weisungen und Vorschriften der U.S. Navy zu halten. Jedem Befehl, den Sie bekommen, haben Sie widerspruchslos Folge zu leisten. Zu keinem

Zeitpunkt werden Sie darüber unterrichtet, wo Sie sind oder wohin Sie gebracht werden, auch sollten Sie nicht darauf beharren, derlei Informationen mitgeteilt zu bekommen. Solange Sie sich an Bord dieses Schiffes befinden, dürfen Sie nachts an Deck nicht rauchen, geraucht werden darf nur, wenn keinerlei Gefahr besteht, dass die Glut von einem feindlichen Schiff aus gesehen werden könnte. Außerdem ist an Deck alles verboten, was versehentlich über Bord gehen und vom Feind gesichtet werden könnte, wie Bücher, Zeitungen und Kartenspiele. Sobald wir die amerikanischen Hoheitsgewässer verlassen, unterliegen wir striktem Verdunkelungsgebot.« Ich bekam einen trockenen Mund. Ich hatte nicht gedacht, dass wir schon in Gefahr schweben würden, bevor wir unser Ziel überhaupt erreicht hatten. Ich hatte keinen Gedanken daran verschwendet, dass schon ab dem Moment ein Risiko bestand, in dem wir Kalifornien verließen und aufs offene Meer fuhren. »Jede von Ihnen bekommt eine Mae West, die Sie ständig bei sich haben sollten. Bitte benutzen Sie sie nicht als Sitzkissen.«

Bar einer Erklärung, zu welchem Zweck die Marine wohl dralle Blondinen aushändigte, sahen wir uns an. Reg klatschte in die Hände, und ein Matrose kam herein, auf dem Arm fünf übereinander gestapelte Rettungswesten.

»Vielleicht täusche ich mich, aber für mich sehen die nach Schwimmwesten aus«, sagte Violet.

»Ich vergaß, dass Sie unsere Ausdrucksweise nicht beherrschen. Das sind in der Tat Schwimmwesten. Wir nennen sie nur Mae Wests.« Reg führte vor, wie die Westen anzulegen waren, und es wurde klar, wie sie zu ihrem Spitznamen gekommen waren. Von der Seite betrachtet hatten wir alle denselben eindrucksvollen Vorbau wie W.C. Fields Lieblingsdarstellerin, sogar diejenigen von uns, die nicht von Haus aus mit einem solchen gesegnet waren.

»Es ist von größter Wichtigkeit«, sagte Reg, »dass Sie allen Lautsprecherdurchsagen zuhören und Anweisungen, die Ihre Sicherheit betreffen, umgehend Folge leisten. Im Notfall sind Sie angehalten, sich hier in der Messe zu versammeln. Und zu guter Letzt: Kurz vor der Landung wird man Sie bitten, sich beim Schiffsarzt einer medizinischen Untersuchung zu unterziehen.« Er räusperte sich zum wiederholten Male, und mir fiel auf, dass er während der ganzen Zeit der Ansprache seinen Blick auf Gilda gerichtet hatte. In Gegenwart des Hollywood-Adels wurde auch dieser Mann, der wahrscheinlich endlos viele Seeschlachten geschlagen hatte, zum nervösen Schuljungen. Er befeuchtete sich einen Finger mit der Zunge und strich sich die Augenbrauen glatt. »Noch Fragen?«

»Wann öffnet die Bar?«, murmelte Violet im Flüsterton.

»Und jetzt, meine Damen, überlasse ich Sie den tüchtigen Händen von Molly Dubois.« Er salutierte vor uns – besser gesagt, vor Gilda – und verließ überstürzt den Saal. Molly Dubois trat an seine Stelle und lächelte in die Runde.

Ihre Predigt fiel sehr viel kürzer aus. Molly war da, um uns in Sachen aufführbarer Texte zu beraten und darüber aufzuklären, wie oft wir nach Erreichen des Zielorts aufzutreten hatten. Wir würden einem Basislager zugeteilt werden und dann über die Inseln reisen, um vor so vielen Soldaten wie möglich zu spielen, auch vor denjenigen, die zurzeit in behelfsmäßigen Militärkrankenhäusern lagen. Kostüme, Requisiten und Bühnenbilder könnte man uns nicht im großen Umfang zur Verfügung stellen, da es bei unserer intensiven Reisetätigkeit mit dem Transport schwierig würde. Wir hätten ein straffes Programm zu absolvieren, warnte sie, und wir wären viel mit Jeep, Boot und Flugzeug unterwegs, aber sie stellte uns auch garantiert unvergessliche Erlebnisse in Aussicht.

»Ich muss Sie daran erinnern, dass Sie von jetzt an Botschafterinnen der United Service Organizations sind. Alles, was Sie tun, fällt auf die USO zurück. Wir erbringen für unsere Brüder und Schwestern in Waffen eine äußerst wichtige Dienstleistung, und es würde mir gar nicht gefallen, wenn die Armee mit dem Verhalten eines unserer Mädchen unzufrieden wäre und deswegen unsere Aktivitäten zur Disposition stellen würde. Ich bitte Sie darum, stets vor Augen zu haben, wen Sie repräsentieren, und sich in Ihrem moralisch-ethischen Verhalten fortwährend an einem hohen Standard zu orientieren.

Miss DeVane ist die Leiterin Ihrer Truppe. Letzten Endes werden Ihre Auftritte nach ihrem Gutdünken gestaltet. Wir haben ihr eine Sammlung von Liedern und kurzen Stücken zukommen lassen, mit denen andere USO-Gruppen großen Erfolg hatten. Bitte bedenken Sie: Sie bekommen hier die Möglichkeit, Ihre darstellerischen Fähigkeiten auszubauen, indem Sie sich etwas ausdenken, das Ihre persönlichen Begabungen am besten zur Geltung kommen lässt. Ich hoffe, Sie begreifen das als eine Aufforderung zur Zusammenarbeit. Außerdem halten wir Sie dazu an, in den Feldlagern nach weiteren Unterhaltungskünstlern Ausschau zu halten. Viele der Soldaten sind Musiker und Schauspieler, die sich über die Gelegenheit freuen, auf die Bühne zu kommen und bei Ihren Darbietungen mitzumischen. Nutzen Sie deren einzigartige Fähigkeiten und geben Sie ihnen eine Chance, ebenfalls zu brillieren. Und jetzt würde ich gern mit Miss DeVane alleine sprechen, sofern es Ihnen nichts ausmacht.«

Damit verließen Molly und Gilda den Raum.

Zum ersten Mal seit unserer Abreise aus New York summte ich vor Aufregung.

»Von wegen Zusammenarbeit«, sagte Violet. »Das hier wird von vorne bis hinten eine Gilda-DeVane-Show.«

»Was?«, fragte Kay.

»Nichts«, sagte Violet und zog einen Flachmann aus der Tasche, dessen silbernen Verschluss sie immer wieder rasch auf- und wieder zudrehte. Das Geräusch machte mich wahnsinnig.

»Ich komm gar nicht drüber weg, wie hübsch sie ist«, sagte Jayne. »Versteht mich nicht falsch – ich wusste schon aus den Filmen, dass sie zum Anbeißen ist, dachte aber immer, mindestens die Hälfte kommt vom Licht und vom Make-up. Schön zu wissen, dass eine Frau auch in Wirklichkeit so aussehen kann.« Es war lustig, Jayne die Schönheit einer anderen Frau beurteilen zu hören. Meine beste Freundin war eine platinblonde Granate, für die Pfiffe und Komplimente so alltäglich waren wie Süßigkeiten, aber in Gildas Welt war sogar Jayne bestenfalls Durchschnitt. Ich wollte gar nicht dran denken, was das für mich bedeutete.

»Ich hätte erwartet, dass sie … na ja, gemein ist oder

so was«, sagte Kay. »Sie spielt ja immer solche Charaktere. Und dazu noch all das, was die Zeitschriften über sie schreiben, also, ich hab gedacht …«

»Keine Sorge«, sagte Violet. »Dein Instinkt trügt nicht.«

»Was zum Teufel soll das denn heißen?«, fragte ich.

Violets Mund ging so schnell auf und zu wie ihr Flachmann. Gilda kam mit ausgebreiteten Armen zurück, als wollte sie uns alle zusammen umarmen. »Was bin ich froh, dass diese ganzen Formalitäten endlich erledigt sind. Ich weiß ja nicht, wie's euch geht, aber mir ist von den ganzen Regeln und Verboten ganz schwindelig geworden. Ich hatte wohl vergessen, dass wir nicht einfach nur eine Show, sondern eine Show fürs Militär machen.« Wir murmelten zustimmend. Ich wartete auf Anzeichen dafür, dass Gilda wirklich vorhatte, unser gemeinsames Unternehmen zu ihrem alleinigen zu machen, oder dass sie wirklich ein so selbstverliebtes Prinzesschen war, wie Violet sie darstellte. »Ich möchte, dass ihr alle wisst, wie sehr ich mich auf diese Shows freue. Wir sitzen ab jetzt im selben Boot, und keine ist wichtiger als die andere.« Sie sah auf eine Armbanduhr, die die behauptete Gleichrangigkeit zwischen uns irgendwie stark in Frage stellte: ein umwerfendes Schmuckstück aus Platin und Diamanten, das die Schiffskronleuchter vergleichsweise schäbig aussehen ließ. »Wir werden innerhalb der nächsten Stunde ablegen. Sollen wir uns vorm Auslaufen nicht noch ein bisschen umsehen? Vielleicht könnten wir auch den Abend gemeinsam verbringen, damit wir uns besser kennenlernen.«

3 Die mildtätige Schwester

Das Schiff war eine Stadt im Miniaturformat. Abgesehen von der Kantine gab es eine Verpflegungsstelle, die alle erdenklichen Dinge feilbot, die ein Soldat möglicherweise an seinen Einsatzort mitnehmen wollte. Dann gab es ein Gedunk – was wohl ein anderes Wort für Snack-Bar war –, in dem man Eis, Sprudel und Süßigkeiten bekam. Im bordeigenen Frisiersalon waren zwei Matrosen eigens dafür abgestellt, für andere das zu erledigen, was sie selbst ganz offensichtlich vergessen hatten. Der Schiffsschneider verlängerte und kürzte Armeehosen, bis sie nicht mehr standardmäßig zu lang oder zu kurz waren. Mit seinen Briefen ging man zur Post, wo auch das schiffseigene Mitteilungsblättchen erhältlich war. In dem Blättchen standen witzige Anekdoten über die Männer und Frauen an Bord der *Queen of the Ocean* (»Gestern gesehen: Kapitän Malloy, der mit einer feschen Kleinen in WAAC-Uniform eine kesse Sohle aufs Parkett legt. Wir hoffen allerdings, dass er auf dem Schlachtfeld eine bessere Figur macht!«) sowie weniger unterhaltsame Geschichten über die Vorgänge in den vor uns liegenden Ländern, die das Schiff über Funk erreicht hatten. (An diesem Tag machte die Postille einiges Gewese um die Niederschlagung des jüdischen Ghettoaufstands durch die Deutschen und die Zerstörung deutscher Staudämme durch die britische Luftwaffe.) Für die Freizeitgestaltung stand ein Kino bereit, das pro Tag drei Filme zeigte – momentan liefen *Im Schatten des Zweifels*, *Girl Crazy* und *Einsatz im Nordatlantik*. In der Schiffsbibliothek konnte man Bücher ausleihen, man konnte aber genauso gut den Spielsalon besuchen und dort Billard, Tischtennis, Shuffleboard, Dame und Schach spielen oder zum Gottesdienst bei einem der drei Seelsorger gehen.

Auf dem Sonnendeck, wo die Offiziere umherwandelten, wenn das Wetter mitspielte, gab es Golfschläger und Bälle, um Abschläge zu üben – ein aufgespanntes Netz sollte verhindern, dass die Bälle im Wasser landeten –, außerdem gab es dort ein Schwimmbecken, in dem sich jeder, der es nötig hatte, abkühlen konnte. Niemand nahm es je in Anspruch. Was vielleicht daran lag, dass die Offiziere es als ihrer nicht würdig empfanden, sich bis auf die Unterwäsche auszuziehen. Vielleicht fühlte sich aber auch der bloße Gedanke an Schwimmen schon viel zu sehr nach Urlaub an.

Nach dem Rundgang durchs Schiff gingen wir zusammen auf Deck, um uns das Auslaufen anzusehen. Seite an Seite standen wir an der Reling und warfen abwechselnd Blicke auf das Land, das wir verließen, und die offene See, auf die wir zusteuerten. Als das Schiff vom Kai ablegte, winkten wir Fremden zu, die mitten am Tag eine Pause einlegten, um zu sehen, wie die gewaltige *Queen of the Ocean* in See stach. Unter ihnen war auch ein Grüppchen Paparazzi, die ihre Kameras auf uns richteten. Gilda hielt ihnen die linke Wange hin, und als sich der Wind in ihrem Kleid verfing und die Sonne auf ihrem Haar glänzte, fing sie an, »God Bless America« zu singen. Wir stimmten alle mit ein und wiederholten den einfachen Refrain so lange, bis die Umrisse der Leute am Ufer nicht mehr zu erkennen waren.

Fast unbewusst wanderte mein Blick immer wieder zu der Stelle in der Nähe des Kais, wo die Frau getrieben hatte. Auch wenn sie nicht mehr dort war – ich hätte trotzdem schwören können, eine dunkle Silhouette zu erkennen, die auf dem von unserem Ablegemanöver aufgewirbelten Wasser sanft auf und ab wogte. Ob man mittlerweile wusste, wer sie war? Hätte sie auch auf dem Schiff sein sollen? War jemandem aufgefallen, dass sie fehlte?

Wir blieben noch eine Weile an Deck und tauschten Geschichten über frühere Reisen aus. Jayne und ich konnten nur von Zug- und Fährfahrten erzählen, aber die anderen Frauen waren alle schon mal im Ausland gewesen und ergötzten uns mit Geschichten von fernen Ländern und fremden Sitten. Zu gern hätte ich Zwischenfragen gestellt und hin und wieder einen Kommentar eingestreut, aber das Meer warf das Schiff derart hin und her, dass es sich zunehmend weniger so anfühlte, als stünde man auf festen Decksplanken. Mein normalerweise stählerner Magen wurde durchgeschüttelt, und ich merkte, wie mir übel wurde. Wahrscheinlich lag es an der Sonne, die jetzt, in einiger Entfernung zur Küste, doppelt so viel Kraft zu haben schien. Vielleicht waren auch die Eier, die wir am Vormittag im Zug verspeist hatten, nicht ganz so bauernhoffrisch gewesen, wie die Menükarte behauptet hatte. Oder es hatte etwas mit der Erinnerung an die Frau zu tun, die sich in Erwartung eines deutlich anderen Tagesverlaufs die Nägel blutrot lackiert hatte.

»Rosie?«, fragte Jayne. »Alles in Ordnung? Du siehst ein bisschen grün aus.«

Als sie die Farbe benannte, die ich angenommen hatte, beugte ich mich über die Reling und erbrach das Bisschen, das ich im Magen hatte.

»Seekrank«, verkündeten die drei anderen mit dem Stolz von Ärztinnen, die eine Blitzdiagnose stellen.

»Oh Gott«, sagte ich, als sich mein Frühstück meilenweit über den Ozean verteilte. »Glaubt ihr, die Japaner sehen das?«

»Wenn sie auf die Entfernung Kotze orten können«, meinte Violet, »dann sollen sie verdientermaßen den Krieg gewinnen.«

Jayne half mir, unser Quartier zu finden. Auch wenn man uns zwei Zimmer zugewiesen hatte, war klar, dass wir zu viert in dem einen zu schlafen hatten, während unser fünftes, wichtigeres Gruppenmitglied eine Bude für sich bekam. In unsere Kajüte hatte man zwei Stockbetten, einen Einbauschrank und ein Badezimmer gequetscht, letzteres auf diejenigen ausgelegt, die gerne gleichzeitig pinkeln und duschen. Mir fehlte der Antrieb, mich zur Einrichtung zu äußern. Aus gegebenem Anlass belegte ich eines der unteren Betten und machte mich lang.

»Wie fühlst du dich?«, fragte Jayne.

»Benebelt. Wie kommt's, dass es dir nicht so geht?«

»Gilda meinte, es könnte so eine Tänzerinnensache sein. Ich weiß, dass ich mich auf einen Punkt konzentrieren muss, um das Gleichgewicht zu halten.«

Wenn ich eines nicht war, dann eine begnadete Tänzerin. »Na bravo. Schon wieder ein Manko, das ich wegen meiner miserablen tänzerischen Fähigkeiten habe.« Ich schloss die Augen, musste aber feststellen, dass so alles nur sehr, sehr viel schlimmer wurde. »Glaubst du, das ist ein Omen?«

»Viele Leute werden seekrank.« Sie machte in der

schlechten Kopie von einem Badezimmer einen Waschlappen nass.

»Ich meine die Frau im Wasser.«

Sie wrang den Lappen aus. »Ein Omen wofür?«

»Dass uns der Tod in die Südsee folgt?«

Sie kam wieder zu mir und legte den feuchten Waschlappen auf meine Stirn. Das war zwar wohltuend, half aber meinem aufgewühlten Magen nicht. »Der Mord hat doch mit uns nichts zu tun«, sagte sie.

»Seit wann bist du so abgebrüht?«

»Du weißt, wie ich das meine. Such nicht immer nach Anzeichen dafür, wie schlecht alles laufen wird. Das bringt nichts.« Sie hatte natürlich recht. Deutlich vernünftiger zu sein als ich, dafür hatte Jayne ein Händchen. »Brauchst du noch irgendwas?«

»Nein, ich glaube, ich muss das einfach aussitzen.« Ich versuchte, einen festen Punkt zu finden, auf den ich mich konzentrieren konnte. Aber das ganze Zimmer schien ein Echo der unsteten Bewegungen des Schiffs zu sein. »Wenn ich's recht bedenke – könntest du mir einen Mülleimer oder so was bringen?«

Sie holte einen aus dem winzigen Badezimmer, stellte ihn neben mir auf den Boden und fragte: »Was hältst du von Gilda?«

»Sie ist anders, als ich erwartet hätte. Ich war mir sicher, ich würde es nicht gut finden, dass sie dabei ist, von wegen Sonderbehandlung und so, aber bislang finde ich sie nett.« Fairerweise muss man sagen, dass ich nicht bekannt war für meine Menschenkenntnis. Immerhin hatte ich mich innerhalb eines halben Jahres ungewollt mit gleich zwei Mördern angefreundet.

Jayne war so nett, mich nicht darauf hinzuweisen. »Ich kann sie auch gut leiden. Und die anderen?«

»Wir werden sehen. Zu Kay habe ich noch keinen Draht, aber sie scheint eine ehrliche Haut zu sein. Violet hat's faustdick hinter den Ohren. Und eine Trinkerin ist sie auch. Ich wette, sie wird uns noch eine Menge Ärger bereiten.«

»Wie meinst du das?«

Ich starrte auf die Koje über mir. An einer Matratzenfeder klebte ein steinharter Kaugummi. »Ist dir das nicht aufgefallen? Violet hat mehr Gesichter als Mount Rushmore. Erst ist sie zuckersüß zu Gilda, und im nächsten Augenblick hat man den Eindruck, sie will sie nur lächerlich machen.«

»Klingt für mich nach stinknormaler Eifersucht.«

Ich wendete den feuchten Waschlappen. »Schon, aber auch wir hätten ja allen Grund, eifersüchtig auf Gilda zu sein, und kriegen es trotzdem hin, den Deckel draufzuhalten.«

»Sie waren beide bei MGM. Es muss hart sein, jemanden aufsteigen zu sehen, während du selbst auf der Stelle trittst.«

Als ob ich das nicht wüsste. Anders erging es mir mit meiner eigenen Karriere schließlich auch nicht.

»Das gibt sich schon wieder«, meinte Jayne. »Sie muss sich nur noch an den Gedanken gewöhnen, dass Gilda nicht der Feind ist.« Das war das Schöne am Krieg: Sobald man unsicher wurde, wer Freund oder Feind war, klärte die Regierung mit ein paar eindeutigen Plakaten alle Fragen.

Als hätten wir sie mit unserem Reden heraufbeschworen, kam Violet herein und warf ihre Handtasche auf das andere untere Bett. »Ist das alles? Ich dachte, wir hätten zwei Zimmer.«

»In dem anderen steht nur ein Bett«, sagte Jayne.

»Lasst mich raten, wer das bekommt.«

Jayne stand auf. »Ich glaube nicht, dass sie das so entschieden hat.«

Violet streifte die Stöckelschuhe ab und massierte sich die Füße. Der Gestank nach Schweißfüßen erfüllte den kleinen Raum. »Genau das sollt ihr glauben. Sie spielt euch etwas vor, damit sie auch ganz bestimmt von allen gemocht wird. Aber wartet nur ab – die wahre Gilda wird sich noch früh genug zeigen. Wenn sie wirklich volksnah sein wollte, würde sie sich mit uns das Zimmer teilen und es mit ihrem echten Namen und ihrer echten Haarfarbe versuchen – und mit ihrer echte Nase auch.«

Die Kajüte neigte sich nach links, mein Magen nach rechts. »Sie hat sich die Nase machen lassen?«, fragte ich.

»Vor Jahren schon, als sie angefangen haben, sie aufzubauen«, sagte Violet. »Ungefähr zur gleichen Zeit haben sie auch ihren Haaransatz verändert, ihr größere Brüste machen lassen und ihre Zähne überkront. Eine große Nase, flache Brüste und eine niedrige Stirn reichen vielleicht für eine hausbackene Maria Elizondo aus Laredo, aber einem Glamour-Girl wie Gilda DeVane kann man das nicht durchgehen lassen.«

So sehr ich mich langsam über Violet ärgerte, musste ich doch zugeben, dass mich ihr Wissen faszinierte. Mir war klar, dass die Star-Maschine Hollywood Menschen mit neuen Namen und neuen Vergangenheiten ausspuckte, aber ich war seltsamerweise vollkommen ahnungslos, dass es auch solche gab, die sich für ihre Karriere vollständig umgestalten ließen. Allein die Vorstellung kam mir … nun ja, wie eine Filmidee vor. Hatte

Gilda sich wirklich derart gründlich neu erfunden, oder hatte sich Violet nur eine Geschichte ausgedacht, die ihrer Verachtung für diese Frau angemessen war?

»Ich bitte dich«, sagte ich. »Du kannst unmöglich wissen, ob es stimmt, was du da erzählst.«

»Sie und ich sind gleichzeitig zu MGM gekommen. Sie erinnert sich vielleicht nicht mehr an mich, aber ich erinnere mich definitiv an sie. So, wie sie *wirklich* war.«

»Ich«, sagte Jayne, »habe auch mal ein Foto von ihr in der *Movie Story* gesehen. In einem dieser Kästen, wo man raten soll, was aus der jungen Frau auf dem Bild geworden ist. Wenn man sich anschaut, wie Gilda mit achtzehn ausgesehen hat, dann hat sie eindeutig was machen lassen.«

Selbstgefällig grinste Violet mich an, aber so schnell bekam sie mich nicht an den Haken. Mit dem, was mir in der Speiseröhre steckte, hatte ich gerade sowieso genug zu tun, da hätte kein Köder mehr reingepasst. »Gut, in Ordnung«, sagte ich. »Und was ist dagegen einzuwenden?«

»Es ist Betrug.« Violet wühlte in ihrer Tasche, bis sie ein silbernes Zigarettenetui und ein Feuerzeug gefunden hatte. Schon beim Gedanken an Rauch wurde mir noch schlechter. »Sie will alle glauben machen, allein durch ihr Talent so weit gekommen zu sein.«

»Und wer würde behaupten, dass dem nicht so ist?«, fragte ich.

Sie warf einen prüfenden Blick auf ihre Erscheinung, die sich im Etui spiegelte, und schien zufrieden. »Jeder, der ihre Filme gesehen hat.«

»Ach, komm schon. Sie hätte es nicht so weit gebracht, wenn sie eine schlechte Schauspielerin wäre.«

Violet zündete sich einen Glimmstängel an und zog daran. »Und da denken alle, die Mädels in New York seien schlauer und niveauvoller.« Sie unterstrich ihre Missbilligung, indem sie sich viel Zeit nahm, den Rauch auszustoßen. »Kennst du die Musicalfilme, in denen sie mitgewirkt hat? Sie haben ihre Stimme synchronisiert. Und die Tanznummern? Wenn du aufmerksam hingeschaut hättest, wäre dir vielleicht aufgefallen, dass ihr Gesicht und ihre Füße nie gleichzeitig in einer Einstellung zu sehen sind. All das kommt von einer anderen – einer, die wirklich singen und tanzen kann, aber eben nicht das besitzt, was die Sache rund macht. Gilda hat es so weit geschafft, weil sie sich von den Großkopferten bereitwillig in das hat verwandeln lassen, was gewünscht war, weil es ihr egal war, wie viele andere Karrieren es kostete, um ihre eine möglich zu machen. Und jetzt glaubt in Hollywood jeder Hinz und Kunz, dass genau das einen Star ausmacht. Wir können so begabt sein, wie wir wollen – wir haben keine Chance.«

Jayne regte sich neben mir. »Es sei denn … wir machen es so wie sie.«

»Gesetzt den Fall, du kannst es dir leisten«, sagte Violet. »Und wärt ihr bereit, euch von Grund auf verändern zu lassen?«

Ich garantiert nicht. Aber Violets Haltung ärgerte mich so, dass ich nicht anders konnte, als ihr zu widersprechen. »Sicher, wenn ich dann so weit käme wie sie.«

»Dann tust du mir wirklich leid.«

Indem ich mich in den Mülleimer erbrach, ließ ich sie wissen, wie viel mir ihr Mitleid bedeutete.

Offenkundig war es wenig einladend, in einem kleinen Raum mit einem Mülleimer voll Erbrochenem gefangen zu sein. Jayne und Violet gingen und ließen mich im unteren Stockbett zurück, wo ich auf den unregelmäßigen Rhythmus einer Seereise zu Kriegszeiten fluchte. Ich hatte mir die Pazifiküberfahrt immer erholsam und gemächlich vorgestellt, getragen von einem sanften Wellengang, der das Schiff in eine angenehme Schläfrigkeit schaukelt. Wahrscheinlich war es auch genauso gewesen, als die *Queen of the Ocean* noch als Kreuzfahrtschiff unterwegs war, aber in Kriegszeiten war der eingeschlagene Weg in etwa so erholsam wie ein Wagenrennen über steiniges Gelände. Um möglichen Torpedoangriffen auszuweichen, fuhr das Schiff einen Zickzackkurs und wechselte alle fünf Minuten die Richtung, damit uns der Feind gar nicht erst ins Visier nehmen konnte. Passenderweise waren fünf Minuten genau die von mir benötigte Zeit, um zu der Überzeugung zu gelangen, mein Magen hätte sich beruhigt – bevor das Schlingern des Schiffs die nächste Welle grünen Zeugs heraufbeförderte.

Schlafen konnte ich nicht. Eine Weile konzentrierte ich mich auf das Foto von Jack, in der Hoffnung, das Schwarzweißbild besäße heilende Kräfte. Besaß es aber nicht. Also versuchte ich zu lesen und verschlang in Windeseile die Schiffspostille, die ich während des Rundgangs mitgenommen hatte. Unsere Truppen hatten die Aleuten-Insel Attu eingenommen. Und mit Hilfe der Briten hatten wir die Nazis und die Italiener zur Kapitulation in Nordafrika gezwungen.

Aber nicht bei allen Alliierten lief es so gut. Das australische Krankenhausschiff *The Centaurian* war von den

Japanern versenkt worden, laut dem Blättchen sprachen die Verantwortlichen von einigen hundert Toten, viele davon Verwundete, die auf dem Schiff versorgt worden waren. Es war nicht einfach, sich die Tragweite dieser Tragödie vor Augen zu führen – nicht nur wegen der hohen Verluste bei einem einzigen U-Boot-Angriff, sondern weil viele der Toten bestimmt geglaubt hatten, mit ihren Verwundungen endlich den Fahrschein nach Hause gewonnen zu haben. Wie hatten wohl ihre letzten Augenblicke ausgesehen? Hatte man sie, um ihnen die Überfahrt zu erleichtern, mit Morphium vollgepumpt, oder waren sie bei vollem Bewusstsein, als der Tod sie in ihrer Hilflosigkeit ereilte?

Im Krieg war man nirgendwo sicher. Nicht auf einem Schiff, das Richtung Heimat fuhr. Noch nicht einmal in einer Kaserne.

Diese Erfahrung hatte Jack machen müssen. Er und sein befehlshabender Offizier waren die einzigen Überlebenden eines Bootes gewesen, dessen Kentern zehn Leben gefordert hatte. Der Offizier hatte behauptet, es sei ein Unfall gewesen, aber Jack wusste es offenbar besser. Es ging das Gerücht, sein eigener Offizier hätte auf ihn geschossen, um ihn zum Schweigen zu bringen. Angesichts der hohen Wahrscheinlichkeit, das nächste Opfer dieses Menschen zu werden, hatte Jack das einzig Vernünftige getan und war weggelaufen.

Ich legte die Postille weg und griff zu Jaynes Zeitschriften.

Aus der *Screen Idol* lächelte mich eine hübsche Blondine an. Über ihrem Gesicht prangten die Worte: DAS NÄCHSTE GROSSE DING. Die Angaben zur Person standen neben dem Foto.

Name: Joan Wright
Alter: 22
Zu sehen in: *Mr. Hogans Tochter*, MGM, ab Herbst
Erinnert an: die junge Gilda DeVane

In mir zog sich alles zusammen. Das Mädchen sah tatsächlich wie Gilda aus, aber wer hatte beschlossen, dass Gilda alt war?

Ich blätterte auch die anderen Magazine durch. Vor nicht allzu langer Zeit war Gilda in den Fan-Zeitschriften auf jeder zweiten Seite zu sehen gewesen, sie hatte Ratschläge erteilt, das Ergebnis eines bestimmten Strickmusters vorgeführt, für Max Factor Werbung gemacht oder mit Schnappschüssen – immer nur sie bei irgendeinem sagenhaften gesellschaftlichen Ereignis – eine vierseitige Fotostrecke gefüllt. Entweder waren Jaynes Hefte die Ausnahme – oder Gilda war tatsächlich nicht mehr so gefragt. Vielleicht aber auch weder noch. Vielleicht musste man sich als Star, sobald man einen bestimmten Status erreicht hatte, auch nicht mehr so von der Presse hochjubeln lassen. Es musste eine Erleichterung sein, sich nicht mehr dauernd mit Eigenwerbung beschäftigen zu müssen.

Das einzige Foto, das ich von Gilda fand, illustrierte einen Artikel über ihre Entlassung bei MGM. Ich starrte auf ihr sorgfältig ausgeleuchtetes Gesicht und ihren Körper, rittlings auf einem Diwan, der, so wurde einem zumindest glauben gemacht, in ihrem Schlafzimmer stand. Ihr Gesichtsausdruck war von würdevollem Ernst. Das hier war eine Frau, der Unrecht geschah, die aber im Unterschied zu ihren Filmfiguren nicht auf Rache aus war für das ihr Widerfahrende. Sie trauerte wegen der schrecklichen Rückschläge, die sie einstecken musste

– der Mann, der sie verlassen, und das Studio, das sie aufgegeben hatte – und wollte die Öffentlichkeit wissen lassen, wie sehr beide sie verletzt hatten.

»Wie geht es dir?«

Beim Klang der Stimme schreckte ich auf, und meine Hand fuhr instinktiv zum Mund – nur für den Fall, dass meine Überraschung sich noch anders als nur durch ein Geräusch artikulieren sollte. Mit einem kleinen Tablett in der Hand stand Gilda in der Tür.

»Sehr gut, solange ich die Augen nicht schließe oder irgendetwas anschaue, das sich mit dem Schiff bewegt.«

»Ich dachte, das könnte vielleicht helfen.« Sie kam ins Zimmer und stellte das Tablett auf meinem Bett ab. Wie es aussah, standen Salzkräcker und ein Glas Gingerale darauf.

»Danke. Das ist nett von dir.«

»Ich wurde auch furchtbar seekrank, als ich zum ersten Mal mit so einem Ding fuhr. Allerdings war ich nicht so schlau wie du und bin gleich ins Bett gegangen, sondern habe behauptet, mir ginge es gut. Letzten Endes habe ich mich dann vor hunderten Fremden blamiert, zwei davon entstammten einem europäischen Königshaus.«

»Autsch.«

Ihr Blick blieb an dem Foto von Jack hängen, das neben mir lag. »Sieht gut aus. Dein Freund?«

»Ex.«

Sie griff nach dem Bild und lächelte auf Jacks unbewegtes Gesicht hinab. »Aber da du dieses Foto quer über den Pazifik mitschleppst, willst du offenbar nicht, dass es dabei bleibt.«

»Er wurde als vermisst gemeldet.«

Sie hielt den Atem an und legte das Bild wieder neben mich. »Das tut mir leid, Rosie.«

»Er ist auf den Salomonen – zumindest war er da zuletzt.«

»Dann muss diese Reise alles andere als einfach für dich sein.«

»Eigentlich fahre ich nur seinetwegen hin.« Den Rest wollte ich ihr nicht erklären. Dass unsere Freundin Harriet mit ihren guten Beziehungen uns die Reise mit der USO in die Südsee möglich gemacht hatte. Dass ich hoffte, mich nicht von Jack verabschieden zu müssen, sondern ihn zu finden, obwohl die Armee genau das bereits wiederholt – erfolglos – versucht hatte. Aber ich wollte mich jetzt nicht noch elender fühlen.

Gilda schob die Magazine zur Seite und setzte sich auf die Bettkante. Ich wünschte, ich wäre so gewieft gewesen, die Hefte direkt, als sie den Raum betrat, unter mein Kissen zu stopfen. »Ich hasse diese Dinger«, sagte sie.

»Ich auch. Aber mir ist der Lesestoff ausgegangen. Eine Freundin von zuhause hat sie uns für die Reise mitgegeben.«

Sie nahm ein Heft zur Hand und blätterte es gelangweilt durch. Wie war es wohl, wenn die Fotos in einer Zeitschrift nicht einfach nur Bilder von berühmten Leuten waren, sondern Fotos von berühmten Leuten, die man persönlich kannte? »Ich wünschte, jemand hätte mich vorgewarnt, wie es ist. Wenn ich das gewusst hätte, wäre ich wahrscheinlich nie nach Hollywood gegangen.«

»So schlimm kann es auch wieder nicht sein.«

Sie lächelte mit gesenktem Kopf. »Natürlich nicht.

Aber es gibt Tage, an denen es das alles nicht mehr wert zu sein scheint.«

»Hast du dich deswegen für die Tournee entschieden?«

»Als MGM mir den Vertrag gekündigt hat, war ich bei einem Treffen mit Jack Warner.« Das war der Vorsitzende von Warner Brothers. Es musste toll sein, solche Beziehungen zu haben. »Dabei hat er mir aufgezählt, wie viele Talente er an den Krieg verliert – alle, die sich freiwillig gemeldet haben, und alle, die das Pech hatten, eingezogen zu werden. Er lebt mit der schrecklichen Angst, dass die Japaner sein Studio bombardieren.«

»Klingt, als wäre da jemand ein bisschen paranoid.«

Sie schüttelte den Kopf. Ich entdeckte die kaum sichtbare Linie, an der ihr Make-up aufhörte und die Haut anfing. Violet konnte eine Menge von ihr lernen. »Es ist nicht einfach nur Paranoia. Warner Brothers sitzen in einem großen Gebäude nicht weit weg von der Fabrik in Lockheed. Jack hat sich deswegen solche Sorgen gemacht, dass er einen großen Pfeil auf sein Dach hat malen lassen, neben dem steht: LOCKHEED DA LANG.«

Ich nippte an meinem Gingerale. »Du willst mich veräckeiern.«

»Nein. Ich glaube, er dachte, mich würde diese Geschichte beruhigen, aber eigentlich habe ich mich darüber ganz schön geärgert. Ihm war überhaupt nicht klar, dass er so nur dem Feind hilft. Ist sein Studio wirklich so wichtig, dass er dafür das ganze Land in Gefahr bringen muss? Je länger ich darüber nachgedacht habe, umso klarer wurde mir, dass ich vielleicht auch ›da lang‹ sollte, weg von Hollywood, und meine Bekanntheit wenn möglich für etwas Gutes einsetzen.«

Ich drückte mir das kalte Glas an die Wange. Besser, als daraus zu trinken. »Das hat Mr. Warner sicher nicht besonders gut aufgenommen.«

»Ich habe es ein bisschen anders formuliert. Um ehrlich zu sein, ging es mir auch nicht nur darum, meine Landsleute zu unterstützen. Ich wollte auch mal für eine Zeit raus. Ich dachte, man vergisst mich vielleicht, wenn ich untertauche.«

»Ich glaube, dafür braucht es mehr als ein halbes Jahr. Du hast doch die Fotografen heute gesehen. Du bist ziemlich unvergesslich.«

»Sag das mal MGM.« Sie griff nach dem Magazin, in dem der Text über ihren Rausschmiss stand, und blätterte es durch. Als sie bei dem Foto von Van Lauer landete, stockte sie.

»Wie ist er so?«, fragte ich.

»Ich kann nicht behaupten, dass ich das wirklich weiß.«

»Gerüchteweise habe ich gehört, dass du seinetwegen gefeuert worden bist.«

Sie hob die nachgezogenen Augenbrauen und fuhr mit den Fingern über sein Bild. Zart streichelte sie seine Wange, als würde er direkt vor ihr stehen. »Ich habe eine Menge Fehler gemacht, Rosie. Habe mich von einer Beziehung in die nächste geworfen, weil ich dachte, alle meine Probleme lösen sich in Luft auf, wenn ich erst mal den Richtigen finde. Und habe mir so nur immer neue Probleme aufgehalst. Plötzlich war jeder Knabe, den ich angelächelt habe, der potenzielle Ehemann Nummer drei. Mein Liebesleben wurde zu einer einzigen Pointe.«

»Dann hattest du mit Van gar kein Verhältnis?«

Sie schwieg einen Moment zu lang. »Er ist verheiratet.«

»Ja und?«

Ihre großen grünen Augen füllten sich mit Tränen, die die falschen Wimpern mit sich fortzuschwemmen drohten. »Und ich bin nicht der Typ Frau, der einer anderen den Mann ausspannt.«

»Und er? War er der Typ Mann, der seine Frau betrügt?«

Sie gab lange keine Antwort. Ihre Brust bebte von der Anstrengung, einen Gefühlsausbruch zu unterdrücken. »MGM war gerade dabei, ihn aufzubauen, und sie waren der Ansicht, dass es seinem Bekanntheitsgrad zugute käme, in Begleitung eines Stars gesehen zu werden. Ich habe nicht damit gerechnet, dass ich mich … Wir haben uns bemüht, Stillschweigen darüber zu bewahren.«

»Worüber?«

»Er wollte sich von seiner Frau trennen, und das Studio hat Wind davon bekommen. Ein solches Image konnten sie für ihren neuen männlichen Hauptdarsteller nicht gebrauchen.«

»Wow. Und wieso haben sie dich dann rausgeworfen und nicht ihn?«

Sie schob sich das Haar in den Nacken und war für einen Augenblick nicht mehr das Glamour-Girl, das die Fantasien Tausender befeuerte, sondern einfach eine Frau mit gebrochenem Herz und der Angst davor, alleine in der Welt zu stehen. »Ich war ja schon die hoffnungslos Verworfene. Ich war diejenige, die für ihr Verhalten abseits des Filmsets immer schlechte Presse bekommen hat. Ich bin teurer als er, obwohl ich nicht mehr ganz das Gewinn versprechende Potenzial von Van habe. Zumindest sehen sie das so.«

»Hast du fürs Bleiben gekämpft?«

»Ich dachte, das habe ich nicht nötig. Ich habe geglaubt, meine Karriere würde für sich sprechen. Mir war nicht klar, dass sie schon dabei waren, eine Frau aufzubauen, die in meine Fußstapfen treten sollte.«

»Und was war mit Van?«

»Als er sich dafür entschieden hat, bei MGM zu bleiben, war das eine klare Entscheidung gegen mich.«

»Du musst verdammt sauer gewesen sein.«

Sie schlug das Magazin zu, um das Bild von Van nicht länger ansehen zu müssen. »Wenn ich wirklich ehrlich zu mir bin, dann bin ich wahrscheinlich seinetwegen gegangen. Ich muss ihn vergessen, und ich wusste, das passiert nicht, wenn ich in Hollywood bleibe. So ist das nämlich als Star. Du stößt überall auf deine Ebenbilder – in Zeitschriften, auf Reklametafeln, auf Plakaten. Ich konnte schauen, wohin ich wollte: Ich wurde an ihn erinnert. Also musste ich irgendwohin, wo man noch nie von Van Lauer gehört hat.«

Ich wollte es ihr nicht sagen, aber räumliche Distanz war kein sehr effektiver Weg, jemanden zu vergessen – das hatte die Zeitschrift gerade bewiesen. Wenn man sich verliebt hat, kann man nicht einfach irgendwohin rennen und so den Erinnerungen entfliehen.

»Das klingt alles ganz schön unfair«, sagte ich.

Sie fasste die Zeitschrift an der Vorderkante und ließ die Seiten so schnell durch die Finger laufen, dass die Bilder animiert wirkten. »Um Fairness geht es in Hollywood nicht. Das kannst du mir glauben.« Um die Tränen zurückzuhalten, hielt sie sich die Finger an die Augenwinkel. »Wir sind vielleicht zwei, was? Hier.« Sie zog ein weißes Döschen aus der Tasche. »Das hilft dir einzuschlafen. Du bist dann zwar heute Abend nicht mehr dabei, merkst aber auch von der Übelkeit nichts mehr.«

»Danke.«

Sie tätschelte mir das Bein. »Gute Besserung.«

Nachdem ich die Tablette genommen hatte, merkte ich tatsächlich überhaupt nichts mehr – was aber durchaus einer Besserung gleichkam.

4 Namen sind Schall und Rauch

Am Morgen hatte ich das Gröbste hinter mir. Nicht, dass ich schon wieder essen konnte, aber immerhin war ich in der Lage, mich länger als zehn Minuten in der Senkrechten zu halten. Während die anderen frühstücken gingen, ließ ich mir Zeit mit dem Aufwachen und machte dann einen Spaziergang auf Deck, um see- und standfest zu werden. Wir waren mitten im Nirgendwo, Land war nicht in Sicht. Aber alleine waren wir trotzdem nicht. Vor und hinter uns fuhr je ein Schiff, beide gehörten zur US-Flotte.

Die salzige Luft war eigenartig und erfrischend. Sie glich das Schwanken des Schiffs aus und beruhigte den Magen. Als ich mich über die Reling beugte, sah ich Delphine aus dem Wasser auftauchen. Sie schienen mit dem Schiff mithalten zu wollen, als Lotsen auf der langen Überfahrt. Ab und an flog ein Vogel über uns hinweg, und ich wunderte mich, dass es mitten im Nirgendwo und fernab eines Landeplatzes Möwen gab. Wurden sie nicht müde? Mussten sie sich nicht ausruhen? Oder waren sie wie Kampfflugzeuge mit genügend Treibstoff betankt, um ihr Ziel zu erreichen? Von meinem Aussichtspunkt konnte ich sehen, dass man die Schiffsflanken mit Geschützen nachgerüstet hatte. Wenn wir schon nicht auf eine Schlacht vorbereitet waren – unser Transportmittel immerhin war es.

Trotz des Motorendröhnens und der leise aus den Lautsprechern plätschernden Musik wirkte das Meer ruhig und friedlich. Seine schiere Größe berührte mich – egal, wie weit ich in jede Richtung schaute, außer uns war nichts und niemand da. So sehr mich die Erkenntnis, dass es noch Orte auf dieser Welt gab, wo die Menschen nicht mit den Ellbogen aneinanderstießen, auch begeisterte: Sie schüchterte mich gleichzeitig auch ein. Hier draußen waren wir vollkommen schutzlos. Falls uns die Katastrophe heimsuchen sollte, würde uns niemand mit einem Haken aus dem Hafenbecken fischen.

Ohne den Schutz, den das Festland bot, und bei wolkenlosem Himmel brannte die Sonne unbarmherzig aufs Deck herunter, und meine Haut prickelte vor Hitze. Wenn ich zu lange draußen blieb, würde ich wie eine Tomate aussehen. Ich ging wieder unter Deck, wo die Büros lagen, die wir am Tag zuvor schon gesehen hatten. Ein paar Männer, die nicht beim Frühstück und den Anblick von Frauen offensichtlich nicht gewohnt waren, begrüßten mich mit einem breiten Grinsen. Ich lächelte zurück und versuchte, ihnen aus dem Weg zu gehen, als sie wieder in den Rhythmus ihrer Tätigkeiten verfielen. Um mir die Zeit zu vertreiben, schnappte ich mir die tagesaktuelle Ausgabe der Schiffspostille und machte es mir auf einem Lounge-Sessel vor der Kantine bequem. Eine Gruppe Soldaten marschierte vorbei, die Augen stur geradeaus gerichtet und offensichtlich mitten in einer Übung, die ihnen an Land vielleicht das Überleben sicherte, auf einem Schiff mitten im Pazifik aber ziemlich sinnlos wirkte.

Das Mitteilungsblättchen war in heller Aufregung wegen der Leiche vom vergangenen Tag. Über Funk waren weitere Informationen eingetroffen, und der Verfasser hatte beim Zusammentragen der ihm zugänglichen Teile der Geschichte gute Arbeit geleistet.

Leichenfund im Hafen von San Francisco
Tote als ehemalige WAAC identifiziert

Die gestern um ein Uhr mittags im Hafen von San Francisco im Wasser aufgefundene Leiche ist als Irene Zinn aus Gary, Indiana, ehemalige Kommandeurin des Women's Army Auxiliary Corps, identifiziert worden. Die Identifizierung wurde möglich durch eine Erkennungsmarke, die Miss Zinn um den Hals trug.
Miss Zinn war im letzten Jahr auf den Salomonen stationiert und ist im Januar von ihrem Posten zurückgetreten und zu ihrem Zivilleben in Los Angeles zurückgekehrt. Bis dato liegen noch keine Hinweise vor, warum sie sich in San Francisco und in der Nähe von Schiffen der Kriegsmarine aufgehalten hat.
Die Militärpolizei, die in der Folge des Leichenfunds alle Schiffe im Hafen durchsucht hat, konnte bislang noch keine Verdächtigen dingfest machen. Obwohl der Hafen zur fraglichen Zeit sehr belebt war und mehrere Personen angaben, einen Schuss gehört zu haben, hat auch die Küstenwache noch keine direkten Zeugen der Tat ausfindig gemacht. An alle, die möglicherweise etwas gesehen haben, das mit der Ermordung von Miss Zinn im Zusammenhang steht, ergeht die Bitte, im Büro des Kapitäns Meldung zu machen.

»Da bist du ja.« Jayne tauchte neben mir auf, und ich schlug das Blättchen zu. »Ich habe überall nach dir gesucht.«

»Tut mir leid. Ich musste aus dieser Kajüte raus. Wie war das Frühstück?«

»Köstlich. Echte Eier, Schinken, Toast. Sogar echter Kaffee, stark genug, um das ganze Schiff zu entrosten. Wir können dir sicher noch was holen, wenn du willst.« Mein Magen grummelte warnend. »Nein danke. Mein Ziel für heute ist, mein Inneres drinnen zu behalten. Essen ist morgen wieder dran.«

Ich klemmte mir die Zeitung unter den Arm und ging mit Jayne in die leergefegte Kantine, wo laut Plan unsere erste Probe stattfinden sollte. Violet war schon auf den Beinen und versuchte, eine Folge von Tanzschritten vorzuführen. Als wir hereinkamen, hörte sie auf, und Gilda begrüßte mich mit einem warmen Lächeln. »Guten Morgen. Wie geht's dir?«

»Ich bin auf dem Weg der Besserung. Was ich deiner Tablette zu verdanken habe.« Ich legte das Mitteilungsblatt auf einen Tisch. »Wo ist Kay?«

»Einen Klavierspieler suchen gegangen. Man munkelt, unter den Zahnärzten ist einer, der zwei Semester an der Julliard School studiert hat«, sagte Gilda.

»Ein musikalischer Zahnarzt?«, fragte ich.

»Ja, er spielt alles in Schmerz-Moll.« Violet schnappte sich die Postille und blätterte sie in einer Geschwindigkeit durch, als ob sie am Tag nach der Premiere die Kritik zu einem Stück suchte, bei dem sie mitspielte. »Die Leiche hat einen Namen«, sagte sie. »Irene Zinn. Eine Wac.«

»Eine ehemalige Wac«, sagte ich. »Sie ist vor ein paar Monaten aus der Armee ausgetreten.«

»Was ist eine Wac?«, fragte Gilda.

»Eine Frau vom Women's Army Auxiliary Corps«, erklärte ich. »Die Frauendivision der US-Armee.« Jeder der drei großen Heeresteile hatte eine Frauendivision:

Die Army hatte den WAAC, die Navy die WAVES und die Air Force die SPAR. Überall an der Heimatfront hingen Rekrutierungsplakate, die einen zum Beitritt drängten – »damit ein Mann die Hände zum Kämpfen frei hat« und »damit die Männer schneller zurück sind«. Die Wacs allerdings waren auch bei Auslandseinsätzen dabei, die anderen Divisionen taten ausschließlich in den Staaten Dienst – obwohl das Gerücht kursierte, auch die WAVES könnten noch vor Kriegsende die andere Seite des Ozeans zu Gesicht bekommen.

Ein beunruhigender Gedanke: Der Krieg dauerte schon lange genug, dass die anfänglich aufgestellten Regeln bereits aus purer Notwendigkeit heraus geändert wurden. Was würde als Nächstes kommen? Würden uns die Männer ausgehen und die Frauen in die Schlacht geschickt werden?

Gilda lächelte mich voller Dankbarkeit an – man hätte meinen können, ich hätte sie gerade vor einer außer Kontrolle geratenen Straßenbahn gerettet. »Gott sei Dank ist sie identifiziert«, sagte sie. »Vielleicht war sie ja da, um sich von jemandem zu verabschieden.«

Daran hatte ich auch schon gedacht. Warum sonst hätte Irene just an diesem Tag in San Francisco sein sollen? Los Angeles war ja nicht gerade nebenan. »Ich würde wetten, dass gestern nur wir zu den Salomonen aufgebrochen sind. Wenn sie dort mal stationiert war, wollte sie sicher jemandem auf unserem Schiff auf Wiedersehen sagen.«

»Aber wenn das stimmt: Warum hatte sie dann keinerlei persönliche Sachen dabei?«, fragte Violet.

Ein guter Einwand. Ohne die Erkennungsmarke wäre Irene wahrscheinlich immer noch eine nicht identifizierte Leiche.

»Über wen redet ihr?«, fragte Kay, einen kleinen, stämmigen und schwer mit Notenblättern bepackten Mann im Schlepptau. Schon aus der Entfernung fiel auf, dass er absolut gleichmäßige Beißerchen hatte.

»Über die Tote im Wasser«, sagte Violet. »Sie wurde identifiziert. Sie hieß Irene Zinn.«

Kay geriet ins Wanken. In Zeitlupe neigte sie sich immer weiter nach hinten und zwang den Klavierspieler, die Noten fallen zu lassen, um sie aufzufangen.

»Alles in Ordnung?«, fragte Jayne.

Der Zahnarzt ließ Kay behutsam auf den Boden gleiten, wobei er ihren Oberkörper weiter mit seinem stützte. Sie schwankte von rechts nach links und kam schließlich in der Mitte zum Stillstand.

»Ich fühle mich ein bisschen schwach«, sagte Kay. »Ich glaube, ich … ich …« Sie schlug die Hand vor den Mund und kämpfte sich wieder auf die Füße. Mit der Anmut einer krummbeinigen Stelzenläuferin stolperte sie aus dem Ballsaal.

Mein Magen schlingerte, und die am Abend vorher verspeisten Salzkräcker drohten mir zu entwischen. Ich atmete tief ein und hoffte, es würde vorübergehen, aber genau in diesem Moment beschloss das Schiff, vom Zick- auf den Zack-Kurs einzuschwenken.

Mit ebenfalls auf den Mund gepresster Hand rannte ich Kay hinterher.

Ich hörte sie schon, bevor ich sie sah. Sie kniete vor einer der Kloschüsseln in der Damentoilette. Ich nahm die Kabine nebenan und erledigte mein eigenes übelriechendes Geschäft. Mit entleertem Magen versuchte ich, mich so gut wie möglich zu säubern, und wandte mich dann ihr zu.

»Alles klar?«

»Na ja.« Der nächste Krampf schüttelte sie. Als sie zum Luftholen hochkam, war ihr Gesicht ein einziges Desaster aus verschmierter Schminke, Tränen und fleckiger Haut.

»Ich dachte, nach vierundzwanzig Stunden auf See ist man außer Gefahr.«

»Wahrscheinlich habe ich noch Glück gehabt«, sagte sie. Falls diese Aussage eine zweite Ebene hatte, klärte sie mich nicht darüber auf.

»Die gute Nachricht ist: Irgendwann geht es vorbei.« Ich gab ihr einen Bausch zusammengeknülltes Toilettenpapier und half ihr, sich das Gesicht abzuwischen. »Morgen bist du wieder wie neu, wetten?«

Sie stützte die Stirn in die Hand, und ein Schauer durchlief ihren Körper. »Hoffentlich hast du recht, aber ich bezweifle es.«

Ich half Kay in unsere Kajüte und besorgte ihr Gingerale und Kräcker. Als ich in die Kantine zurückkam, spielte der Pianist – Dr. McDaniels – gerade ein schnelles Instrumentalstück, zu dem die anderen mit vor Anstrengung und Gelächter roten Gesichtern durch die Gegend wirbelten. Auch wenn Jayne und Violet sehr viel gekonntere Schritte vollführten, wurde mein Blick doch von Gilda angezogen. Sie strahlte bei jeder Drehung und quittierte jeden Fehler mit einem augenrollenden Grinsen. Irgendwann merkte sie, dass sie mit den beiden anderen nicht mithalten konnte, überließ sie ihrem energiegeladenen Freudentanz und kam zu mir, um Atem zu schöpfen.

»Wie geht's Kay?«, fragte sie.

»Weiß ich nicht genau. Mein Gefühl sagt mir, dass das nicht nur ein Anfall von Reisekrankheit ist. Sie wirkt irgendwie komisch.«

»Aber auch begabt«, sagte Gilda. »Du hättest sie vorhin singen hören sollen. Ich habe eine Gänsehaut bekommen.«

Wir probten zwei Stunden. Auf einem Schiff Tanzschritte einzustudieren war eine fürchterlich schlechte Idee, obwohl die Figuren, die Gilda choreografiert hatte, eigentlich so einfach waren, dass … nun ja … unter normalen Umständen sogar ich sie hinbekommen hätte. Denn Gilda war eine geduldige Lehrerin, die keine Perfektion verlangte, sondern uns allein schon für unsere Mühe lobte, überhaupt da zu sein.

Anders gesagt: Sie war das genaue Gegenteil von jedem Regisseur, mit dem ich in der Vergangenheit zusammengearbeitet hatte.

Ich hätte das armselig finden können, aber es war offensichtlich, dass Gilda nicht deswegen die Latte tief legte, weil sie uns nichts anderes zutraute. Sie hatte begriffen, wie dämlich es wäre, die Tage damit zu verschwenden, unserem tänzerischen Können und anderen Details einen Feinschliff zu verpassen. Das Publikum, vor dem wir auftreten würden, wollte unterhalten werden. Ihm wäre egal, ob wir die perfekte Dehnung schafften, den perfekten Augenblick erwischten oder die perfekte Tonhöhe trafen.

Mit ihrer Prognose, Gilda würde sich zum Mittelpunkt der Show machen, lag Violet falsch. Gilda bestand sogar darauf, neben den Gruppennummern die Zeit im Rampenlicht zu gleichen Teilen mit dem zu füllen, was jede von uns besonders gut konnte. Ich war mir zwar nicht so sicher, wie begeistert unser Publikum davon sein würde, wenn sich der Star in regelmäßigen Abständen hinter die Bühne zurückzog – ja, ich hielt es für undenkbar, dass nicht sowieso alle immer nur sie anstarren würden, egal, wo auf der Bühne sie sich gerade befand –, aber der Versuch, uns allen einen Platz an der Sonne zu verschaffen, war zumindest eine nette Geste von ihr.

Die Frage war: Was konnte ich besonders gut? Meine hervorstechendste Fähigkeit war zweifelsohne das Schauspielern, aber ich hatte so ein Gefühl, dass die Männer keine Lust haben würden, sich durch einen von meiner Wenigkeit dargebrachten Shakespeare-Monolog zu quälen. Sie hatten schon genug Unerfreuliches erlebt.

Nach dem Mittagessen überlegte ich gemeinsam mit Jayne, was ich zu meiner besonderen Fähigkeit erklären sollte.

»Wir könnten zusammen tanzen«, schlug sie vor.

»Du weißt, auf diesem Feld sind die mir zur Verfügung stehenden Mittel erschöpft.« Bei der letzten Inszenierung, an der wir beide beteiligt waren, hatte man mich in einem Corps de ballet grob fehlbesetzt und so die anderen unfähigen Tänzerinnen neben mir wie die Pawlowa aussehen lassen.

»Kein Ballett, du Dussel. Wir könnten steppen.«

Verglichen mit Jayne und so gut wie allen, die eine seriöse Ausbildung genossen hatten, war ich zwar eine schlechte Tänzerin, konnte aber einigermaßen Stepp tanzen. Nicht so gut wie Eleanor Powell oder Fred Astaire, aber ich hatte ein paar Kurse besucht und wäre mit ein bisschen Training sicher passabel. Wenn wir dann noch ein paar Blödeleien einstreuten, würde den Soldaten nicht weiter auffallen, wie unraffiniert die Schritte im Grunde waren. »Wir könnten es wie Burns und Allen machen«, sagte ich zu Jayne. »Du weißt schon, immer dann, wenn die Aufmerksamkeit für das Getanze nachlässt, gibt's einen Witz. Würde es dir etwas ausmachen, die Naive zu spielen, während ich die Stichwortgeberin mache?«

»Ich tu doch sowieso seit fünf Jahren nichts anderes.«

Glücklicherweise befanden wir uns im Land der Improvisation, wo man, um aus Schuhen Stepptanzschuhe zu machen, nichts weiter unternehmen musste, als dem einfallsreichen Bordschuster einen Besuch abzustatten. Eine halbe Stunde später waren die Schuhe fertig. Am frühen Abend hatten wir das Gerüst einer Tanznummer und einige fiese Schrammen an den Schienbeinen.

Anstatt die freie Zeit vor dem Abendessen auf dem Sonnendeck zu verbringen, beschlossen wir, nach Kay zu sehen. Als wir die Kajüte betraten, lag sie in einem Haufen benutzter Taschentücher auf dem Bett. Das Gingerale, das ich ihr gebracht hatte, war ausgetrunken, aber die Kräcker hatte sie nicht angerührt.

»Wie geht es dir?«, fragte Gilda.

Kay sah sie an, als hätte sie die Frage nicht verstanden.

»Kay?«, sagte ich.

»Was?«

»Gilda hat dich gefragt, wie's dir geht.«

»Besser. Mir geht's besser.«

Violet, Gilda, Jayne und ich wechselten besorgte Blicke. Jayne kletterte die Leiter zu Kays Bett hoch und plapperte los, als ob nichts wäre. Sie berichtete von der

Mühsal unserer Choreografie und wie schwierig es werden würde, sich Witze für ein Publikum einfallen zu lassen, das man nicht kannte. Während Jayne redete, dämmerte Kay weiter vor sich hin. Ihre Reaktionen kamen mit erheblicher Verspätung, als ob sie aus großer Entfernung zuhörte und immer erst einige Zeit verstreichen musste, bis sie uns vernahm.

»Der Klavierspieler ist großartig«, sagte ich. »Es wird dir Spaß machen, mit ihm zu arbeiten.«

»Da bin ich mir nicht so sicher«, sagte Violet. »Er hatte doch tatsächlich die Frechheit, mir zu sagen, bei mir im Mund herrsche Durchzug.«

»Was wollte er denn damit sagen?«, fragte Jayne.

»Dass manche Zähne da sind und manche nicht.« Grinsend zeigte sie auf einen fehlenden Backenzahn.

Zum ersten Mal lächelte Kay. Wir werteten das als Zeichen dafür, dass sie wieder zu sich kam, und schlugen Lieder vor, die sie singen könnte. Sie freute sich über das vorhandene Repertoire, und ihre Haut nahm wieder Farbe an. Mit Jaynes Hilfe kam sie vom oberen Stockbett herunter, und schließlich hockten wir zu fünft auf Violets Bett und besprachen die Show.

»Das wird fantastisch, Mädels«, sagte Gilda. »Ich kann's gar nicht abwarten, mit euch auf der Bühne zu stehen.«

»Mit Hollywood wird das aber nichts zu tun haben«, sagte Violet. »Kein Bühnenbild, keine Kostüme, kein Geld.«

»Wie ist es denn in Hollywood?«, fragte Jayne.

»Effizient«, sagte Gilda. »Sehr, sehr effizient.«

Ich glaube, ich wusste, was sie meinte. Auch wenn zu Hollywoods Selbstdarstellung oft die Karikatur des linkischen Studiobosses und des unbeholfenen Regisseurs gehörte – in Wirklichkeit war ein einziges Studio in der Lage, pro Jahr hunderte Filme auszuspucken. Das Filmemachen lief wie eine gut geölte Maschine, die wusste, dass man auch einen Erfolg landen konnte, wenn man nur zwei der drei grundlegenden Elemente – richtiges Drehbuch, richtiger Star und richtiger Zeitpunkt – zusammenhatte.

Gilda erzählte uns von ihrem ehemaligen Studio, in das sie nicht nur täglich zur Arbeit gegangen war, sondern das außerdem auch ihre Bankgeschäfte erledigt, ihr einen Immobilienkredit verschafft, ihr die Haare geschnitten, ihre Versicherungsunterlagen notariell beglaubigt, einmal jährlich ihre Zahnvorsorgeuntersuchung gemacht und ihre Wäsche gereinigt hatte. Die Studios waren Miniaturstädte. Sie hatten begriffen, dass es viel kostengünstiger war, den Künstlern alles zur Verfügung zu stellen, anstatt kostbare Zeit zu verlieren, weil die Künstler zum Erledigen ihrer Alltagsgeschäfte das Gelände verlassen mussten.

»Sogar die Kaufhäuser kamen zu uns«, sagte Gilda. »Letztes Jahr habe ich meine Weihnachtseinkäufe auf dem Gelände erledigt und mir einfach etwas aus der Produktpalette ausgesucht, die eine Verkäuferin von Saks Fifth Avenue dabei hatte.«

»Klingt, als ob ihr denen gehören würdet und sie alles unternehmen, um etwas für ihr Geld zu bekommen«, sagte ich.

Gilda legte den Kopf schief und zeigte ihre vorteilhafte linke Seite. »Ich glaube, so ungefähr ist es auch. Ich habe sechs Tage die Woche vierzehn Stunden täglich gearbeitet, und wenn ich abends nach Hause gekommen bin, habe ich noch ein, zwei Stunden Drehbücher auswendig gelernt und danach gerade noch genug Schlaf bekommen, um am nächsten Tag am Set einigermaßen auszusehen. Eine Rolle ablehnen durfte ich nicht, weil ich vertraglich dazu verpflichtet war, alles zu tun, was von mir verlangt wurde – was erklärt, warum ich bei so vielen Reinfällen mitgespielt habe. Ich musste die Kleider tragen, die sie ausgesucht hatten, dahin gehen, wo sie mich haben, und in Begleitung dessen, mit dem sie mich sehen wollten. Ich durfte noch nicht mal ohne ihre Erlaubnis heiraten.«

»Aber offensichtlich ist es dir nicht schwergefallen, dieses Gesetz zu brechen«, sagte ich.

Sie zwinkerte mir zu. »Im Nachhinein betrachtet hätte ich besser auf sie hören sollen.«

»Wenn du das alles so schrecklich findest, warum willst du dann bleiben?«, fragte Violet. Ich suchte vergeblich nach einer versteckten Spitze in ihrer Frage. Violet wollte wirklich eine Antwort.

»Weil es mir ganz tief drinnen genau so gefällt. Und weil ich, ehrlich gesagt, bei meiner Herkunft nichts Besseres im Leben hätte erreichen können. Ich komme aus einer Kleinstadt in Texas und bin die Tochter einer alleinerziehenden Mutter, die als Wäscherin gearbeitet hat, um meine Tanzstunden bezahlen zu können. Ärztin oder Anwältin hätte ich nie werden können, aber ein Filmstar eben schon. Und die Menschen werden mich nicht vergessen.«

Die Antwort war ehrlich, machte mich aber furchtbar traurig. Ich war Schauspielerin, weil ich gerne Theater spielte. Natürlich musste ich manchmal blöde Jobs annehmen, um weiter schauspielern zu können, aber dieses Opfer brachte ich gern, weil mir nichts anderes einfiel, was ich sonst mit meinem Leben hätte machen sollen. Gilda dagegen tat ihre Arbeit nicht aus Liebe zur darstellenden Kunst, obschon sie – entgegen Violets Behauptungen – beachtliche Fähigkeiten darin besaß. Sie wollte den Ruhm und die Anerkennung, die das Star-Sein mit sich brachte – und die ganzen kleinen Vergünstigungen, wie Kaufhäuser, die ihre Geschenktische am Set aufbauten.

Vielleicht war das der Unterschied zwischen Hollywood und dem Broadway: Am Broadway konnte man sich einreden, dass man es nur der Kunst zuliebe machte.

»Den ersten Artikel, den ich über dich gelesen habe, werde ich nie vergessen«, sagte Kay. »Inklusive der Fotos von dir auf diesem hübschen kleinen Bauernhof. Auf einem hast du eine Kuh gemolken. Wo war das?«

»Wahrscheinlich in der *Movie Scene*«, sagte Gilda.

»Nein, ich meine den Ort«, sagte Kay.

»Da kann ich genau wie du nur raten.«

»Stimmt es, dass du in einer Eisdiele entdeckt worden bist?«, fragte Jayne.

Violet prustete los. Gilda warf lachend den Kopf zurück. Sie saß neben mir, und ich merkte, dass ich ihren Haaransatz prüfend betrachtete. Hatte Violet recht? Hatte ihr das Studio auch das honigblonde Haar und die hohe Stirn verordnet? »Nein, nein. Ganz und gar nicht. Ich habe schon jahrelang unter Vertrag gestanden, bis ich meine erste größere Rolle bekommen habe.«

»Warum schreiben dann alle Zeitschriften etwas anderes?«, fragte Kay.

»Weil es so rum interessanter ist, denke ich«, sagte Gilda. »Niemand will etwas über ein Mädchen aus Texas lesen, das sich im Betrieb hocharbeitet, bis die Bosse irgendwann der Meinung sind, es sei an der Zeit, sie groß rauszubringen.« Ich hätte das gern gelesen. Dann wüsste man wenigstens, was es in Wirklichkeit bedeutete, so weit zu kommen wie sie. »Diese Legendenbildung hat angefangen, als ich in *Mond über Madrid* gespielt habe. Ich erinnere mich noch an mein erstes Interview. Anstatt irgendetwas von dem zu drucken, was ich gesagt hatte, klang es in der Presse so, als sei ich aus dem Nichts aufgetaucht und direkt ein großer Star geworden. Aber eigentlich war ich zu diesem Zeitpunkt schon seit drei Jahren in Entwicklung und hatte in ungefähr einem Dutzend Filmen mitgespielt.«

»Was bedeutet es, ›in Entwicklung‹ zu sein?«, fragte Jayne.

»Einer Feuerprobe unterzogen zu werden«, sagte Violet. »Sie stellen ja ein Produkt her, weswegen sie dich in kleineren Rollen ausprobieren, die Publikumsreaktion auswerten und sich Gedanken darüber machen, welche Position im Studio du am besten ausfüllen könntest. Manchmal beschließen sie auch, dass du gar nicht passt, und lassen die Option auf dich fallen.«

»Aber manchmal finden sie eben auch, dass du passt«, sagte Gilda. »Und dann werden die Rollen größer und dein Name auf den Plakaten wandert nach oben, bis er direkt über dem Titel steht.«

»Und warum, glaubst du, waren sie bei dir der Meinung, dass du soweit warst, ein Star zu werden?«, fragte ich.

»Ich weiß es nicht. Vielleicht war es reine Glückssache. Irgendjemandem ist aufgefallen, dass sie mal ein neues Gesicht brauchen könnten und dass ich eine brauchbare Schauspielerin bin, die schon lange genug dabei ist, um eben dieses neue Gesicht werden zu können. Genau so läuft's nämlich, wisst ihr: Sie nehmen Mädchen unter Vertrag, die eines Tages vielleicht in die Lücke passen, die ein anderer Star hinterlässt oder die entsteht, weil sich der Publikumsgeschmack ändert. Jeder ist ersetzbar.«

»Aber warum du?«, fragte Violet. In ihrer Frage lag etwas Trauriges. Was sie eigentlich wissen wollte, war: Warum du und nicht ich?

Gilda zuckte mit den Schultern. »Ich glaube, weil ich alles gemacht habe, was sie wollten. Ich habe mir jede Kritik zu Herzen genommen. War ich zu dick, habe ich abgenommen. Verriet mein Name zu sehr meine Herkunft, habe ich ihn geändert.«

»Und warum hast du der Presse diese Geschichte nie erzählt?«, fragte Jayne.

Gilda schenkte Jayne mit ihren überkronten Zähnen ein strahlend weißes Lächeln. Wie hatte es wohl vor Hollywood ausgesehen? »Weil die Geschichte alt ist, tausende Mädchen sie schon erlebt haben und niemand sie mehr hören möchte. Alle wollen hören, dass du bist wie alle und jeder die gleiche Chance hat, berühmt zu werden. Deswegen habe ich ihnen genau das erzählt. In Hollywood geht es darum, Legenden und Mythen zu erschaffen. Niemand hat im wirklichen Leben so viel Glück, ist so schön oder so originell. Glaubt mir. Ich habe viel Zeit mit diesen Leuten verbracht, und es gibt niemanden, der auf der Leinwand so ist, wie er wirklich ist. Clark Gable ist dämlich, Norma Shearer ist klein, und Olivia DeHavilland würde ihrer eigenen Mutter die Kehle durchschneiden, um voranzukommen.« Hatten ihre Worte erst noch uns allen gegolten, schienen sie sich jetzt nur noch an Violet zu richten. Ich glaube, sie wusste um die Eifersucht, die an Violet nagte, und wollte ihr begreiflich machen, dass man über Erfolg oder Misserfolg nicht selbst bestimmen konnte. »Mir ist auch klar, dass nicht alle meine Entscheidungen gutheißen. Es wäre besser, wenn man solche Entscheidungen gar nicht erst treffen müsste, aber so ist es nun mal: Das System wird sich unseretwegen nicht ändern. Und ich bin davon überzeugt, man kann es nicht MGM, Twentieth Century Fox oder den anderen Studios anlasten, dass eine Schauspielerin sich verändern muss, um in die Gussform zu passen. Die Anzugträger sind nur schlau genug, den Leuten genau das zu geben, was sie wollen. Offen gestanden: Wer in dieses Geschäft rein will, muss Teil des Systems werden.«

5 Soldaten und Frauen

In den anderthalb Wochen auf dem Schiff sah unser Tagesablauf so aus: Sieben Uhr aufstehen und entspanntes Frühstück mit den Offizieren. Sobald die Kantine sich geleert hatte, Probe bis eins. Da die Soldaten nur zwei Mahlzeiten am Tag bekamen – Frühstück und Abendessen –, nahmen wir das Mittagessen nicht in der Kantine, sondern gemeinsam mit den Offizieren in einem anderen Teil des Schiffes ein. Nach Mittag zwei Stunden Freizeit, die wir, wenn das Wetter mitspielte, auf dem Sonnendeck verbrachten. Dann noch mal zwei Stunden Probe. Im Normalfall zogen wir uns anschließend in die Kajüte zurück, erholten uns, machten Nickerchen, schrieben Briefe und gingen unter die Dusche. Den Abend läuteten wir wieder mit einem Essen gemeinsam mit den Offizieren ein, den Rest des Abends verbrachten wir im Kasino, tanzten und unterhielten uns mit den Männern, während eine aus den Reihen der Soldaten rekrutierte, bunt zusammengewürfelte Musikantentruppe alle Schlager zum Besten gab, die sie beherrschte.

Zwangsläufig waren die Nächte im Kasino lang. Wir konnten uns so sehr nach dem Bett sehnen wie wir wollten – ein ungeschriebenes Gesetz verlangte, dass wir bis zum bitteren Ende blieben. So wie es Kapitänspflicht war, mit dem sinkenden Schiff unterzugehen, erwartete man von uns fünf, erst zusammen mit der Band Schluss zu machen.

Bei meinem ersten Mal im Club wurden die abendlichen Vergnügungen von einem anschwellenden Sprechchor unterbrochen. Ich verstand erst langsam, was die Männer riefen: »Gilda, Gilda, Gilda!« Sobald diese ihnen ihre Aufmerksamkeit schenkte, wurde aus dem Sprechgesang ein vierstimmiges Lied, das, wie ich später erfuhr, »Ich will ein Mädchen wie Gilda DeVane« hieß. Es war eine anspruchslose kleine Weise mit einem eingängigen Refrain, der so ging:

Ihre Haare sind golden, die Augen hellblau,
die Beine spotten dem Knochenbau.
Kaum fängt sie an zu lächeln
Fühl ich mein Inn'res schwächeln.
Ich will ein Mädchen wie Gilda DeVane.

Als sie mit dem Lied fertig waren, belohnte Gilda sie mit enthusiastischem Applaus, woraufhin man sie mit Bitten nach einer Stehgreif-Darbietung überhäufte.

»Oh nein«, sagte sie, »dem kann ich auf keinen Fall nachkommen. Außerdem spielt die Band doch ganz fabelhaft.«

Die Männer wollten nichts von ihren Ausflüchten hören. Als sich abzeichnete, dass sie nur unter Anwendung von Gewalt zu überzeugen war, nahmen sie zwei Matrosen an den Armen und zogen sie spielerisch auf die Bühne.

In einem schlichten Kleid und mit ihrem honigfarbenen Haar, das links mit einer Spange zurückgesteckt war und rechts wie eine Kaskade aus Locken herabfiel, schritt sie aufreizend langsam zum Mikrofon, zwinkerte der Band zu und begann zu singen, mit einer leisen, sinnlichen Stimme, die man im Film ganz sicher nicht synchronisieren musste. Niemand tanzte; alle waren so gebannt, dass keiner sich bewegte. Vielleicht war ihr

Kehlchen nicht ganz so golden wie das von Kay und ihre Beinarbeit nicht ganz so ausgefuchst wie die von Jayne oder Violet, aber sie war eine erfahrene Bühnenkünstlerin, die für jeden einzelnen im Raum zu singen schien. Jeder der Männer musste sich fühlen, als ob er diesen wundervollen Augenblick allein mit ihr erlebte.

Ich wusste, wie künstlich vieles von dem war, was Gilda tat. Sie war nicht so bescheiden, als dass sie nicht hätte singen wollen. Und nicht jeder der Männer, die ihre Darbietung mit großen Augen verfolgten, lag ihr wirklich am Herzen. Trotzdem fand ich alles an ihr magisch, und das, nachdem ich bereits ungezählte Stunden an ihrer Seite geprobt hatte.

Auch Jayne erlag ihrer Ausstrahlung. Wir saßen hinten auf Barhockern und flüsterten uns Gilda-Lobpreisungen zu, wie zwei Kleinkinder, die voller Begeisterung zusehen, wie sich ihre normalerweise unscheinbar gekleidete Mutter zum Ausgehen zurechtmacht. Als Gildas Lied zu Ende war, forderten die Männer lauthals eine Zugabe. Aber anstatt auf ihre Bitten einzugehen, verkündete sie: »Ich möchte, dass meine Mädels zu mir kommen.« Die Menge teilte sich, und wir stiegen auf die Bühne.

Gilda scharte uns um sich. »Wie wär's mit ›Boogie Woogie Bugle Boy‹?«, fragte sie. Ein Lied, das wir geprobt hatten, das beim Publikum ganz sicher ankommen würde und das keine unserer Stimmen überforderte. Wir alle fanden den Vorschlag gut, und sie forderte uns auf, jeweils eine Hand in die Mitte unseres Kreises zu strecken. Sie umfasste alle Hände und drückte sie fest, dann wies sie uns an, uns gut zu amüsieren. Der Klavierspieler zog das Notenblatt heraus, und ich konzentrierte mich. Als wir Harmonien anstimmten, die wir erst am Vormittag geprobt hatten, und uns Schritte gelangen, die wir vorher noch nie gemeistert hatten, stand die Menge vor Begeisterung sprachlos da. Ich bin sicher, es waren auch falsche Töne und verpatzte Schritte dabei, aber für dreieinhalb Minuten fühlte ich mich, als ob wir Wiedergängerinnen der Andrews Sisters wären.

Noch nie hatte ich eine derartige Energie auf der Bühne gespürt. Als freiwillige Helferin in der Stage Door Canteen in New York hatte ich erlebt, dass man auch das Telefonbuch hätte vorlesen können und die Männer dankbar gewesen wären für die Ablenkung. Aber die Gier nach unserem Auftritt, die jetzt durch den Raum pulste, stärkte in mir den Wunsch, alles zu geben, was ich hatte. Ich verkaufte ihnen das Lied, als wäre mein Name keinen Pfifferling wert und meine Miete am nächsten Tag fällig. Mit steigender Hingabe wuchsen merkwürdigerweise auch meine Fähigkeiten, und ich traf Noten und vollführte Bewegungen, von denen ich niemals angenommen hätte, dass ich sie zustande bringen konnte. Als Kay mit ihrem Solo »He's the boogie woogie bugle boy of Company B« das Lied beschloss, drehte die Menge vollkommen durch, alle schrieen und pfiffen wild durcheinander. Wir sangen noch zwei weitere Lieder, auf die wir fast noch enthusiastischere Reaktionen bekamen, dann übergaben wir wieder an die Band und mischten uns unter die Leute. Nach diesem Abend war Gilda nicht mehr der einzige Star des Kasinos. Wir alle waren angekommen.

Die restliche Zeit auf dem Schiff verging rasch und ruhig. Mein Magen gewöhnte sich ans Meer, ich konzentrierte mich auf die Proben und erfreute mich ansonsten an den uns gebotenen Annehmlichkeiten. Ich dachte schon, für immer und ewig auf der *Queen of the Ocean* bleiben zu können, als wir einen Tag vor unserer geplanten Ankunft am Zielort von der unheimlichen Lautsprecherdurchsage »Achtung! Alle Männer klarmachen zum Gefecht!« geweckt wurden. Während wir noch in unseren Betten lagen und der auf uns einprasselnden Botschaft einen Sinn zu entnehmen suchten, wurde uns langsam klar, dass sich das Schiff – und mit ihm alle Passagiere – in Gefahr befand. In einiger Entfernung war ein U-Boot gesichtet worden, und alle mussten sich sofort mit ihren Mae Wests auf ihre Posten begeben. Was für uns fünf bedeutete, so schnell wie möglich in die Kantine zu gehen und auf weitere Anweisungen zu warten.

Da saßen wir dann an unserem Esstisch, tranken Kaffee und betrachteten das Treiben um uns herum. Der Saal war voller Soldaten, die auf dem Schiff keine bestimmte Aufgabe hatten, und man sah ihnen an, wie entsetzlich sie es fanden, nichts zu tun zu haben. Sie saßen in dicht gedrängten Haufen beisammen und unterhielten sich so leise und zurückgenommen, dass die Luft vor Anspannung knisterte. Von der ängstlichen Vorahnung bekam ich Sodbrennen. Unser Schiff war ein Ziel, was bedeutete, dass feindlicher Beschuss es jede Sekunde zerreißen konnte. Und was dann? Die anderen Männer und Frauen hatten immerhin eine militärische Ausbildung. Wir fünf waren so machtlos wie die bettlägerigen Verletzten an Bord der *Centurian*.

Wussten Menschen, die bald sterben mussten, vorher, was sie erwartete? Ich redete mir ein, dass dem nicht so war, dass man immer bis zum letzten Moment im Dunkeln tappte – was im Umkehrschluss bedeutete, dass wir, wenn ich jetzt schon an die Möglichkeit des Sterbens dachte, garantiert nicht sterben würden. Aber ich wusste, wie wenig wahrscheinlich meine Theorie war. Schließlich ahnen auch Menschen, die einem Erschießungskommando gegenüberstehen, was als Nächstes passiert.

»Wird schon gutgehen«, flüsterte Jayne und versuchte, mich zu beruhigen, indem sie mir eine Hand aufs Bein legte. Was hätte funktionieren können, wenn ihr Arm nicht vor Angst gezittert hätte.

Mein Blick glitt über die hunderte von Menschen im Saal. »Warum haben die denn keine Angst?«

»Ich glaube, sie sind dankbar für die Abwechslung«, sagte Kay. »Man verbringt so viel Zeit damit, darauf zu warten, dass irgendetwas passiert, dass einen, wenn es so weit ist, die Betriebsamkeit ganz gefangen nimmt und man gar nicht an die Gefahr denkt. Bei der Armee zu sein bedeutet vor allem Warten.«

Was mir als eine miese Art zu leben erscheinen wollte.

»Alle Mann Achtung!«, meldete sich die geheimnisvolle Stimme über den Lautsprecher wieder. »Die entbehrliche Besatzung begibt sich in die Kajüten und bleibt für den Rest der Reise dort. Ohne Erlaubnis des Kapitäns hat ab sofort niemand mehr Zutritt zum Deck. Alle unwesentlichen Veranstaltungen sind abgesagt.«

Zur Deutung dieser Botschaft brauchte ich keine Kay. Wir befanden uns in feindlichen Gewässern. Die Tage, in denen man bis spät in die Nacht auf der Bühne stehen und sich an Deck sonnen konnte, waren vorbei.

Vor der Ankunft wurde uns noch ein letzter Ausflug aus unserer Kajüte gestattet: Wir mussten zu einer ärztlichen Untersuchung – der Matrose, der uns zur Krankenstation brachte, sprach von der »Pillermannprüfung«.

»Wie bitte?«, fragten wir einstimmig.

Er ließ ein breites, von Zahnlücken gewürztes Grinsen aufblitzen. Wahrscheinlich war er ein Opfer der »Keksplosion« geworden, einem unschönen Nebeneffekt des Verzehrs der altbackenen Kräcker aus den Verpflegungsrationen der Armee. »Ihr wisst schon, es geht zum Penismechaniker.« Wir hielten Maulaffen feil, und ihm wurde klar, dass wir immer noch nicht verstanden, um was es ging. »Immer, wenn man irgendwo neu hinkommt, muss erst mal die Hose ausgezogen werden.«

Wir machten uns nicht die Mühe, ihm zu erklären, dass wir über die eine solche Untersuchung sinnfällig machende Ausstattung nicht verfügten. Der Arzt war hundertachtzig Jahre alt. Er knöpfte sich uns eine nach der anderen vor, untersuchte unsere Augen auf Skorbut, unsere Haare nach Läusen und unsere Haut auf Ausschläge, die auf unser unmittelbar bevorstehendes Ableben hindeuten könnten. Es wollte mir so scheinen, als müssten wir nach einer guten Woche auf dem Schiff längst die gesamte Besatzung in Gefahr gebracht haben, wenn wir eine dieser Krankheiten wirklich hätten.

Wir mussten uns nicht bis zum Schlüpfer entkleiden, er vertraute darauf, dass wir ihm ehrliche Auskunft über unsere Umtriebe gaben – und über das, was wir uns dabei hätten holen können. Er fühlte sich bei seinen Fragen offenkundig genauso unwohl wie wir bei deren Beantwortung.

»Haben Sie in letzter Zeit Verkehr gehabt?«

Ich musste mir auf die Zunge beißen, um nicht loszulachen. »Nein.«

»Sind Sie je schwanger gewesen?«

»Nicht, dass ich wüsste.«

Er drückte die Haut auf meinem rechten Handrücken. Sie wurde rot, bevor sie wieder die übliche Fleischfarbe annahm. »Spüren Sie ein Jucken oder Brennen im Intimbereich?«

Noch ein Biss auf meine arme Zunge. »Ähm, nein.«

An der Wand hing eine handgezeichnete Karikatur von einem Arzt mit mahnend erhobenem Zeigefinger. »Der Hosenschlitz brütet Krankheiten aus«, dozierte er in einer Sprechblase. »Lassen Sie den Reißverschluss lieber zu!«

»Sind Ihnen wunde Stellen oder verfärbte Haut an Ihren Geschlechtsteilen aufgefallen?«, fragte der Arzt.

»Nein, Sir.« Wer hatte denn die Zeit, nach so was zu suchen? Und wer zur Hölle war dafür gelenkig genug?

Er wollte mit einem Hämmerchen auf mein Knie klopfen, schlug mit seiner zittrigen Hand aber daneben. Beim zweiten Versuch traf er. Mein Bein schnellte in die Höhe und verpasste nur um Haaresbreite seinen Unterleib. »Haben Sie eine Art Ausfluss bemerkt, vielleicht sogar einen, den man als unangenehm riechend beschreiben könnte?«

»Ganz sicher nicht.«

Zufrieden, dass ich wie erwartet gesund war, übergab er mir ein Fläschchen mit Atabrine-Tabletten, der billigen, synthetischen Armeeversion von Chinin, gegen die Malaria.

»Davon wird man ganz gelb«, erzählte uns Violet später in der Kajüte. Auch Gilda war dabei, als wir uns über die Kreuzverhöre austauschten, denen wir unterworfen worden waren. »Glaubt mir: Ich musste diese Pillen früher schon mal nehmen, und fast jeder wird gelb davon.«

Jayne untersuchte die weiche, weiße Haut ihres Arms. »Fast jeder?«

»Ein paar Glückliche verfärben sich überhaupt nicht. Ich gehöre nicht dazu.« Violet stopfte die ungeöffnete Ampulle in ihre Handtasche.

Jayne fischte eine zitronengelbe Pille hervor und starrte sie an, als suchte sie nach einer Möglichkeit, den medizinischen Zweck von den pigmentierenden Eigenschaften zu trennen. »Hinterher entfärbt man sich aber wieder, richtig?«

»Wenn man Glück hat, ja.«

Gilda ließ ihre Pillen ebenfalls in die Tasche gleiten, offensichtlich unschlüssig, ob Prophylaxe wirklich eine grelle neue Hautfarbe aufwog.

»Wir fahren in die Tropen«, sagte Kay. »Da sind Malariaerreger überall.«

»Genau wie Männer«, sagte Violet. »Keine Ahnung, wie's dir geht, aber ich bin lieber krank als einsam.«

6 Ein gemütliches Heim

Innerhalb der nächsten vierundzwanzig Stunden legte das Schiff drei Mal an, zwei Mal davon im Schutz der Nacht. Obwohl wir nicht wussten, wer genau bei diesen Gelegenheiten von Bord ging, machte es doch den Anschein, als wäre es der Großteil der Besatzung gewesen. Beim dritten und letzten Mal klopfte Carson Dodger an die Tür und ließ uns wissen, dass wir in Kürze das Schiff verlassen würden.

Wir wussten nicht, wo wir waren, aber wir hatten ja zum Thema Bestimmungsort klare Anweisung erhalten und wussten, dass wir nicht fragen durften. Als ich allerdings bei einem Blick aus dem Bullauge weit und breit nur Wasser sah, blieb mir nichts anderes übrig, als nach einer Erklärung zu verlangen.

»Ihr bringt uns aber schon an Land, oder?«

Carson begleitete uns zum Unterdeck, wo ein kleiner Landungssteg ins Meer gelassen worden war. Neben dem Steg dümpelte ein Motorboot, das von einem Matrosen gefahren wurde, dessen weiße Sommeruniform sich stark von seiner tiefen Bräune absetzte. »Wegen der Korallenriffe können wir nicht näher ans Ufer ran. Die Küstenstreife bringt Sie auf die Insel.«

»Die wo genau sein soll?«, fragte Violet.

Er zeigte auf die andere Seite der *Queen of the Ocean.* »Keine Sorge – das Schiff verstellt die Sicht. Sie sind nicht mehr als zehn Minuten Fahrt von Ihrem neuen Zuhause entfernt.«

Er half uns hintereinander ins Boot. Unser Gepäck folgte. Die Koffer, einer nach dem anderen einfach über

Bord geworfen, landeten mit einem Wumms neben uns.

»Das wäre die antike Bowle-Schüssel meiner Großmutter gewesen«, meinte Violet.

Das Boot fuhr los, und über die Seiten gebeugt betrachteten wir das blaue Wasser, so sauber und klar, dass man mit nicht allzu viel Anstrengung den Meeresgrund erkennen konnte. Unter der Wasseroberfläche tanzende Korallenarme lockten einen, sich noch weiter hinunterzubeugen. Farbenfrohe Fische, deren rasante Bewegungen einstudiert wirkten, tauchten in die weiße Bugwelle des Bootes.

»Gibt es hier Haie?«, fragte Violet.

»Darauf können Sie wetten«, sagte unser gebräunter Geleitschutz. »Ich glaube, den Haien haben wir die Hälfte aller toten Japsen zu verdanken. Die haben eine Vorliebe für Schlitzaugen entwickelt.«

In Sekundenfrist wurde die Insel sichtbar, ein sattgrünes Paradies, das viel bewohnter aussah, als ich vermutet hatte. Aus irgendeinem Grund war ich davon ausgegangen, dass die Südsee bis zum Ausbruch des Krieges nicht in Kontakt mit der Zivilisation gekommen war.

Ein Stromstoß durchfuhr mich. Intuition war eigentlich gar nicht meine Baustelle, aber in diesem Augenblick war ich plötzlich überzeugt davon, dass Jack hier gewesen war. Das wusste ich so sicher wie meinen eigenen Namen.

»Das ist es also«, sagte Jayne.

»Das ist es also«, wiederholte ich.

Dem Wasser zugewandt standen Häuser auf Stelzen, mit grasgedeckten Dächern und Fenstern, die wie leere Augen unsere Ankunft beobachteten. Als wir in seichteres Wasser kamen, beäugten uns misstrauische, als Treibgut getarnte Krokodile.

»Das ist Blue Beach«, sagte unser Begleiter. Ich suchte nach einer Antwort darauf, wie der Ort zu seinem Namen gekommen war, aber einen ersichtlichen Grund dafür schien es nicht zu geben. Der mit Muschelschalen übersäte Strand war reinweiß.

Als wir das Ufer erreichten, tauchte ein weiterer Mann auf – diesmal einer in Shorts, auf dessen rechtem Bizeps eine grellbunt tätowierte Polynesierin tanzte – und half uns vom Boot auf einen zweckmäßigen Kai, der in diesem Dschungelparadies fehl am Platz wirkte. Die Luft war feucht und drückend und so voller unbekannter, schwerer Düfte, dass mein Kopf sich anfühlte, als wollte er vor Überreizung platzen. Es war früher Nachmittag, und die immer noch im Zenit stehende Sonne brannte sengend auf uns herunter. Ein dritter Mann mit hinter einer verspiegelten Sonnenbrille verborgenen Augen begrüßte uns breit lächelnd. Seine Haut war gebräunt, seine Schultern breit und seine Beine unter der aus einer Armeehose gefertigten Shorts nackt, weswegen man eine schlecht verheilte Narbe sehen konnte, die sich über nahezu sein ganzes Knie zog. Anstelle der Erkennungsmarke hatte er eine Kamera um den Hals hängen.

Er hielt den Sucher vor seine Augen und starrte uns durch die Linse an. Wir konnten kaum reagieren, da hatte er schon ein Bild geschossen und unsere zerzauste Ankunft für alle Ewigkeit festgehalten.

»Willkommen auf Tulagi, meine Damen. Ich bin Ihr Fahrer ins Camp. Ich heiße Ernie Dwyer, aber Sie können mich auch …«

»Dotty nennen«, ergänzte Kay.

Er nahm die Brille ab. »Kay?«

Ein Lächeln umspielte ihre Lippen. »Die und keine andere.«

»Du meine Güte! Was sehen meine entzündeten Augen!« Zaghaft gingen sie einen Schritt aufeinander zu, mit vor Unsicherheit hin- und herpendelnden Köpfen.

»Jetzt nimm ihn schon in die Arme«, sagte Violet.

Kay wurde rot, streckte dann aber die Arme aus. Dotty griff nach ihr und wirbelte sie herum.

»Ich hatte keine Ahnung, dass du kommst«, sagte er.

»Und ich wusste nicht mal, dass du noch bei der Armee bist.«

»Bin ich nicht. Ich bin jetzt Kriegsberichterstatter.«

»Ein wahnsinnig guter Schreiber warst du ja immer schon.«

Er beugte sein vernarbtes Knie. »Zum Glück konnte ich mich darauf verlegen. Nach dem das mit meinem Bein passiert ist, fanden sie nämlich, dass meine Tage als Soldat gezählt sind.«

»Aber so einfach lässt du dich nicht abschieben, oder?«, fragte Kay.

»Du kennst mich. Aber wie sieht's bei dir aus? Hast du's dir anders überlegt und dich doch noch mal verpflichtet?«

Kay zwang sich zu einem Lächeln. »Nein. Ich bin jetzt bei der USO.«

»Nein! Du machst diese Tournee?«

Mit einer rückwärts kreisenden Armbewegung deutete Kay auf den Rest von uns. »Wir alle. Und so wie's aussieht, schreibst du über den Pazifik-Feldzug.«

»Zum Teil, sicher. Aber als wir Wind davon bekommen haben, dass Gilda DeVane herkommt, haben wir beschlossen, eine Reportage über sie zu machen.«

»Das ist großartig«, sagte Kay. »Einfach großartig.«

Wir starrten die beiden an und versuchten zu begreifen, was es mit diesem Wiedersehen auf sich hatte. Das gezwungene Lächeln und die zögerliche Umarmung zeigten, dass Kay nicht übermäßig begeistert davon war, Dotty zu sehen. Dasselbe konnte man von ihm nicht sagen. Mein Eindruck war, dass ihm nichts lieber wäre, als wenn wir uns aus dem Staub machen würden, damit er mit ihr alleine sein konnte.

Dotty nestelte an seiner Kamera herum. Kay krempelte umständlich ihre Hemdsärmel hoch. Das alles wurde mir langsam zu viel. Jemand musste sie retten.

»Rosie Winter.« Ich streckte Dotty die Hand hin. Er nahm sie in seine riesige Pranke und schüttelte sie, als ob man ihm fünf Dollar versprochen hätte, wenn er mich im Armdrücken besiegte.

Die anderen folgten meinem Vorbild. »Jayne Hamilton.«

»Violet Lancaster.«

Gilda gab ihm die Hand und wollte sich ebenfalls vorstellen, aber bevor sie ihren Namen nennen konnte, hatte er ihn schon für sie gesagt.

»Gilda DeVane. Ich bin ein großer Fan von Ihnen. Ich kann gar nicht sagen, wie aufgeregt ich war, als sich herumsprach, Sie kommen hierher. Die Kameraden werden durchdrehen, wenn ich erzähle, dass ich Ihnen als Erster begegnet bin. Ich glaube, Sie kleben auf jedem zweiten Schott im Pazifik.« Anscheinend war Gildas Entscheidung für die Tournee doch nicht so in letzter Minute gefallen, wie Violet behauptet hatte. Sie hatte ein Pin-up-Poster von sich machen lassen, das im Vorfeld ihres Eintreffens verteilt worden war. Dotty klatschte in die Hände. »Gut, meine Damen, Ihre Jeeps warten.«

Während er mit Violet und Gilda vorausging, ließen Jayne und ich uns zurückfallen, um mit Kay zu sprechen.

»Alles in Ordnung?«, fragte ich.

»Ja.« Sie schaffte es nicht, noch länger zu lächeln. Ihre Lippen zitterten, und sie fuhr sich schnell mit den Fingern am Augenrand entlang. »Ich habe nur gedacht, ich sehe ihn nie wieder.«

Diese Art Überraschung hoffte ich selbst noch erleben zu dürfen. »Woher kennst du ihn denn?«, fragte ich.

»Er war lange mit einer Freundin von mir zusammen.«

Ich wusste, dass das noch nicht alles war, wollte aber auch nicht zu neugierig sein. Irgendwann würde Kay schon von selbst erzählen.

Sie zwang sich erneut ein Lächeln aufs Gesicht, das die an die Oberfläche gesprudelte Verzweiflung sofort wieder unter Wasser tauchte. Das war das Schöne am Schauspielerin-Sein: Wir konnten, wenn nötig, von jetzt auf gleich jede nur denkbare Regung vorschützen, da konnten sich die wirklichen Gefühle noch so vehement in den Vordergrund drängen.

Eingeborene in Armeehosen und Armeehemden und mit Ketten aus geflochtenem Gras um den Hals hatten unsere Landung beobachtet. Ihre Haut war fast schwarz, ihre Haare waren kraus, die Gesichter breit und freundlich. Bei näherer Betrachtung fiel mir auf, dass es nur Männer waren. Sie hießen uns in überraschend gutem Englisch willkommen und sagten: »Hallo Jane, hast du Zigaretten?«

»Woher kennen sie meinen Namen?«, fragte Jayne.

Lachend wandte Dotty sich an meine Freundin. »Für sie heißen alle mit Rock Jane. Und alle Männer Joe.«

Ich war erleichtert, dass sie die Männer nicht alle Jack nannten.

»Wo sind die Frauen?«, fragte Violet.

»Die Franzosen haben die meisten auf eine andere Insel gebracht.«

»Warum das denn?«

Er zwinkerte ihr zu. »Zu ihrem eigenen Schutz. Offensichtlich eilt der US-Armee in Sachen Frauen ein gewisser Ruf voraus.«

Im Vorbeigehen winkten und lächelten wir den Eingeborenen zu und boten ihnen Zigaretten an. Als Gegenleistung trugen sie unser Gepäck, wobei sie die kleineren Taschen auf ihren Köpfen balancierten.

»Es sieht aus, als ob sie froh darüber sind, uns hier zu haben«, sagte Gilda.

»Sind sie auch. Die Marines haben die Japaner von ihrer Insel vertrieben. In ihren Augen können die Alliierten gar nichts mehr falsch machen.«

Es schien mir unmöglich, dass die Militärs hier ein Feldlager eingerichtet haben sollten. Überall wucherte es: Eukalyptus, Mahagoni und merkwürdige Gewächse, die, so erfuhr ich, Flammenbäume hießen, doppelt so breit wie hoch und von oben bis unten mit orangeroten Blüten bedeckt. Anstatt der Wolkenkratzer von Manhattan gab es hier Bengalische Feigenbäume mit dicken, knotigen Wurzeln und Palmen, deren abgeworfene Früchte man nur noch aufheben musste. Überhaupt brauchte man nach Obst lediglich den Arm auszustrecken: Bananen, Limonen, Orangen, Ananas und etwas, das Papaya hieß. Wo der Pfad nicht gemäht war, wuchsen hohe Gräser, die sich sanft in der Brise wiegten.

Trotz aller Schönheit hatte ich eine düstere Vorahnung – als ob die Natur selbst eine Warnung aussprechen wollte. Wer konnte es ihr verübeln, wenn der Mensch sogar einen so idyllischen Ort noch zum Kriegsschauplatz machte.

Dotty führte uns einen steinigen Dschungelpfad hangabwärts. Wir verloren uns alle in unseren Gedanken und versuchten, die Arme so dicht am Körper zu halten wie möglich. Ranken mit im Nachmittagslicht glänzenden spitzen Dornen griffen nach uns. Bedrohlich große Netze kündeten von der Existenz entsetzlich riesenhafter Spinnen. Bienen und blaue Fliegen summten um uns herum, und das dicke Blätterdach des Dschungels wimmelte vor Geschöpfen, die brummten, schnappten, glitten und merkwürdige Laute ausstießen. Vögel, deren Rufe sich wie nachgeahmte Menschenschreie anhörten, hießen uns willkommen. Schließlich erreichten wir eine Lichtung, auf der zwei Fahrzeuge warteten. Nachdem das Gepäck aufgeladen war, mussten wir uns zwangsläufig in zwei Gruppen teilen. Jayne und ich landeten mit Dotty und einem Fahrer namens Ace im ersten Jeep, Violet, Kay und Gilda fuhren im zweiten mit.

»Anscheinend will sie nicht mit mir fahren«, sagte Dotty, als wir uns auf unsere Sitze begaben.

»Sicher nicht persönlich gemeint«, meinte ich zu ihm.

Über eine holprige, von Felsbrocken unterschiedlichster Größe gesäumte Straße brachte uns Ace zu einem Armeedorf, das während der nächsten Monate unser Basislager sein würde. Als wir den Küstenstreifen hinter uns gelassen hatten, wurde das Gelände zu einer von zerklüfteten Hügeln begrenzten Steinlandschaft. Auf einem verwitterten Bretterschild stand frech, wie weit es nach New York, Los Angeles und Chicago war. Eine Weile fuhren wir schweigend. Jayne und ich waren von viel zu großer Ehrfurcht vor der Umgebung gepackt, als dass uns nach Reden gewesen wäre. Mich beeindruckte nicht nur die Schönheit des Orts. Nach Monaten des Sorgens, Betens und Leidens würde ich endlich Antworten auf all meine Fragen bekommen. Ich wollte Dotty unbedingt fragen, ob er Jack kannte, aber nach dem, was gerade mit Kay passiert war, hatte er sicher genug mit sich selbst zu tun. Außerdem brauchte ich noch eine Gnadenfrist, während der ich mir einbilden konnte, alles würde gut ausgehen.

»Es ist nicht so schlimm, wie's aussieht«, sagte Dotty.

»Wie bitte?« Konnte er Gedanken lesen?

»Es wirkt zwar auf den ersten Blick primitiv, aber die Armee hat sich bemüht, alles so annehmlich zu machen wie zuhause.«

»Wie lange sind Sie schon hier?«

Er stieß die Luft aus, und die Fransen rund um sein Gesicht flogen auf. »Auf Tulagi bin ich jetzt seit ungefähr einem Monat, aber ich bin ziemlich viel von Insel zu Insel unterwegs. Ich muss ja immer dahin, wo etwas passiert.«

»Und wo genau liegt Tulagi?«, fragte ich.

Er drehte sich auf dem Sitz herum. »Mitten im Archipel der Salomon-Inseln. Auf der Insel befand sich früher die Hauptstadt des britischen Protektorats.«

»Sind die Japaner auch da?«, fragte Jayne.

»Keine Sorge. Wir haben die Insel letzten August erobert und die Japsen gleich mit rausgeworfen.«

»Aber wenn die Japaner nicht mehr auf Tulagi sind, warum sind wir dann da?«, fragte ich.

»Um sicherzustellen, dass sie nicht zurückkommen. Das hier ist eines unserer Basislager auf den Salomonen, wir nutzen es als operativen Ausgangspunkt für den gesamten südpazifischen Raum.«

»Also nicht nur die Navy?«, fragte Jayne.

»Nein, Ma'am. Hier sind die Army, die Marines, die Air Force und die Navy-Pioniere stationiert – sogar australische und britische Truppenteile kampieren hier.«

Das klang nach einer Menge Männer auf einem Haufen. Was es für jemanden wie Jack einfach machte unterzutauchen.

»Und was tun die hier alle?«, fragte Jayne.

»Die Schiffe mit Nachschub versorgen. Sich erholen. Die Insel im Blick haben. Codes knacken. Den Schaden reparieren, den die Japaner angerichtet haben. Alles, was man sich so vorstellen kann.«

»Wie groß ist die Insel?«, fragte ich.

Während er nachdachte, stieß Dotty wieder die Luft aus. »Nicht ganz sechs Kilometer lang. Sie sind in der Lagune an Land gegangen.« Er zeigte in die Ferne. »Da drüben ist der Hafen, wo die Schiffe aufgetankt werden und neue Munition aufnehmen. Auf dem Weg zum Camp kommen wir noch durchs Dorf. Rechts davon liegt der Cricket-Platz.«

»Hier wird Cricket gespielt?«, fragte Jayne.

Sein Gesicht legt sich beim Lachen in Fältchen. »Wie gesagt: Vor dem Krieg war die Insel unter britischer Herrschaft. In der Stadt gibt's sogar eine anglikanische Kirche.«

Wie gerufen tauchte das winzige Dorf vor uns auf, das

noch sichtbare Narben von den jüngsten Gefechten trug. Die Überreste einer privaten Mädchenschule warteten auf ihre Beseitigung. Viele Gebäude waren in sich zusammengestürzt, und Teile von Mörserbomben lagen wie Abfall am Straßenrand. Aber es wohnten offensichtlich auch noch Menschen hier. Handbeschriftete Schilder ließen uns wissen, dass wir für zwei Dollar Baströcke und für einen Vierteldollar mehr auch Perlenketten erwerben konnten. An den Hauswänden lehnten Fahrräder britischen Fabrikats. Durch den von uns aufgewirbelten Staub auf der Lehmstraße angelockt, öffneten Kinder Haustüren und winkten den vorbeifahrenden Wagen zu. Dotty winkte zurück und begrüßte einige sogar mit Namen. »Hallo, Thomas!«, rief er einem kleinen Jungen zu. »Hallo, William!«, einem anderen.

Ich starrte diese kleinen, dunkelhäutigen Menschen an, von denen viele ebenfalls Narben aus der Schlacht davongetragen hatten. »Ich hätte gedacht, dass sie etwas exotischere Namen haben«, sagte ich.

»Wieder der Einfluss der Briten«, sagte Dotty. Wir kamen an einem Missionskrankenhaus vorbei, dessen Veranda gerade von einer Eingeborenen gewischt wurde. Sie sah gänzlich anders aus als Dorothy Lamour, der man im Film Blumen ins Haar gesteckt und einen knallbunten Sarong umgewickelt hatte. Diese Frau war von der Taille aufwärts nackt, ihre großen braunen Brüste schlenkerten bei der Arbeit hin und her.

Auf der Weiterfahrt zeigte uns Dotty, was es noch alles zu sehen gab. »Das da ist das Haus des Generalgouverneurs. Und das da das des britischen Hochkommissars. Da oben liegen die Höhlen, in denen die Japsen ihr Hauptquartier hatten. Und da drüben sind die Selbstmordklippen.«

»Die was?«, fragte Jayne.

»Die Selbstmordklippen. Als die Insel noch den Japsen gehörte, haben die den Eingeborenen erzählt, dass man sie, wenn sie sich uns Yankees gegenüber freundlich verhalten würden, bei lebendigem Leibe häuten und ihre Frauen vergewaltigen würde. Bei unserem Einmarsch zogen es einige Eingeborene vor, sich vor dem sicher geglaubten Zorn der Japaner in den Freitod zu stürzen.«

Jaynes Hand fuhr zum Mund. »Wie schrecklich. Warum hat sie denn niemand davon abgehalten?«

»Manche ihrer eigenen Leute haben es versucht. Aber die Angst vor den Japanern war so groß, dass man nicht auf sie gehört hat. Irgendwann ist die Hysterie wieder abgeklungen, die Amerikaner haben die Kontrolle über die Insel erlangt, und die Eingeborenen haben gemerkt, dass sie sich vor nichts mehr fürchten müssen.« Kein Wunder, dass sie bei unserer Ankunft so freundlich zu uns gewesen waren.

»Was ist denn das da oben auf dem Felsvorsprung?« Ich zeigte auf etwas, das wie eine Reklametafel von hinten aussah. »Erzählen Sie mir nicht, die machen sogar hier unten Werbung für Burma-Shave-Rasiercreme.«

Er schüttelte den Kopf und unterdrückte ein Lachen. »Nein, dieses Schild hat Admiral Halsey aufstellen lassen.«

»Und was steht drauf?«

»Wollen Sie das wirklich wissen?«

Ich nickte.

Er holte tief Luft. »Japsen töten, Japsen töten und noch mehr Japsen töten! Wer seinen Job gut macht, hilft mit, die gelben Bastarde zu töten!«

Mein Magen grummelte. An anti-japanische Stimmungsmache hatte man sich gewöhnt – und die Japaner hatten sie weiß Gott verdient –, aber zuhause war sie dann doch nicht so… unverhohlen. Zuhause schickte man die Japaner in Arbeitslager und ließ sie in Filmen als Bösewichte auftreten (obwohl chinesische Schauspieler sie spielen mussten, weil man den Feind nicht einstellen und damit auch noch entlohnen wollte). Natürlich: Wir gaben ihnen gemeine Namen und bestärkten die Kinder darin, die Kriegsanstrengungen mit dem Tausch von »Japsenjäger«-Sammelkarten zu unterstützen, aber ich konnte mich nicht erinnern, je etwas derart Eindeutiges von mir gegeben zu haben. Wenn ich schon mit der Sprache des Krieges nicht zurechtkam, wie sollte ich erst seine Gewalt aushalten? »Sehr subtil.«

»Für Subtilität ist das Militär ja nicht gerade bekannt. Der Admiral wollte damit der Kampfmoral einen Schub verpassen, in einem Moment, als es die Männer wirklich brauchen konnten.«

»Hat ja offensichtlich geklappt.« Ob die gegnerische Seite ähnliche Schilder hatte, die zu unserem Tod anspornten? Auf welche Spottnamen hatte sie wohl die Alliierten reduziert?

Dotty zeigte in die andere Richtung, auf ein paar Bauwerke, deren halbrunde Dächer aus den Bäumen hervorschauten. Die stählernen Gebäude reflektierten die Sonne, was sie in dieser Umgebung nur umso drastischer fehl am Platz wirken ließ. »Dort drüben können Sie die Kantine und die Handelsstation sehen. Direkt dahinter liegen das Lebensmittelgeschäft, die Krankenstation und die Vorratsbaracken.«

»Ich hatte erwartet, dass alles aus Zweigen und Blättern gemacht ist«, sagte Jayne. Auch ich war überrascht. Der Anblick dieser beständig wirkenden Bauten war irgendwie verstörend. Wenn unsere Regierung es für nötig hielt, Häuser und Straßen zu bauen, dann ging sie wohl davon aus, dass der Krieg noch sehr lange dauern würde.

»Manches wird hier auch auf Eingeborenenart gemacht, aber wenn das Militär schnell etwas Stabiles hochgezogen haben möchte, baut man Wellblechbaracken«, sagte Dotty. Ace nahm eine Kurve. Links und rechts der Straße standen Gruppen von Unterkünften in der Form von Zirkuszelten. Die hier allerdings nicht einladend bunt waren, sondern aus von der Sonne gebleichtem olivgrünem Zeltstoff. An Masten befestigte Drahtleitungen zeigten an, dass trotz der einfachen Lebensumstände zumindest Elektrizität vorhanden war. »Wir sind da.«

Der vor uns fahrende Jeep hielt an, und unserer tat es ihm gleich. Jayne sah sich um. Ihr Mund stand dabei so weit offen, dass ich schon fürchtete, eines der in großer Vielzahl umherfliegenden Insekten würde hineinkriechen und dort sein Lager aufschlagen. »Das soll es sein?«, sagte sie.

»Was haben Sie erwartet?«, fragte Dotty.

Sie stieg aus dem Jeep und nahm die Zelte unter die Lupe, die wenig mehr waren als an Pflöcken befestigte tarnfarbene Tücher. »Mauern.«

»Glauben Sie mir«, sagte Ace, »das hier sind 1-A-Unterkünfte. Sie haben zumindest einen Fußboden. Das können nicht viele hier von sich behaupten.«

Die anderen kletterten ebenfalls aus ihrem Jeep, und man führte uns in ein großes Zelt, in dem fünf Feldbetten standen, die noch nicht gemacht worden waren. Auf jeder Pritsche wartete ein Stapel aus groben Decken und Leintüchern darauf, unsere Aufmerksamkeit zu erhalten. Außerdem lagen da noch Dinger, die, glaube ich, Kissen sein sollten, obwohl ich, nach dem Zustand der Bezüge zu urteilen, nicht überrascht gewesen wäre, wenn sie statt mit Gänsedaunen mit Kokosnussschalen gefüllt gewesen wären. Zwischen den Eckpfosten waren Kanthölzer angebracht worden, aus denen in Augenhöhe in alle Richtungen Nägel herausstaken. Ace hatte nicht gelogen: Das Zelt hatte einen Betonboden, dessen Anblick sofort jede Knieverletzung wiederaufflammen ließ, die ich mir jemals zugezogen hatte. Jemand hatte vor kurzem den Boden gekehrt und danach den Besen und eine Kehrschaufel voller Inselschutt an die Zeltwand gelehnt stehen lassen. Der Fahrer von Gilda und den anderen zog an einer Schnur, die von der Decke baumelte, und eine Zwanzig-Watt-Birne ging an, die nicht viel mehr als quälende Erinnerungen an die Helligkeit des Tageslichts heraufbeschwor.

Der einzige Pluspunkt war, dass Violet zufrieden sein konnte, weil es für Gilda keine Extrawurst gab.

»Wo sind die Schränke?«, fragte Gilda.

»Wo sind die Toiletten?«, fragte Jayne.

»Wo ist die Bar?«, fragte Violet.

Der Fahrer ließ ein Geräusch zwischen Glucksen und Wiehern los. Wie auch immer – er versprühte auf jeden Fall Speichel, als er es von sich gab. »Die Nägel da sind die Schränke. Zur Latrine geht's durch die Zeltklappe raus und nach rechts. Und was die Bar betrifft – die U.S. Navy ist seit 1914 trocken.«

»Das klingt, als ob ich meine Freizeit lieber mit der

Army, der Air Force und den Marines verbringen sollte«, sagte Violet.

Dotty tippte sich lächelnd an die Mütze. »Keine Sorge. Sie werden hier schon keinen Durst leiden. Die Männer, die eine Ration bekommen, geben immer gern etwas ab. Und gerüchteweise haben sie auch längst herausgefunden, wie man Selbstgebrannten herstellt – auch wenn ich nicht empfehlen würde, den zu trinken.«

Jayne stieß mich mit dem Ellbogen an. »Was ist eine Latrine?«

»Das Klo«, sagte ich.

»Ein Gemeinschaftsklo«, sagte Violet.

Ich hätte sie treten können. Jayne konnte immer nur mit einer begrenzten Menge schlechter Nachrichten auf einmal umgehen.

In der Ecke unseres Zelts lag ein auf die Seite gekipptes Fass, in dem ein Hahn steckte. Die Oberseite war aufgeschnitten worden, und ein Teil des offenen Fasses ragte aus dem Zelt, um Regenwasser auffangen zu können.

»Was ist das?«, fragte Gilda.

»Ihr Waschbecken«, sagte Dotty. »Ihr Zelt ist eines der wenigen, das eines hat. Die Männer haben es extra für Sie zurechtgebastelt.« Er winkte Gilda heran und fotografierte sie, wie sie wenig begeistert daneben posierte.

Argwöhnisch betrachteten wir das Fass. Es hatte keinerlei Ähnlichkeit mit allen mir bislang bekannten Waschbecken, aber jetzt, da wir wussten, welche Ehre es war, es zu haben, fühlten wir uns auch verpflichtet, es zu benutzen.

Dotty verschwand, um den Fahrern mit dem Gepäck

zu helfen, während uns fünfen langsam klar wurde, in was wir uns da hineinmanövriert hatten. Ich will nicht lügen – meine Vorstellung von dem, was mich in der Südsee erwartete, hatte nicht ganz so … trostlos ausgesehen. Ich hatte eine Veranda, Palmwedel, reichlich Alkohol und eine sanft im Wind schaukelnde Hängematte vor mir gesehen. Das Wort *Latrine* war mir dabei nicht in den Kopf gekommen.

Aber ich hatte mir ja auch vorgemacht, dass ich Jack würde finden können. Meine Begabung für realitätsnahe Fantasien war eindeutig nicht besonders ausgeprägt.

Gilda klatschte in die Hände. »Also, Mädels, ich weiß, es macht nicht viel her, aber wir sind ja sowieso nicht so oft da. Und ich glaube, zusammen können wir es uns hier ganz gemütlich machen.«

Irgendwo auf der Insel heulte eine Sirene. Ein Lautsprecher knisterte, aber ich konnte nicht heraushören, was gesagt wurde.

»Gilda hat recht«, sagte ich. »Wir müssen nur ein paar Ideen haben.«

»Also, ich hatte gerade die Idee, dass sich unter dem einen Feldbett eine Ratte verkrochen hat«, sagte Violet.

Vier Frauen kreischten und kletterten auf das Mobiliar. Ich beschloss, mehr Initiative zu zeigen, und schnappte mir den Besen. Beim Herumstochern unter dem Bett scheuchte ich etwas auf, das mindestens einen halben Meter lang und dreißig Zentimeter breit war. Wenn das eine Ratte sein sollte, fraß ich auf der Stelle meinen Besen.

Die Männer kamen mit unserem Gepäck und stapelten es eilig auf. »Entschuldigen Sie, meine Damen, aber wir müssen Sie einen Augenblick alleine lassen«, sagte Dotty. Ace gab uns je eine grüne Stahlschüssel. Eine Art zusammengeknüllter Lappen war in jede hineingestopft worden.

»Was ist das denn?«, fragte Jayne.

»Helm und Mundschutz«, sagte er. »Und ich würde empfehlen, dass Sie die anziehen. Wir haben Alarmstufe rot. Die Sirene bedeutet, dass ein feindlicher Flieger im Anflug ist.«

»Aber hatten Sie nicht gesagt, dass die Japaner nicht mehr hier sind?«, fragte Jayne.

»Ich habe gesagt, dass sie nicht mehr auf der Insel sind«, sagte Dotty. »Fürs Meer und den Luftraum kann ich nicht dasselbe behaupten.«

7 Nachbarn

Die gute Nachricht: Wir hatten ein Dach über dem Kopf. Die schlechte: Nun ja, wir waren mitten im Nirgendwo, und Bomben fielen vom Himmel. Alles in allem hatte ich schon bessere Tage gehabt.

Jede von uns nahm ein Feldbett in Beschlag, danach saßen wir sehr lange einfach so da und warteten darauf, dass die Welt in die Luft flog. Als sie das nicht tat, fanden wir eine nach der anderen den Mut, den Gefechtshelm aufzuziehen und den Kopf durch die Zeltklappe zu stecken, um nachzusehen, was draußen los war.

Viel zu sehen gab es nicht. Unser Teil des Camps glich einer Geisterstadt, allerdings konnten wir in näherer Umgebung Männer schreien und Flugzeuge fliegen hören. Wir behielten die Stahlhelme auf, dankbar, dass sie nicht nur unsere Schädel schützten, sondern dass ihre Augenschirme uns auch die Sicht auf eventuelle Zerstörungen nahmen, die ins Blickfeld kommen könnten.

»Bequem, die Dinger, was?«, sagte Violet.

»Das würde ich nicht direkt sagen«, meinte ich.

Sie setzte ihren Helm ab und zeigte uns die Plastikauskleidung innen. »Das Schöne an ihnen ist, dass sie nicht nur vor Bombensplittern schützen, sondern dass man sie auch zum Kochen und Waschen oder als Kissen verwenden kann, wenn einem danach ist. In der *Stars & Stripes* stand mal was über eine Krankenschwester, die ihren M1 auf zwanzig verschiedene Arten benutzt hat.«

Dazu gehörte sicher auch das Verprügeln einer Zeltgenossin, damit sie endlich den Mund hielt.

Jayne versuchte, den Kinnriemen an ihrem Helm zu

schließen, aber sie kam mit dem Verschluss nicht zurecht.

»Müh dich nicht damit ab«, sagte Violet. »Niemand verlangt, dass du den Riemen festzurrst. Falls du von irgendwas getroffen wirst, ist es mit geschlossenem Helm nur noch schlimmer.« Sie ließ ihren Kopf nach rechts kippen, um die uns allen ins Haus stehende tödliche Halsverletzung zu veranschaulichen.

Während sie weiter über die Wunder militärischen Einfallsreichtums palaverte, gingen Jayne und ich vors Zelt. »Ich hätte nicht gedacht, dass es so nah ist«, flüsterte sie. Sie hatte meine Hand gefasst und drückte meine Finger im Rhythmus ihres klopfenden Herzens. Ich wusste nicht, was ich sagen sollte. Wenn eine von uns sich ängstigte, versicherte ihr im Normalfall die andere, dass alles gut gehen würde. Aber hier war ich mir nicht so sicher. Im Grunde war ich mir in keinerlei Hinsicht sicher. Diese ganze Reise war ein einziges unbekanntes Terrain. »Sag mir, dass wir das hier überleben.«

»Natürlich tun wir das«, sagte ich – schließlich war ich immer noch Schauspielerin. Wenn ich nicht die Zuversichtliche spielen konnte, hatte ich es nicht mehr verdient, auf einer Bühne zu stehen.

»Weißt du, was heute ist?«, fragte sie. »Bürgerkriegstag. Eigentlich sollte heute niemand kämpfen müssen.«

Das sah sie falsch. Wahrscheinlich waren die Männer an diesem Tag besonders kampfeswillig.

Gilda kam zu uns, und einen Moment lang lauschten wir schweigend dem Gefecht, das sich gefährlich nah abzuspielen schien. Warum konnten wir nichts sehen? Warum klang es so, als würde der Lärm aus allen Himmelsrichtungen kommen?

»Lasst uns auspacken«, sagte Gilda. »Sich Sorgen zu machen führt zu nichts.«

Sie hatte recht. Wir hängten unsere mitgebrachte Kleidung an die verbogenen Nägel, die in dem Zeltgerüst steckten. Plötzlich fing Kay an, »When The Lights Go On Again« zu singen, und kurz darauf fielen wir alle lauthals mit ein, um die Geräusche der Flieger zu übertönen.

»Mit unserem Gesinge«, meinte Violet, »können wir den Feind auch schachmatt setzen – nur für den Fall, dass die Bomben nicht funktionieren.«

Während wir anderen meistenteils Baumwollblusen und leichte Kleider aufhängten, fielen Jaynes Klamotten völlig aus dem Rahmen.

»Das soll jetzt kein Vorwurf sein, aber: Was hast du denn eingepackt?«, fragte ich.

Der Restinhalt ihres Koffers verteilte sich auf dem Bett. Neben den wenigen sommerlichen Kleidungsstücken, die sie schon auf dem Schiff getragen hatte, hatte sie Pullover, Wollröcke, Schals und Handschuhe mitgebracht.

»Wintersachen natürlich. Du hast gesagt, hier ist Winter.«

Warum hatte ich ihren Denkfehler nicht schon zuhause bemerkt? Weil ich zu sehr mit Jack beschäftigt gewesen war wahrscheinlich. Sie hätte auch den Kater in den Koffer stecken können, und ich hätte keinen zweiten Gedanken daran verschwendet. »Wir sind auf einer Tropeninsel, Jayne. Mit etwas Glück kühlt es nachts so weit ab, dass man eine Decke braucht.«

»Oh.« Sie machte ein langes Gesicht. Der armen Jayne war nicht klar gewesen, dass wir eine auf den Kopf gestellte Welt betreten würden, wo der Winter wie Sommer war, es Männer im Überfluss gab und Mord nichts weiter als eine Kriegshandlung darstellte.

Gilda hakte die kleine Jayne unter und zog sie zu sich. »Mach dir keine Sorgen, Jayne: Mir ist fast derselbe Fehler unterlaufen. Zum Glück nehme ich immer zu viel mit. Du kannst dir gerne so viel borgen, wie du benötigst.«

Gilda zog ein paar Teile hervor, von denen sie annahm, dass sie Jayne passen könnten, und kurz darauf bewunderten wir alle die Kleidungsstücke, die sie in zwei Koffer gequetscht hatte. Anstatt uns wegzuscheuchen, verteilte sie einzelne Teile wie Kleiderspenden und ermunterte uns, ihre maßgefertigten Schuhe, Jacken und Handschuhe anzuprobieren.

»Und was hast du gedacht, wo du hinfährst?«, fragte Violet, die sich eine Nerzstola um den Hals legte.

Gilda lachte. »Ja, ja, ist gut. Man weiß einfach nie, was man brauchen wird.«

Jayne hatte gedacht, es herrschte Winter in der Südsee, und Gilda war offensichtlich davon ausgegangen, es sei die Zeit der Filmpreisverleihungen. Als ich mich durch ihren Koffer wühlte, stieß ich auf eine breit gefächerte Auswahl an Hüten, Strümpfen und Handtaschen, zu jedem mitgebrachten Paar Schuhe gab es eine passende Kombination. Da waren paillettenbesetzte Satinhandtäschchen und perlenbestickte Abendtaschen, die herzustellen Monate gedauert haben musste, dazu noch die Alltagstasche aus braunem Leder, die Gilda an dem Tag getragen hatte, als wir uns kennengelernt hatten.

Ich setzte mir einen ihrer Hüte auf und besah mich in dem im Kofferdeckel angebrachten Spiegel. Der Hut war ein komisches Kuddelmuddel aus Pelz, Bändern und etwas, das nach Weihnachtsschmuck aussah. Er stand mir überhaupt nicht.

Gilda nahm ihn mir vom Kopf und drehte ihn so, dass die Vorderseite nicht länger nach hinten zeigte. »Wie ich schon zu Jayne gesagt habe: Du kannst dir gern nehmen, was dir gefällt.«

Ich hatte vor, sie beim Wort zu nehmen.

Bald hatten die aufgehängten Klamotten das Zelt verwandelt. Es war vielleicht nicht die schönste Bude, in der ich je gewohnt hatte, aber die Farben unserer Kleider und die unterschiedlichen Stoffe trugen viel dazu bei, die karge Behausung aufzuhübschen. Als wir fertig waren, gab die Sirene Entwarnung, und die – woher auch immer – zurückkehrenden Jeeps und Konvois waren Musik in unseren Ohren.

Violet zog eine Flasche hervor, die wie durch ein Wunder die Pazifikpassage unbeschadet überstanden hatte, und reichte sie mir. »Glückwunsch, meine Damen – die erste Feindbegegnung hätten wir überlebt.«

Wir nahmen alle einen guten Schluck, und schon war die Flasche nur noch halbvoll. Da steckte Violet sie schnell zurück in die Tasche und schob sie außer Reichweite – wie ein großzügiger Onkel, der bemerkt, dass ihm, wenn er weiter so viel verschenkt, nicht mal das Geld für die Miete bleibt.

Vorbeigehende Männer warfen Schattenspiele auf die Stoffwände unseres Zeltes. Kay hob wieder zu singen an, und die Silhouetten blieben in der Nähe unseres Zelts stehen und diskutierten, ob sie da eine lebendige Frau hörten oder nicht. Schließlich fand einer der Männer, mit Sicherheit könne man das nur feststellen, wenn man mal nachsah.

»Klopf, klopf«, sagte er, um sein unmittelbar bevorstehendes Eintreten anzukündigen. »Ist da jemand?« Er war ein flachsblonder Junge mit großen, blauen Augen und einer Haut, die von der Inselsonne dunkler als seine Khakihose geworden war. Er musterte uns, und seine Augen weiteten sich vor Schreck. Er verschwand, und wir konnten zusehen, wie sein Schatten aufgeregt zu den anderen trat und Bericht erstattete: »Echte Mädchen. Fünf Stück. Und eine ist die Doppelgängerin von Gilda DeVane.«

In kürzester Frist hatten alle – nach dem obligatorischen Klopf-klopf – ihren Kopf hereingesteckt und den Nachweis erbracht, dass der erste Kundschafter nicht von Hitze und Stress verrückt geworden war. Jeder blieb lange genug, um uns ausführlich zu betrachten, dann wurde der Nächste aufgefordert, die Neuigkeit ebenfalls zu bestätigen. Erst war dieses Rein-raus der Köpfe noch zum Kaputtlachen, aber dann hatten wir es schnell satt, uns wie Tiere im Zoo zu fühlen. Wenn wir uns noch einen Rest Hoffnung auf eine Form der Ungestörtheit während der Tournee bewahren wollten, mussten wir einige Grundregeln aufgestellen.

Violet übernahm die Führung und trat vors Zelt. Sie wurde mit einem Pfeifkonzert begrüßt, was ihre gute Laune nur weiter hob. »Also, Jungs«, sagte sie, »hier drin sind echte, lebende Mädchen, die eine echte Privatsphäre im Leben brauchen. Wenn ihr uns in Fleisch und Blut sehen wollt, müsst ihr uns sagen, wo man hier gepflegte Getränke bekommen und sich ein bisschen unterhalten kann. Und jetzt: Husch, husch, sonst kommen wir nicht zu unserem Schönheitsschlaf.«

Ihr Ansatz schien zu funktionieren. Violet und Kay

begaben sich auf den Weg zu den Sanitäranlagen, um sich frisch zu machen. Gilda legte sich auf ihre Pritsche und zog sich eine schwarze Schlafmaske aus Satin über die Augen. Jayne suchte den Boden nach einer Steckdose ab, und ich packte meine mitgebrachten Groschenromane aus und fand eine noch nicht gelesene Geschichte, die mich von der Wirklichkeit ablenken sollte.

Ich hatte gerade mit »Gebt mir Mord« begonnen – einer Geschichte, die mir weniger Freude als Kopfschmerzen bereitete –, als sich erneut eine Männerstimme warnend ankündigte, bevor der dazugehörige Kopf durch die Zeltklappe gesteckt wurde. Es wäre die richtige Entfernung und der richtige Winkel gewesen, um ihn mit einem Schuhwurf ziemlich sicher an der Stirn zu erwischen.

»Raus«, sagte ich. »Besuch ist nicht gestattet.«

»Ich bringe die Post, Ma'am.«

»Post? Für uns?«, sagte Jayne.

»Vielleicht nicht für alle von Ihnen, aber ich habe hier Briefe für Jayne Hamilton und Rosie Winter.«

Jayne und ich sprangen auf und stürzten auf ihn zu wie hungrige Hunde, die auf ihre abendliche Fütterung warten. Von unserer Geschwindigkeit vollkommen aus der Fassung gebracht, drückte er mir schnell die gesamte Post in die Hände und floh.

Ich teilte die Briefe unter uns auf und stellte beglückt fest, dass gleich drei für mich waren. Der erste kam von meiner Mutter, die mich, obschon keine große Schreiberin, wissen lassen wollte, dass sie an mich dachte und um meine Sicherheit besorgt war. Eine bemerkenswerte Abwechslung zu unserer sonst üblichen Korrespondenz. Sie war nie begeistert von meiner Berufswahl gewesen, aber als sie erfuhr, dass ich zur USO ging, hielt sie die Schauspielerei plötzlich für eine ausgesprochen ehrenwerte Profession – so lange man sie eben fürs Militär betrieb.

Der zweite Brief war ein offizielles USO-Schreiben. Zumindest sah es so aus. In dem Umschlag steckte eine Mitteilung von Harriet Rosenfeld, unserer ehemaligen Mitbewohnerin, die nicht nur ihre Beziehungen hatte spielen lassen, um uns in die Camp-Shows zu kriegen, sondern sich auch darum gekümmert hatte, dass wir zu einer Truppe kamen, die auf die Salomonen fuhr.

Rosie,
ich hoffe, du und Jayne seid sicher an eurem Zielort angekommen. Es wäre für den Moment wahrscheinlich schlau, wenn du uns beiden zuliebe kein Wort darüber verlierst, dass wir uns kennen (wenn die USO-Story erst mal eingeschlagen ist, werde ich sicher zur Persona non grata). Und sperrt bloß Augen und Ohren auf, falls euch im Lager irgendetwas merkwürdig vorkommt. Gerüchten zufolge soll es Probleme mit den Vorräten geben, und ich würde zu gerne wissen, ob da was dran ist.
Sei bitte so lieb und vernichte diesen Brief, nachdem du ihn gelesen hast. Und denk dran: Ich brauche mir keine Gedanken wegen der Zensur machen, du aber schon.
Harriet

Grinsend zerriss ich den Brief in kleine Fetzen. Harriet und ihr Verlobter arbeiteten seit Monaten an einer Enthüllungsgeschichte über die Finanzierung der USO, und es klang so, als würde der Artikel demnächst gedruckt. Die meisten hätten wohl bis nach dem Krieg gewartet, bevor sie in die Hand bissen, die sie fütterte. Harriet aber wusste, dass das unklug wäre. Denn was, wenn der Krieg nie zu Ende ginge?

Der letzte Brief kam von Zelda DeMarcos, die erst vor kurzem in unser New Yorker Wohnheim gezogen war.

Hallo Rosie (und Jayne),
seit ihr zwei weg seid, ist es hier so ruhig wie auf dem Friedhof. Belle hat euer Zimmer an die Assistentin eines Zauberers vermietet, die sich – das denken alle – unsere Wertsachen unter den Nagel reißt. Ruby hat eine neue Hauptrolle so gut wie sicher (natürlich). Es sieht so aus, als ob sie von dieser Katze, die ihr in ihre Obhut gegeben habt, ziemlich angetan ist. Ich schlage mir die Zeit mit einer von der Theatergewerkschaft organisierten Tournee durch städtische Schulen tot und zeige den Jungs und Mädels da draußen, was sie tun können, um die Rotweißblauen zu unterstützen. Das Stück ist ausgemachter Schund, aber den Kindern scheint's zu gefallen – wahrscheinlich nur, weil dafür der Unterricht ausfällt. Sag Jayne, dass Tony endlich aufgehört hat anzurufen. Belle hat ihm gesteckt, dass ihr zwei Richtung Westküste aufgebrochen seid, und ich glaube, er hat endlich begriffen, dass Jayne in absehbarer Zeit nicht zurückrufen wird.
Schreib doch mal und erzähl, wie's euch so geht.

Zelda

»Ich habe einen Brief von Zelda bekommen«, sagte ich zu Jayne. Als Reaktion kam ein Summen, das ich als *Bitte sprich weiter* interpretierte. »Belle hat unser Zimmer vermietet.«

»Das ging aber schnell.«

»Und Zelda schreibt, dass Tony nicht mehr anruft.«

Sie wedelte mit einem ihrer Briefe. »Dafür schreibt er jetzt.«

»Wie ist er denn an die Adresse gekommen?«

Sie zuckte die Achseln. »Wie kommt der überhaupt an irgendwas?« Ihr Ex-Freund Tony B. war ein gut vernetzter Mafioso. Er hatte sich sehr schwer damit getan zu akzeptieren, dass sie ihm den Laufpass gegeben hatte. Ich dagegen war begeistert, dass die Beziehung zwischen den beiden endlich in die Brüche gegangen war. Kurz bevor wir aus New York abgereist waren, hatte ich aus verlässlicher Quelle erfahren, dass Tony nicht nur ein einfacher Verbrecher, sondern auch ein Mörder war.

Jayne ging ihre weiteren Briefe durch. Auf allen prangte ein- und dieselbe Handschrift. Wenn man Tony irgendwelche positiven Qualitäten nachsagen wollte, dann gehörte Hartnäckigkeit dazu. Und seine ausgefeilten Schreibkünste.

»Alles in Ordnung?«, fragte ich.

»Ich hatte gehofft, mittlerweile auch mal was von Billy zu hören. Es ist schon fast einen Monat her.« Billy DeMille war ein Matrose, den Jayne in der Stage Door Canteen kennengelernt und mit dem sie einen recht regen Briefverkehr unterhalten hatte. Nach dem ganzen Drama zwischen ihr und Tony hatte ich mich sehr gefreut, als sie ihr Augenmerk auf einen Mann richtete, der zum ersten und einzigen Mal aktenkundig geworden war, als er eingezogen wurde. Jayne sprach nicht viel von ihm und berichtete nur, wenn er geschrieben und sie geantwortet hatte – aber offensichtlich war bei den beiden mehr im Schwange als bloß eine Brieffreundschaft. Sie war ganz hingerissen von ihm, und man konnte sich unmöglich vorstellen, dass es andersrum nicht genauso war.

»Hast du ihm denn mitgeteilt, dass wir abreisen?«, fragte ich.

»Natürlich.«

»Vielleicht hat er's vergessen und weiter ans Shaw House geschrieben. Ich bin sicher, seine Briefe tauchen bald irgendwo auf.«

»Bestimmt hast du recht«, sagte sie ohne allzu große Überzeugung. Wenn ein Mann, der beim Militär war, nicht mehr schrieb, lag das meistens daran, dass er nicht mehr schreiben konnte.

Kay und Violet kamen wesentlich blasser zurück, als sie aufgebrochen waren.

»Wie war die Latrine?«, fragte ich.

Violet fächelte sich mit der Hand Luft zu, als müsste sie die immer noch um sie wabernde gestanksgeschwängerte Erinnerung verscheuchen. »Im Grunde ein besseres Plumpsklo. Nur ein papierdünner Duschvorhang trennt sie vom Rest des Camps.«

Wegen Violets Hang zur Dramatisierung wollte ich von Kay wissen, wie schlimm es wirklich war. »Alles in Ordnung«, sagte sie. »Ich habe schon Schlimmeres gesehen.«

Irgendetwas an ihrem Gesichtsausdruck stimmte nicht. Auch wenn ich Kay erst seit einer Woche kannte, wusste ich doch, dass sie ihre Gefühle trug wie eine Stripperin den Büstenhalter – für jeden sichtbar. »Warum guckst du so miesepetrig aus der Wäsche?«, fragte ich sie.

»Wir haben das Bad nicht für uns alleine«, sagte Violet. »Anscheinend ist gerade ein größeres Kontingent G.I. Janes hier rüberverlegt worden.«

»Wacs? Sehr angenehm«, meinte ich.

»Kay kennt sogar einige von ihnen. Oder, Kay?«, sagte Violet.

Kay nickte so langsam, als ob ihr Kopf zwei Tonnen wog.

»Was für'n Zufall! Alte Freundinnen von zuhause?«, fragte ich.

»Nicht ganz«, sagte Kay. »Bis vor ein paar Monaten war ich selbst eine Wac.«

8 Der wachhabende Offizier

Bevor wir Kay ausfragen konnten, kam Dotty mit einem anderen Matrosen im Schlepptau zurück, einem korpulenten Glatzkopf, dessen Schädel von der Tropensonne rot verbrannt war.

»Das hier ist Spanky«, sagte Dotty. Es war offensichtlich, wie er zu diesem Namen gekommen war, denn er sah dem Spanky aus *Die kleinen Strolche* zum Verwechseln ähnlich. »Wenn Spanky nicht gerade hier auf den Inseln den Herzensbrecher spielt, ist er Funker auf dem Truppentransporter *McCawley.*«

»Schön, Sie kennenzulernen, meine Damen. Wir dachten, Sie hätten vielleicht Interesse an einer Führung durchs Camp.« Spanky sprach mit dem schnoddrigen Akzent des Mittleren Westens und hatte einen Körper, der dafür gemacht schien, Land zu beackern und Vieh zu hüten. Erstaunlicherweise wurde er beim Sprechen nicht sofort zu Gilda hingezogen. Vielmehr fiel sein Blick auf Violet und blieb dort hängen. Sie errötete unter der Last seiner Aufmerksamkeit, allerdings war sie auch merklich angetan davon, mal diejenige zu sein, die angestarrt wurde.

»Sie haben wunderschöne Augen«, sagte er. Sofort, nachdem ihm das rausgerutscht war, riss er sich zusammen und nahm Haltung an, als ob ihm wieder eingefallen wäre, dass auch noch andere zugegen waren. »Ähm … hier entlang, meine Damen.«

Wir folgten ihm aus dem Zelt auf die Straße. Kay und Violet hielten mit Spanky Schritt, Gilda, Jayne und ich gingen mit Dotty.

»Warum hat hier eigentlich jeder einen Spitznamen?«, fragte Jayne.

»Wenn man mit so vielen Menschen zu tun hat wie wir hier, helfen Kurzformen, um nicht zu vergessen, wer wer ist und woher er kommt. Es bringt einen auch weniger durcheinander«, sagte Dotty.

Vermutlich hatte es auch noch einen anderen Grund. Spitznamen waren eine Möglichkeit, die Männer auf Abstand zu halten von dem Leben, das sie zurückgelassen hatten, und ihnen dabei zu helfen, in ihre neue Rolle als Krieger zu schlüpfen. Wahrscheinlich war es ein bisschen so, als würden sie Künstlernamen bekommen. Der Soldat auf dem Schlachtfeld war eine ganz andere Person als der Mann zuhause – genauso wie Gilda DeVane bestimmt eine ganz andere Frau war als Maria Elizondo.

»Was war denn das eben für ein Tumult?«, fragte Gilda.

»Ein ganz normaler Dienstagnachmittag im Südpazifik.« Im Vergleich zu unserer ersten Begegnung war Dotty jetzt verdrießlicher Stimmung. Mir war nicht klar, ob ihm die Ereignisse des Nachmittags aufs Gemüt schlugen oder Kays Versuche, ihm aus dem Weg zu gehen.

»Mir war überhaupt nicht klar, wo der Lärm herkam«, sagte ich. »Haben sie Tulagi bombardiert?«

»Nein, Guadalcanal, aber Tulagi lag auf ihrer Flugroute. Was ihr gehört habt, waren Unterwasserbomben, die im Meer explodiert sind. Das Wasser erhöht die Wirkung.«

»Ist jemand verletzt worden?«, fragte Gilda.

»Wahrscheinlich schon. Verletzte gibt es immer. Wir sind im Krieg.«

Als sie merkte, welcher Stimmung er war, hakte sich Gilda bei ihm unter und zeigte auf einen Baum in einiger Entfernung. »Was um alles in der Welt ist das da für ein leuchtend bunter Vogel?«, fragte sie. »So einen habe ich noch nie gesehen.«

Dotty und Spanky zeigten uns alle Hauptgebäude auf der Insel und stellten uns den Männern vor, die den Betrieb im Hintergrund schmissen. Wir kamen zum Lebensmittelgeschäft, zur Handelsstation, zum Lazarett und zum Gemeinschaftsraum. Genau wie auf dem Schiff fühlte man sich auch auf der Insel wie in einer Miniaturstadt, dazu erbaut, die Männer mit allem Notwendigen zu versorgen – bis auf die Menschen, die sie zurückgelassen hatten. Ich fragte mich, ob die großen Kaufhäuser im Dezember auch ihre Verkäuferinnen herschicken würden, damit die Männer Geschenke aussuchen konnten, ohne ihre Arbeit groß unterbrechen zu müssen.

Die letzte Station auf unserem Rundgang war die Kantine, wo bereits die Vorbereitungen fürs Abendessen liefen. In riesigen Bottichen, die eher dafür gemacht schienen, darin ein Bad zu nehmen, als Essen zuzubereiten, wurden gewaltige Mengen Kartoffeln püriert, und zwar mit elektrischen Geräten, die aussahen, als könnte man mit ihnen im Notfall auch Asphalt aufreißen. Während die Männer darauf warteten, dass das Wasser in den Kesseln kochte und die Rührer fertig rührten, spielten sie Würfeln und Karten.

In der Kantine arbeiteten größtenteils Schwarze, Mexikaner und Italiener. Laut Dotty und Spanky hatten sie ihre Jobs nicht ihren Küchenfertigkeiten, sondern ihrer Hautfarbe oder ihren Taten vor dem Krieg zu verdanken. »Hier landen die Männer, die schon mal im Gefängnis gesessen haben«, sagte Spanky in einem Tonfall, der uns signalisierte, dass er ein Geheimnis ausplauderte. Die meisten dieser Männer hatten harte Körper und erinnerten mich an die Ganoven, die für Tony B. arbeiteten. Ich war mir sogar sicher, aus einem Hosenbund einen Revolvergriff ragen zu sehen.

»Dotty«, sagte einer, dessen Wampe davon zeugte, dass das von ihm zubereitete Essen zumindest seinem eigenen Geschmack entsprach. Die Zigarre, die ihm aus dem Mundwinkel hing, hinterließ eine Aschespur auf dem Küchenboden. Ich fragte mich, wie viel davon sich heute Abend in den Kartoffeln wiederfinden würde. »Wen hast du da mitgebracht?«

»Das sind die USO-Mädchen, von denen ich dir erzählt habe. Spanky und ich machen gerade die VIP-Führung mit ihnen. Meine Damen, das ist der Diakon.«

Mit großer Geste wischte er sich die Hände an der Schürze ab und hielt uns dann eine davon zur Begrüßung hin.

»Ungewöhnlicher Name«, sagte ich.

»Das ist kein Name, das ist mein Job. Ich bin ein Mann der Kirche.«

»Ist das Essen so schlecht, dass göttlicher Beistand vonnöten ist?«

Er lachte und stellte den Pürierer in einer der Kartoffelwannen aus.

»Was gibt's denn zum Abendessen?«, fragte Jayne.

»SOS.«

Sie legte den Kopf schief. »Wir bekommen ein Notrufsignal vorgesetzt?«

»SOS steht für Schose auf Schindel«, erläuterte er. Nur, dass er nicht »Schose« sagte, sondern etwas Vulgäreres, das auf seinem schwarzen Gesicht in dem Moment, als es ihm über die Lippen kam, einen roten Schimmer hervorrief. »Entschuldigen Sie meine Ausdrucksweise, Ma'am. Pressfleisch auf Toast, Kartoffeln und grünen Bohnen. Aber keine Sorge, als VIPs bekommen Sie nichts, was aus dieser Küche hier kommt. Wie heißen Sie?«

»Jayne Hamilton«, sagte sie.

»Hey Leute!«, rief er. »Kommt mal her und begrüßt Jayne Hamilton und ihre Freundinnen!«

In einer nicht einsehbaren Ecke der Küche, wo sich die Spülbecken befinden mussten, verkündete ein ohrenbetäubendes Scheppern eine gerade eingetretene Katastrophe. Der Diakon überließ uns den Kartenspielern, während er der Ursache des Lärms auf den Grund ging. Die Spieler hatten vielversprechende Spitznamen wie Sozi, Grizzly und King – wahnsinnig gern hätte ich die Geschichten dahinter erfahren. Wie alle, die wir hier bislang getroffen hatten, waren auch diese Männer trotz der Tatsache, dass sie sicher keinen Zementboden und kein provisorisches Waschbecken im Zelt hatten, liebenswürdig und offen.

Der Diakon kam mit grimmigem Gesicht zurück. »Grizzly, da hinten gibt's ein Problem.«

»Schon wieder?« Grizzly legte seine Karten zugedeckt auf den Tisch. »Das ist doch Sabotage.«

»Sabotage oder nicht, du wischst jetzt mal besser den Boden. Wenn die Chefs davon Wind bekommen, bist du endgültig unten durch.«

Grizzly bewegte sich auf den hinteren Teil der Küche zu.

»Hey, warte«, sagte Spanky. »Eine helfende Hand

kannst du sicher noch gebrauchen.« Er krabbelte unter der Klapptheke hindurch, und gemeinsam verschwanden die beiden hinten.

Spanky kam mit einem Pappkarton in Händen in genau dem Moment zurück, als wir gerade aufbrechen wollten. Der Kartoninhalt klirrte auf dem gesamten Weg zurück zum Zelt.

Nach der Führung bekamen wir den Auftrittsplan für die erste Woche. Beziehungsweise Gilda bekam ihn. Sie warf einen schnellen Blick darauf und hängte ihn dann an einen der überzähligen Nägel im Zelt. »Die schlechte Nachricht ist: Es geht schon morgen los. Und die gute: Die erste Show ist erst um zehn Uhr abends.«

Wir versammelten uns um den Plan und versuchten, hinter die Bedeutung der mit Maschine geschriebenen Abkürzungen zu kommen. Ich glaubte, sie stünden für Orte, aber da keinerlei helfende Legende dabeistand, beschlossen wir, dass diese Abkürzungen nicht von Wichtigkeit sein könnten. Viel entscheidender war die Anzahl der Shows pro Tag: nämlich drei.

»Was zum Henker«, sagte ich, »sind wir hier im Straflager oder was?«

»Es gibt immer ein paar Stunden Pause dazwischen«, sagte Violet. »Und glaubt mir: Drei Aufführungen fühlen sich wie Urlaub an, verglichen mit dem, was im Laufe der Wochen noch auf uns zukommen wird. Gegen Ende meiner letzten Tournee hatten wir täglich sieben.«

Ich stöhnte auf. Die paar immergleichen Lieder dutzendmal am Tag zu singen war das eine, aber genauso oft zu steppen? Ich würde mich glücklich schätzen dürfen, wenn ich je wieder laufen könnte. Außerdem – und das war noch viel wichtiger – würde ein vollgepackter Auftrittsplan es fürchterlich erschweren, mit dem weiterzukommen, weswegen ich eigentlich auf die Inseln gekommen war.

Um sechs Uhr waren wir kurz vorm Verhungern. Niemand hatte uns gesagt, wie das Abendessen ablaufen sollte, also gingen wir davon aus, dass auch hier die Offiziere in derselben Kantine speisten wie die Soldaten – genau wie auf dem Schiff. Wir flitzten los und blieben wie angewurzelt auf der Schwelle stehen, so groß war unsere Überraschung über das, was wir zu sehen bekamen. Dass sich so viele Männer auf einer so kleinen Insel befanden – geschweige denn alle in einer derart kleinen Baracke –, schien ein Ding der Unmöglichkeit. Im Raum herrschte ein überwältigender Lärmpegel: Stahltabletts wurden auf Metalltische gepfeffert, Körper ließen sich schwer auf Bänke fallen, und Männer kommunizierten über Grunzlaute, Klapse und Vier-Buchstaben-Wörter. Als sich die Nachricht von unserer Ankunft verbreitete, wurde ihre Wortwahl einer derart drastischen Säuberung unterzogen, dass die meisten ihre Klappe lieber gleich ganz hielten. Neue Frauenzimmer waren da – und das hieß, sie mussten sich von ihrer besten Seite zeigen.

Wir waren natürlich nicht die einzigen Frauen im Raum. Die Wacs waren auch schon da und verspeisten ihr SOS. Eine interessant anzusehende Frauentruppe. Am Kopf des Tischs saß eine Blondine, deren Haare zu einem derart strengen Knoten gebunden waren, dass die Haut am Haaransatz vom Zug schon ganz rot war. Ihre Uniform war picobello, der Geier auf ihrer Mütze erklärte sie zur Anführerin. Zur Anführerin eines kunterbunten Haufens. Anders als ihre Befehlshaberin hatten die meisten Wacs gänzlich auf ein formelles Erscheinungsbild verzichtet und sich ihrer neuen Heimat so gut wie möglich angepasst. Ihr vom Atabrine rührender Gelbstich wurde von der gebräunten Haut überdeckt, ihre Kleidung hatten sie so abgeändert, dass sie besser zu den klimatischen Bedingungen auf der Insel passte. Einige hatten die Kappen der schweren, schwarzen Armeestiefel aufgeschnitten, wobei eine Art Sandale herauskam, die bei der Hitze für bessere Belüftung sorgte. Viele trugen Ketten aus Perlen oder Samen um den Hals, andere Silberringe und Armreifen, die, wie ich später erfuhr, aus gehämmerten australischen Münzen gefertigt waren und die sie höchstwahrscheinlich von den Männern, mit denen sie gerade liiert waren, geschenkt bekommen hatten. Die bizarren Outfits wurden mit Kopftüchern und den für die Wacs üblichen Schirmmützen gekrönt – und sogar die waren noch mit breiten Streifen Moskitonetz an die Gegebenheiten vor Ort angepasst worden.

Es war befremdlich, die Männer zu beobachten: Sie fühlten sich wohl in dieser Umgebung, die sie mit der Zeit zu ihrer eigenen gemacht hatten, und hatten trotzdem Angst, zu fluchen wie die Matrosen, die sie nun einmal waren. Ich fühlte mich, als ob wir als Nichtmitglieder in einen Privatclub hineingeplatzt wären.

»Entschuldigung«, sagte Gilda zu einer Frau mit einer schweineähnlichen Stupsnase. »Können Sie uns sagen, wo die Offiziere sitzen?«

Die Frau drehte sich zu den um sie herum sitzenden Wacs, und alle kicherten verhalten. »Nein«, sagte sie, absichtlich Gildas sorgfältige Aussprache nachäffend, »das kann ich nicht.«

Wir wichen von ihrem Tisch zurück. Während unsere Blicke weiterhin suchend durch den Raum schweiften, ließen die kalten Augen der Wac-Kommandeurin keine unserer Bewegungen unbeobachtet. Ich bin mir nicht sicher, ob man den Wacs dieses Verhalten zum Vorwurf machen konnte. In Sekundenfrist hatten wir sie entthront, indem wir nicht viel mehr taten, als zivil zu tragen und eine gewisse berühmte Schauspielerin unter uns zu haben. Das musste ihnen ordentlich auf den Wecker gehen.

»Sie sind die USO-Mädchen, richtig?« Als wir gerade überlegten, ob wir uns einfach an den nächsten freien Tisch setzen sollten, tauchte ein Mann neben uns auf.

»Richtig«, sagte Violet.

»Dann sind die Damen hier falsch. Sie sollen doch im Haus des Hochkommissars speisen.«

So schnell wir konnten, verließen wir mit ihm die Kantine und stiegen in einen bereitstehenden Jeep. Mit Hochgeschwindigkeit fuhr er eine staubige Straße entlang, wobei er keinerlei Rücksicht auf unsere frisch frisierten Haare und geschminkten Gesichter nahm. Nach wenigen Minuten erreichten wir die Villa des Hochkommissars, ein schönes Haus auf einer Anhöhe, das so fehl am Platze wirkte wie eine Windel an einem Affenpopo. Hyazinthen und Rosenstöcke schmiegten sich an seine Mauern und erfüllten die Luft mit einem schweren, süßlichen Duft. Auf dieselbe Art, wie ein sorgfältig gestaltetes Bühnenbild in einem schäbigen kleinen Greenwich-Village-Theater das Publikum davon zu überzeugen vermag, im Frankreich des 18. Jahrhunderts zu sein, versuchten die reich verzierten englischen Möbel im Inneren so zu tun, als stünde das Gebäude auf einer anderen Insel. Wenn man wusste, wie unsere eigene Unterbringung und wie die dürftigen Behausungen der Eingeborenen aussahen, konnte man diesen Schuppen hier unmöglich nicht mit ein bisschen Verachtung betrachten.

Man geleitete uns in ein üppiges Esszimmer, wo die bereits anwesenden Männer zur Begrüßung aufstanden.

»Entschuldigen Sie die Verspätung«, sagte Gilda.

Die Tische waren gedeckt und das Porzellangeschirr trug militärische Symbole. Stühle wurden verschoben, um für uns fünf Platz zu schaffen, man setzte uns zwischen die Offiziere, damit so viele wie möglich mit einer von uns plaudern konnten. Ich saß zwischen einem Hauptmann der Royal Air Force und einem Amerikaner, der so blond war, dass er weißhaarig wirkte. Kaum berührte mein Hinterteil die Sitzfläche, erschien ein Eingeborener und stellte mir einen Teller hin.

Wie schon auf dem Schiff war auch hier das Essen sehr viel besser, als ich gedacht hatte. Wenn man wusste, was die Soldaten zu essen bekamen, und auch selbst schon Armeeverpflegungsknüllern wie Frühstücksfleisch ausgeliefert gewesen war, war es irritierend, besser zu essen als je zuvor. Wir bekamen alle ein Steak, Ofenkartoffeln und frisches, in Butter getränktes Mischgemüse. Rund um den Tisch wurde in silbernen Kannen echter Kaffee gereicht, dazu noch etwas, das nach Fruchtbowle aussah.

»Verzeihen Sie, aber was ist das?«, fragte ich den Briten, als mir der Diener einschenkte.

»Aromatisiertes Wasser. Das hiesige Wasser ist bakterienverseucht. Aber die Männer können auch den Geschmack und die Farbe des Zeugs nicht leiden, das die Yanks heranķarren. Um beides zu übertünchen, werden Farbtabletten zugefügt.«

Was würde sich das Militär als Nächstes einfallen lassen? »Sind die Mahlzeiten für die Offiziere immer so?«

Er säbelte ein Stück von seinem Steak ab und spießte es mit der Gabel auf. »Normalerweise um einiges besser, aber der Fliegerangriff hat nur die Hälfte der Zeit für die Vorbereitung gelassen.« Er sah auf meinen Teller. »Essen Sie kein Fleisch?«

Ich hatte das Steak zur Seite geschoben. Vor ein paar Monaten hatte ich herausgefunden, woraus genau das Schwarzmarktrind bestand, das so viele New Yorker Restaurants kauften, und aufgrund dieses Wissens war mir mein einst unstillbarer Appetit auf Fleisch gründlich vergangen. Auch wenn das Landwirtschaftsministerium neue Vorschriften erlassen hatte, die sicherstellen sollten, dass alles von uns Verzehrte zumindest schon mal gemuht hatte, war mein Vertrauen noch nicht wiederhergestellt. »Nein«, antwortete ich dem Briten. »Wollen Sie es?«

»Sie machen Scherze.« Ich versicherte ihm, dass dem nicht so war. Er nahm sich mein Fleisch und bezahlte mit einer großen Portion Kartoffeln. Während ich die verschlang, hielten die Offiziere das Gespräch in Gang. Sie benutzten vielleicht nicht die gleiche blumige Sprache wie die gemeinen Soldaten, aber die Themen, die sie vor uns besprachen, waren alles andere als hygienisch. Sie erzählten von der Arbeit auf den Torpedobooten, die einem die Leber kaputt machte, von vergeigten Einsätzen und von den Waffen der Achsenmächte und der Alliierten, die lustige Namen trugen wie Igel, Bazooka und Bouncing Betty. Diese Spitznamen klangen genau so lange drollig, bis einem wieder einfiel, dass dieses Zeug dazu da war, Menschen zu töten.

Ein Gang folgte dem anderen, und die Offiziere diskutierten die andauernden Probleme mit den U-Boot-Torpedos und die Möglichkeiten, den Mark-14-Gefechtskopf zu verbessern. Dessen vordringlichstes Problem war der Magnetzünder, ein Thema, bei dem ich nicht ganz mitkam, das aber für eine hitzige Debatte sorgte. Das zweite Problem war, dass der Torpedo mit irgendeiner Sorte trinkbaren Alkohols angetrieben wurde. Die U-Boot-Besatzungen hatten sich dummerweise angewöhnt, das Zeug selbst zu trinken und den Torpedos nur so wenig Treibstoff übrig zu lassen, dass die viel zu früh totliefen oder überhaupt nicht mehr zündeten.

»Eine Sekunde«, sagte ich. »Die trinken ihre eigenen Waffen aus?«

»Sie nennen es Torpedosaft«, sagte einer der Marineoffiziere. Er stammte aus Chicago, weswegen sich seine *th's* wie *d's* anhörten und seinen Vokalen übel mitgespielt wurde. »Man mixt das Zeug mit Grapefruitsaft und bekommt einen Cocktail, der ›Pink Lady‹ heißt.«

»Aber so was trinkt man doch nicht«, sagte Kay.

»Warum nicht«, meinte Violet, »wenn man mitten im Krieg auf einem U-Boot festhängt?«

Um diese Praxis zu unterbinden, plädierten die versammelten Männer dafür, den trinkbaren Alkohol zur Abschreckung durch etwas Giftiges zu ersetzen. Ich persönlich hielt es für die bessere Taktik, die Marine nicht länger zur Abstinenz zu zwingen. So würde das Verlangen nach einem Drink zumindest nicht derart übermächtig werden.

Die Stimmung in diesem Offizierskasino war weit entfernt von der, die wir auf dem Schiff angetroffen hatten. Hatte ich mich den Männern dort kameradschaftlich verbunden gefühlt, wurde man hier – wortlos zwar, aber ständig – daran erinnert, dass sie das Sagen hatten und wir nur zu ihrem Vergnügen da waren. Tatsächlich hatte ich, trotz einiger koketter Blicke und der bewussten Einhaltung der Umgangsformen, den starken Eindruck, sie hätten es noch lieber gehabt, wenn wir überhaupt nicht zugegen gewesen wären.

Und da war noch etwas. Nach zwei Jahren Krieg in New York hatte ich mich daran gewöhnt, in einer Welt zu leben, in der es etwas ganz anderes bedeutete, eine Frau zu sein, als noch zu Zeiten meiner Mutter und Großmutter. Der Krieg hatte die Vereinigten Staaten verändert. Frauen besetzten immer häufiger Positionen, die vorher nur Männern zugänglich gewesen waren. Wir trieben uns alleine auf den Straßen herum, arbeiteten in Rüstungsfabriken, leiteten Unternehmen und gingen arbeiten, sogar wenn wir uns zuhause auch noch um Kinder kümmern mussten. Im Kreise der Militärs allerdings wurde klar, dass das, was wir erlebten, ein Phänomen ausschließlich der zivilen Welt war. In der Welt der Streitkräfte waren Frauen immer noch Menschen zweiter Klasse.

Gilda saß auf der anderen Seite des Amerikaners neben mir. Sie schützte höfliches Interesse vor, als er das Thema von den Torpedos zur Marinespionage wechselte. Neben seinem reifen, arischen Äußeren gab es noch etwas an ihm, was ich nicht leiden konnte, und ich verbrachte einen Großteil des Essens damit, ihn zu belauschen und herauszufinden, was mir so gegen den Strich ging. Er war arrogant, so viel war klar, aber das konnte man auch über die Hälfte der Schauspieler sagen, die ich kannte.

Ich stellte Blickkontakt mit dem Briten her und brachte ihn dazu, sich zu mir zu beugen. »Wer ist das?«, fragte ich.

Er kam so nah, dass seine Stimme mir im Ohr kitzelte. »Konteradmiral Nathanial Blake. Die Männer nennen ihn Late Nate. Als ranghöchster amerikanischer Offizier ist er der König von Tulagi.«

Ich versuchte, mir einen Reim auf das ganze Lametta auf Blakes Schultern zu machen, aber für meine Augen war es einfach nur ein Strauß hübscher Bändchen und Sternchen. Blake ließ gerade den Bericht einer Gefangennahme, die sich wenige Tage vor unserer Ankunft ereignet hatte, vom Stapel. Man hatte in der Nähe der Baracken, wo die Vorräte gelagert wurden, drei japanische Soldaten in einen Hinterhalt gelockt.

Die anderen Frauen hingen ihm an den Lippen.

»Was machen Sie mit diesen Gefangenen?«, fragte Jayne. »Foltern Sie sie, um an ihre Geheimnisse zu kommen?«

Blake drehte sich zu ihr und schenkte ihr ein warmes, beruhigendes Lächeln, das mich noch nicht mal dann überzeugt hätte, wenn es auf meinem eigenen Gesicht erschienen wäre. »Sie werden befragt und danach als Kriegsgefangene in einer Einrichtung am anderen Ende der Insel inhaftiert. Natürlich foltern wir niemanden – das ist auch gar nicht nötig. Glauben Sie mir: Die finden ein warmes Bett und gutes Essen schlimmer als Folter.«

Das weckte mein Interesse. »Warum das denn?«

Seine Lippen waren abnorm schmal. Eigentlich sah es

sogar aus, als hätte er überhaupt keine. »Für Japsen gibt es nichts Entwürdigenderes, als in Gefangenschaft zu geraten. Viel lieber sterben sie auf dem Schlachtfeld den Heldentod. Sie werden nämlich nicht gerade freudig willkommen geheißen, wenn ihre Verwandten erfahren, dass sie bei uns in Gefangenschaft waren, und es macht auch überhaupt keinen guten Eindruck zuhause, wenn dann noch herauskommt, wie gut wir sie behandelt haben.«

»Man ist hier also nett zu ihnen, damit sie später ein umso größeres Problem haben«, meinte ich.

Er richtete seine ganze Aufmerksamkeit auf mich, seine Augen blinzelten kein einziges Mal. »Die Japsen sind schlicht und ergreifend primitiv. Die werden so erzogen. Sie haben keinen Respekt vor dem menschlichen Leben. Wenn sie ihre eigenen Leute bestrafen wollen, dann sage ich: Lasst sie doch.«

Schon die Berichterstattung amerikanischer Zeitungen in Sachen japanischer Unzivilisiertheit war widerlich. Man erzählte uns Geschichten von alliierten Fliegern, die über japanischem Boden abgeschossen und sofort gefressen wurden, und es kursierten Gerüchte über die scheußlichen Grausamkeiten, die die Japaner vor Kriegsausbruch den Chinesen angetan hatten. Erst vor ein paar Wochen hatte die *Times* einen Artikel gedruckt, der zu analysieren versuchte, wie zäh die Japaner im Vergleich mit den Soldaten anderer Nationen waren. Man verwarf zwar die These, die Japaner hätten weniger Angst vor dem Tod als andere Kulturen, beschrieb sie aber als gut ausgebildet, auf einzigartige Weise ans südpazifische Gelände angepasst und völlig angstfrei. Damit es nicht so aussah, als stünde der Autor dieser Achsenmacht unvoreingenommen gegenüber, kam er zu dem Schluss, dass die Japaner nicht zäher wären als andere Soldaten, dafür aber weniger intelligent, was sie für diese Art Ausbildung empfänglicher machen würde. Außerdem würden sie über eine für ihre Kultur spezifische Art von Egoismus, Grobheit und Brutalität verfügen.

Der Artikel war mit einer Karikatur bebildert, die einen japanischen Soldaten als King Kong zeigte. Ich wollte glauben, dass so etwas schlicht Propaganda war, die dem Feind vorwarf, zu keinem fairen Kampf in der Lage zu sein. Und vielleicht war es das in Teilen auch. Aber wenn man über die Taten der Japaner las, fiel es einem doch schwer, den Behauptungen, dieser Feind sei schlimmer als die meisten anderen, nicht beizupflichten.

Und auch wenn ich kriegsbedingt meine eigenen Momente von Rassismus hatte, und die hatte ich nicht selten, gefiel es mir nicht, wie Late Nate – und die Presse – alle Japaner über einen Kamm schoren. Wenn man wusste, dass es auch Amerikaner gab, die Böses taten – dass es die gab, hatte ich zur Genüge erfahren –, folgte daraus nicht, dass es auch gute Deutsche und gute Japaner geben musste? Außerdem hörten wir über die Russen, die sich immer noch weigerten, die Genfer Konvention zu unterzeichnen, fast genauso viel Schlimmes. Und trotzdem zählten wir die Iwans zu unseren *Freunden*.

Als ich Blake gerade meine Verwirrung erklären wollte, verschwand sein Lächeln, sein Gesichtsausdruck wandelte sich, seine Augenfarbe schien sich zu verändern. Die Augen waren nicht länger blau, sondern so grau wie der Himmel vor einem starken Schauer. »Sagen Sie nicht, Sie sind ein Japsenliebchen.« Das war kein Scherz. Er wollte ernsthaft eine Diagnose darüber anstellen, was mich plagte, und ich war sicher, dass etwas sehr Schlimmes passieren würde, wenn ich ihm jetzt noch den geringsten Anlass zu der Annahme gab, ich würde für die Japaner Mitgefühl empfinden.

»Gar nichts bin ich«, sagte ich.

Er legte die Hände gefaltet vor sich auf den Tisch. »Haben Sie je von der Schändung von Nanking gehört?«

»Nein. Wer war sie?«

»Das war keine Sie, das waren sie. Die Japaner haben in Nanking hunderttausende Chinesen abgeschlachtet, Frauen egal welchen Alters vergewaltigt und überall in der Stadt bizarre Andenken an ihre Verbrechen hinterlassen.«

»Warum?«, fragte ich.

»Weil man sie ließ. Und was ist mit dem Todesmarsch von Bataan? Haben Sie davon gehört?«

»Ja.« Ich fühlte mich unglaublich klein. Am liebsten wäre ich unter den Tisch gekrochen und bis zum Ende des Essens dort hocken geblieben.

»In diesem Fall haben sie unsere Männer umgebracht, indem sie sie gezwungen haben, so lange zu marschieren, bis sie vor Hunger und Erschöpfung gestorben sind. Und die, die gestorben sind, hatten noch Glück.« Er lächelte und sprach so ruhig weiter, dass ich mir nicht sicher war, ob ich mir den drohenden Unterton nur einbildete. »Und Sie fragen sich trotzdem, ob es in Ordnung ist, wenn wir die Japaner durch die Hände ihrer eigenen Leute büßen lassen?«

»Das habe ich so nicht gemeint.«

»Haben Sie viele Japaner gefangen genommen?«,

fragte Jayne. Ich sah sie an, aber sie hielt den Blick unverwandt auf den Konteradmiral gerichtet.

»Nicht auf Tulagi. Seitdem wir die Insel eingenommen haben, haben wir wohl nicht mehr als eine Handvoll aufgegriffen.«

»Und warum waren die, die Sie gefangen haben, hier? Was glauben Sie?«, fragte Gilda.

»Sie haben behauptet, Deserteure zu sein. Aber sie hatten Tornister dabei, weswegen ich mir ziemlich sicher bin, dass sie unsere Versorgungslage ausgekundschaftet haben.«

»Zu welchem Zweck denn? Ist ihnen das Klopapier ausgegangen?«, fragte Violet.

»Damit liegen Sie gar nicht so weit daneben«, sagte ein Mann mit einem bleistiftdünnen rötlichen Schnurrbart, der ihn wie einen Lebemann aus dem neunzehnten Jahrhundert aussehen ließ. »Japanische Frachter sind mit einem Embargo belegt. Sie können mit ihren Schiffen also nicht hierher kommen, weswegen ihnen Nachschub an Lebensnotwendigem fehlt. Wir glauben, dass sie sich auf die Insel schleichen und es sich einfach nehmen.«

»Sie glauben?«, fragte Kay.

»Na ja, abgesehen von fehlenden Vorräten haben wir keinerlei Beweise. Und die Menge an Gestohlenem ist in den letzten Monaten deutlich zurückgegangen, was wohl eher nicht der Fall sein dürfte, wenn wir wirklich vom Feind ausgeplündert würden. Die einzige andere Erklärung ist, dass es jemand von uns ist. Die Wac-Kommandeurin dachte …«

»Ich gehe doch davon aus, dass Sie nicht behaupten wollen, die Vermutung dieser Frau sei zutreffend gewesen«, sagte Blake. »Es gibt keinerlei Beweise, dass unsere eigenen Männer etwas mit den fehlenden Vorräten zu tun hatten. Und offen gestanden belegt doch der Entschluss der Dame, die Heimreise anzutreten, dass sogar ihr die Unbegründetheit ihrer Ansichten aufgefallen ist.«

Ein unbehagliches Schweigen machte sich breit. Der Rotbart schluckte schwer und trank dann einen großen Schluck gefärbtes Wasser. Auf der anderen Tischseite war Kay zur Salzsäule erstarrt. Kannte sie die Wac, über die hier gesprochen wurde?

»Was für Sachen fehlen denn?«, fragte Jayne.

Der Rotbart holte mit einem Blick die Erlaubnis ein, die Frage zu beantworten. Kaum merklich nickte Blake ihm zu. »Ein paar Nahrungsmittel, aber hauptsächlich Medikamente. Morphium. Verbandsmaterial. Antibiotika.«

»Und genau das«, sagte Blake, »ist für die Japaner von außerordentlichem Wert.«

Ja, dachte ich, aber für einen Drogensüchtigen auch.

9 Soldaten und Frauen

»Was war das denn jetzt gerade?«, fragte Jayne. Während die anderen auf den Jeep warteten, hatten wir uns dafür entschieden, zu Fuß vom Haus des Hochkommissars zurück ins Camp zu gehen.

»Keine Ahnung. Bei Konteradmiral Lackaffe habe ich jetzt einen Stein im Brett, so viel ist sicher.«

»Er ist gefährlich, Rosie. Du solltest dir keine Feinde machen.«

»Weiß ich. Glaub mir, das weiß ich. Ab jetzt halte ich die Klappe.« Wir hakten uns unter. Auf der Straße zum Camp kamen wir an Kakaohainen vorbei, die mit hellgelben, sicher bald erntereifen Schoten gesprenkelt waren. Überall um uns herum ragten in komischen Winkeln Palmstämme aus der Erde. Es war merkwürdig, den botanischen Inbegriff für Hollywood hier in seinem natürlichen Lebensraum zu sehen. Sollte nicht irgendwo in der Nähe eine Filmpremiere stattfinden? »Hör mal«, sagte ich. »Was, wenn die Wac, von der sie geredet haben, Irene Zinn war?«

»Die Tote?«

Die Sonne ging unter und machte aus dem Himmel ein leuchtendes Potpourri aus Orange, Pink und Rot, wobei die Farben so übergangslos ineinanderflossen wie Pinselstriche auf Aquarellpapier. »Im Mitteilungsblatt der *Queen of the Ocean* stand doch, dass sie eine auf den Salomonen stationierte Kommandeurin war.«

»Aber es gibt doch sicher noch andere Wacs, die hier stationiert waren und dann ihren Hut genommen haben.«

»Wahrscheinlich schon, aber ich kriege sie einfach nicht aus dem Kopf. Das kann doch kein Zufall sein, dass sie tot ist und wir hier sind, oder? Es fühlt sich an, als ob ich dazu bestimmt wäre herauszufinden, was ihr zugestoßen ist.«

Wir erreichten den Fuß des Hügels und kurz darauf die Hauptstraße. Schon aus der Entfernung konnten wir hören, dass im Camp einiges los war: Männer lachten, Musik spielte und die Motoren der Jeeps summten über das unebene Gelände.

»Was ist eigentlich mit Kay?«, fragte Jayne. »Wenn sie die hier stationierten Wacs kennt, war sie doch wahrscheinlich selbst hier stationiert.«

»Blake kommt mir nicht wie einer vor, der sich gern in Zurückhaltung übt. Wenn Kay diejenige wäre, die hier die Nervensäge gespielt hat, hätte er mit dem Finger auf sie gezeigt und das gesagt.«

Jayne hielt kaum Schritt mit mir. Manchmal vergaß ich, dass ihre Beine nur zwei Drittel so lang waren wie meine. »Vielleicht hat sie Irene gekannt.«

»Vielleicht.« Das würde zumindest ihr Verhalten erklären, als sie erfuhr, dass Irene tot war.

»Aber komisch, dass sie sich bis jetzt noch nicht dazu geäußert hat«, meinte Jayne.

»Dass sie eine Wac war? Sie ist ziemlich schüchtern«, sagte ich. »Wir können von Glück sagen, dass sie es so langsam schafft, uns in die Augen zu sehen.«

Jayne gab ein »M-hmm« von sich, das ich nicht ganz deuten konnte.

»Welche Laus ist dir über die Leber gelaufen?«, fragte ich sie.

Sie holte tief Luft und straffte die Schultern. »Ich habe etwas gehört. Noch auf dem Schiff.« Ich zog die Augenbrauen hoch, um sie zum Weitersprechen zu bewegen. »Kay war vor mir bei der ärztlichen Untersuchung und hat die Tür offen gelassen. Ich wollte nicht lauschen.«

»Hör auf, dich zu rechtfertigen, und pack endlich aus.«

Jayne blieb stehen. »Als der Arzt sie fragte, ob sie jemals schwanger gewesen sei, hat sie ja gesagt. Vor fünf Monaten.«

»Hat sie auch gesagt, ob sie das Baby bekommen hat?«

»Nein, aber es klang eher nicht danach.«

»Wow. Ich schätze, wir wissen jetzt, warum sie keine Wac mehr ist.«

Wir erreichten das Camp und linsten auf dem Weg nach Hause in jedes Zelt, an dem wir vorbeikamen. Es war erstaunlich, mit was die Männer sich so beschäftigten. Manche spielten Poker. Andere schliefen. Einige hörten Baseball-Spiele im Radio, die bis hierher übertragen wurden. Wieder andere fertigten aus Restholz primitive Möbel, wobei sie an den Stücken arbeiteten, als hätten sie Antiquitäten aus edelstem Mahagoni vor sich. Viele schrieben Briefe, in denen nicht stehen würde, was wirklich los war, denn jeder wusste, dass die Zensur das sowieso schwärzte.

Alle ließen ihre Zelte offen, eine allgemeine Einladung, sich gegenseitig zu besuchen und sich die Zeit gemeinsam zu vertreiben. In den Zelten waren Schachbretter zu sehen, die auf eine neue Partie warteten, Poster von Hollywood-Sternchen wie Gilda und Fotos von Frauen und Kindern in schon lange glaslosen Bilderrahmen.

War eines dieser Zelte das von Jack gewesen? Wahrscheinlich – obwohl er in meiner Vorstellung die meiste Zeit auf hoher See verbracht hatte.

Jayne drückte meinen Arm. »Hast du dir schon überlegt, wie du die Suche nach ihm beginnen willst?«

»Nach Jack? Ich sollte einfach anfangen rumzufragen.« Von irgendwoher kam aus einem blechernen Radio die Stimme einer Frau, die Englisch mit einem starken asiatischen Akzent sprach. »Mein Bauch sagt mir, dass er hier war.«

»Auf Tulagi?«

»Ja. Keine Ahnung warum, aber schon als wir an Land gingen, hatte ich sofort das Gefühl, dass wir hier richtig sind.«

Jayne verscheuchte eine Fliege von ihrem Gesicht. »Was ist denn mit dir los? Dauernd hast du irgendwelche Ahnungen, erst wegen Irene, dann wegen Jack?«

»Was weiß ich. Vielleicht liegt's an dem Ort hier. Es ist, als ob mein Bauchgefühl hier endlich wieder funktioniert. Als hätte ich zuhause nur noch statisches Rauschen gehört und würde hier plötzlich wieder ein Signal reinkriegen.« Ein wolfsähnlicher Hund mit schlammverkrustetem Fell trottete an uns vorbei. Er beäugte uns argwöhnisch, zog aber seines Wegs, nachdem er festgestellt hatte, dass wir Freund und nicht Feind waren. Ein Pfiff ertönte, und er blieb wie angewurzelt stehen. Mit einem Blick, in dem man hündisches Widerstreben lesen konnte, drehte er um und lief dorthin zurück, woher er gekommen war.

»Wohin des Wegs, die Damen?« Eine Stimme veranlasste uns stehenzubleiben, und ich fürchtete sofort, eine Regel verletzt zu haben, über die wir noch nicht in Kenntnis gesetzt worden waren.

»Wir haben kein bestimmtes Ziel«, sagte ich. »Wir gehen einfach spazieren.« Im Gegenlicht der untergehenden Sonne konnte ich unseren Weggenossen nur schwer erkennen, aber der vierbeinige Ausreißer hatte sich zu ihm gesellt.

»Ich bin's, Spanky«, sagte er. Unser Fremdenführer vom Nachmittag trat uns entgegen. Auf seinem kahlen Schädel spiegelte sich der Sonnenuntergang wie die Zukunft in einer Kristallkugel.

»Hallo«, sagte ich. »Wer ist dein Freund hier?«

»Das ist Mac.« Er zwinkerte uns zu. »Kurzform für MacArthur.« Ich war mir einigermaßen sicher, dass der gleichnamige General nicht sonderlich geschmeichelt wäre, würde er dieses dürre Vieh sehen, das ihm zu Ehren getauft worden war. Beim Klang seines Namens wedelte Mac mit dem Mitleid erregenden Versuch eines Schwanzes, wobei ein ganzes Bündel Erkennungsmarken klimperte, das um seinen Hals hing. Er war eine Kreuzung aus einem Deutschen Schäferhund und Dutzenden anderen Rassen, was ihn zu einer Art prototypischen Hund machte. Seine Zunge war zu lang für sein Maul, und die verdreckte Schnauze hatte eine Säuberung dringend nötig. Er stank zum Steinerweichen, aber trotzdem sagte einem etwas an ihm, dass er ein lieber Geselle war.

»Wir haben einen Kater, der Churchill heißt«, sagte Jayne.

»Hatten«, korrigierte ich sie. »Den hat Ruby jetzt am Hals.«

»Nicht zu fassen«, sagte Spanky. »MacArthur und Churchill? Ich würde liebend gern sehen, was passiert, wenn wir die beiden zusammensteckten.«

Dass Mac nicht die Spur einer Chance haben würde, sagte ich ihm lieber nicht. Unser Churchill hatte zwar das Feuer seines Namensvetters, aber dessen diplomatisches Gespür ging ihm völlig ab.

»Ich habe gerüchteweise gehört, dass ihr Mädels auf der Suche seid nach einem Cocktail und ein bisschen Unterhaltung.«

Jayne und ich schauten uns an. »Bevor wir uns schlagen lassen ...«, sagte sie.

Spanky schlug mit den Flügeln, und wir beiden hakten uns ein. Er führte uns einen Pfad entlang, der sich zum Meer hinunterschlängelte. Mac folgte uns auf den Fersen. Der Pfad endete an einer hölzernen, gerade noch so an den Rand der Klippen geklebten Plattform, über die sich ein Dach aus Palmwedeln spannte. Sie war eingerahmt von Fackeln, die an langen Stangen befestigt waren und flackernd die Steilkante beleuchteten. Am einen Ende der Plattform gab es eine Bühne, auf der erstaunlicherweise sogar ein Klavier stand. Der Rest war voller nicht zueinander passender Tische und Stühle, besetzt von den bereits versammelten Soldaten, die sich mit Bierflaschen zuprosteten. Ein Grammofon spielte eine Melodie, deren Lautstärke sich je nach Windrichtung dauernd änderte. Der Wind musste sich ein paar Mal drehen, bevor ich Kate Smith erkannte, die »I Blew A Kiss In The Ocean« sang.

»Wow«, sagte Jayne. »Wie zum Henker habt ihr das alles hierhin bekommen?«

»Die Navy ist findig«, sagte Spanky. »Was hinzukriegen ist, kriegen wir hin.«

Merkwürdigerweise machte gerade dieses Tanzhallenprovisorium deutlich, wie komplex Kriegslogistik wirklich war. Es ging nicht nur darum, Männer auf ein abgelegenes Eiland zu verfrachten, sondern zusätzlich noch all das, was ihre Körper zum Überleben brauchten. Ich hatte am Hafen von San Francisco zwar die Betriebsamkeit wahrgenommen, hatte mir aber aus irgendeinem Grund das Ausmaß des Ganzen doch noch nicht vor Augen geführt. In meiner Vorstellung legten irgendwo Schiffe an, Jungs mit Knarren sprangen herunter, taten, was zu tun sie gekommen waren, und segelten wieder davon. Bedarf nach Toiletten, Kantinen, Feldküchen und Klavieren kam darin nicht vor.

Natürlich wusste ich es besser. Die Zeitungen berichteten mit großer Genugtuung darüber, wie viel Zeug man statistisch benötigt, um die Truppen zu versorgen. Aus den Artikeln wussten wir, dass man siebenhunderttausend unterschiedliche Dinge braucht, um die Streitkräfte mit allem Notwendigen auszurüsten – von Stopfnadeln bis hin zu Panzern. Ein einziger Soldat benötigte eine Tonne Proviant pro Monat, um seinen Job angemessen tun zu können. Kein Wunder, dass die Japaner heimlich auf die Insel schlichen und unsere Sachen stahlen. Wir waren besser ausgestattet als der Supermarkt um die Ecke.

Dieses kleine Stück Amerika zu sehen, das hier mitten im Dschungel vom Himmel geplumpst war, hatte etwas furchtbar Trauriges. Die Männer mussten sich ihre eigene kleine Welt erschaffen, und anstatt sich an Gegend und Gebräuche anzupassen, versuchten sie, den Ort, an dem sie festsaßen, so weit wie möglich ihrer Heimat nachzubilden, nach der sie sich sehnten. Aber sogar ich konnte sehen, was für ein schlechter Ersatz das war.

Spanky entließ uns aus seinem Griff und zeigte auf

einen Tisch, der gerade nicht besetzt war. Während wir darauf zusteuerten, johlten die anderen Männer und begrüßten den mit zwei Damen im Schlepptau aufkreuzenden Spanky als Retter.

»Wie hat Spanky euch denn hierher gelockt?«, fragte einer.

»Das hat gar nichts mit Spanky zu tun«, sagte ich. »Wir haben nur Macs Drängen nachgegeben.« Wir erzählten den anderen, wo drei weitere Frauen zu finden wären, und ein kleines Grüppchen machte sich auf den Weg, um sie zu holen. Uns wurden verschiedenste Getränke angeboten, von schlichter Coca-Cola in Flaschen über Bier, das andere Teilstreitkräfte gespendet hatten – auch jene aus anderen Ländern –, bis hin zu japanischem Lagerbier und Sake, die ich für Kriegsbeute hielt. Während wir noch überlegten, was wir wollten, nahm Spanky mich am Arm und führte mich zu der Pappkiste, die er aus der Kantinenküche mitgenommen hatte. Er hob den Deckel gerade weit genug, dass ich die Flaschen voller klarer Flüssigkeiten sehen konnte.

»Falls ihr das alles nicht mögt, hätten wir hier auch noch Jungle Juice, Kava, Nachtjäger und Chateau Clochard.« Nachdem wir von der Vorliebe der Marine erfahren hatten, als Treibstoff gedachte Flüssigkeiten zu trinken, zogen wir dann doch ein Getränk vor, das in einer versiegelten und ordentlich etikettierten Flasche daherkam. In Windeseile hatten Jayne und ich je eine lauwarme Bierflasche in der Hand und eine Männertraube um uns herum.

Ich goss mir das erste Bier hinter die Binde und verhalf mir so zu einer einzigen freien Sekunde. Im nächsten Augenblick führte ich schon fünf Gespräche gleichzeitig, aber von der komplexen Aufgabe, auseinanderzuhalten, wer welche Frage gestellt hatte, wurde mir schwindelig.

Die Nachricht von unserer Ankunft verbreitete sich schnell, und schon bald bildete sich eine ungeduldige Schlange aus Männern, die sich lautstark darum rissen, mit uns zu plaudern, zu tanzen oder einfach nur in unserer Nähe zu sein. Violet, Kay und Gilda trafen ein, und für wenige Augenblicke verlagerte sich die Aufmerksamkeit gänzlich auf das Frischfleisch.

Ich war eigentlich keine Biertrinkerin und beschränkte meinen Alkoholkonsum im Normalfall auf die wirklich starken Sachen, aber in der Kombination aus Hitze, Erschöpfung und einer langen Woche der Enthaltsamkeit entfaltete auch Bier eine eigentümliche Wirkung. Schon bald tanzte ich mit einem Matrosen nach dem anderen Wange an Wange, derart ausgelassen und unverkrampft, dass ich noch nicht mal auf ihre Hände achtete, während wir uns über das Parkett bewegten. Schließlich bat ich um eine Atempause und fiel dankbar auf einen Stuhl. Ich hatte kaum zehn Sekunden gesessen, als Violet zu mir kam.

»Hallo«, sagte ich. »Amüsierst du dich?«

»Mir bleibt nichts anderes übrig.« Sie biss sich auf die Lippen, und ihr breites Grinsen fiel in sich zusammen. »Das war ja ein Auftritt beim Abendessen.«

»Ja. Tut mir leid. Ich hab Jayne schon versprochen, dass ich ab jetzt den Rand halte.« Pantomimisch verschloss ich mir den Mund und warf den Schlüssel weg.

»Du darfst jetzt bloß nicht überreagieren. Es war irgendwie auch ganz schön, dass mal jemand anderes im Zentrum der Aufmerksamkeit steht.«

Das Bier drängte mich weiterzureden, obwohl ich wusste, dass ich es besser gelassen hätte. »Hast du immer noch diesen Spleen wegen ihr? Ich dachte, du hättest deinen Frieden mit ihr gemacht.«

»Ich hab's versucht. Glaub mir, ich hab's versucht.« Sie trank aus ihrem Flachmann und spülte mit einem großen Schluck Coca-Cola nach. Was würde passieren, wenn ihr der Schnaps ausging? Würde sie dann anfangen, den Leuten das Blut auszusaugen? »Aber dann lässt sie so kleine Bemerkungen fallen – von wegen du und Kay, ihr hättet nur so getan, als ob ihr krank wärt, nur um die Probe sausen zu lassen, und das bringt mich einfach auf die Palme.«

»Das hat sie nicht gesagt.«

Sie fischte eine Kippe aus ihrem Zigarettenetui. »Natürlich nicht. Und sie hat auch nicht gesagt, dass sie schon Hunde gesehen hat, die schlauer sind als Jayne.«

Unfreiwillig ballten sich meine Hände zu Fäusten. »Pass bloß auf, Violet, ich habe ordentlich einen im Tee.«

Sie hob abwehrend die Hände. »Schieß nicht auf den Boten! Ich möchte nur, dass du weißt, was los ist, wenn du nicht im Raum bist. Das ist alles. Ob's dir gefällt oder nicht – sie ist nun mal kein liebenswertes Herzchen.«

»Danke für den Hinweis.« Ich ließ sie allein und ging zur Tanzfläche. Spanky hatte gerade seinen Tanz mit Jayne beendet. Bevor er meine Freundin gegen ein Bier eintauschen konnte, griff ich nach seiner Hand und zog ihn zurück auf die Tanzfläche.

»Tanz mit mir, Spanky.«

Er seufzte dramatisch und warf den Kopf zurück. »Ich liebe Frauen, die das Zepter an sich reißen.«

»Immer mit der Ruhe, Kollege, ich benutze dich nur, um einem unangenehmen Gespräch zu entfliehen.«

Er drehte mich nach links raus und ließ mich wieder zurückkreiseln. Während alles um mich herum verschwamm, konnte ich gerade noch Mac am Rand der Tanzfläche sitzen und im Rhythmus mit dem Schwanz wedeln sehen.

»Wo hast du Mac aufgegabelt?«

»Hab ihn am Strand von Guadalcanal gefunden. Er war ein räudiger kleiner Geselle, der sicher zu einer Mahlzeit verarbeitet worden wäre, wenn ihn niemand in seine Obhut genommen hätte. Er wurde das Maskottchen auf der *McCawley*, und seitdem sind wir unzertrennlich.«

»Warum war er dann nicht bei der Führung heute dabei?«

Er rückte nah an mich heran. Sein Atem roch stark antiseptisch, was wahrscheinlich mit dem ausgiebigen Genuss von Chateau Clochard zu tun hatte. »Er hatte eine Schulung.«

»Lass mich raten: Er wird Codeknacker.«

»Fast: Wir richten ihn zum Spürhund ab. Er soll Bomben, Sprengfallen und so was erschnuppern. Wer sich bei uns einquartiert, muss sich seine Unterkunft verdienen, wie alle anderen auch. In meiner Truppe dulde ich keine Weicheier.« Die Musik wurde schneller, und er wirbelte mich sehr viel graziöser herum, als ich ihm zugetraut hätte. »Und, was macht Vater Staat zurzeit?«

»Alles wie immer, schätze ich, nur mit weniger Ressourcen. Das, was man braucht, lässt er nicht mehr herstellen, und das, was er hat, muss man rationieren.«

»Was ist denn ausgegangen?«

Ich bekämpfte den Drang zu gähnen. Spanky war wirklich ein wahnsinnig netter Typ, aber das Wort Schlaf klang langsam noch netter. »Kaugummis, Klebeband, Mäusespeck.«

»Damit könnte ich leben. Auf nichts davon hab ich je was gegeben.«

Ich hob gebieterisch die Hand. »Moment, ich bin noch nicht fertig. Auch die Herstellung von Konserven wurde eingeschränkt, außerdem die von Fleisch, Schuhen und Milchprodukten.«

»Kein Fleisch?«

»Auf jeden Fall kein gutes mehr.« Ich musste wieder an meinen letzten verhängnisvollen Versuch denken, etwas zu essen, das ich für Rinderbraten gehalten hatte, und schüttelte mich. »Und glaub bloß nicht, dass du irgendwo noch ein Omelett bekommst.«

»Himmelarsch.«

»Kann ich dich was fragen?«

»Nur zu.«

»Kennst du einen Jack Castlegate?«

Er drehte mich ein weiteres Mal. Mac ließ ein anerkennendes Bellen hören. »Bei der Navy?«

»Ja, Leutnant.«

»Auf welchem Schiff?«

»Keine Ahnung.«

»Dir ist aber schon klar, dass ich nicht jeden kennen kann, oder?«

Ich merkte, dass ich rot wurde. Wie naiv war ich eigentlich? »Ich dachte, einen Versuch wär's wert. Soviel ich weiß, war er hier draußen auf den Inseln. Er gilt als vermisst, und ich habe geglaubt, das hätte vielleicht für ein wenig Aufsehen gesorgt.«

Spanky legte die Stirn in Falten. Man konnte sich leicht vorstellen, wie er als alter Mann aussehen würde. Gesetzt den Fall, er überlebte so lange. »Was hast du denn mit ihm am Hut?«

»Er war mein Freund. Jetzt ist er mein Ex.«

Er schüttelte den Kopf. »Junge, Junge, was für ein Snafu.«

Da ich mittlerweile schleppend sprach, hielt ich den Verdacht nicht für gänzlich unbegründet, dass ich auch schleppend dachte.

»Hä?«

»Snafu«, wiederholte er.

Ich hob die Augenbrauen. »Spanky, die Sache ist die: Wenn ich etwas nicht weiß, weiß ich's auch dann nicht besser, wenn du's zwei Mal sagst.«

Er grinste mich entschuldigend an. »Tut mir leid. Manchmal vergesse ich, dass vieles hier Armeespezialwissen ist. Ich kann mich schon kaum mehr daran erinnern, wer ich war, als ich hergekommen bin, geschweige denn, dass ich wüsste, als wer ich wieder fahren werde.«

»Also, was bedeutet Snafu?«, fragte ich.

Er wurde rot. »Das kann ich nicht sagen. Du bist eine Dame.«

»Ach, jetzt bin ich plötzlich eine Dame?« Leise sagte ich ihm ins Ohr: »Keine Sorge, meine jungfräulichen Ohren werden schon keinen Schock davontragen.«

Er legte den Kopf schief. »Na gut. Es heißt: Situation normal, alles verfickt unschön.«

Auf eine solche Obszönität war ich dann doch nicht gefasst. »Verstehe, warum man lieber die Abkürzung benutzt.« Eine gute Abkürzung obendrein. Snafu war die beste Beschreibung, die ich bislang für den Krieg – und für menschliche Beziehungen – gehört hatte.

»Ich hab dir einen Gefallen getan – tust du mir jetzt auch einen?«, fragte er.

»Klar.«

»Erzähl mal von deiner Freundin.«

»Gilda? Sie ist klasse. Gar nicht so, wie man denken könnte.«

»Nicht Gilda.« Seine Augen zuckten scharf nach links. »Die andere.«

Mit einem forschenden Blick versuchte ich darauf zu kommen, wen er meinte. »Violet? Meinst du Violet?«

»Exakt. Eine der schönsten Frauen, die ich je gesehen habe. Wie ist sie so?«

Kommt auf den Wochentag an. »Lustig. Ein richtiger Witzbold.«

»Hat sie einen Freund?«

Gott bewahre. »Erwähnt hat sie keinen. Sie macht eher den deutlichen Eindruck, als ob sie hofft, hier jemanden kennenzulernen.«

Er sah mit solcher Sehnsucht zu ihr hin, dass man ihn eher für einen Hund hätte halten können als Mac.

»Komm mit.« Ich zog Spanky zu ihrem Platz und hielt ihr seine Hand hin. »Violet, du erinnerst dich sicher an Spanky, unseren Fremdenführer? Er würde gern mit dir tanzen.«

Ich blieb nicht, um mir anzuschauen, was als Nächstes geschah. Als ich gerade darüber nachsann, wie ich mich unbemerkt von dannen schleichen könnte, kam Dotty des Wegs. Er sah Kay mit einem anderen tanzen, sein Gesicht wurde lang, und er machte den Eindruck, als wollte er sofort wieder die Flucht ergreifen.

»Hey Dotty!« Er kam zu mir. »Lust auf ein Tänzchen?«

Wieder sah er zu Kay hinüber, die allerdings keine Anstalten machte, ihren Partner zu verlassen. »Sicher«, sagte er, »sehr gern.«

Trotz des kaputten Knies schlug er sich bei einem langsamen Stück ganz gut. Er wahrte züchtig Abstand, als ob wir beim Schulball von einer Ordensschwester überwacht würden.

»Warum nennen dich eigentlich alle Dotty?«, fragte ich.

Er rollte mit den Augen. »Vor dem Krieg hatte ich felsenfest vor, Schriftsteller zu werden. Hab hier und da ein paar Kurzgeschichten und Gedichte veröffentlicht, weswegen mich die Kameraden Dorothy Parker getauft haben. Daraus ist dann Dotty geworden, und der Spitzname ist an mir hängen geblieben.«

»Und jetzt bist du Journalist?«

»Nachdem ich aus dem Dienst entlassen wurde, wollte ich irgendwie weiterhin etwas Nützliches tun. Und das schien mir ein gute Möglichkeit zu sein, meine Fähigkeiten einzusetzen.« Sein Blick schweifte ab und fand zum wiederholten Mal den Weg zu Kay.

»Wenn du so weitermachst, dauert es nicht mehr lang und ich bin beleidigt.«

Mit einem Ruck konzentrierte er sich wieder auf mich. »Entschuldigung.«

»Du kannst es wiedergutmachen, indem du mir eine Frage beantwortest: Hast du, seitdem du hier bist, mal was von einem Marineleutnant namens Jack Castlegate gehört?«

»Der Name kommt mir bekannt vor, aber ich weiß nicht, woher.«

»Er gilt als vermisst«, sagte ich. »Und davor hatte er

sich irgendwie mit seinem Offizier verkracht. Da war noch ein anderer Mann in seiner Einheit – ein Corporal M. Harrington, den alle Charlie genannt haben und der vor ein paar Monaten Selbstmord begangen haben soll.«

»Bist du dir da sicher?«

»Absolut. Meine Quelle ist verlässlich.«

»Nein, ich meine, dass Charlie in seiner Einheit gewesen ist. In der Navy gibt's keine Corporals, dieser Rang existiert in der Marine gar nicht.«

Hatte ich da etwas falsch verstanden? Die Welt des Militärs mit ihren Farben, Titeln und Abzeichen war für mich schwer fassbar. Aber dass mich meine Erinnerung über den Dienstgrad des Mannes täuschte, der mir von Jacks Verschwinden berichtet hatte, schien mir wenig wahrscheinlich.

»Na gut, aber wenn er nicht bei der Navy war, wo dann?«

»Bei der Army oder bei den Marines. Vorausgesetzt, er war überhaupt Amerikaner.«

»War er. Definitiv. Er kam aus Charleston in South Carolina.«

Sein Blick wanderte von mir fort. Ich folgte ihm. Kay war weg. »Ich kann mich mal umhören, wenn du möchtest.«

»Das wäre furchtbar nett.«

Wir tanzten noch das Lied zu Ende und zogen dann unserer Wege. Zwischen Bier, Hitze und schmerzenden Füßen wünschte ich mir nichts sehnlicher als eine Pause. Ich fand einen freien Tisch im hinteren Bereich der Plattform und bewegte mich unauffällig zu einem der Stühle.

Wie konnte ich das mit Charlie Harringtons Dienstgrad derart durcheinandergebracht haben? Ich hatte so wenige Anhaltspunkte zu Jacks Leben bei der Marine. Der Gedanke, dass ich noch nicht mal das magere Wissen, über das ich verfügte, richtig abgespeichert hatte, war schrecklich.

Ein Geräusch wie ein Trommelwirbel riss mich aus den Gedanken. Neben mir saß Mac. Mit seiner kalten Schnauze beschnupperte er meine Hand, und um mich erkenntlich zu zeigen, tätschelte ich ihm den vor Schmutz starrenden Kopf. Zusammen schauten wir zu, wie Spanky und Violet tanzten und tanzten, wobei sich ihr Lachen über die Musik erhob.

Sie waren nicht allein auf der Tanzfläche. Irgendwann, während ich selbst noch das Tanzbein geschwungen hatte, waren die Wacs eingetrudelt, und jetzt war alles voller schwofender und plaudernder Pärchen. Ungeachtet der Tatsache, dass wir alle aus demselben Grund hier waren, stand seltsamerweise etwas Trennendes zwischen den Wacs und uns. Sie hatten schon Dutzende Abende hier verbracht. Wir waren das frische Blut, das die Witze und die ungeschickten Füße der Jungs noch nicht über hatte und sich auch ihrer gut gemeinten Avancen bislang noch nicht erwehren musste. Aber trotz der Tatsache, dass wir, weil wir neu waren, interessanter waren, merkte man doch, dass die Jungs die Wacs, verglichen mit fünf Schauspielerinnen in zivil, für die angenehmere Alternative hielten. Sie waren ihnen vertrauter.

»Amüsierst du dich?« Jayne trat zu mir und drückte mir ein Bier in die Hand.

»Und wie. Und du?«

Sie erzählte von ihren unterschiedlichen Tanzpartnern, während ich beobachtete, wie sich die Blonde mit dem straffen Dutt nur wenige Meter entfernt hinsetzte. Sie musste gespürt haben, dass ich sie ansah, denn sie drehte sich zu mir um. Ich erwiderte ihren zornigen Blick.

»Was machst du da?«, fragte Jayne.

»Auf ihre Vorlage reagieren.«

»Was, wenn sie bewaffnet ist?«

»Sie ist eine Wac, Jayne. Die kann glücklich sein, dass sie eine Uniform hat.«

»Trotzdem … Wir würden uns keinen Zacken aus der Krone brechen, wenn wir uns freundlich zeigen.«

»Das darfst du gerne machen.«

Mit hochgezogenen Augenbrauen ließ Jayne mich wissen, dass sie ganz genau das vorhatte. Sie packte mich am Arm, zog mich hoch und schleppte mich zu dem Tisch, an dem die Frau saß. »Hallo«, sagte sie. »Ich bin Jayne, und das ist meine Freundin Rosie. Sie sind im Women's Auxiliary Army Corps, richtig?«

»Es heißt heute nur noch Women's Army Corps«, sagte sie im Tonfall einer Frau, die es satt hat, ständig die Aussprache ihres sperrigen ausländischen Namens zu korrigieren.

»Ich dachte, noch hätten sie das nicht geändert«, sagte ich. Kurz vor unserer Abreise war darüber spekuliert worden, ob die Namensänderung im Sommer spruchreif würde.

»Haben sie auch nicht, aber das kommt bald, und je eher sich alle daran gewöhnen, umso besser.«

Sosehr mir ihre Haltung auch zuwider war – ich konnte ihre Beweggründe nachvollziehen. Es ging nicht nur darum, einen Vokal loszuwerden; sobald dem

WAAC ein A gestrichen wurde, hatten seine Angehörigen, die Wacs, Zugang zu allen militärischen Hierarchieebenen, entsprechender Besoldung und entsprechendem Status.

»Woher kommen Sie?«, fragte Jayne.

»Aus Gary in Indiana.«

In meinem Hirn blitzte eine Erinnerung auf. »Genau wie die Frau, die man in San Francisco im Wasser gefunden hat«, sagte ich. »Irene Zinn. Haben Sie sie gekannt?«

»Nein.«

»Sicher? Sie war hier früher als WAC-Kommandeurin stationiert.«

»Vollkommen sicher.«

Ungeachtet der kurzen, abgehackten Antworten und dem fehlenden Interesse an allem, was wir sagten, machte Jayne einfach weiter. »Wir kommen aus New York. Wir machen bei den USO-Camp-Shows mit.«

Damit war das Interesse der Frau geweckt. Sie hatte uns wohl für herkömmliche Soldatenliebchen gehalten.

»Eigentlich sind wir Schauspielerinnen«, sagte Jayne. »Aber Rosie und ich werden in unserer Show auch steppen.«

Die Frau gab ein komisches Geräusch von sich, halb Ausatmen, halb Lachen, aber dezent genug, dass jeder dieses Geräusch für ein unterdrücktes Niesen gehalten hätte – jeder, der nicht darauf aus war, Anzeichen für ihre offensichtliche Geringschätzung zu finden.

»Und was machen Sie hier?«, fragte ich. Mein Wissen über die Aufgaben des WAC war alles andere als umfassend. Ich ging davon aus, dass die Wacs die übliche Frauenarbeit erledigten, die Männer nicht machen wollten – Bürokram und ähnliches –, natürlich, um die

Männer für den Kampf freizustellen. Der organisatorische Bereich schien mir nur dazu da zu sein, Frauen vorzugaukeln, auch sie könnten etwas Kriegswichtiges leisten.

»Wir sind Kryptoanalytikerinnen, wir knacken Codes«, sagte sie.

Ich hob eine Augenbraue. »Wirklich?«

»Wirklich.«

Ich war fasziniert. Auch wenn sie unhöflich gewesen war – diese Frau war deutlich interessanter, als ich angenommen hatte. »Sie fangen also feindliche Funksprüche ab und versuchen herauszufinden, was sie bedeuten?«

Sie nickte.

»Rosie hat auch schon mal was kodiert«, sagte Jayne. »Und das ist auch tatsächlich der Zensur und allem durchgerutscht.« Ich wand mich innerlich, als ich hörte, mit welchem Stolz Jayne meine Leistung pries. Mein Code hatte zu nichts weiter gedient als zu dem überaus einfältigen Versuch, Charlie Harrington zu schreiben und mehr über Jacks Verbleib zu erfahren. Was wohl eher keinen Einfluss auf den Kriegsverlauf genommen hatte.

»Oh, da ist wohl jemand eine wahre Leuchte, was?«, sagte der blonde Dutt.

»Es war nicht der Rede wert. Wirklich«, sagte ich.

Ihr Mund wurde zu einem perfekt waagerechten Strich. Man hätte ihr Gesicht als Lineal benutzen können. »Du kannst von Glück sagen, dass nicht ich deinen Code zu entschlüsseln hatte.«

Ich zog Jayne an unseren Tisch zurück. »Das war ja unmöglich«, sagte sie.

»Du hättest ihr nichts von dem Code erzählen sollen«, sagte ich.

»Warum nicht?«

»Weil ... du es nicht hättest tun sollen.« Ich schämte mich, aber nicht, weil die Frau uns schlecht behandelt hatte, sondern weil sie eine Aufgabe hatte – eine, die vielleicht sogar für den Kriegsausgang entscheidend war. Sie musste uns für zwei aufgeplusterte Gänse halten.

Ein Mann näherte sich der blonden Kommandeurin und forderte sie mit ausgestreckter Hand zum Tanz auf.

»Hast du je darüber nachgedacht, zur Armee zu gehen?«, fragte ich Jayne.

»Nein. Warum?«

»Ich musste gerade an die ganzen Plakate denken, die zuhause überall herumhängen. Du weißt schon, die, auf denen so Sachen stehen wie ›Lebensmittel und unbezahlte Arbeit gewinnen den Krieg‹. Fällt dir auf, dass auf keinem steht: ›Steppen ist der Schlüssel zum Sieg‹?«

»Hollywood und der Broadway haben viel Gutes getan.«

»Aber ob das letzten Endes wirklich zählt?«

Jayne verschränkte seufzend die Arme. »Lebensmittelspenden und Arbeitseinsätze können genauso ins Leere laufen.«

Die Blonde ging Richtung Tanzfläche. Als sie Jaynes hohes Piepsen imitierte, wurde ihre Stimme lauter: »Es ist der Zensur und allem durchgerutscht!«

Ich schaffte zwei Schritte, bevor Jayne mich am Arm packte. Ich wirbelte herum und sah sie ungläubig an. Sie wollte mich doch wohl nicht davon abhalten, dieser Mamsell gehörig die Meinung zu geigen? »Der muss man mal klaren Wein einschenken, findest du doch auch.«

»Ist egal«, sagte Jayne.

»Sie hat dich nachgeäfft.«

»Ja und? Vielleicht habe ich es verdient, nachgeäfft zu werden.«

»Du wolltest nur nett sein.«

Sie zuckte die Schultern. »Vielleicht hat sie das anders gesehen.«

Gegen zwei Uhr nachts war die Party vorbei. Zu diesem Zeitpunkt waren wir vor Müdigkeit alle so versteinert, dass uns, um unser Zelt wiederzufinden, nur die Hoffnung blieb, von jemandem am Arm dorthin geführt zu werden. Glücklicherweise gab es in dieser Hinsicht eine ganze Reihe Angebote.

»Wo ist Gilda?«, fragte ich, als unsere Entourage sich den Hügel hinabzubewegen begann, dem kleinen Lichtkegel einer Armeetaschenlampe hinterher. Noch nie war ich irgendwo gewesen, wo es so dunkel war. Auch über Manhattan hatte trotz Verdunkelung immer noch ein leichtes Leuchten gelegen, das ausreichte, um sich problemlos durch die Straßen zu bewegen.

»Ich habe sie seit Stunden nicht gesehen«, sagte Violet. »Zuletzt stand sie bei diesem Reporter.«

»Dotty?«, fragte Kay.

»Genau.«

Sogar in der Dunkelheit konnte ich spüren, dass Kay diese Antwort gar nicht gefiel. »Was hat sie mit ihm gemacht?«

»Was weiß ich«, sagte Violet. »Aber sie haben recht vertraut gewirkt.«

10 Das Leben einer Schauspielerin

Gut, dass ich in dieser ersten Nacht betrunken war. Nüchtern wäre ich sicher nicht in der Lage gewesen einzuschlafen. Es war so heiß im Zelt, dass man kaum atmen konnte. Aber die Temperatur war nicht das Schlimmste. Anders als in der Stadt, wo man sich nach Sonnenuntergang darauf verlassen konnte, dass sich der Lärm des Tages zu einem dumpfen Brausen abschwächte, wurde der Dschungel erst nachts so richtig lebendig und schrie und krächzte zunehmend lauter. Es wäre alles nicht so schlimm gewesen, hätte man wenigstens gewusst, wer oder was diesen Lärm veranstaltete. So machte die Ungewissheit aus ärgerlichen Geräuschen gefährliche. Eine Zeit lang lagen wir zu viert im Dunkeln und versuchten, jedem Schrei seinen Verursacher zuzuordnen. Die etwas herkömmlicheren Tiere hatten wir schnell identifiziert, aber es blieben genug übrig, die wir Großstadtpflanzen noch nie gehört hatten. Ich stellte mir vor, wie Geparden, Schlangen und allerlei Fabelwesen unser Zelt einkreisten, auf den richtigen Moment für einen Angriff wartend.

Wenn die Natur mir schon das Herz bis zum Halse schlagen ließ, was würde erst passieren, wenn ich den Feind zu Gesicht bekäme?

Und die Geräusche kamen nicht nur von draußen. Im Zelt wies leises Huschen und Trappeln darauf hin, dass unser Nagerfreund auf eine Stippvisite zurückgekommen war. Ungeachtet der Zeltwände und der uns zur Verfügung gestellten Moskitonetze summten Insekten um unsere Köpfe und kämpften um ihr Anrecht auf

Nahrung. Wir fuhren aus dem Halbschlaf hoch und taten uns selbst weh, als wir Moskitos, Schmeißfliegen und wer weiß was totzuklatschen versuchten.

Schließlich gewann aber die Erschöpfung die Überhand, und ich sah ein, dass der Dschungel uns nicht einschüchtern, sondern uns ein Wiegenlied singen wollte.

Als am nächsten Morgen ein Hornsignal alle Campbewohner darauf hinwies, dass es Zeit war aufzustehen und sich zu den Futtertöpfen zu begeben, war auch Gilda wieder da. Ich versuchte, im trüben Noch-nicht-ganz-Morgen-Licht meine Uhr zu finden, aber meine Anstrengungen wurden nicht belohnt.

»Wie spät ist es?«, maulte ich.

»Kurz nach Mitternacht oder so«, sagte Kay. Die anderen lagen wie bewusstlos da. Um den heraufziehenden Tag auszublenden, hatte Violet sich den Helm aufs Gesicht gelegt. Jayne trug eine Schlafmaske und die Ohrenschützer, mit denen sie dem Südseewinter zu trotzen gedacht hatte. Ich beneidete sie um die Umsicht, sie eingepackt zu haben.

Da niemand Anstalten machte aufzustehen, vergrub ich den Kopf unterm Kissen und versuchte weiterzuschlafen – trotz der Geräuschkulisse des aufwachenden Lagers. Ich war mit meinem Versuch schon recht weit gediehen, als das Hornsignal zum zweiten Mal erschallte, direkt vor unserem Zelteingang.

»Lass dich hier nicht blicken, Trompeter«, sagte Violet.

»Zeit aufzustehen, meine Damen«, sagte ein junger Mann, dem nicht ansatzweise klar war, wie gefährlich nah er seinem Ableben mit dieser Aussage kam.

»Unsere erste Show ist erst um zehn«, stöhnte der Klumpen, der einst Gilda war.

»Aber das Flugzeug, das Sie dorthin bringt, startet Punkt acht.«

»Das was wohin?«, fragte Gilda.

»Das Flugzeug«, wiederholte die Stimme. Ich war mir relativ sicher, dass ihr Besitzer Hörner und einen gespaltenen Schwanz hatte. »Oder bevorzugen die Damen zu schwimmen?«

»Schon gut. Wir stehen auf«, sagte ich.

»Der Jeep wartet in einer Stunde vor der Kantine, um Sie zum Flugfeld zu bringen.«

Stimme und Horn überließen uns der hässlichen Aufgabe des Aufwachens. Jayne befand sich immer noch im Zustand seliger Unwissenheit über das uns Erwartende, und ich piekste sie so lange ins Bein, bis sie endlich hochfuhr.

»Wie hast du's bloß geschafft weiterzuschlafen?«, fragte Violet.

Jayne hob einen Ohrschützer an. »Was?«

»Ich habe gesagt: Wie kannst du bloß bei dem ganzen Lärm schlafen?«

»Ich komme aus New York«, sagte Jayne. »Ich habe schon in schlimmeren Geräuschkulissen geschlafen.«

Wir duschten, zogen uns an und packten in Rekordzeit unsere Kostüme zusammen. Mit geschulterten Taschen hasteten wir anschließend kaffeedurstig in die Kantine, alle viel zu erschöpft, um Konversation zu betreiben. Das Frühstück war schon vorbei, und das Camp brummte vor Waffen- und Anwesenheitsappellen. Ich sah einige der Jungs, mit denen wir am gestrigen Abend getanzt hatten, mit versteinerten Mienen vor ihren befehlshabenden Offizieren stehen, wobei sie keine der Verschleißerscheinungen aufwiesen, die uns stöhnen ließen. Ich wollte jemandem die Schuld in die Schuhe schieben für meine Kopf- und Fußschmerzen, aber es sah so aus, als müsste ich ganz allein die Verantwortung dafür tragen.

Wir kamen an Zelten vorbei, in denen Männer ihre Betten machten, ihre Schuhe polierten und all den anderen sinnlosen Beschäftigungen nachgingen, die ihrem Tag eine Struktur gaben. Angeführt von der Blonden mit dem Dutt marschierten vor uns die Wacs in Reih und Glied. Während sie ihrer müden Einheit Befehle zubrüllte, hüpfte ihr Haarknoten auf und ab – wie ein Ball in einem Zeichentrickfilm. Ich schloss ein Auge und prüfte, ob ich sie ins Visier bekam. Dann gab ich mit meiner imaginären Pistole einen Schuss ab.

Wir hatten kaum Zeit für eine Tasse Kaffee, bevor der Jeep uns zum Flugfeld brachte. Es sollte sich aber zeigen, dass es gut war, mit leerem Magen zu starten. Als das Flugzeug, das uns als Transportmittel diente, übers Wasser hüpfte, bevor es sich in die Luft erhob, vollzog mein Magen jede seiner Bewegungen immer einen Augenblick zu spät nach: Er hob sich, wenn er sich senken sollte, und geriet in Schieflage, wenn er in der Waagerechten sein sollte. Ich hatte noch nie in einem Flugzeug gesessen, und sehr schnell wich die Aufregung der Angst. Wie um alles in der Welt sollten wir uns bloß in der Luft halten? Den Großteil des Fluges verbrachte ich damit, die Finger in den Vordersitz zu graben und so zu tun, als würden Jaynes Berichte über das, was sie durchs Fenster sah, nicht alles noch viel, viel schlimmer machen. Aber falls Violet recht hatte und Gilda tatsächlich Bemerkungen über meine Unpässlichkeit gemacht hatte, wollte ich nicht noch mehr Öl in ihr Feuer gießen.

Schließlich landeten wir auf einer Insel, die laut Jayne einen echten, aktiven Vulkan aufzuweisen hatte. Von der kleinen Flugpiste aus nahmen wir einen Jeep ins Camp, wo sich die Truppen bereits zu unserem Auftritt versammelten.

»Wie war's denn eigentlich bei dir gestern Abend?«, fragte Kay Gilda auf der Fahrt ins Camp. Nach außen hin mochte es wie eine beiläufige Plauderei aussehen, aber ich glaubte, Kay besser zu kennen. Sie wollte eine Bestätigung für das, was Violet über Gilda und Dotty gesagt hatte. Da Violet doch offensichtlich alles tat, um uns gegen Gilda aufzubringen, konnte man ihr das nicht verübeln.

»Nett«, sagte Gilda. »Ich mache mir allerdings Sorgen, dass unsere Show jetzt darunter leiden wird. Ich will mich wirklich nicht wie eine Glucke anhören, aber wenn wir den Männern gute Shows liefern wollen, können wir uns das nicht jeden Abend leisten.«

Violet schien zu riechen, worauf Kay eigentlich hinausgewollt hatte, und anstatt das Thema fallen zu lassen, bohrte sie weiter. »Hast du jemanden kennengelernt?«

»Nein, obwohl ich eine Wagenladung netter Kameraden getroffen habe«, sagte Gilda.

»Die scheint's im Krieg *en masse* zu geben«, sagte ich. Dieses Katz-und-Maus-Spiel ermüdete mich. »Wo bist du gestern denn so plötzlich hin, Gilda? Wir haben uns Sorgen gemacht, als wir dich nicht mehr finden konnten.«

»Tut mir leid, Mädels. Ich wurde zu einem Interview geschleppt.«

»Von Dotty?«, fragte Kay.

»Ja. Er hielt den gestrigen Abend für die letzte Möglichkeit, mich vor der Tournee noch mal alleine zu kriegen.«

Kay beruhigte sich sichtlich. Ein Interview war etwas ganz anderes als Violets Darstellung von Gilda und Dotty, die sich zum Tete-à-tete zurückzogen.

»Und dann bin ich nach dem Interview ins Zelt von Konteradmiral Blake eingeladen worden, um den Offizieren beim Pokern zuzusehen.«

»Das muss eine Gaudi gewesen sein.«

Gilda hob fragend eine Augenbraue. »Nicht so schlimm, wie du denkst. Wenn man mal von dem Glanz-und-Gloria-Getue absieht, ist er sogar ein ganz interessanter Mensch. Sein Bruder ist Filmproduzent, und wie sich herausgestellt hat, haben wir einige gemeinsame Bekannte. Anscheinend hat er, sobald er wusste, dass ich mich für die Camp-Shows interessiere, seinen Bruder dazu bringen wollen, seine Beziehungen spielen zu lassen, damit ich hier lande.«

Seine Beziehungen würden Blake allerdings nicht dabei helfen, meine Zuneigung zu gewinnen. Schlimm genug, dass er mein Leben auf der Insel überhaupt tangierte – der Gedanke, dass er auch noch am längeren Hebel saß, war unerträglich.

»Wie ist das Interview mit Dotty denn gelaufen?«, fragte Violet.

»Gut, glaube ich. Auch wenn Dotty einen seriösen Eindruck macht – ich habe immer so meine Befürchtungen, was die Presse mit meinen Aussagen anstellt.

Aber Hollywood-Tratsch hat ihn sowieso nicht interessiert. Er wollte nur wissen, warum ich mich zu einer sechsmonatigen Tournee verpflichte und was ich mir davon verspreche.«

»Und was versprichst du dir davon?«, fragte Violet. Es war erstaunlich, wie sie mit einem Wimpernklimpern die bissigste Frage völlig arglos klingen lassen konnte.

»Dasselbe wie wir alle«, sagte Gilda. »Ich möchte den Männern eine Freude machen in schweren Zeiten und alles in meiner Macht Stehende tun, um ihnen das Leben ein bisschen zu erleichtern.«

»Und du, Violet?«, fragte ich. »Hast du jemanden kennengelernt?«

Jayne bemerkte, worauf ich hinauswollte, und brachte die Sache auf den Punkt. »Spanky scheint ja ganz hin und weg von dir zu sein.«

»Er ist ein prima Kerl«, sagte sie. »Allerdings weiß ich nicht, ob ich jemals einen Mann ohne Haare lieben könnte. Und dieser Hund muss verschwinden.«

»Mac ist süß«, sagte Jayne.

»Das ist in Honig gebackener Schinken auch, und ich würde trotzdem nicht mit ihm kuscheln wollen«, sagte Violet. »Und was ist mit euch beiden? Habt ihr jemanden kennengelernt?«

»Nicht direkt. Ich habe nur getanzt, bis meine Füße geblutet haben«, sagte Jayne.

»Also bitte«, sagte ich, »natürlich haben wir jemanden kennengelernt, diese bezaubernde Wac.«

»Ach ja«, stöhnte Jayne, »die hatte ich ganz vergessen.«

»Ihr habt euch mit einer von den Chamäleons unterhalten?«

»Mit ihrer Königin«, sagte ich. »Wirklich überaus sympathisch. In weniger als zwei Minuten ist es ihr gelungen, uns beide zu beleidigen. Mir sind schon giftige Schlangen untergekommen, in deren Gesellschaft ich mich wohler gefühlt habe.«

»Wacs können USO-Darstellerinnen nie leiden«, sagte Kay.

»Warum nicht?«, fragte Gilda.

Kay versuchte, ihr wehendes Haar mit einem Kopftuch zu bändigen. »Wir sind keine Soldatinnen, wir rauben ihnen die Aufmerksamkeit, und sie finden das, was wir tun, nutzlos.«

»Soweit war ich auch schon«, sagte ich.

»Und ich trage wahrscheinlich auch noch mein Quäntchen dazu bei«, fügte sie hinzu.

»Warum hast du eigentlich aufgehört?«, fragte Jayne.

Kay spielte mit einem Silberarmband, das an ihrem Handgelenk hing. Zwei Amulette schlugen klingelnd aneinander. Als ich genauer hinsah, merkte ich: Es waren keine Glücksanhänger, sondern Erkennungsmarken. »Mir haben die Auftritte gefehlt. Und offen gestanden kam ich mit dem Soldatenleben nicht so gut zurecht. Diese ganzen Regeln und Vorschriften. Ein Lied kann ich mir von jetzt auf gleich merken.« Sie schnipste mit den Fingern. »Aber ich kann einfach nicht behalten, vor wem ich wann zu salutieren habe. Ich glaube, ich bin einfach nicht fürs Militär gemacht.«

Das schien mir plausibel. Nach meinen ersten Kontaktaufnahmen mit Soldaten und Soldatinnen war mir klar, dass man mehr Vertrauen brauchte, als Kay besaß – wenn schon nicht in sich selbst, so doch wenigstens darin, dass alle um die Sicherheit aller besorgt waren.

»Gut, dass du's gemerkt hast. Wie haben die Wacs reagiert?«

»Wie zu erwarten war: Sie waren wütend, als ich gegangen bin. Alle, auch meine Familie. Mein Vater ist beim Militär, und meine Brüder waren's auch.«

Dass sie *waren* sagte, sprach Bände. Man benutzte die Vergangenheitsform nur, wenn die Menschen, über die man sprach, ebenfalls Vergangenheit waren.

»Wir haben beide letztes Jahr in Bataan verloren«, sagte Kay.

»Mein Beileid«, sagte ich.

»Ich dachte, meine Eltern wären erleichtert, dass ich mich diesem Risiko nicht mehr aussetze, aber ich glaube, sie halten mich für einen Feigling.«

Ich stieß sie mit dem Knie an. »In den Südpazifik zu fahren beweist wohl eher das Gegenteil.«

Sie lächelte, was Kay nur selten tat, und mir fiel auf, dass ihre pferdeähnlichen Züge viel hübscher waren, als ich zuerst gedacht hatte. »Aber es ist was ganz anderes, im Abendkleid in den Krieg zu ziehen statt in einer Uniform – das würde euch eure neue Wac-Freundin sicher auch erzählen.«

Laut Plan hatten wir an diesem Tag drei Shows zu bestreiten. Während wir zum Aufführungsort gingen, sprachen wir noch schnell Liedtexte, Sketche und Nummernabfolge durch. Ich hatte das scheußliche Gefühl, dass mir alles, was wir auf dem Schiff geprobt hatten, im Schlaf aus dem Kopf gesickert und durch lauwarmes australisches Bier ersetzt worden war.

Wie wir noch in vielen Camps erleben sollten, war auch auf dieser Insel ein richtiges Amphitheater gebaut worden, samt Bühne, auf der schon eine ganze Reihe reisender Schauspielerinnen und Musikerinnen gestanden hatten. Die Armee hatte den Platz ausgewählt, weil die rundherum aufragenden Felsen den Aufführungsort vor Lärmbelästigung schützten. Schon merkwürdig, dass sich eine Inselgruppe, die zum Kerngebiet des Pazifikkriegs geworden war, für Theateraufführungen derart anbot – als ob selbst die Landschaft die Notwendigkeit erkannt hatte, sich für sämtliche Formen menschlicher Dramen einzusetzen. Neben der Bühne gab es einen kleinen Garderobenbereich, wo wir unsere wenigen Kostüme und Requisiten unterbrachten und uns auf unsere erste Show vorbereiteten.

Wir bekamen einen Pianisten ausgeliehen, der normalerweise im Armee-Fuhrpark Jeeps reparierte und froh war, diesen Job für einen Tag los zu sein. Trotz seiner ölverschmierten Finger war er auf Zack und blätterte unsere Noten mit dem Selbstbewusstsein desjenigen durch, der schon hunderte von Auftritten absolviert hat. Er brachte uns eine Reihe diskreter Handzeichen bei, die wir benutzen sollten, wenn er während der Show schneller oder langsamer spielen oder improvisieren sollte. Nach einer kurzen Probe waren wir sicher, in guten Händen zu sein.

Meine Nerven ließen mich im Stich und machten Platz für die Aufregung. Mit dieser Art Theater hatte ich schon lange nichts mehr zu tun gehabt. Hier gab es keine ausgefeilte Beleuchtung, keine teure Tonanlage und keine aufwändigen Bühnenbilder, die das Publikum von unseren begrenzten Fähigkeiten ablenkten. Wir allein würden im Fokus der Aufmerksamkeit stehen.

Hinter der Bühne schlüpften wir alle in unser erstes

Kostüm und frischten das Make-up auf. Das Camp hatte uns eine Platte mit Sandwiches hingestellt, die man durch Abschneiden der Brotrinde den weiblichen Vorlieben angepasst hatte. Zwischen frische, weiche Scheiben Brot schmiegten sich Eiersalat, Thunfisch und so genannte GI-Pute, ein anderer Begriff für Corned Beef, wie Violet herausfand. Während wir anderen uns auf das Essen stürzten, machte sich eine schweigsame Gilda weiter fertig. Ihre Hand zitterte, als sie mit der Puderquaste ihren Nasenrücken betupfte.

»Alles okay?«, fragte ich sie.

Sie sah auf ihren zitternden Arm und ließ ihn dann hängen. »Ich bin nervös.«

»Wieso bist ausgerechnet du nervös?«, fragte Violet.

»Ich kann mich nicht erinnern, wann ich zum letzten Mal so richtig offiziell vor einem Live-Publikum gestanden habe.«

Jayne legte ihr den Arm um die Hüfte und zog sie an sich. »Sie werden dich lieben.«

»Und wenn nicht?«

Ich hörte etwas in ihrer Stimme, was die anderen, glaube ich, nicht wahrnahmen. Gilda war nicht einfach nur ein Filmstar, der Angst davor hatte, seinen Fans persönlich gegenüberzustehen, nein, sie brauchte deren Zuneigung einfach unbedingt, wenn ihre Karriere den jüngsten Rückschlag überleben sollte.

»Wenn nicht«, sagte ich, »fresse ich jeden einzelnen Besen im Camp.«

Der Pianist spielte ein paar Takte, während wir aus den Kulissen auf das Publikum spähten. Wie viele Männer genau da waren, konnte ich nicht sagen, aber geschätzt waren es mindestens fünfhundert. Einige hatten eigene Klappstühle mitgebracht, andere saßen auf Decken oder direkt auf den Felsen, die den Veranstaltungsort umstanden. Ich dachte kurz daran, auf die Bühne zu gehen und zu fragen, ob irgendjemand etwas von Jack gehört hatte, aber die Vorstellung, wie eine so große Menschenmenge meine Frage vielleicht mit Schweigen beantworten würde, war nicht auszuhalten.

Wir hatten die Show so geplant, dass Gildas erster Auftritt so spät wie möglich stattfinden sollte. Sie hatte gedacht, dass die Männer sich dann eher auf uns einlassen würden, als wenn der große Star von Anfang an mit auf der Bühne stand. Zuerst sollte Kay ein Solo singen, dann Violet ein paar Witze erzählen, dann würden Jayne und ich unsere Stepp-und-Schwatz-Nummer bringen. Anschließend wollten wir zu viert ein Lied singen, nach dessen Hälfte Gilda erscheinen sollte. Hinterher würde sie alleine irgendetwas singen und sich schließlich ein bisschen mit dem Publikum unterhalten. Sobald das vorbei war, würden wir anderen wieder zu ihr stoßen und zum Finale ein lächerlich patriotisches Historienspiel aufführen, das Violet zusammengeschustert hatte.

Das Problem war nur, dass Gildas Auftritt schon lange vor unserer Ankunft auf Plakaten bekannt gemacht worden war und alle Männer davon wussten. Anstatt geduldig ihr Erscheinen auf der Bühne abzuwarten, brüllten sie während des gesamten ersten Teils ihren Namen, wollten wissen, wo sie steckte, und forderten uns auf, uns gefälligst zu beeilen und endlich den Star ranzulassen.

Kay kam damit nicht sehr gut zurecht. Es fiel ihr

schwer, ihr Lied so zu schmettern, dass es zu dem Publikumshit wurde, der es hätte sein sollen. Aus den Kulissen konnten wir ihre Hände zittern und ihr Gesicht vor Scham rosa anlaufen sehen. Sie hetzte durch das Stück, zwang den Pianisten, die Geschwindigkeit zu verdoppeln, und hörte eine Strophe früher auf. Auch die Männer bemerkten ihr Lampenfieber, unternahmen aber nichts, um es zu senken; sie schrien nur noch lauter, sie solle von der Bühne runter und Gilda rausschicken.

Es war furchtbar unhöflich, und wenn mir so etwas in New York passiert wäre, hätte ich wahrscheinlich gefordert, dass jemand dafür bezahlte. Aber der Gedanke daran, mit wem wir es hier zu tun hatten, half mir, meine Zunge im Zaum zu halten. Immerhin hingen diese Männer schon wer weiß wie lange irgendwo im Nirgendwo fest. Natürlich wollten sie da einen Star sehen. Durften wir sie wirklich um diese Gelegenheit bringen?

Violet schlug sich besser. Es schadete wirklich nicht, dass sie eine geborene Unterhaltungskünstlerin war und über die Bühne gebot wie Patton über die Armee. Mühelos modelte sie die einstudierten Witze um und brachte einfach in jedem Gilda unter, was den Männern einen kleinen Vorgeschmack auf das Kommende gab.

»An unserem ersten Tag auf der Insel kommen wir zum Abendessen in die Kantine. Ein Matrose nimmt Gilda zur Seite und sagt: ›Verzeihung, Miss DeVane, aber Sie gehen mit den Offizieren in die Messe.‹ Lächelnd gibt Gilda zurück: ›Ich weiß, ich hätte eine Beichte dringend nötig, aber wo soll ich speisen?‹«

Die Männer johlten anerkennend. Was Violet als Aufforderung verstand, auf dem eingeschlagenen Weg weiterzumachen.

»Bevor wir in die Südsee gekommen sind, war Gilda in England. Dort lernte sie einen sehr netten Angehörigen der Royal Air Force kennen, der sie zum Tanz aufforderte. Der Brite bewundert ihr Aussehen und fragt, was für ein Kleid sie da trage. Gilda sagt: Eines mit V-Ausschnitt. Der Soldat gibt zurück: ›Das *V* hängt ihr Amis ja jetzt vor jedes Wort, von wegen *victory*.‹ Er versenkt seinen Blick in ihrem Ausschnitt, und Gilda klatscht vor seinen Augen in die Hände und sagt: ›Auch wenn das *V* für *victory* steht – die Bündel drunter sind trotzdem nicht für Britannien.‹«

Die Männer lachten wieder, aber ihre Geduld schwand bereits merklich. In den hinteren Reihen erhob sich erneut der Ruf nach Gilda. Violet hielt geschlagen die Hände hoch und sagte: »Immer mit der Ruhe, Jungs. Der Morgenschiss kommt ganz gewiss, und wenn es erst am Abend ist.«

Jayne und ich beschlossen, es Violet gleichzutun und unseren ursprünglichen Plan aufzugeben. Als erstes zogen wir die züchtigen, knielangen Tanzröckchen wieder aus. Dann zogen wir unseren Ausschnitt so weit herunter, bis – in meinem Fall zumindest – die Illusion eines Dekolletés entstand. Mit nichts am Leib als einem hautengen Turnanzug, Strumpfhose, Fliege und Zylinder steppten wir auf die Bühne. Dieser Auftritt verschaffte uns ein paar Sekunden Stille, dann rief es im Chor: »Oh là là!«

Wir legten mit einem Shim Sham Shimmy los, einer Schrittfolge, die aus folgenden Figuren besteht: dem Shim Sham, der Push Suite, der Tack Annie und dem Half Break. Bei mir hätten sie auch so heißen können: die beiden, die ich beherrsche, die, bei der ich immer stolpere, und die, bei der ich mir unvermeidlich einen blauen Fleck am Bein hole. Eine schwierige Choreografie, die aber auch dann eindrucksvoll aussieht, wenn man sie nicht richtig hinbekommt. Und wenn man außer einem Turnanzug nichts anhat und zusätzlich noch alles schüttelt, was Mutter Natur einem gegeben hat, dann kann dieser Tanz aufreizender sein als eine Burleske. Am Ende ein großes Finale – die Arme zur Seite, die Finger gespreizt. Keine zehn Sekunden später riefen die Männer wieder nach Gilda.

Hätten wir weiter ihre Aufmerksamkeit gewollt, hätten wir uns ganz ausziehen müssen.

So mühten wir uns redlich, und als sich die Männer wieder halbwegs auf uns konzentriert hatten, sagte Jayne: »Ich komme mit dem Militär einfach noch nicht klar. Die Männer hier sind so anders. So stark und mutig. Erst gestern habe ich welche am Strand von Tulagi Football spielen sehen. Einer von ihnen ist gestolpert, als er den Ball fangen wollte, und direkt auf einem Haufen scharfkantiger Steine gelandet, von denen einer ihm direkt in den … na ja, du weißt schon.«

»Ins Rektum gefahren ist?«

»Er wäre fast gestorben, aber er ist aufgestanden und hat weitergespielt. Ist wahrscheinlich so ein Armeeding, den Schmerz einfach zu ignorieren.«

»Du meinst, so snafu-mäßig?«, fragte ich.

»Snaf-was?«

»Ich bitte dich«, tadelte ich sie. »Hast du das noch nicht von den Soldaten gehört? Es ist ein Akronym.«

Jayne schlug sich gegen den Kopf. »Natürlich. Das hat mir gestern Abend schon mal jemand erklärt.«

»Und hat er gesagt, was es bedeutet?«

»Rosie! Muss ich dir das wirklich sagen?«

Ich nickte.

Sie seufzte. »Dass es ein Wort ist, das sich aus den Anfangsbuchstaben von anderen Wörtern zusammensetzt.«

Es war entsetzlich abgedroschen, aber wir bekamen sogar ein paar Lacher, obwohl wir dafür alles, was wir eingeübt hatten, weglassen mussten. Sobald Gilda die Bühne betrat, drehten die Männer völlig durch und übertönten unser gemeinsames Lied mit Heiratsanträgen und anderen Angeboten, die weniger mit Verbindlichkeit, dafür mehr mit Genuss zu tun hatten. Als die Zeit für Gildas Alleingang gekommen war, verzogen wir anderen uns hinter die Bühne, atmeten durch und tranken etwas.

»Unglaublich«, sagte Violet.

»Was?«, fragte ich.

»Was meinst du mit: Was? Hast du gesehen, was sie der armen Kay angetan haben? Sie haben sie praktisch von der Bühne gebuht.«

»Sie sind eben aus dem Häuschen«, sagte Jayne. »Das kannst du ihnen nicht vorwerfen.«

»Ihnen werfe ich das auch nicht vor. Das war ganz allein ihr Plan.«

»Wessen Plan genau?«, fragte ich.

»Gildas. Ihr ganzes Gerede von wegen Gleichberechtigung auf der Bühne und Rampenlicht für alle war nur Getue. Sie hat gewusst, dass die Männer sich so aufführen würden.«

Kay stand etwas abseits, kam aber näher, als sie das Thema des Gesprächs aufschnappte. »Sie konnte doch nicht ahnen, dass die Männer von ihrer Anwesenheit wussten«, sagte sie.

»Von wegen. In jedem Vertrag mit einem Star steht, dass im Vorfeld Werbung gemacht wird.«

»Dann drehen wir die Reihenfolge eben um«, meinte ich. »Beim nächsten Mal macht Gilda den Auftakt, dann haben die Männer den Kopf frei, wenn wir übernehmen, und hören zu.«

Violet zog den Flachmann aus der sicheren Verwahrung in ihrem Strumpfband und nahm einen Schluck. »Als ob das funktionieren würde. Die Männer werden bloß lautstark eine Zugabe von ihr fordern.«

Gilda beendete ihren Song, und wir gingen für den Rest der Show wieder zu ihr hinaus. Die Menge hatte sich seit Beginn des Auftritts deutlich beruhigt, ihr Appetit nach Miss DeVane schien endlich gestillt. Aber ungeachtet der Tatsache, dass man uns jetzt aufmerksam folgte, fiel mir trotzdem wiederholt auf, dass Violet Gilda jedes Mal, wenn sie den Mund aufmachte, vernichtende Blicke zuwarf.

11 Wir drei

Im Laufe der nächsten Tage strickten wir die Show so um, dass Gilda als Erste auf die Bühne ging. Obwohl damit einige Probleme gelöst waren, änderte es doch nichts daran, dass die Männer nichts anderes als Gilda wollten – unabhängig davon, wann sie sie zum ersten Mal bekamen. Unsere einzige Hoffnung war, dass sich die Aufregung, einen Filmstar vor Ort zu haben, irgendwann legte. Bis dahin würden wir uns gedulden müssen. Oder uns eingestehen, dass wir mit einer Ein-Frau-Show erfolgreicher wären.

Kaum war das eine Dilemma halbwegs gelöst, tauchte ein neues auf. Nachdem sie widerwillig akzeptiert hatte, dass es in der Show ausschließlich um Gilda ging, sann Violet auf Rache und trank jetzt vor jedem Auftritt. Sie konnte eine gutmütige Betrunkene sein, aber wenn sie aus einem anderen Grund zechte als dem der Entspannung, wurde sie gemeiner als Bette Davis. Ich glaube, die nüchterne Violet hätte sich nicht die Hälfte der Dinge zu sagen gewagt, die ihr betrunkenes Pendant äußerte, aber das machte die Worte auch nicht weniger verletzend. Vor allem nicht, wenn sie sie auf der Bühne zum Besten gab.

»Zugegeben«, erklärte sie der Menge eines Abends, »ich war ein bisschen nervös, als ich Gilda DeVane zum ersten Mal traf. Ich meine, ihr habt doch alle ihre Filme gesehen, oder? Ich habe eine kluge, elegante Frau erwartet, die es nicht nötig hat, mich zu grüßen. Aber diese Sorge war völlig unbegründet. Gleich am ersten gemeinsamen Abend meinte ich zu ihr: Ich gäbe ein Vermögen zu wissen, was du gerade denkst! Aber ein Vermögen wäre es sicher nicht wert gewesen! Ich behaupte nicht, dass sie dumm ist – aber genau wie eine Bierflasche ist sie vom Hals an aufwärts einfach leer. Das meine ich natürlich nicht ernst. Sie ist ein kluges Mädchen, was man angesichts ihres Liebeslebens gar nicht denken würde. Ich will nicht sagen, dass Gilda auch bei euch hier beliebt ist, aber mir fällt auf, dass mittlerweile sogar die Generäle vor ihr salutieren. Sie durfte schon an Strategiebesprechungen teilnehmen. Eines Tages hat einer der Colonels den Männern befohlen, endlich die Hügel da drüben zu nehmen, und die Hälfte von ihnen schaut zu Gilda und sagt: Schon passiert. Ich kann euch gar nicht sagen, was für ein Chaos dann bei diesem Stecknadel-Ritual ausgebrochen ist.«

Den Männern gefielen solche Witze. Sie waren nicht derart in Gilda verknallt, als dass sie nicht auch über ihr Image lachen konnten. Zu hören, dass sie dumm oder ein Flittchen war, machte sie für sie nur echter. Und erreichbarer.

Aber dass derlei Spitzen Gilda aufstießen, lag auf der Hand. Zuerst lächelte sie noch über jeden Witz auf ihre Kosten, aber bald konnte man sehen, wie ihre Kiefermuskulatur arbeitete, um ihre Zunge im Zaum zu halten. Und Violet goss weiter Öl ins Feuer, indem sie uns nach jedem Auftritt fragte, wie uns ihre Darbietung gefallen habe. Gilda behauptete jedes Mal, dass sie nicht zugehört hätte, aber wir wussten alle, dass das nicht stimmte. Jede andere hätte Violet die Meinung gesagt, aber Gilda wollte den Männern nicht den Spaß verderben. Bis zum Ende der Woche hielt sie durch, dann wurde Violets Material doch einen Tick zu persönlich.

»Ihr wisst, dass Gilda mit Van Lauer zusammen war, oder? Alles lief ganz wunderbar, bis Gilda eine Anspielung gemacht hat, dass sie gerne heiraten würde. Für Gilda war die Ehe schon immer eine Riesensache. Oder, wenn man ihre Ex-Männer fragt, eine Fünfundzwanzig-Riesen-Sache. Keine Sorge – Van hat nichts gegen's Heiraten. Da müsst ihr nur seine Frau fragen. Aber offensichtlich wollte sich der Arme keine Klage wegen Bigamie einholen. Denn wir wissen alle, was die Strafe dafür ist: zwei Schwiegermütter.«

Zum Ende der Show gingen wir gemeinsam auf die Bühne und sangen »You're a Grand Old Flag«. Beim Singen schwenkten wir wild Fahnen hin und her und machten deren Bewegungen mit unseren Körpern nach. Normalerweise beherrschten wir die Choreografie aus dem Effeff, aber Violet hatte an jenem Abend genug getrunken, um gar nicht mehr zu merken, wie weit sie danebenlag. Anstatt wie wir anderen Violets räumliche Fehleinschätzungen so gut wie möglich auszugleichen, schob sich Gilda immer weiter an sie heran. Und als wir dann unsere Fahnen senkten und mit den Stangen über den Boden fuhren, kam Gildas Fahnenstange Violet ins Gehege, die sich prompt lang auf den Bauch legte.

Man hat nur zwei Optionen, wenn eine Tänzerin fällt: anhalten oder weitertanzen. Profis tun Letzteres. Rachsüchtige Profis bestehen auf Letzterem.

»Macht weiter!«, zischte Gilda. Und das taten wir. Wir traten über Violet hinweg, was es ihr unmöglich machte, sich aufzusetzen und wieder einzureihen. Wie sie so lang hingestreckt auf dem Boden lag, wurde für kurze Augenblicke der Blick auf ihre Unterhose frei – und brachte die Männer zum Johlen. Violets Entsetzen wurde immer lachhafter, bis sie schließlich versuchte, die ganze unglückselige Situation als geplante Einlage auszugeben. Das Publikum kaufte ihr das vielleicht sogar ab, aber wir wussten es besser.

Nach der Show sahen wir uns Violets Verletzungen an und halfen ihr, die aufgeschürften Knie zu verarzten.

»Ich weiß einfach nicht, was passiert ist«, sagte sie. Zur Selbstmedikation suchte sie nach ihrem Flachmann, der aber nicht da war, wo sie ihn vermutete.

»Ich glaube, ich weiß, wo er ist«, sagte Gilda. Zog Violets Flachmann aus einem Versteck und streckte ihn ihr hin. Aber noch bevor Violet seiner habhaft werden konnte, hielt Gilda ihn schon außerhalb ihrer Reichweite. »Nicht so schnell.«

»Gib her! Das ist meiner!«

»Jetzt nicht mehr. Ich behalte ihn, bis du lernst, dich besser zu beherrschen.«

»Wie bitte? Sind wir jetzt ein Abstinenzler-Club?«

»Wenn es sein muss, dann sind wir das.«

Wie sie Violet dieses »wir« um die Ohren haute, gefiel mir nicht. Während ich voll hinter Gildas Vorhaben stand, Violet zur Nüchternheit zu bewegen, würde ich, falls mich das um meine Cocktailstunde bringen sollte, meine Unterstützung doch noch mal überdenken.

Violets Mund beschrieb einen Halbmond. »Ist es wegen meiner Witze?«

»Nein, hierbei geht's darum, dass du zu besoffen bist, um auf der Bühne ohne Risiko zu agieren. Du kannst von Glück sagen, dass du dich nicht schlimmer verletzt hast. Du hättest auch eine von uns mit zu Boden reißen können.«

»So heftig war's nun auch wieder nicht.«

Was jetzt geschehen würde, war klar. Violet war viel zu stur, um zuzugeben, dass Gilda neben den Witzen noch einen anderen Grund hatte, wütend zu sein. Wenn jetzt niemand Gilda beipflichtete, saßen wir in der Sackgasse. Ich stellte Blickkontakt zu Jayne her und starrte ihr auf den Fußknöchel. Sie folgte meinem Blick, begriff aber erst, als ich die Augen weit aufriss, was ich von ihr wollte. Sie rollte ihrerseits mit den Augen, trat sich selbst mit dem Steppschuh vors Schienbein, fuhr vor Schmerz zusammen und verlagerte das Gewicht.

»Und ob es heftig war, Violet«, sagte sie. Alle Augen richteten sich auf Jayne. Sie zeigte uns die kirschrote Schramme, die ihr Bein zierte. »Als du gefallen bist, hat mich deine Stange am Bein getroffen. Mich hätt's auch fast hingehauen.«

»Hast du dich deshalb so an mich geklammert?«, fragte ich.

»Natürlich«, sagte Jayne. »Glaubst du etwa, ich bin über meine eigenen Füße gestolpert?«

»Ich hatte gehofft, dass nicht. Dank dir habe ich mir immerhin fast das Auge ausgestochen.«

»Es war desaströs«, sagte Kay, unserem Beispiel folgend. »Ich sah uns schon wie Dominosteine umfallen. Mein Lebtag hab ich mich noch nicht so geschämt.«

»Du meine Güte, das wollte ich nicht«, sagte Violet.

»Natürlich nicht«, sagte Gilda und schüttelte den Flachmann. »Aber das hier ist ein Problem. Ich sage dir eins, Violet: Entweder du bist bei unseren Auftritten nüchtern, oder du fliegst aus der Truppe.«

»Das kannst du nicht tun!«

»Ich kann und ich werde. Nicht, dass ich so etwas will. Du bist brillant bei dem, was du tust, und die Männer vergöttern dich, aber unser aller Sicherheit geht vor.«

Mit rot geäderten Augen wägte Violet die Situation ab. Sie hatte Gilda einen perfekten Anlass geliefert, sie ohne Angabe von Gründen zu feuern, da konnte es ihr noch so viel Spaß gemacht haben, den Star vor tausenden Männern vorzuführen – die Ehre, auftreten zu können, war für sie doch so groß, dass sie sie nicht weiter aufs Spiel setzen würde.

»Also gut«, sagte Violet, »ich höre auf zu trinken. Kann ich jetzt meinen Flachmann wiederhaben?«

»Aber sicher«, sagte Gilda. Sie schraubte ihn auf und schüttete den Inhalt auf den Boden.

In den ersten beiden Wochen hüpften wir von einer Salomonen-Insel zur nächsten, bestritten mindestens drei Shows täglich, speisten in Dutzenden von Offiziersmessen und hörten so viele Angebergeschichten über Tapferkeit und Heldenmut, dass sie uns für den Rest des Lebens reichen würden. Mindestens einmal pro Tag schaffte ich es, jemanden nach Jack zu fragen. An abschlägige Antworten hatte ich mich derart gewöhnt, dass ich sicher schockiert zusammengebrochen wäre, wenn jemand erwidert hätte, ihn tatsächlich gekannt zu haben.

Was für mich das größte Rätsel war: Wie konnten wir so viele Männer getroffen haben und an so vielen Orten gewesen sein, ohne auf einen Einzigen zu stoßen, der ihn gekannt hatte?

Irgendwie schafften wir es, dem Krieg immer gerade so auszuweichen. Wir landeten in Städten, die erst wenige Tage zuvor von den Japanern angegriffen worden waren, und verließen eine Insel immer dann, wenn die ersten Bomber in ihren Luftraum eindrangen. Mir kam es so vor, als wären die feindlichen Aktivitäten einzig und allein auf unseren Zeitplan abgestimmt. Wenn wir irgendwo auftraten, konnte man fast sicher sein, dass innerhalb der nächsten vierundzwanzig Stunden ein Angriff folgte.

Oft hörten wir in der Ferne den Lärm der Mörsergranaten, aber da wir den von ihnen verursachten Schaden nie wirklich zu Gesicht bekamen, konnten wir uns leicht einreden, dass das nur verfrühte Feiern zum Independence Day waren.

Jeden Abend flog man uns nach Tulagi zurück. Meistens legten wir uns dann unverzüglich aufs Ohr, aber in den seltenen Fällen, in denen wir noch Energie hatten, verbrachten wir den Abend mit Spanky und seinen Freunden, tranken noch etwas im Kasino oder setzten uns im Mondlicht an einen der Teiche. Zumindest machten es die meisten von uns so. Immer häufiger schob Gilda Erschöpfung vor und verschwand, während wir vier uns noch ein, zwei Stündchen Cocktails und Unterhaltung gönnten. Für gewöhnlich war sie bei unserer Rückkehr im Zelt. Für gewöhnlich.

Die Wacs gesellten sich im Kasino weiterhin dazu, aber ich hatte gelernt und hielt Abstand zu ihnen. Ich war in meinem Bemühen, ihnen aus dem Weg zu gehen, recht weit gekommen, als ich eines Abends an einem etwas zurückgesetzten Tisch Zuflucht suchte und meine von den ausufernden Aktivitäten des Tages und den noch ausufernderen nächtlichen Aktivitäten beanspruchten Füße auf einen Stuhl legte.

»Darf ich mich setzen?«

Ich sah hoch, und eine der Wacs blickte zu mir herab. Auch wenn mir der Sinn nach nichts weniger stand, gab ich den Stuhl frei und beförderte ihn mit einem sanften Tritt in ihre Richtung. »Tu dir keinen Zwang an.«

»Danke.« Meine Tischgenossin hatte lockiges, schmutzig-blondes Haar und ein herzförmiges Gesicht. Sie trug kein Make-up, aber das brauchte sie auch nicht. Sie verfügte über eine natürliche Schönheit, die so gut wie keine Eingriffe erforderlich machte.

Ich hasste sie schon nach dem ersten Hinsehen.

»Will denn niemand mit dir tanzen?«, fragte sie.

»Ich mache Pause. Hast du auch eine Entschuldigung?« Ich folgte ihrem Blick zur Tanzfläche, wo Jayne von einem Matrosen hin- und hergeschleudert wurde, der den Großteil seiner Swing-Schritte bei King Kong gelernt haben musste.

Die Wac hatte ein Bier in der Hand, das sie mit einem zackigen Schlag gegen die Tischkante öffnete. »Der Partner meiner Wahl ist nicht da. Wie geht's euch bislang so auf der Insel?«

Wollte sie wirklich freundlich sein? Ich konnte unmöglich sagen, ob sie aufrichtig war oder mir eine Falle stellte. »Prima, soweit ich das beurteilen kann. Bist du schon lange hier?«

»Zu lange. Ich bin seit letztem Juli auf den Inseln. Hast du das mit Leslie Howard gehört?«

Der Schauspieler war vor zwei Wochen im Golf von Biskaya gefallen, aber die Nachricht hatte uns gerade erst erreicht. In mancherlei Hinsicht erschütterte sie mich mehr als die vom Tod Carole Lombards. Ich hatte für Howard geschwärmt, obwohl mir sein Ashley Wilkes in *Vom Winde verweht* immer ärgerlich träge erschienen war. »Ja, ich kann's kaum fassen. Gilda hat erzählt, dass er echt nett gewesen ist. Ein sehr angenehmes Auftreten gehabt hat.«

Sie setzte sich, und während wir überlegten, was wir als Nächstes sagen sollten, entstand ein gespanntes, unbehagliches Schweigen zwischen uns. Aus meiner Perspektive hatte ich zwei Möglichkeiten: gehen und den Weg zurück zum Zelt suchen – oder herausfinden, warum die Wacs uns nicht leiden konnten.

Vom Bier übermütig geworden, beschloss ich, Letzterem auf den Grund zu gehen.

»Was haben wir euch eigentlich getan?«, fragte ich.

»Wie bitte?«

»Ich finde es auffällig, dass die meisten Wacs nichts mit uns zu tun haben wollen, und ich würde gerne wissen, warum das so ist.«

»Wir haben nichts gegen euch.«

»Fast hätte ich's geglaubt. Habt ihr was gegen Schauspielerinnen im Allgemeinen?«

Sie nahm einen großen Schluck Bier und dachte über die Frage nach. »Die meisten von uns sind schon lange hier und haben hart gearbeitet. Ist nicht einfach, wenn dann jemand anderes auftaucht und die ganze Aufmerksamkeit bekommt, verstehst du?«

Ich nickte. Kay hatte also recht. »Aber das könnt ihr uns doch nicht zum Vorwurf machen.«

Sie lächelte schief. »Tun wir aber.«

»Und was können wir unternehmen, um das wieder in Ordnung zu bringen?«

»Einen Stuhl abtreten, ein Bier mit uns trinken, die Kameraden daran erinnern, dass es so etwas wie Loyalität gibt.«

»Ich werd's versuchen, aber man kann ja niemanden zu seinem Glück zwingen …«

»Wie wahr. Ich bin übrigens Candy Abbott.« Ihr Händedruck war fest und selbstsicher.

»Rosie Winter.«

Auf der anderen Seite der überdachten Plattform entdeckte ich zwei Wacs, die aufgebracht miteinander tuschelten, während sie immer wieder zu einem energiegeladenen Kameraden in Luftwaffen-Klamotten hinübersahen, der mit Kay tanzte. Als Kay über einen der ungewöhnlich großen Füße des Piloten stolperte, brachen die beiden Frauen in so lautes Gelächter aus, dass es die Musik übertönte.

»Aber da müssen schon beide Seiten mitspielen«, sagte ich. »Wenn wir uns benehmen, wäre es schön, wenn deine Freundinnen das auch täten.«

»Kay ist ein Sonderfall. Ich glaube nicht, dass ich alle von ihr zurückpfeifen kann.«

Ich schälte das Etikett von meiner Bierflasche. »Was ist denn das Problem mit ihr?«

»Für die Streitkräfte ist sie eine Verräterin. Sie hat unsere Kommandeurin dazu überredet, nach Hause zu fahren, uns versprochen, dass sie da bleibt, um dann schließlich doch auch selbst zu gehen. Wir finden, sie hat ganz schön Nerven, nach all dem wieder hier aufzukreuzen.«

»Also bitte – du brauchst kein Blatt vor den Mund nehmen. Sag, wie ihr das wirklich findet.«

Sie warf lachend den Kopf zurück. Obwohl es gute Gründe dagegen gab, mochte ich Candy Abbott plötzlich. »Um ehrlich zu sein: Ich war mal mit Kay befreundet, obwohl man mich erschießt, wenn ich das öffentlich zugebe«, sagte sie. »Wir drei waren ganz dicke, bevor sie uns im Stich gelassen hat.«

»Ihr drei?«

»Ja, du stehst vor einer der drei berühmten Tulagi-Musketiere – das waren Kay Thorpe, Irene Zinn und meine Wenigkeit.«

Als sie den Namen nannte, stockte mir der Atem. Kay war mit Irene befreundet gewesen? Warum hatte sie das denn nicht gesagt?

»Was ist?«, fragte Candy.

Wusste Candy, dass sie tot war? Ich hatte nicht den Eindruck. Aber ich wollte nicht diejenige sein, die es ihr sagte. »Zu viel Bier. Warum haben die beiden anderen ihren Hut genommen?«

»Für Irene haben sich in den Staaten bessere Möglichkeiten aufgetan.«

»Und zwar?«

Candy stellte das Bier ab und schlug die Manschetten ihrer Feldbluse um. »Sie ist Schauspielerin gewesen, bevor sie sich freiwillig gemeldet hat. Deswegen kannte sie Kay auch schon von früher. Ich glaube, sie hat immer bereut, hergekommen zu sein, anstatt die Chancen, die Hollywood ihr bot, zu nutzen. Versteh mich nicht falsch – Irene war eine großartige Soldatin und eine ausgezeichnete Codeknackerin, aber man hat gemerkt, dass sie sich immer gefragt hat: ›Was wäre wenn?‹ Sie hat es für ihre moralische Pflicht gehalten, hier zu sein. Das Gefühl, alles in ihrer Macht Stehende zu tun, um die Kriegsanstrengungen zu unterstützen, war ihr sehr wichtig.«

Dieses Gefühl kannte ich. »Aber wenn es ihr so wichtig war, warum hat sie es sich dann anders überlegt und ist nach Hause gefahren?«

»Zum einen wegen Kay. Als Kay erfahren hat, dass Irene ihren Vertrag bei einem Studio nur noch unterschreiben musste, hat sie ihr gesagt, dass es verrückt wäre, das sausen zu lassen.«

»Und zum anderen?«

Candy rückte näher an mich heran und sprach leise weiter. »Es gab Diebstähle im Camp.«

Ich hatte also richtig gelegen – Blake hatte Irene gemeint. »Die verschwundenen Vorräte?«

»Du hast schon davon gehört?«

Ich nickte.

»Die höheren Tiere haben zwar behauptet, dass es die Japsen waren, aber Irene war sicher, dass jemand aus dem Camp dahintersteckte. Sie wollte der Sache unbedingt auf den Grund gehen, aber niemand wollte auf sie hören. Ich glaube, das hat das Fass endgültig zum Überlaufen gebracht. Sie meinte, in Hollywood würde sie mit einer derart verqueren Logik rechnen, aber von Militärs würde sie etwas anderes erwarten.«

»Und warum ist Kay gegangen?«

Candy zuckte mit den Schultern. »Keine Ahnung. Sie war eine gute Wac, und ich hatte auch den Eindruck, dass sie hier glücklich war. Alle wussten, dass sie Sängerin werden wollte, aber sie schien zufrieden damit, diesen Plan bis nach Kriegsende auf Eis zu legen. Dann wurde sie krank, und das Nächste, was wir erfahren haben, war, dass sie ihre Entlassung angeleiert hat.«

»Scheint mir ein bisschen unfair, jemandem eine Erkrankung nachzutragen.«

Ihr Blick suchte Kay, die sich immer noch tapfer auf der Tanzfläche schlug. »Wenn ich ihr hätte glauben können, hätte sie mein ganzes Mitleid gehabt und noch viel mehr. Sie war mit einer der Schwestern vom Roten Kreuz ziemlich dicke, und ich bin sicher, dass die ihr mittels einer erfundenen Krankheit geholfen hat, zurück in die Staaten zu kommen.«

Ich trank mein Bier aus und bat einen Matrosen mit einer Geste um ein neues. »Wo ist denn heute der Rest deiner Einheit?«, fragte ich.

Sie sah sich um. »Ich glaube, alle sind da.«

»Nein, eine fehlt. Blonder Dutt, könnte nicht mal lächeln, wenn ihr Leben davon abhinge.«

Candy zog eine Schachtel Zigaretten aus der Brusttasche und klopfte eine Kippe heraus. »Oh, du meinst Amelia Lambert. Unsere neue Befehlshabende. Ist für Irene gekommen. Zigarette?«

»Nein danke. Wann hat sie Irene ersetzt?«

Candy verzog den Mund nach links, um den Rauch nicht in meine Richtung zu blasen. »Ungefähr in dem Moment, als ihr fünf hier aufgetaucht seid. Wir hatten monatelang keine Kommandeurin und dachten schon, dabei würde es bleiben, aber vor ein paar Wochen haben wir erfahren, dass sie eine Neue einfliegen.«

»Allzu glücklich scheinst du damit nicht zu sein.«

Mit einem Augenrollen bestätigte sie, dass ich richtig lag. »Sie passt nicht so ganz zum Rest der Truppe. Wir waren immer eine ziemlich lockere Einheit, aber sie ist geradezu besessen von Vorschriften und dem Protokoll. Sie hat uns einen einstündigen Vortrag darüber gehalten, wie wir uns anzuziehen haben.« Candy wackelte in den vorne aufgeschnittenen Kampfstiefeln mit den Zehen. »Außerdem hat sie unter der Woche eine Ausgangssperre verhängt. Wir müssen alle um elf im Bett sein.«

»Kann sie das so einfach machen?«

»Sie ist unsere Kommandeurin. Sie kann machen, was sie will.«

Ich humpelte noch durch einen weiteren Tanz, bevor ich die Gelegenheit ergriff, Kay zur Rede zu stellen.

»Hallo, du Fremde«, sagte ich.

Sie lächelte, den Mund voller Coca-Cola, und setzte sich mit mir an einen Tisch. »Selber hallo. Ich bin völlig erschöpft. Überlege mir schon, wie ich hier abhauen kann. Bist du dabei?«

»Absolut.« Ich gab Jayne Zeichen von unserer Absicht. Sie steckte in einem Foxtrott fest und formulierte lautlos, dass sie nachkommen würde, sobald sie sich aus den wandernden Händen ihres marinen Tanzpartners befreit hatte.

Kay und ich gingen durch die Dunkelheit und achteten darauf, nicht von der behelfsmäßigen Straße abzukommen.

»Ich habe gerade eine Freundin von dir kennengelernt«, sagte ich, sobald wir das Kasino weit genug hinter uns gelassen hatten.

»Und zwar?«

»Candy Abbott.« Darauf erwiderte Kay nichts. Es war zu dunkel, um ihren Gesichtsausdruck lesen zu können, aber ich konnte mir vorstellen, dass sich ihre Freude in Grenzen hielt. »Warum hast du uns nie erzählt, dass du Irene kanntest?«

Für einen Augenblick hielt der Dschungel den Atem an. Das einzige Geräusch war das unserer Schritte auf der Schotterstraße. »Keine Ahnung. Ich habe mich so erschrocken, als Violet ihren Namen genannt hat, dass … ich nicht wusste, was ich sagen sollte. Ich habe noch gehofft, sie falsch verstanden zu haben, aber später habe ich dann den Artikel gelesen und musste einsehen, dass alles stimmte.«

»Ich schätze, deswegen hast du auf dem Schiff auch krank gemacht.«

Kay nickte. »Ich wusste, dass ich es jemandem erzählen sollte, aber eigentlich wollte ich alles nur vergessen. Je länger ich gewartet habe, desto mehr habe ich befürchtet, wie bescheuert es aussehen muss, dass ich so lange nichts gesagt habe.« In gewisser Weise konnte ich ihren Wunsch, den Kopf in den Sand zu stecken, nachvollziehen. Wie oft hatte ich, seitdem Jack verschwunden war, selbst so getan, als sei alles in Ordnung – nur weil es einfacher war als sich Gedanken darüber zu machen, was ihm passiert sein mochte. »Ich war diejenige, die sie dazu überredet hat, bei den Wacs auszutreten. Immerzu muss ich daran denken, dass sie noch lebte, wenn sie hier geblieben wäre.« Sie spielte mit den Erkennungsmarken an ihrem Armband. Als sie meinen Blick bemerkte, drehte sie die Anhänger um. Alles, was ich erkennen konnte, war, dass in das Aluminium ein Name, ein Rang und eine Seriennummer eingestanzt waren. »Wir haben beide welche getragen – als eine Art Tribut an das, was wir gemeinsam durchgemacht haben. Nie hätte ich gedacht, dass die Marken nach ihrem Ausstieg dazu dienen würden, ihren Leichnam zu identifizieren.«

Wer würde auch an so etwas denken? »Candy weiß nicht, dass Irene tot ist«, sagte ich.

»Hast du's ihr denn nicht gesagt?«

»Ich glaube nicht, dass ich dafür die Richtige bin.«

»Ich hab's auch noch niemandem erzählt.« Sie blieb

stehen und wandte mir das Gesicht zu. Das Mondlicht glitzerte in den Tränen, die ihre Wangen hinunterliefen. »Sie war mit Dotty zusammen.«

»Wirklich?«

»Als sie nach Hause gefahren ist, haben sie sich zwar getrennt, aber er war immer noch ganz verrückt nach ihr. Es wird ihn umbringen, wenn er's herausfindet. Ich trage mich immer noch mit der Hoffnung, dass er einen Brief oder so bekommt, damit nicht ich es ihm beibringen muss. Ganz schön feige, oder?«

Das erklärte zumindest, warum sie sich in seiner Gegenwart so merkwürdig benahm. »Ich kann nicht behaupten, dass ich an deiner Stelle nicht dasselbe hoffen würde. Bist du ihm deshalb dauernd aus dem Weg gegangen?«

»Wenn er in der Nähe ist, muss ich zwangsläufig an sie denken. Und im Moment ertrage ich das einfach nicht.«

Ich verkniff mir, ihr anzubieten, es ihm an ihrer Statt zu sagen. Damit wäre niemandem geholfen – am allerwenigsten ihr selbst. »Aber du wirst müssen. Das weißt du, oder? Es gibt nichts Schlimmeres, als schlechte Nachrichten in einem Brief von jemandem zu bekommen, den man noch nicht mal kennt. Mir ist das schon passiert, und glaub mir, ich hätte es sehr viel lieber von jemandem erfahren, der darauf vorbereitet gewesen wäre, mit mir zu trauern.«

Sie schlang sich die Arme um den Oberkörper. »Ich habe einfach Angst, dass sie erst dann wirklich tot ist, wenn ich es laut ausspreche.«

»Aber sie ist tot, Kay.«

Sie wandte sich von mir ab und sah zum Meer, auf

dessen Oberfläche sich ein zweiter Mond kräuselte. »Weiß ich, aber ich glaube immer noch, ich kann es rückgängig machen.«

12 Hör auf die Musik

An diesem Abend noch redete Kay mit Dotty. Ich fragte nicht nach, wie das Gespräch gelaufen war. Musste ich auch nicht. Kays rotgeränderte, zugeschwollene Augen am nächsten Morgen waren Beweis genug, wie schwer es für beide gewesen sein musste. Während wir im Jeep zum Flugfeld gefahren wurden, versank Kay in Schweigen und drückte sich die Handtasche an die Brust, als könnte nur sie ihr noch Trost spenden. Unser Fahrer spürte, dass in unserer kleinen Truppe irgendetwas nicht stimmte, und gab sein Bestes, um uns zu unterhalten und auf den neuesten Stand der Nachrichten zu bringen. An einem Ort namens Kahill auf den westlichen Salomonen tobten schwere Kämpfe, in die hauptsächlich die Luftwaffe verstrickt war. Aber auch die Marinepiloten hatten mindestens zwölf japanische U-Boote versenkt.

Er unterbrach die Aufzählung unserer jüngsten Erfolge und zeigte in die Ferne. »Da drüben sind die Gräber«, sagte er.

»Was für Gräber?«, fragte Jayne.

»Massengräber, um ehrlich zu sein. Man kann Leichen nicht allzu lange herumliegen lassen – der Gestank bringt einen um den Verstand. Und die Wasserversorgung ist in Gefahr. Klar, viele Tote landen auch im Meer. Das ist am einfachsten.«

Zum ersten Mal kam mir Tulagi nicht mehr wie ein Paradies vor. Tulagi war nicht einfach nur ein kleines Inselchen im britischen Mandatsgebiet, das wir von den Japanern zurückerobert hatten. Auf dieser Insel war der Tod überall und verseuchte Land und Wasser.

An diesem Tag flogen wir nach Guadalcanal, wo wir auf dem Henderson-Flugplatz landeten. Unser erster Auftritt war im größten Lazarett vor Ort angesetzt, wo viele der Verletzten von den benachbarten Inseln hingebracht worden waren.

Ich kannte Bilder von Militärhospitälern und hatte tonnenweise Filme und Wochenschauen gesehen, in denen sie vorkamen, aber auf das, was uns erwartete, war ich trotz allem nicht vorbereitet. Natürlich wusste ich, mit welcher Zahl an Verletzten zu rechnen war (einer unvorstellbar großen), aber etwas hatten die Filme nicht geschafft, korrekt abzubilden: den Gestank. Wie in den meisten Krankenhäusern war das Erste, was man wahrnahm, der Geruch von Desinfektionsmitteln. Doch darüber lag hier wie ein Schleier der Gestank nach entzündeten Wunden, die in der stickigen, feuchten Luft nicht die nötige Belüftung bekamen. Ich wünschte, ich könnte diesen Gestank mit irgendetwas vergleichen, aber so etwas hatte ich noch nie gerochen.

»Wow«, sagten wir wie aus einem Mund, als wir auf die Station geführt wurden. Manche der Männer saßen hellwach im Bett, mit Verletzungen, die unsere ungeübten Augen nicht ausmachen konnten. Andere spielten Dame oder Schach oder lasen Zeitschriften. Aber der Mehrzahl ging es für unterhaltsamen Müßiggang viel zu schlecht. Viele schliefen dank des Morphiums, das in ihren Adern floss und das sie die nicht mehr vorhandenen Gliedmaßen, nicht mehr sehfähigen Augen und die schrecklich entstellten Gesichter, die noch nicht mal ihre Mütter wiedererkennen würden, hoffentlich zumindest zeitweilig vergessen ließ. Wieder andere waren nur im weitesten Sinne des Wortes bei Bewusstsein und stöhnten im Rhythmus der Schmerzen, die in regelmäßigen, aber trotzdem unvorhersehbaren Wellen über sie hereinbrachen. Sie waren viel zu sehr damit beschäftigt, die Qualen auszuhalten, die ihre Körper ihnen zumuteten, als dass sie sich um unsere Ankunft scherten.

Ich hoffte, ein bekanntes Gesicht zu entdecken. Und hatte genau davor auch eine Heidenangst.

»Herzlich willkommen, meine Damen.« Eine Schwester in einer feschen weißen Uniform nahm uns an der Tür in Empfang. Sie war größer als ich und hatte eine so tiefe Stimme, dass ich mich kurz fragte, ob hier vielleicht ein Mann in dem sorgfältig gebügelten Rock steckte. Bei der geschlechtlichen Zuordnung kam ich auch wegen der Haare durcheinander, die aus ihrem Kinn stachen. »Sie sind ein bisschen zu früh. Wir wollten gerade das Mittagessen ausgeben. Möchten Sie vielleicht mit den Männern essen?«

»Nein danke«, sagte Violet und sprach uns allen aus dem Herzen, obwohl wir kurz vorm Verhungern waren. »Wir haben gerade gar keinen Appetit.«

»Dann machen Sie es sich doch gemütlich, bis wir so weit sind, dass Sie anfangen können. Eine Latrine finden Sie hinter dieser Tür hier links.«

»Wäre es möglich, während des Essens mit den Männern zu plaudern?«, fragte Gilda.

Auf das Gesicht der Oberschwester legte sich ein breites Lächeln. Ihre Zähne waren so schief und übereinander geschoben, dass sie, sollte ein Zahnarzt auch nur einen davon herausziehen, sicherlich allesamt ausgefallen wären. »Natürlich. Das wäre großartig. Ganz großartig.«

Sie eilte davon, um die letzten Vorbereitungen fürs

Mittagessen zu überwachen, und ließ uns zurück. Mit offenem Mund starrten wir Gilda an. »Jetzt hört mal«, sagte sie. »Genau deswegen sind wir doch hier.«

Sie und Violet gingen voran, Jayne, Kay und ich ließen uns zurückfallen. Ich weiß, es klingt furchtbar, aber die Vorstellung, mit den Männern zu sprechen, jagte mir entsetzliche Angst ein. Was sagen? Wie vermeiden, auf ihre Wunden zu stieren? Würden sie meine Anwesenheit überhaupt wahrnehmen?

»Komm schon, Rosie«, sagte Jayne. »Wird schon nicht so schlimm.« Die Männer, die dazu noch in der Lage waren, keuchten bei Gildas Anblick vor Überraschung. Als sich die Nachricht von ihrer Ankunft verbreitete, murmelte bald die halbe Station ihren Namen.

Jayne schubste mich sanft vorwärts, und ich ging auf das erstbeste Bett zu. Der Mann darin war wach und bei Bewusstsein, er legte Patiencen, um die Zeit totzuschlagen. Seine Füße waren dick einbandagiert. Die äußerste Verbandsschicht an seinem linken Fuß war rosa eingefärbt. Der Fleck sah aus wie ein Rorschach-Test: Er zeigte eine leere Vase … nein, ein Gesicht im Profil.

»Hallo«, sagte ich. »Ich heiße Rosie Winter. Und Sie?«

»Die Jungs nennen mich Whitey.« Er sah kaum von seinen Karten auf. »Sind Sie von der USO?«

»Ja.«

»Wann kommt Gilda mal her?«

»Die gesamte Station will mit ihr sprechen. Geben Sie ihr noch ein bisschen Zeit.«

Er legte eine Kreuz-Zehn auf eine Pik-Dame.

»So geht das Spiel aber nicht, glaube ich«, sagte ich.

»Mein Spiel, meine Regeln.«

»Ganz wie Sie wollen.« Ich setzte mich auf einen Stuhl neben dem Bett und wartete darauf, dass er ein Gesprächsthema anschnitt. Ich wartete lange. »Weswegen sind Sie hier?«

»Buschfäule.«

Was das sein sollte, wusste ich nicht, aber raten reichte mir schon. »Kommen Sie bald raus?« Er ließ ein »Hmmhmm« hören, das sowohl *Ja*, *Nein* oder *Kümmern Sie sich gefälligst um Ihren eigenen Kram* heißen konnte. »Kennen Sie zufällig einen Matrosen namens Jack Castlegate?«

Mit Schmackes legte er eine Karte nach der nächsten ab. »Wen interessiert das?«

Mich, du Blödmann. Sonst hätte ich nicht gefragt. »Kennen Sie ihn oder nicht?«

»Nein«, sagte er. »Nie von ihm gehört.«

Offensichtlich war ich diesem Kerl vollkommen egal. Ich ging weiter zum nächsten Bett. Der Zustand des Jungen hier war deutlich schlechter als der von Mister Starke Persönlichkeit. Sein Bein war zu einem Stumpf verkürzt worden, der direkt über dem Knie endete. Das andere Bein hing im Fünfundvierzig-Grad-Winkel in der Luft, die nackten, blassen Zehen wackelten wie Keimlinge, die sich nach dem Licht recken.

Er sah nicht so aus, als stünde ihm der Sinn nach Unterhaltung, weswegen ich an ihm vorbeigehen wollte.

»Miss! Miss!«

Ich drehte mich um und musste feststellen, dass er munterer war als gedacht. »Hallo«, sagte ich. »Ich dachte, Sie würden schlafen.«

»Stimmt es, dass Gilda DeVane hier ist?« Hörte das denn nie auf? Sogar die Verwundeten wollten zuerst Gilda sehen.

»Ja, das stimmt.« Ich wandte mich zum Gehen.

»Unterhalten Sie sich nicht mit mir?«

»Soll ich das denn?«

»Klar. Man hat ja nicht jeden Tag die Gelegenheit, mit jemandem zu plaudern, der Gilda DeVane kennt.« Ein Kompliment war das noch nicht, aber ich beschloss, nicht allzu streng mit ihm zu sein.

»Ich bin Rosie Winter. Und wie heißen Sie, Soldat?«

»Leo Thistlewaite. Aber meine Kumpels nennen mich Kaugummi.«

»Sieht aus, als hätten Sie eine scheußliche Zeit hinter sich, Kaugummi.«

Er wackelte wieder mit den Zehen. »Andere hat's schlimmer erwischt. Wie ist Ihre Handschrift?«

»Schlimmer als die meisten anderen.«

Er grinste. »So schlimm kann's nicht sein. Würden Sie vielleicht einen Brief für mich schreiben? Meine Hände funktionieren zurzeit nicht so gut.«

»Natürlich, gerne.«

Er sagte mir, wo ich Stift und Papier finden konnte, und ich zog beides aus dem Seesack, der über dem Fuß des Betts hing. Der Stift war ein Armee-Kugelschreiber. Zuhause war nirgendwo mehr einer aufzutreiben, aber bei der Armee gehörte es zum guten Ton, Kulis als Teil der Kriegsbeute an die Männer zu verteilen. Ich fand es grausam, dass dieser Junge hier als Erinnerung an den Krieg zwar einen schicken Kugelschreiber hatte, dafür aber keine Hände mehr, mit denen er ihn benutzen konnte. Gemeinsam schusterten wir einen Brief an seine Mutter zusammen, versicherten ihr, dass es ihm gut ginge und er bald nach Hause käme. Das fehlende Bein wurde nicht erwähnt. Er fand, ganz richtig, dass solche

Neuigkeiten nicht in einen Brief gehörten. Dann bat er mich noch, einen ganz ähnlichen Brief an seine Süße zuhause zu schreiben, in dem er ihr versicherte, dass sie endlich heiraten würden, sobald er wieder in den Staaten war.

Ich betete für ihn, dass das Mädchen das dann auch noch wollte.

Als könnte er Gedanken lesen, fragte Kaugummi mich: »Würde Sie das stören?«

»Was?«

»Das Bein. Wenn Sie meine Freundin wären, würde es für Sie einen Unterschied machen?«

Ich konnte nicht anders, als diese Frage auf Jack zu übertragen. Würde es mich stören? Früher hätte ich vielleicht darüber nachdenken müssen, aber jetzt nicht mehr. Zu wissen, dass Jack am Leben war, würde mich so dankbar machen, dass ich nicht mit der Wimper zucken würde, auch wenn ihm beide Beine fehlten.

Die Frage war eher: Wie würde Jack das sehen?

»Es würde schon einiges ändern«, sagte ich, »aber das bedeutet nicht, dass ich mich nicht unglaublich freuen würde, Sie wieder heil zuhause zu haben.«

»Danke.« Er schloss die Augen. »Das hilft mir.«

Bevor ich weiterzog, fragte ich ihn nach Jack. Er hatte noch nie von ihm gehört.

Der nächste Mann benötigte Hilfe beim Löffeln seiner Brühe, mit den bandagierten Händen konnte er das Besteck unmöglich halten. Er war alles andere als redselig; ich war mir nicht mal sicher, ob er überhaupt reden konnte. Aber als ich aufstand, griff er mit einer seiner weiß umwickelten Hummerscheren nach meinem Arm und nötigte mich, so lange neben ihm sitzen zu bleiben, bis er eingeschlafen war. Aus Angst, dass er sofort wieder aufwachen würde, traute ich mich nicht, seinen Griff zu lösen. Und aufwecken wollte ich ihn auf keinen Fall, hatte er doch gerade zum ersten Mal, seit ich neben ihm saß, gelächelt.

Auf der anderen Seite des Saals schrieb Gilda ihr Autogramm auf einen Gips. Violet plauderte angeregt mit zwei nebeneinanderliegenden Männern. Kay schrieb einen Brief, die Brille auf der Nase. Und Jayne … Jayne …

»Billy!«, schrie sie. Die gesamte Station drehte sich um, als die kleine Blondine quer durch den Raum auf einen Mann zuraste. Einen Augenblick fürchtete ich, sie würde halluzinieren, aber schnell wurde klar, dass er sie genauso gut kannte wie sie ihn. Ich betrachtete ihr Wiedersehen mit einer merkwürdigen Mischung aus Euphorie und Eifersucht. Jayne bekam ihren vermissten Matrosen zu Gesicht und ich nicht, das sollte fair sein?

»Rosie!«, flüsterte Jayne gut hörbar vom anderen Saalende und winkte mich energisch zu sich. Ich zog die Hand des schlafenden Soldaten vorsichtig von meinem Arm und legte sie ihm quer über die Brust. Als ich bei Billys Krankenbett anlangte, hatte Jayne sich bereits darauf niedergelassen und umklammerte dessen Hände. »Rosie, das ist Billy DeMille«, sagte sie. »Der Matrose, den ich in der Stage Door Canteen kennengelernt habe.«

»Das habe ich mir fast gedacht.«

»Billy, das ist Rosie, meine beste Freundin auf der ganzen Welt.«

Jayne ließ seine rechte Hand gerade lange genug los, damit ich sie schütteln konnte. Er war klein, so wie Jayne, und hatte die größten braunen Augen, die ich je gesehen hatte. »Wir haben uns schon gefragt, was mit Ihnen passiert ist«, sagte ich.

»Er war in Attu, wo sein Flugzeug abgeschossen wurde und er eine schlimme Gehirnerschütterung davongetragen hat«, sagte Jayne.

»Ich wusste gar nicht, dass Sie Marinepilot sind«, sagte ich.

»Es war sein erster Einsatz in der Luft.« Sie war so überglücklich, dass ich schon damit rechnete, sie wie einen Gummiball davonhüpfen zu sehen. »Er liegt seit zwei Wochen flach. Aber er kommt bald raus.«

»Kann er auch selber sprechen?«, fragte ich.

»Mittlerweile geht's wieder.« Er nahm Jaynes Hand in seine. »Ich dachte, ich träume, als ich euch hier reinkommen sah. Nicht in einer Million Jahren hätte ich mit Jayne gerechnet.«

»Fahren Sie, wenn Sie hier rauskommen, in die Staaten zurück?«, fragte ich.

»I wo. Sobald der Doc mich freigibt, bin ich zurück in der Luft. Pfirsich würde meinen Kopf fordern, wenn ich nicht zurückkäme, glaube ich.«

Ich erstarrte. Ich musste ihn falsch verstanden haben. »Pfirsich?«, sagte ich.

»Mein Offizier. Sein wirklicher Name ist …«

»Paul Ascott«, ergänzte ich.

Jayne hörte gerade so lange auf, Billy anzustrahlen, um zu ihm zu sagen: »Ich wusste gar nicht, dass du Pfirsich kennst.«

»Ich wollte gerade dasselbe sagen«, meinte Billy.

»Er ist also hier?«, fragte ich. Pfirsich war derjenige, der mir gesagt hatte, dass Jack verschollen war. Aber da war auch noch etwas anderes gewesen.

»Klar doch. Er kommt sogar ziemlich sicher später noch vorbei. Wir stecken mitten in einer Partie Schach.«

Auf seiner Stirn erschien eine steile Falte. »Aber sagen Sie mal, Rosie, woher kennen Sie ihn?«

Ich wollte antworten, brachte aber kein Wort heraus. Billy kannte Pfirsich. Pfirsich war auf Guadalcanal. Und wenn die beiden in einer Einheit waren, bedeutete das, Billy hatte auch Jack gekannt.

Ich kam nicht dazu, Billy zu fragen. Bevor ich mich so weit gesammelt hatte, um die Frage formulieren zu können, klatschte die Oberschwester auch schon in die Hände und verkündete, in fünf Minuten würden wir auftreten.

Jayne war mehr als nur beschwingt, als wir uns aufmachten, um in die Kostüme zu steigen. »Ich kann's gar nicht glauben, dass er hier ist. Das ist Schicksal.«

»Es ist zumindest erstaunlich«, sagte ich.

»Er hat mir gerade erst vor ein paar Tagen geschrieben. Davor war im Traum nicht daran zu denken, einen Stift aufs Papier zu setzen, solche Kopfschmerzen hatte er. Er glaubt, dass er Ende der Woche rauskommt, und er meint, es ist nicht das geringste Problem, dich mal von einem Piloten auf eine andere Insel fliegen zu lassen. Er hat gesagt, er hat mich eben erst für einen Engel gehalten.« Als sie meinen Gesichtsausdruck bemerkte, dämpfte sie ihren Überschwang. »Was ist?«

»Wenn er Pfirsich kennt, kann es dann nicht auch sein, dass er …«

Sie erstarrte mit halb heruntergezogenem Rock. »Ach du meine Güte! Daran habe ich ja gar nicht gedacht! Wir fragen ihn sofort nach der Show, so viel ist klar.«

Die Auftrittsbedingungen in einem Hospital waren noch primitiver als sonst. Statt einer Bühne hatten wir den Mittelgang. Statt einer Garderobe hatten wir zwei

Krankenhauslaken, die uns als Kulissen dienten. Da es kein Klavier gab, gab es auch keinen Klavierspieler, weswegen wir alle Lieder a cappella sangen. Aber den Umständen zum Trotz waren die Männer ganz hin und weg. Gilda eröffnete wie immer die Show, obwohl das hier wahrscheinlich nicht nötig gewesen wäre, hatte das uns ausgelieferte Publikum doch gar nicht die Kraft, ihren Auftritt früher einzufordern als angedacht. Außerdem waren wir mit unserem Engagement während des Essens in den Augen der Männer jetzt sowieso alle Stars – nicht weil wir berühmt waren, sondern weil wir Mitgefühl gezeigt hatten. In dem etwas intimeren Rahmen mussten wir uns stimmlich nicht so sehr verausgaben, und unsere Lieder erhoben sich unter das Spitzdach des Gebäudes, wo sie sich mit den Stimmen derjenigen Soldaten und Matrosen vermischten, die den Drang verspürten mitzusingen. Am Ende standen alle, die stehen konnten, auf, und anstatt die Standing Ovations als verdiente Reaktion abzutun, sangen wir noch zwei weitere Stücke.

Noch nie war ich während eines Auftritts so bewegt gewesen. Sicherlich: Jede unserer Shows während der Tournee war bislang vom Publikum mit Dankbarkeit aufgenommen worden, aber hier empfand ich zum ersten Mal einen Sinn und Zweck in dem, was wir taten. Wir knackten vielleicht keine feindlichen Codes, aber während dieser einen Stunde des Singens, Scherzens und Tanzens konnten tapfere Männer immerhin ihre Qualen und Schmerzen vergessen – sowohl die vorübergehenden als auch die bleibenden. Wir hatten ihnen einen Moment des Seelenfriedens und eine Atempause verschafft, beides war ihnen anderweitig zurzeit nicht vergönnt. Es fühlte sich großartig an.

Kein Wunder, dass Irene zu den Wacs gegangen war. Hier fand sie den Sinn, nach dem sie in ihrem Leben gesucht hatte. Dass sie dafür nicht zur Armee hätte gehen müssen, war ihr bloß nicht aufgefallen.

Hinterher zerrissen wir uns nicht das Maul darüber, wer mehr Aufmerksamkeit bekommen und wer sich bei welchen Schritten vertan hatte. Stattdessen umarmten wir uns und kamen schweigend darin überein, dass wir gerade eine großartige Erfahrung gemacht hatten.

»Wir müssen langsam los, meine Damen.« Unser Fahrer steckte den Kopf in den abgehängten Backstage-Bereich. »Wir haben schon eine Stunde Verspätung.«

»Können wir nicht noch ein bisschen länger bleiben?«, fragte Jayne.

»Das liegt nicht in meinem Ermessen, Ma'am. Die Offiziere erwarten Sie zum Abendessen um sechs, und ich habe Anweisung, Sie mindestens eine Stunde früher zurückzubringen.«

Ich hatte gar nicht gemerkt, wie lange wir uns schon in dem Lazarett aufhielten. Die Zeit war wie im Flug vergangen.

Jayne reckte den Kopf in dem Versuch, einen Blick auf Billy zu erhaschen.

»Bekommen wir noch zehn Minuten, um uns zu verabschieden?«, fragte ich.

Die räumte uns der Fahrer ein. Während Kay, Violet und Gilda ausschwärmten, um Lebewohl zu sagen, beeilten Jayne und ich uns, zu Billy zu kommen.

»Ihr wart toll«, sagte er lächelnd. Zum ersten Mal betrachtete ich den Jungen, der Jaynes Herz klopfen ließ, ausgiebiger. Er war strohblond, und seine Augen hatten die Tiefe von Kaffee mit einem Schuss echter Sahne.

»Ich muss schon sagen: Einem Stepptanz zuhören ist eigentlich das Letzte, wonach sich jemand mit meinen Kopfschmerzen sehnt, aber ihr zwei wart verflucht fesselnd.«

Ich konnte nicht sagen, ob da ein ironischer Unterton mitschwang oder nicht.

»Billy«, sagte Jayne, »Rosie möchte dich noch etwas fragen.«

Er zog die Augenbrauen hoch. »Wegen Pfirsich?«

»Nein. Na ja, ein bisschen auch.« Frag schon, schrie es in meinem Kopf. »Kennst du einen Matrosen namens Jack Castlegate?«

Sein langes Überlegen raubte mir jede Hoffnung. »Nein. Da klingelt nichts bei mir.«

»Pfirsich hat ihn nämlich gekannt«, sagte Jayne. »Deswegen haben wir gedacht, du vielleicht auch.«

»Pfirsich ist erst nach unserer Rückkehr aus den Staaten in mein Geschwader versetzt worden. Vielleicht war dieser Jack von seinem alten Flugzeugträger?«

»Pfirsich hat sich auf ein anderes Schiff versetzen lassen?«, fragte ich.

Billy nestelte an einem Armband, auf dem sein Name, sein Rang, seine Nummer und seine Blutgruppe vermerkt waren. »Ja. Ich glaube, es gab da irgendein Problem. Welches genau, hat er uns nie gesagt. Ich bin nur froh, dass er sich zu dem Schritt entschlossen hat. Der Kerl, den er ersetzt hat, war ein richtiges Arschloch.« Kaum hatte er diese Worte geäußert, riss er sich am Riemen. »Entschuldigung.«

»Wir haben schon Schlimmeres gehört«, sagte ich. Ich wusste, wie sehr sich Jayne nach einem Augenblick mit Billy allein sehnte, und verabschiedete mich. »Schön, dich endlich kennengelernt zu haben. Beste Besserung für deinen Kopf.«

13 Leben und Sterben eines Amerikaners

Außer mir schafften es alle, auf dem Rückweg zum Basislager ein bisschen zu schlafen. Ich fand keine Ruhe – mein Kopf war viel zu voll, meine Gedanken kreisten unablässig um Jack.

Es gab keinen Anlass, den Mut zu verlieren, das wusste ich. Immerhin konnte ich nicht erwarten, Jack nach nur ein paar Wochen auf den Inseln aufgestöbert zu haben. Trotzdem hatte ich das Gefühl, jedes Gespräch, das ich bislang seinetwegen geführt hatte, sei nur ein Vorgeschmack gewesen auf weitere anstehende Enttäuschungen. Außerdem machte es mich unruhig, Pfirsich in der Nähe zu wissen. Nicht nur, weil er eine potenzielle Informationsquelle war. Bei unserer letzten Begegnung hatte er mir von den Ereignissen erzählt, die zu Jacks Verschwinden geführt hatten, und ich hatte ihm gestanden, nicht die süße kleine Kellnerin Delores zu sein, als die ich mich ausgegeben hatte. Bis zu diesem Punkt hatten wir, glaube ich, beide gedacht, auf ein Verhältnis zuzusteuern, aber die Tatsache, dass ich immer noch Gefühle für meine alte Flamme hegte, reichte aus, um die aufflackernde neue gleich zu ersticken.

Ich hatte nicht gedacht, dass er zurück im Südpazifik war. Um ehrlich zu sein, hatte ich überhaupt nicht mehr an ihn gedacht. Nicht, weil Pfirsich keinen Gedanken wert gewesen wäre – falls mich meine Erinnerung nicht trog, war er ein gut aussehender, humorvoller Mann, in den sich eigentlich jedes kluge Mädchen verlieben musste –, aber ich war viel zu beschäftigt damit gewesen, aus den Staaten wegzukommen und Jack ausfindig zu machen. Mir gefiel die Vorstellung nicht, mich nun doch wieder meinen Schuldgefühlen wegen der Art und Weise, wie ich Pfirsich behandelt hatte, stellen zu müssen. Ich war davon ausgegangen, dass diese Phase meines Lebens vorbei war.

Wir kamen in dem Basislager an, wo wir am Vormittag gelandet waren, und wurden gnädigerweise zu einem Bereich geleitet, den man uns etwas abseits zum Ausruhen eingerichtet hatte. Bis zum Abendessen war noch eine luxuriöse ganze Stunde Zeit. Im Anschluss sollten wir eine letzte Vorstellung für den Tag geben.

Ich schlief doch noch ein. Als ich aufwachte, wuselten die anderen bereits um mich herum und machten sich für das Dinner in der Offiziersmesse fertig. Sie zogen Lippenstifte, Kämme und Parfumflakons hervor, die sie schlauerweise zusammen mit den Kostümen eingepackt hatten. Um sechs wurden wir im Jeep zu einem Haus auf einem Hügel hinter dem Feldlager gebracht. Fackeln, die wie Glühwürmchen flackerten, säumten die Auffahrt. Aus dem Haus kam Musik – kein Grammofon, das die neuesten Platten spielte, sondern ein echter Pianist, der leibhaftig in die Tasten griff.

»Heiliger Strohsack«, sagte Violet, als wir vor dem Haus hielten. »Was ist das denn hier?«

»Willkommen, meine Damen«, sagte ein Mann mit britischem Akzent. Er half uns erst vom Jeep herunter, bevor er sich vorstellte. »Ich bin Lance Upchurch von der Royal Air Force.«

»Wo sind wir?«, fragte Gilda.

»Bei uns heißt es Shangri-La. Es ist eine Plantage im Besitz eines französischen Privatiers, der so freundlich war, uns zu sich einzuladen. Anstatt im Camp zu speisen, ist es hier doch sehr viel erquicklicher, meinen Sie nicht?«

Wir konnten nur zustimmen und folgten ihm ins Haus. Genau wie bei dem des Hochkommissars auf Tulagi handelte es sich auch bei diesem hier um ein großes Gebäude, das aussah, als hätte man es mit allem Drum und Dran aus *Casablanca* geklaut. Die Bude selbst war nichts Besonderes – vier Wände und ein Strohdach –, aber die Einrichtung war picobello: Teppiche und Möbel waren eindeutig aus Europa importiert. Ein aus unterschiedlichen Steinen zusammengeschusterter Kamin war das Herzstück. An zwei Seiten waren dem Gebäude Veranden vorgesetzt, beide verglast, damit Besucher die großartige Landschaft genießen konnten, ohne ihren Plagen ausgesetzt zu sein. Von einer dieser Veranden kam jetzt zur Begrüßung eine Gruppe von Männern mit Scotch-Gläsern in den Händen.

Unser Gastgeber war ein beleibter Franzose namens François Le Clerk. Die anderen Gäste waren nicht die Leutnants und Hauptmänner, mit denen wir üblicherweise dinierten. Das hier war die Elite der Streitkräfte, diejenigen, die Strategien entwickelten, aber nie fürchten mussten, sich selbst die Hände schmutzig machen zu sollen. Das Dinner war eine förmliche Angelegenheit. Weißbejackte Männer aus Tonkin servierten von links und räumten von rechts ab. Von einem Porzellan, so hauchzart, dass der Tisch durchschimmerte, aßen wir vier Gänge, von denen ein jeder mit reichlich Whiskey heruntergespült wurde. Die Konversation gestaltete sich lebendig, obwohl ich so müde und hungrig war, dass ich mich während des Essens großenteils zurückhielt und stattdessen beobachtete, was für lüsterne Blicke die Männer auf uns warfen. Sie schützten Interesse an unseren Bühnengeschichtchen vor, aber ich wusste, unsere Anwesenheit hier hatte nur einen Grund: die Hoffnung, wir seien das Dessert.

Irgendwann bewegte sich das Gespräch in eine andere Richtung, und die Männer besprachen das, was sie eigentlich hatten besprechen wollen: Strategien, Pläne, Versorgung und verfügbare Kräfte. Die Detailverliebtheit ihrer Unterhaltung war überwältigend. Während sie Zahlen wälzten, mir völlig unbekannte Länder nannten und die Eigenheiten bestimmter Führungspersönlichkeiten beschrieben, versuchte ich mir zusammenzureimen, um was es hier ging. Was genau waren »Kriegswirren«? Ging es bei den Zahlen, mit denen sie hantierten, um Tote oder Verletzte? Täuschten mich meine Ohren, oder pries einer die Nazis tatsächlich für ihren Einfallsreichtum?

Während der ganzen Zeit spielte der Pianist aus einer Auswahl klassischer Stücke. Just als ich mir Sorgen zu machen begann, ob ihm nicht bald die Finger wegen Überbeanspruchung abfallen müssten, legte er eine Pause ein. Aus der Ferne war jetzt andere Musik zu hören – Bruchstücke von Folksongs, von »Home Sweet Home«, »Swanee River« und anderen.

»Kommt das vom Camp?«, fragte ich.

Le Clerk legte horchend den Kopf schief. »Nein, das sind die Japaner.«

»Was denn – wollen die jetzt auch noch unsere Musik haben?«, fragte Violet.

»Das ist ein Kriegsmanöver. Eine Art Propaganda, wenn Sie so wollen«, sagte Le Clerk. »Jeden Abend spielen sie diese Musik jetzt und hoffen, dass eure Männer Heimweh davon bekommen.«

Ich ergänzte die Konsequenz dieser Strategie: »Und jemand, der Heimweh hat, schläft nicht gut und kann nicht erfolgreich kämpfen.«

Anerkennend gab er mir mit der Gabel einen Klaps auf den Handrücken. »Exakt.«

»Funktioniert das?«, fragte ich.

Er musste lachen und versprühte eine unangenehme Kombination aus Speichel und Brotkrumen. »Oh nein, dafür sind eure Männer viel zu stark. Ich würde sagen, es funktioniert insoweit, als es eure Leute noch viel wütender macht.«

»Wenn wir ihre Lautsprecher hören können, heißt das, dass sie nicht sehr weit weg sind, oder?«, fragte ich.

Er nickte. »So nah, dass wir sie atmen hören können. Ich empfange häufig Radiosendungen, die auf Englisch davon berichten, wie sich der Krieg zugunsten des Feindes dreht – das soll eure Männer demoralisieren. Manchmal kann ich sogar die japanischen Lagerfeuer sehen.«

Bei der Vorstellung, wie nah der Feind war, verging mir der Appetit. Wie konnten die Männer bloß schlafen in dem Bewusstsein, dass jeden Augenblick eine Granate in ihr Zelt einschlagen könnte? Und wie musste es sein, sich an der Informationsfront zu befinden? Wie sicher konnte man sein, von den Amerikanern die Wahrheit erzählt zu bekommen, von den Japanern aber nicht? »So zu leben, muss entsetzlich sein«, sagte ich.

Le Clerk zuckte mit den Schultern. »Das ist der Krieg, meine Liebe.«

Nach Kaffee und Kuchen brachte uns der Fahrer zum Amphitheater. Wir hatten Verspätung, und der Veranstaltungsort war bereits voll mit tausenden Soldaten, die begierig unsere Show erwarteten. Die Männer quetschten sich auf jedem verfügbaren Quadratzentimeter.

Wir schlüpften in unsere Kostüme und gingen schnell noch das Programm durch. Von den Dinner-Getränken hatte ich einen ganz matschigen Kopf, und ich warnte Jayne vor, dass mir keinerlei Abweichung vom Drehbuch möglich wäre. Ich hatte mit dem Whiskey meinen ganzen spontanen Witz runtergespült.

Gildas Gesicht war sehr gut durchblutet. Der Schweiß stand ihr in kleinen Tröpfchen direkt unterm Haaransatz.

»Zu viel gebechert?«, fragte ich sie.

Mit einem Taschentuch tupfte sie sich die Stirn. »Zu viel irgendwas.«

Violet sprang hilfreich herbei und legte ihr mütterlich eine Hand auf die Stirn. »Feucht und kalt. Mach mal den Mund auf.« Gilda gehorchte, und eine knallrote Zunge kam zum Vorschein. »Ich glaube, richtig krank bist du nicht, aber wenn du dich nicht danach fühlst, auf die …«

Gilda zog die Zunge wieder ein. »Nein. Mir geht's gut. Wirklich.« Sie hob einen Fuß, um sich andere Schuhe anzuziehen, und kam leicht ins Schwanken – was den anderen nicht auffiel, mir aber schon, und das hatte sie mitbekommen. Mit einem flehentlichen Blick bat sie mich, nichts zu sagen. Ich tat so, als würde ich meine Lippen mit einem Reißverschluss verschließen. Ich würde Stillschweigen bewahren. Fürs Erste.

Zu Beginn der Show hielten sich die Begeisterungsstürme noch sehr in Grenzen. Ich konnte aber nicht sagen, ob das Publikum wirklich so zurückhaltend war oder ob mir der Whiskey die Wahrnehmung vernebelte. Vermutlich war es eine Kombination aus beidem – immerhin hatten viele der Männer den ganzen Tag gearbeitet und saßen die Show jetzt ab, bis sie endlich schlafen gehen konnten. Trotz ihrer Unpässlichkeit gab Gilda alles. Bis zu »Boogie Woogie Bugle Boy« lief alles glatt. Wir kamen auf die Bühne und begannen mit dem Lied, dann sah ich einen Lichtblitz oben in den Klippen zu meiner Linken. Eine nach der anderen wurden wir von diesem Punkt abgelenkt. Bald drehten sich auch die Männer um und versuchten herauszufinden, was ihnen unsere Aufmerksamkeit entzog. Als das Lied auf seinen Höhepunkt zusteuerte, kam Bewegung in die Menge. Jemand zog eine Waffe, und eine Gruppe Männer kletterte mit befremdlicher Ruhe die schroffen Klippen hinauf. Weil wir nicht wussten, was wir sonst hätten tun sollen, sangen wir einfach weiter. Die Männer kamen nicht zurück. Wir brachten unseren Auftritt zu Ende und bekamen vom verbliebenen Publikum mäßigen Applaus.

»Was zum Teufel war das?«, fragte ich, als wir wieder hinter die Bühne gingen.

»Keine Ahnung«, sagte Jayne.

»Glaubst ihr, dass wir angegriffen worden sind?«, fragte Violet.

»Schüsse habe ich keine gehört«, sagte Kay. »Außerdem hätten sie uns bei einem Angriff doch nicht weitersingen lassen.«

Hoffentlich lag sie da richtig. Ein Teil von mir war

überzeugt, dass wir in den Augen der Militärs entbehrlich waren.

»Wo ist Gilda?«, fragte ich.

»Die ist los, um einen Exklusivbericht einzuholen«, sagte Violet. »Sie hat gesagt, sie ist in null Komma nichts zurück.«

Wir zogen unsere Alltagsklamotten an und warteten im Umkleidebereich auf sie. Als sie endlich wieder aufkreuzte, war sie im Gesicht noch röter als vorher.

»Drei Japaner haben uns von den Klippen aus zugesehen«, verkündete sie atemlos.

»Wollten die uns umbringen?«, fragte Violet.

Gilda lachte. »Nein, um Himmels willen! Die Männer haben gesagt, sie hätten sich heimlich, still und leise angeschlichen, um sich unseren Auftritt anzuschauen. Wir waren wahrscheinlich so fesselnd, dass sie noch nicht mal gemerkt haben, als die Gruppe Männer sich aufgemacht hat, um sie zu fangen.«

»Hat man sie denn gekriegt?«, fragte ich.

»Und ob. Dieser Erfolg wird jetzt uns zugeschrieben.«

»Waren sie bewaffnet?«, fragte Jayne.

Gilda zuckte mit den Schultern. »Hab ich vergessen zu fragen.«

»Wir sind Heldinnen«, sagte Violet. »Obwohl ich sagen muss – dass es nur drei waren, enttäuscht mich ein bisschen. Haben wir etwa nicht genug Talent, um einen ganzen Zug in unseren Bann zu ziehen?«

»Vielleicht sind die anderen abgehauen, als sie deine Witze gehört haben«, sagte ich.

»Warum das denn? Hatten sie Angst, dass meine Schlagfertigkeit sie umbringt?«

Wir stöhnten alle auf.

»Können wir jetzt endlich los und zurück nach Tulagi?«, fragte Jayne. »Mir gefällt die Vorstellung nicht, dass die Japsen uns da draußen zusehen. Ich find's hier unheimlich.«

Gilda sagte, in zehn Minuten würde uns ein Jeep zurück zum Flugplatz bringen. Auch ich hatte es eilig aufzubrechen, allerdings nicht aus den gleichen Gründen wie meine Freundin. Mir machte der Gedanke, dass die Japaner uns zugesehen hatten, keine Angst. Ich empfand sogar eher das Gegenteil. Ich war fasziniert von einem Feind, der für ein bisschen Amüsement so viel aufs Spiel setzte. Sie hätten die versammelte Menge jederzeit angreifen können, aber deswegen waren sie nicht gekommen. Was sagte es über sie aus, dass sie Zerstreuung und Vergnügen genauso zugeneigt waren wie wir? Gern hätte ich das die anderen Mädels gefragt, wusste aber, dass ich damit vermintes Gelände betreten würde. Schließlich wollte wirklich niemand hören, dass die Menschen, die wir töten sollten, genau so waren wie wir.

Vor der Garderobe stand eine Handvoll Männer, die auf eine Gelegenheit warteten, uns kennenzulernen. Wir schüttelten Hände, signierten Programmzettel und posierten mit den Allereifrigsten für ein paar Fotos, während sie uns für unser Verhalten während der Störung mit Lob überschütteten.

»Sie haben das einfach eiskalt durchgezogen«, sagte einer. »Ich habe sogar kurz geglaubt, das Ganze gehört zur Darbietung.«

»Rosie ist bekannt dafür, im Angesicht der Gefahr

Ruhe zu bewahren«, hörte ich eine Stimme. Ich drehte mich um, und vor mir stand Pfirsich, die Mütze in der Hand.

»Hallo«, sagte ich, und meine eiskalte Hülle schmolz, als mir die Hitze zu Kopf stieg. »Du hast wahrscheinlich Billy getroffen.«

»Wahrscheinlich schon«, sagte er. »Er hat mich gebeten, dir das hier zu geben.« Er reichte Jayne einen dicken mehrseitigen Brief, der sich weigerte, zusammengefaltet zu bleiben. »Er wollte selbst kommen, aber sie haben ihm den Wunsch, entlassen zu werden, abgeschlagen.«

Strahlend zog Jayne sich zurück, um sich den Blätterberg noch an Ort und Stelle einzuverleiben. Als wäre der Ballast, den wir beide mitschleppten, deutlich spürbar, ließ die Menge von uns ab und richtete ihre Aufmerksamkeit auf die drei verbliebenen Künstlerinnen.

»Du siehst gut aus«, sagte ich. Tat er tatsächlich. Seine Haut hatte wieder Farbe angenommen, und auf seinem Gesicht zeigten sich der Friede und die Erschöpfung, die ein ausgefüllter Arbeitstag mit sich bringt. In seinen Augen lag dieses verschmitzte Glitzern, das mich damals so angezogen hatte, und seine Aussprache hatte immer noch die gedehnte Südstaaten-Würze seiner Heimat Georgia.

»Du auch«, sagte er.

»Eigentlich wollte ich dir schreiben«, sagten wir unisono und brachen in Lachen aus, als wir uns die Worte des jeweils anderen nachplappern hörten.

»Eigentlich wollte ich das gar nicht«, sagte ich.

»Ich auch nicht«, sagte Pfirsich.

»Mein Gott«, sagte ich, »und ich habe gedacht, das

hier würde eine peinliche Situation. Ich kann's kaum glauben.«

»Sollen wir noch mal von vorne anfangen?«

Mit einer Handbewegung gab ich die Erlaubnis dazu. »Von Herzen gern.«

Er atmete lange und tief ein und drehte die Handflächen nach oben. »Du bist die Letzte, mit der ich hier gerechnet hätte.«

»Geht mir genauso.«

»Ich war mir sicher, es läge an der Gehirnerschütterung, als Billy sagte, er habe euch getroffen.«

»Wäre dir so wahrscheinlich auch lieber gewesen, oder?«

Er antwortete nicht. Ich glaube, das wäre ihm keinesfalls lieber gewesen. Nicht an meiner Anwesenheit hatte er etwas auszusetzen, sondern höchstens daran, wie ich mich ihm gegenüber verhielt.

»Wie auch immer«, sagte er. »Ich dachte, ich sag mal kurz hallo, bevor wir uns zufällig über den Weg laufen. Die Inseln sind nämlich kleiner, als man annimmt.«

»Das merke ich langsam auch.« Der Jeep fuhr vor, der Fahrer sprang vom Sitz und fing an, unsere Kostüme zu verstauen. Wenn ich Pfirsich wegen Jack fragen wollte, musste ich es jetzt tun. »Hör mal …«

»Ihr müsst los, richtig?«

Ich nickte.

Er berührte mich mit geschlossener Faust leicht an der Schulter. »Gute Reise. Wenn ich Glück habe, stoße ich noch mal auf euch.«

Er wandte sich zum Gehen, und ich griff nach seinem Handgelenk. Er sah auf die Stelle, wo meine Finger ihn berührten, und ich wusste, dass er die Situation falsch interpretierte. So schnell, wie ich zugegriffen hatte, zog ich die Hand wieder zurück.

»Ich muss dich etwas fragen«, sagte ich.

In seinen Augen schien Hoffnung auf, und ich hasste mich mehr als je zuvor. Alles ging schief. Jetzt konnte ich sagen, was ich wollte: Für ihn musste es so aussehen, als würde ich mit ihm spielen, und das war das Letzte, was ich wollte.

»Schieß los«, sagte er.

Kay und Violet stiegen in den Jeep. Ich sah die günstige Gelegenheit schwinden. Ich hätte jetzt die Klappe halten können und damit seiner Fantasie, die ich fälschlicherweise schon in der Stage Door Canteen beflügelt hatte, neue Nahrung geben, oder aber endlich einmal mutig sein, mir das Schäkern sparen und ihn das fragen, was ich unbedingt wissen wollte.

»Was ist denn, Rosie?«

Ich fuhr mir mit der Zunge über die Lippen und sprang ins eiskalte Wasser. »Hast du was von Jack gehört?«

Das Licht verschwand aus seinen Augen, als ob sein Gesicht von einem Streichholz erleuchtet gewesen wäre, das ich ausgepustet hatte. »Das ist es, was du wissen willst?«

Ich nickte. Mich für das schlechte Timing zu entschuldigen, war sinnlos. Es sprach für sich.

Pfirsich machte einen Schritt auf mich zu. »Bist du dir sicher, dass du das wissen willst?« Seine Stimme war kalt, und ich hätte schwören können, dass ein Lächeln seine Mundwinkel umspielte.

»Ja«, hauchte ich.

»Er ist tot.«

14 Begrab die Toten

»Und was hat er dann noch gesagt?«, fragte Jayne.

Wir waren wieder auf Tulagi und kauerten auf meinem Feldbett, während ich das Gespräch mit Pfirsich wiedergab. Wir waren nicht alleine. Die anderen standen um uns herum und forderten eine Erklärung für mein seltsames Schweigen während des gesamten Heimflugs.

Heimflug. Merkwürdig, wie schnell man einen neuen Ort als Heimat bezeichnete.

»Vor drei Wochen haben sie seinen Leichnam in die Staaten überführt.« Ich barg meinen Kopf in den Händen. Gerne hätte ich geweint, aber bis jetzt war noch nicht eine Träne geflossen.

»Moment, ich komme nicht mit«, sagte Violet. »Mit wem hast du da gesprochen?«

Heldenmütig übernahm Jayne die Aufgabe, ihr mein verworrenes Leben zum wiederholten Mal aufzudröseln. »Das war Pfirsich, den Rosie in der Stage Door Canteen in New York kennengelernt hat.«

»Das war der, der sich in sie verknallt hat, als er noch dachte, sie hieße Delores«, sagte Kay.

»Alles klar«, sagte Violet.

»Noch mal von vorne: Warum hat Jacks Einheit ihn überhaupt verfolgt?«, fragte Gilda.

»Vor ein paar Monaten ist Jacks Schiff verschwunden«, sagte ich. Der nüchterne Tonfall meiner Stimme schockierte mich. Ich hätte auch eine Kriegsreporterin sein können, die von den Tragödien anderer Leute berichtete. »Man hat die gesamte Besatzung verloren geglaubt, aber Jack und sein Offizier haben überlebt. Kurz nach ihrer Rückkehr hat Jack angefangen, Lärm zu schlagen. Er hat behauptet, das Geschehene sei kein Unfall gewesen – die Männer seien vielmehr von ihrem Offizier ermordet worden. Anscheinend war an der Behauptung etwas dran, denn der Offizier hat beschlossen, Jack zum Schweigen zu bringen. Aber Jack konnte entkommen und hat sich eine Zeit lang irgendwo auf der Insel versteckt. Aber vor einem Monat oder so wurde sein Versteck bekannt. Sie haben ihn aufgestöbert, ihn richtiggehend gejagt, und er ist ins Wasser gegangen. Dort wurde er von Haien angegriffen, aber es ist nicht sicher, ob das vor oder nach seinem Tod war. Offiziell heißt es: Tod durch Ertrinken.«

Sogar nachts war die Welt um uns herum voller lebhafter Farben – Grün-, Gelb- und Brauntöne, von denen ich vergessen hatte, dass sie ursprünglich der Natur entstammen und vom Menschen nur kopiert werden und nicht andersherum. Es war ein so schöner, perfekter Ort, und ich konnte nicht glauben, dass er derselben Welt entsprang wie die Geschichte, die Pfirsich mir erzählt hatte. Konnte Jacks Ende wirklich so ausgesehen haben? Gestorben nicht durch die Hände seines Offiziers und nicht auf einem Kriegsschiff, sondern in haiverseuchten Gewässern, getötet von Tieren, die am Ausgang des Krieges nicht das geringste Interesse hatten?

Mit geschlossenen Augen versuchte ich, mir die Situation vorzustellen. Es musste schrecklich dunkel gewesen sein. Jack, der mit seinem noch vom ersten Attentatsversuch verwundeten Bein durch die dichte Vegetation hetzt und weiß, dass er seine Verfolger nicht wird abschütteln können. Ein Schuss fällt, und ein frischer Schmerz fährt ihm jäh in den Körper und macht die Hoffnungslosigkeit seiner Flucht offenkundig. Da beschließt er, es nach Hollywood-Art zu machen, ins Wasser zu springen, unterzutauchen und erst dann zum Luftholen hochzukommen, wenn sicher ist, dass ihn die Blicke der Verfolger nicht mehr erhaschen können. Vielleicht geht die Rechnung sogar auf, und sie lassen von ihm ab, weil sie ihn für ertrunken halten. Begeistert davon, wie gut sein Plan funktioniert, schwimmt Jack zum Ufer zurück, nur um auf eine Tatsache gestoßen zu werden, die man ihm bei der Marine wirklich hätte beibringen sollen: Zu Wasser ist es genauso gefährlich wie zu Land.

Es kam mir so zynisch und traurig vor. Wenn er schon sterben musste, hatte er dann nicht wenigstens einen Heldentod verdient?

»Könnte es sein, dass er dich angelogen hat?«, fragte Jayne.

Ich fror, obwohl es ein warmer Abend war. Immerhin irgendeine Reaktion. »Pfirsich? Sicher nicht. Warum sollte er?«

»Ihm liegt offensichtlich noch etwas an dir«, sagte Jayne. »Vielleicht denkt er, dass er eine Chance bei dir hat, wenn er erzählt, dass Jack tot ist.«

Als ob ich so unwiderstehlich wäre. »So grausam ist er nicht. Außerdem wäre die Wahrscheinlichkeit, dass das genaue Gegenteil eintritt, viel zu hoch.«

»Aber wir haben nie etwas von dieser Geschichte gehört.«

»Hätten dir seine Verwandten nicht Bescheid gegeben?«, fragte Kay.

Ich schüttelte den Kopf. Jacks Eltern hatten für mich noch nie etwas übrig gehabt. Sie wohnten in der Upper East Side und hatten große Bedenken, dass ich als Schauspielerin aus dem Village ihren Sohn in die Ehe locken würde. Außerdem besagte ihr letzter Kenntnisstand, dass wir nicht mehr zusammen waren. Ich wäre die Letzte, die sie kontaktiert hätten.

»Wir touren jetzt seit zwei Wochen, und davor waren wir auf dem Schiff. Pfirsich hat gesagt, dass man den Vorfall unter Geheimhaltung gestellt hat.« Und ich war nicht wachsam gewesen. Monatelang hatte ich täglich die Zeitungen durchgesehen, ob Jacks Name unter denen der Gefallenen oder Vermissten war. Aber als ich dann wusste, dass er vermisst wurde, obwohl das nie in irgendeiner Zeitung gestanden hatte, hielt ich die Presse nicht mehr für glaubwürdig. Anschließend hatten wir uns auf diesen blöden Plan verlegt, uns auf die Suche nach ihm zu begeben, und völlig übereilt die Staaten verlassen. Die Möglichkeit, dass es überhaupt nichts mehr zu finden gab, hatte ich noch nicht mal in Betracht gezogen.

»Ich wette, es ist ganz schnell gegangen«, sagte Violet. »Soweit ich weiß, ist Ertrinken eine der einfachsten Todesarten.«

»Es ist friedlich«, sagte Kay.

Sie logen, alle beide, aber ich war ihnen für den Versuch trotzdem dankbar.

»Wir kriegen es sicher hin, dass du nach Hause fahren kannst«, sagte Gilda. »Unter diesen Umständen schickt die USO dich bestimmt zurück. Und wenn sie sich wegen des Geldes anstellen, bezahle ich die Rückreise. In Ordnung?«

Mich überlief ein Schauder. Es klingt fürchterlich, aber mein vordringlichstes Gefühl in diesem Moment war Erleichterung. Das große Rätsel, das ich jetzt seit Monaten zu lösen versuchte, war endlich gelöst. Jack war tot. Ende der Geschichte. Abspann. »Ich will nicht nach Hause«, sagte ich.

»Bist du sicher?«, fragte Jayne.

»Absolut.«

Alle wollten ins Bett, das wusste ich, aber stattdessen gingen wir an diesem Abend zu fünft an den Strand und kippten ein paar warme Biere, während ich im nassen Sand ein Loch buddelte und das Foto von Jack begrub.

»Ich glaube, ich möchte einen Augenblick alleine sein«, sagte ich dann der Gruppe. Ich versicherte ihnen, den Weg zum Zelt zu finden, und langsam zog eine nach der anderen von dannen. Jayne, die bestimmt nur mein Wohlergehen sicherstellen wollte, blieb am längsten. Sie war seit dem Abend, an dem ich Jack kennengelernt hatte, dabei gewesen und mit mir durch alle Turbulenzen dieser Beziehung gegangen. Aber das hier musste ich alleine schaffen. Das ging nur Jack und mich etwas an.

»Ich hätte schreiben sollen«, sagte ich zu einem Sandhaufen, sobald ich mir sicher war, wirklich alleine zu sein. »Ich hätte dir sagen sollen, dass ich dich liebe. Ich hätte begreifen müssen, dass es nichts mit mir zu tun hatte, als du zur Armee gegangen bist. Ich wünschte, du hättest versucht, mir das zu erklären. Aber wer weiß, ob es einen Unterschied gemacht hätte …« Ich hielt inne. Wäre die Sache dann wirklich anders ausgegangen? Wäre er vorsichtiger gewesen, wenn er gewusst hätte, dass ich ihn liebte und sein Tun respektierte? Hätte er seinen Mund gehalten? »Du sollst bitte einfach wissen, wie leid es mir tut.«

Die Worte kamen mir schrecklich unangemessen vor. Als ich sie laut aussprach, hoffte ich, die Tränen herauszuzwingen, die eigentlich schon so lange fließen wollten, aber sie verhielten sich weiter bockig. Ich saß im Schneidersitz im Sand, schloss die Augen und versuchte, den Jack heraufzubeschwören, den ich gekannt hatte. Ich hatte ihn bei der Premierenfeier eines Stücks kennengelernt, in dem er und Jayne mitgespielt hatten. Sie war zu dieser Zeit schon mit Tony zusammen, erzählte mir aber trotzdem jeden Abend von diesem tollen Schauspieler, mit dem sie sich die Bühne teilen durfte. Witzig sei er und begabt, und er sehe auch noch gut aus. Als ich ihn dann endlich selbst in Augenschein nahm, verkündete sie sofort, er sei der perfekte Mann für mich. Womit ich nicht übereinstimmte. Nach unserer ersten Unterhaltung war ich davon überzeugt, dass er verwöhnt, arrogant und nicht halb so lustig war, wie er selbst sich fand. Er erzählte mir später, dass er mich als kalt wahrgenommen habe, meinen Humor als gemein und beißend und meine Größe, ehrlich gesagt, überwältigend – obwohl er es schaffte, mich um einiges zu überragen. Ich weiß nicht, weshalb er von seiner Meinung abwich, aber ich weiß genau, was meinen Blick auf ihn ein für alle Mal veränderte. Irgendwann schaute ich mir nämlich das Stück an, in dem er zusammen mit Jayne spielte, und wie er sich auf der Bühne bewegte und Worte sagte, die nicht die seinen waren, bekam ich einen Schimmer von dem Mann zu sehen, der er wirklich war. Ich kann es nicht anders beschreiben, als dass er sich auf der Bühne entblößte, und mir wurde klar, dass der Mann, mit dem ich gesprochen hatte, die Figur und der Mann, dem ich zusah, der wirkliche Mensch war.

»Warum hast du nicht den Mund gehalten?«, fragte ich den Sandhaufen. »Wer hat dich zum Ehrenretter der Männer bestimmt, die sowieso schon tot waren? Sie brauchten dich doch nicht mehr. Sie waren doch schon tot. Und das bist du jetzt auch, und niemand ist mehr *deine* Stimme. Du bist für nichts und wieder nichts gestorben. Hörst du mich? Für nichts.«

»Rosie?«

Candy Abbott stand kaum einen Meter vor mir, und ihre Taschenlampe malte einen Vollmond in den Sand.

»Ist alles in Ordnung bei dir?«, fragte sie.

Ich lächelte sie schwach an. »Ich brauchte nur ein bisschen Zeit für mich alleine.«

»Oh.« Um nicht weiter zu stören, drehte sie auf dem Absatz um.

»Schon okay«, sagte ich. »Ich meine, es ist schön, dass du da bist. Was machst du so spät hier draußen?«

Sie rückte den ledernen Tornister zurecht, der über ihrer rechten Schulter hing. Er sah schwer aus, vielleicht nahm ich aber auch die Last einer anderen Bürde wahr. »Ich wollte wohl auch etwas alleine sein. Ich konnte nicht schlafen und dachte, ein Spaziergang könnte helfen.«

»Wie bist du denn durch die Ausgangssperre gekommen?«

»Amelia wartet, bis sie glaubt, dass wir schlafen. Dann verduftet sie. Es gibt Gerüchte, dass sie was mit Late Nate hat.« Sie unterzog mich einer näheren Betrachtung. »Bist du sicher, dass es dir gutgeht?«

»Ich habe schlechte Nachrichten von jemandem erhalten, der mir mal viel bedeutet hat.«

»Das tut mir leid.«

Mit der Hand fuhr ich über den Sand, unter dem das Foto lag. Sollte ich die Stelle mit einem Grabstein markieren, oder war es besser, sie einfach in Vergessenheit geraten zu lassen? »Ich dachte, wenn ich ein Bild von ihm beerdige, hilft mir das vielleicht beim Abschiednehmen.«

»Und, funktioniert's?«

»Noch nicht.«

Sie ging neben mir in die Hocke. »Ich weiß, es klingt abgedroschen, aber ich weiß, wie du dich fühlst. Ich habe gerade erfahren, dass eine Freundin von mir ums Leben gekommen ist.«

»Irene?«, fragte ich.

Sie schaute überrascht. »Woher weißt du davon?«

»Kay hat's mir erzählt.«

Die Überraschung wich einer Enttäuschung, die sie so häufig zu erleben schien, dass sie sich schon tief eingegraben hatte. »Ich kann's nicht fassen, dass sie mir gegenüber noch kein Wort darüber verloren hat. Jetzt renne ich schon den ganzen Abend durch die Gegend und überlege mir, wie ich es ihr beibringen soll.«

Ich war nicht in der Stimmung, auch noch mit dem Päckchen fertig zu werden, das Kay und Candy mit sich herumschleppten. Candy schien das zu spüren und setzte sich, anstatt auf dem eingeschlagenen Weg weiterzugehen, neben mich in den Sand. »Wen hast du verloren?«

»Einen Freund. Na ja, er war mehr als das. Sehr viel mehr sogar, bevor er zur Armee gegangen ist. Seitdem allerdings noch nicht mal mehr das.«

Sie nickte verständnisvoll. »Aber irgendwann hast du gemerkt, dass er alles für dich ist, stimmt's?«

Ich nickte. »Und jetzt weiß ich nicht, was ich empfinden soll. Da ist diese entsetzliche Leere in mir, die mir so respektlos vorkommt. Und ich bin so wütend auf ihn. Ich sollte wenigstens weinen können, oder nicht?«

»Du hast einen Schock erlitten. Das ist völlig normal. Wenn du so weit bist, kommen die Tränen schon.«

»Ich habe so oft die Trauernde spielen müssen, aber egal, wie viele Tränen ich auf der Bühne vergossen habe, ich glaube nicht, dass das, was ich mir da abgerungen habe, auch nur im Entferntesten an das Gefühl echter Trauer herangekommen ist.«

»Hast du schon mal jemanden verloren?«

»Meinen Vater, aber da war ich noch zu jung, um irgendetwas zu empfinden. Und vor ein paar Monaten ist ein Mann ermordet worden, für den ich gearbeitet habe. Um ihn zu weinen ist mir überhaupt nicht schwer gefallen.« Ich fuhr mit den Fingern durch den nassen Sand und erfand verschnörkelte Buchstaben, die nichts mit dem lateinischen Alphabet zu tun hatten.

»Das ist auch etwas anderes«, sagte Candy.

Sie hatte recht. Jeder, der jemanden kannte, der eingezogen wurde oder sich freiwillig meldete, musste mit der Möglichkeit rechnen, dass derjenige nicht zurückkam. Irgendwie bereitete man sich unterbewusst auf das Unausweichliche vor und verkniff sich dabei jede Gefühlsregung – ähnlich einem Eichhörnchen, das für den Winter einen Nussvorrat anlegt.

Sie nahm meine Hand. »Das Letzte, was du jetzt tun solltest, ist, dir selbst Vorwürfe zu machen, weil du nicht richtig trauerst.«

Das aber war so viel einfacher als die Trauer zuzulassen, die direkt unter der Oberfläche lauerte.

Candy erbot sich, mich zum Zelt zurückzubringen. Ich war dankbar für die Gesellschaft, vor allem, als mir klar wurde, dass ich keine Ahnung hatte, wo ich hinlaufen sollte. Als wir uns meinem Heim fernab der Heimat näherten, zeichneten sich hinter den erleuchteten Zeltplanen Schattenrisse ab.

»Ist da ein Mann in eurem Zelt?«, fragte Candy.

»Würde mich nicht überraschen.«

Tatsächlich führten vor der kargen Illumination unserer einsamen Glühbirne ein Mann und eine Frau ein Stück Schattentheater auf. Gerade als ich Candy gute Nacht sagte, rannte der Mann eilig aus dem Zelt, dessen Ausgang sich auf der von uns abgewandten Seite befand.

Ich betrat unser Lager und traf Kay alleine an. »Wo sind denn alle?«, fragte ich.

»Spanky und seine Jungs haben sie entführt. Er hat versprochen, sie nach einem Bier wieder zurückzubringen.« Sie tauchte einen Waschlappen ins Becken und wischte sich übers Gesicht.

»Jayne auch?« Ich hoffte, man hörte es mir nicht an, aber ich war enttäuscht, dass sie nicht auf mich gewartet hatte. Ich wusste, ich konnte nicht von ihr verlangen herumzusitzen, während ich Trauer blies, aber es sah ihr gar nicht ähnlich, es nicht zu tun.

»Nein, Jayne ist dich suchen gegangen. In Begleitung zweier Männer. Ich glaube, der eine war dein Freund von heute.«

»Pfirsich?«

»Genau der.«

Warum war er nach Tulagi gekommen? Ärgerte er sich, dass er nicht Zeuge meines Zusammenbruchs geworden war? »Was wollte er hier?«

»Soweit ich das mitbekommen habe, wollte er dich um Verzeihung bitten.«

Ich ballte die Hand so fest zur Faust, dass sich die Nägel in die Handfläche gruben. »Dann ist er hier falsch.«

Was, wenn Kay ihn nicht richtig verstanden hatte? Vielleicht wollte er gar keine Vergebung, sondern mir sagen, dass er etwas in den falschen Hals bekommen hatte und Jack noch lebte.

»Wenn du mit ihm sprichst, weißt du mehr«, sagte Kay. »Es könnte ganz hilfreich sein, deine Wut gegen jemanden zu richten. Dann kommt vielleicht die Trauer raus.«

Oder Jayne hatte recht und Pfirsich hatte sich die ganze schreckliche Geschichte nur ausgedacht, um mich zu verletzen.

»Hast du irgendeine Ahnung, wo sie hingegangen sind?«, fragte ich.

»Zum Strand, denke ich.«

Ich stürzte zurück in die Nacht. Im schwachen Licht des Mondes lief ich den Pfad zum Strand hinunter.

»Rosie!«, hörte ich Jayne.

Pfirsich und Billy waren bei ihr. Ich rechnete damit, dass sie begeistert verkündete, welch' furchtbares Missverständnis es gegeben habe – aber das passierte nicht.

Der Tod ließ sich nicht rückgängig machen.

»Kay meinte, ihr sucht mich«, sagte ich. Ich konnte Pfirsich nicht in die Augen sehen, weswegen ich alle anderen ansprach, nur nicht ihn.

Jayne ließ Billys Hand los und schob Pfirsich sanft in meine Richtung. »Pfirsich möchte mit dir reden.« Sie mussten sich, während sie nach mir gesucht hatten, schon über den Grund für seinen Besuch unterhalten haben, da Jayne kein Problem darin zu sehen schien, ihn mit mir allein zu lassen. Vielleicht hatte auch Billy sie dazu überredet. Immerhin dürfte sie sich danach verzehren, allein mit ihm zu sein.

»Ich weiß aber nicht, ob ich mit ihm reden will«, sagte ich.

»Bitte«, sagte Pfirsich. »Fünf Minuten. Danach lasse ich dich ein für allemal in Ruhe.«

Jayne riss flehentlich die Augen auf. Ich fühlte mich von ihr verraten, so ungeduldig, wie sie mich loswerden wollte.

»Na gut.« Ich spreizte die Finger. »Fünf Minuten.«

»Wir gehen zum Zelt zurück«, sagte Jayne. »Kommt doch nach, sobald ihr fertig seid.«

Wir warteten, bis sie mit Billy hinter der nächsten Biegung verschwunden war, und gingen dann zusammen zum Meer. »Wie bist du hierhergekommen?«, fragte ich.

»Ich bin Pilot, vergessen?«

»Und du kannst dir immer frei nehmen, wenn dir danach ist?«

»Das nicht, aber ich fand das hier wichtig genug, um ein, zwei Vorschriften zu umgehen.«

»Ich bitte dich – um was geht's denn eigentlich? Hast du dich schuldig gefühlt wegen heute, oder hat sich dein Freund nach Jayne gesehnt, und da bist du eben mitgekommen?«

Er blieb stehen. »Warum musst du so schlecht von mir denken?«

»Weil du mir keine andere Wahl gelassen hast.« Ich schlang die Arme um mich und zitterte in der Nachtluft. »Du hast noch vier Minuten. Wenn du da bist, um mir etwas zu sagen, dann sag's.«

In jeder Hand hielt er einen seiner Schuhe. Die Socken hatte er hineingestopft, und als eine Windbö kam, wedelten sie wie die Stummelschwänze kleiner Hunde. »Ich hätte dir das mit Jack nicht so sagen sollen.«

»Um den heißen Brei herumzureden hätte auch niemandem geholfen.«

»Vielleicht, aber ich hätte es auch anders sagen können. Es hat mich verletzt, als du nach ihm gefragt hast, und da wollte ich dich auch verletzen.«

»Das habe ich mir schon gedacht.«

»Dieses Vorgehen ist unverzeihlich.« Nein – der Tod war unverzeihlich. »Sobald ihr weg wart, ging mir nicht mehr aus dem Kopf, wie du mich angeschaut hast, als ich es dir gesagt hatte. Ich weiß, was und wie ich es dir gesagt habe, wirst du so schnell nicht vergessen, aber ich wollte, dass du weißt, wie leid mir beides tut: wie ich mich verhalten habe und dass du ihn verloren hast. Er war ein guter Mann, Rosie.«

Nach allem, was an diesem Tag geschehen war, überraschte mich Pfirsichs Entschuldigung am meisten. »Danke.« Ich holte tief Luft und war erleichtert, endlich Tränen in meinen Augenwinkeln aufsteigen zu spüren.

»Ich sollte wohl besser gehen. Du musst erschöpft sein.«

Ich fand keine Worte und schüttelte nur den Kopf.

»Soll ich dableiben?«

Ich nickte mit geschlossenem Mund. Wenn ich ihn öffnete, würde ich sicher nie mehr aufhören können zu schluchzen.

Pfirsich ließ die Schuhe fallen und zog mich sanft an seine Brust. Ich barg das Gesicht in seiner Armbeuge und heulte, bis ich heiser war.

15 Der Ehrengast

Wer jemals behauptet hat, am nächsten Morgen sähe alles wieder besser aus, gehört erschossen. In meinen Augen sah am nächsten Morgen alles eher noch trostloser aus. Wahrscheinlich, weil ein schwerer Regenguss über der Insel niederging und den Boden zu dickem, undurchdringlichem Matsch werden ließ. Ein Blitz erhellte den Himmel über unserem Zelt, und das warnende Donnergrollen ahmte derart perfekt das Krachen der Bomben nach, dass es mir den Atem verschlug. Das durchs Zeltdach tropfende Wasser machte offenkundig, wie viele kleine Löcher die Sonne schon in den Stoff gebrannt hatte. Jemand hatte unsere Helme unter die undichten Stellen gestellt, und umgeben vom zähen Schweigen des Dschungels klang das *Pling-plopp, Pling-plopp, Pling-plopp* wie ein Trauerzug viktorianischer Leichenkutschen.

Ich hatte immer noch dasselbe an wie am Abend, und mein Mund sprach die deutliche Sprache dessen, der seit mindestens vierundzwanzig Stunden keine Zahnbürste mehr gesehen hat. Ich erinnerte mich vage, dass Pfirsich mich zum Zelt zurückgebracht und den Mädels dabei geholfen hatte, mich ins Bett zu stecken. Das Weinen hatte mich so erschöpft, dass er mich einen Gutteil des Weges hatte tragen müssen.

Ich rieb mir die Augen und sah mich nach meinen Kameradinnen um. Niemand da. An den Nagel, an dem sonst unser Ablaufplan hing, hatte jemand einen Zettel gepinnt:

Rosie,
wir dachten, du willst vielleicht ausschlafen. Wegen dem Wetter sind die Shows für heute abgesagt worden. Falls dir danach sein sollte: Wir proben in der Kantine. Ich steck was für dich zum Essen ein.

Jayne

P. S.: Wir haben einen Regenmantel für dich besorgt. Hängt neben dem Bett.

Mir war nicht nach proben, aber noch weniger war mir danach, im durchweichten Zelt zu sitzen und mich meinen freudlosen Gedanken hinzugeben. Ich zog mich an und streifte das Militär-Regencape über. Es bauschte sich wie der Umhang eines Gespensts. Als ich vors Zelt trat, sah ich Dutzende gleichgekleidete Männer und Frauen, und alle versanken wir in der Anonymität der Armeeklamotten.

Hatte Jack Regenzeug und einen Kampfhelm gehabt? Hatte er ein Kochgeschirr und dazu Essensrationen erhalten? Hatte er mehrere Exemplare der Navy-Unterhose besessen und Nähzeug mit weißem, blauem und kakifarbenem Garn? Wo waren seine Sachen jetzt? Verwendeten die Streitkräfte die Habseligkeiten eines Toten wieder oder zogen sie sie einfach ein, so wie die New York Yankees Lou Gehrigs Trikotnummer ein für allemal eingezogen hatten? Und was war mit dem Rest seiner Sachen, den Dingen, die er von zuhause mitgebracht hatte? All das wollte ich haben, als Zeugnis dafür, dass er hier gewesen war und sich nicht einfach mit der Sekunde, in der er in den Bus zum Marinehafen von Brooklyn gestiegen war, in Luft aufgelöst hatte. Ich brauchte diesen Beweis. Wenn ich nur genügend Andenken an ihn zusammentrug, wäre es vielleicht so, als hätte ich ihn zurück.

»Bist du's also doch!« Gildas Stimme setzte sich gegen den Wolkenbruch durch, dann schob sich ihre Hand aus dem Regencape und winkte mich zu sich herüber. »Ich war gerade auf dem Weg zum Zelt, um nach dir zu sehen.«

»Ist die Probe schon vorbei?«

»Wir machen Pause.« Sie sah schlechter aus als am Tag zuvor. Gerade, als ich mich nach ihrem Befinden erkundigen wollte, wurde der Regen noch heftiger und machte jede weitere Konversation unmöglich. Derartige Stürme gab es in New York nicht. Dort stemmten sich Beton und Asphalt gegen jeden Regenguss und verwandelten das Geräusch niedergehender Tropfen in etwas Industrielles, Menschengemachtes. Hier bekam man den Eindruck, als würde die Natur verzweifelt Anspruch auf das Land erheben – gegen alle Versuche, die Insel zu einer für Westler geeigneten Heimstatt zu machen. Der auf das PVC-Cape prasselnde Regen tat richtig weh: Jeder Tropfen gebärdete sich wie ein Stachel, der mit aller Macht die Schutzhülle durchdringen und sich in die Haut bohren wollte. Wir mussten unsere ganze Kraft zusammennehmen, um uns durch die Wasserwand voranzuarbeiten, die fest entschlossen schien, genau diesen Plan zu vereiteln. Schließlich erreichten wir die Kantine, wo die anderen Kaffee tranken.

»Seht mal, wen ich gefunden habe.« Gilda zog das Cape aus und wischte sich die Stirn trocken. »Puh! Hätte nicht gedacht, dass es noch schlimmer werden könnte. So einen Regen habe ich überhaupt noch nie erlebt.«

»Gewöhn dich dran«, sagte Kay. »Die Regenzeit steht vor der Tür.«

»Das meinst du nicht ernst, oder?«, fragte Violet.

Während sie noch über das Wetter der kommenden Monate spintisierten, half Jayne mir aus dem Regenmantel und zeigte mir, wo die anderen ihre zum Trocknen aufgehängt hatten.

»Hast du Hunger?«, fragte sie.

»Nein, eigentlich nicht.«

Ich wusste, dass ihr tausend Fragen unter den Nägeln brannten, aber Jayne hatte ein ausgeprägtes Gespür dafür, wann es besser war, ein Thema langsam einzukreisen als es direkt anzusprechen. »Heute Morgen war ich unsicher, ob ich bei dir bleiben sollte oder nicht.«

»Um mir beim Schlafen zuzusehen? Das ist nicht dein Job.« Die anderen schauten jetzt auch in meine Richtung. Genau wie Jayne wollten sie wissen, wie es mir tatsächlich ging. »Ist Pfirsich heute noch weggekommen?«, fragte ich.

»Ich glaube schon. Er ist noch vor dem Gewitter gestartet.« Sie riss an einem Fingernagel. Die Nägel der linken Hand hatte sie schon bis zum Nagelbett abgekaut. »Ich hoffe, du denkst nicht, dass wir dich gestern in eine Falle haben laufen lassen. Als er mir gesagt hat, warum er dich sprechen wollte, dachte ich, das solltest du dir vielleicht wirklich anhören.«

Ich schob mir die feuchten Haare aus dem Gesicht. »Mach dir keine Gedanken. Dieses Gespräch war das Beste, was passieren konnte.« Ich merkte, die Dämme könnten immer noch jeden Moment brechen, wollte der Regung aber nicht nachgeben. »Was probt ihr?«

Violet hörte meine Frage und tat nicht länger so, als

würde sie übers Wetter plaudern. »Wir suchen Material für eine neue Show. Ein paar Lieder haben wir schon rausgesucht, und Jayne hat eine tolle Idee für einen Tanz, aber bei allem anderen sind wir noch unsicher.«

»Das wäre?«

Offensichtlich hatten sie sich vor meiner Ankunft über irgendetwas gestritten, und Violet war dabei, den Kürzeren zu ziehen. Anstatt ihre Niederlage einzuräumen, hatte sie wohl beschlossen, dass meine Anwesenheit ihren Argumenten neuen Schwung geben sollte. »Meine Idee war, etwas Politisches in die Show einzubauen. Vielleicht ein, zwei Sketche, die sich über die Japsen oder die Krauts lustig machen oder so. Spanky und mir sind gestern Abend eine ganze Menge Witze eingefallen.«

Mein verkniffenes Gesicht entspannte sich. Ich fand die Idee gar nicht so schlecht. Bis jetzt war unsere Show eher von der Idee ausgegangen, der Krieg sei nichts anderes als eine einzige große Party. Warum nicht einfach mal Butter bei die Fische tun und sich ein bisschen über die Achsenmächte lustig machen? »Klingt gut. Wo ist das Problem?«

»Ich finde das gefährlich«, sagte Gilda. »Jayne auch.« Und was hielt Kay davon? Ich sah sie an, aber ihr Gesicht war ausdruckslos. Falls sie eine Meinung dazu hatte, war sie noch nicht gewillt, sie mitzuteilen.

»Und warum sollte es gefährlich sein?«, fragte ich.

»Weil die Männer zu uns kommen, um zu vergessen«, sagte Gilda. »Wenn wir anfangen, die Deutschen und die Japaner zu veräppeln, wird sie das nur daran erinnern, in welcher Gefahr sie schweben. Wollen wir das?«

»Glaubst du denn wirklich, dass sie all das vergessen,

nur weil wir über die Bühne wackeln und Lieder aus der Heimat singen?«, fragte Violet.

»Darum geht's doch gar nicht«, sagte Gilda. »Ich fürchte einfach, sie könnten den Eindruck gewinnen, dass wir die Gefahr, in der sie sich befinden, herunterspielen.«

»Das kann ich mir nicht vorstellen«, sagte Kay. Zu hören, wie sie sich auf Violets Seite schlug, schockierte mich. Stand denn seit gestern Abend die ganze Welt Kopf?

Gilda verschränkte die Arme, und ich konnte ihre Leinwandpersönlichkeit durchschimmern sehen, die darum kämpfte herauszukommen. »Du kannst nie wissen. Ein paar Dinge sind einfach heilig. Wie würdet ihr es denn finden, wenn die Deutschen Witze über dämliche amerikanische Soldaten machen würden?«

Violet lächelte. »Ich wäre erleichtert, wenn ich wüsste, dass die Krauts Sinn für Humor haben.«

»Und würde es dir genauso gehen, wenn du jemanden kennen würdest, der von ihnen getötet worden ist?«, fragte Gilda.

Violet kam nicht dazu zu antworten. Spanky und Mac hatten die Kantine betreten, und zwar nicht alleine.

»Entschuldigt die Störung, Ladys«, sagte Spanky. Mac schüttelte sich von Kopf bis Schwanz und bespritzte seine Umgebung mit Regenwasser. »Ich muss euch um einen Gefallen bitten. Eigentlich nicht ich, aber … ähm …«

Der Mann neben ihm hatte das Auftreten und die Uniformstreifen, die ihn als jemand Wichtigen auswiesen. »Was Funker Gallagher sagen möchte, ist, dass er diese Anfrage in meinem Namen an Sie richtet. Ich bin Colonel Reed Hafler vom 52. Jagdgeschwader.«

Wir stellten uns ebenfalls brav vor.

»Einige von uns haben seit gestern keine Starterlaubnis mehr bekommen, und wir haben gerade erst erfahren, dass dieses Camp auch Sie fünf beherbergt. Man hat mir gesagt, dass Sie wegen des Wetters nicht unterwegs sind, und ich hatte gehofft, dass wir Sie vielleicht dazu überreden können, eine Sondervorstellung für meine Männer zu geben.«

Dass Spanky von Colonel Hafler gründlich genug hatte, davon sprach sein Gesicht Bände. Der gute Colonel konnte seine Bitte noch so höflich vortragen – seine Idee war für Spanky von Anfang an nichts anderes als ein Befehl gewesen. »Falls Sie nach gestern zu ausgelaugt sind, verstehen wir das natürlich …«

»Nein«, sagte Gilda, »wir treten mit Freuden auf. Allerdings würden wir in diesem Fall darauf bestehen, das vor dem gesamten Camp zu tun. Man ist hier so freundlich, uns zu beherbergen, aber laut unserem Plan ist hier bislang noch nicht mal ein Auftritt vorgesehen. Ich würde unsere Gastgeber nur sehr ungern mit einer Vorstellung für eine exklusive Gruppe vor den Kopf stoßen.«

»Natürlich«, sagte Hafler. Mit gerunzelter Stirn wandte er sich an Spanky. »Wird denn der Regen nachlassen?«

»Ich sehe zu, was ich tun kann, Sir.«

»Tun Sie das, Gallagher, tun Sie das.« Hafler drehte sich auf dem Absatz um und marschierte aus dem Zelt.

Sparky wartete ab, bis er außer Reichweite war, und sagte dann: »Am liebsten würde ich ihm den Hals umdrehen.«

»Die sind also von der Air Force und keine Marineflieger?«, fragte ich.

»Ja. Sind nur zu zwölft, meckern aber rum, seit sie gestern angekommen sind. Sie haben ein paar VIPs dabei und hatten eigentlich nicht geplant, in Tulagi zu stranden.« Spanky zog ein Taschentuch hervor und trocknete sich den Schädel ab. »Ihr müsst das mit der Show nicht machen. Ihr seid nicht dazu verpflichtet.«

»Papperlapapp«, sagte Violet. »Wir tun unsere Schuldigkeit für die Rotweißblauen liebend gern.«

Der Nachmittag lag unter dem drückenden Schleier der Trauer. Ich glaube, wir probten, aber ob ich an den Proben wirklich teilgenommen habe, weiß ich nicht mehr. Ich gehe davon aus, dass mein Körper die Bewegungen ausführte, die ihm abverlangt wurden, während mein Geist in den Ozean tauchte und dessen Tiefen nach der Stelle auslotete, wo Jack seine letzten Augenblicke erlebt hatte. Was war das Letzte, was er gesehen, was er gehört hatte? An was hatte er gedacht, als er auf den Grund des Meeres sank? So wie ich Jack kannte, war er bestimmt wütend gewesen und hatte es als peinlich empfunden, sich aus seiner Zwangslage nicht selbst befreien zu können.

Falls er noch am Leben gewesen war, als der Hai angriff, hatte er sich aus Leibeskräften gewehrt. Da war ich mir hundertprozentig sicher. Er hatte bis zum bitteren Ende gekämpft. Wahrscheinlich gab es da draußen jetzt einen Hai, der von Jacks letzten Momenten bleibende Schäden davongetragen hatte. Ein fehlendes Auge. Einen verlorenen Zahn. Ein von einem Fußtritt gezeichneter Rücken. Konnte man ein Tier hassen? Ich glaube, ich tat es. Eine mir unbekannte, namenlose Kreatur, die nur um ihr eigenes Überleben kämpfte und ihren natürlichen Instinkten folgte, weckte meinen Blutdurst. Wenn ich gekonnt hätte, wäre ich ins Meer hinabgetaucht und hätte diesen Hai ausfindig gemacht.

Hatte Jack Angst gehabt? Es konnte gar nicht anders sein. Entgegen Kays und Violets Behauptungen musste Ertrinken eine schreckliche, von panischer Angst erfüllte Todesart sein. Wenn man sich dann noch eine frische Schusswunde und einen Haiangriff hinzudachte, musste Jack entsetzliche letzte Minuten gehabt haben. Nicht nur, dass der Tod unausweichlich gewesen war: Darüber hinaus konnte er ja alles andere als sicher gewesen sein, dass die Wahrheit über das ihm Widerfahrene je an die Öffentlichkeit gelangen würde. Jack war ein stolzer Mann gewesen, und ich konnte mir gut vorstellen, dass der Gedanke, wie seine Eltern von seinem ganz und gar nicht ehrenvollen Tod erfahren würden, für ihn grausamer war als alles andere.

»Woran denkst du?«, fragte Jayne in regelmäßigen Abständen.

»An nichts.« Ich war kurz angebunden und gereizt und sah mich nicht in der Lage, meine merkwürdig zusammenhanglosen Gedanken mit jemandem zu teilen, am allerwenigsten mit dem Menschen, der immer für mich da gewesen war.

Ich war es Jack schuldig, seiner Familie die Wahrheit über die Vorfälle zwischen ihm und seinem Offizier zu erzählen. Vielleicht könnte ich Pfirsich dazu bringen, ihnen in einem Brief darzulegen, was er wusste. Sie waren wohlhabend. Sie hatten Verbindungen. Sie konnten veranlassen, dass Jack Gerechtigkeit geschah.

»Wir sollten uns fürs Abendessen fertig machen, Rosie«, sagte Jayne.

Während ich mit meinen Gedanken ganz woanders gewesen war, hatte Gilda auch hier einen Pianisten aufgetrieben, und wir verabredeten uns eine halbe Stunde vor dem Vorhang am Amphitheater.

Ich ging mit den anderen zum Zelt zurück und zog mich fürs Dinner um. Wir waren noch vor den Neuankömmlingen am Haus des Hochkommissars. Die uns bereits bekannten Männer hießen uns nach einer Woche auf Reisen erneut willkommen. Meine Gedanken waren nicht mit mir im Raum. Stumpf starrte ich in jedes Gesicht und versuchte, auf den dazugehörigen Namen zu kommen. Jayne flüsterte einem der Männer etwas zu, worauf er mich am Arm zu dem mir zugewiesenen Stuhl führte. Konteradmiral Blake, der Mann mit den hellblauen Augen, der mich als Japsenliebchen ausgewiesen hatte, betrachtete mich mit amüsiertem Lächeln, und schweigend forderte ich ihn heraus, mich anzusprechen. Ich wollte die Wut, die ich empfand, unbedingt an jemandem entladen, und Late Nate eignete sich dafür so gut wie jeder andere. Als ob er spürte, dass ich schon verletzt war, ließ er mich in Ruhe und richtete seine Aufmerksamkeit auf Gilda. Mit einem Lächeln klopfte er einladend auf den Stuhl neben sich. Gilda zögerte, sicher weil sie hoffte, dass die neuen Gäste noch auftauchen und sie vor einem weiteren Mahl mit diesem unerträglichen Zeitgenossen bewahren würden. Dieses Glück wurde ihr nicht zuteil. Als die Piloten erschienen, beschäftigten wir uns bereits mit der Suppe, und die Tischordnung und damit auch unser Schicksal waren besiegelt.

Ich hörte die Männer noch bevor ich sie sah – was nicht nur am Klang ihrer Schritte und ihrem leisen Gemurmel lag, sondern am hörbaren Einatmen aller Frauen am Tisch. Mir fehlte die Kraft, mich umzudrehen, aber in Jaynes Gesicht fand ich die Bestätigung dafür, dass etwas Interessantes vor sich ging. Sie hatte die Augen weit aufgerissen, und ihr Mund formte einen perfekten Kreis.

Bitte, Gott, lass Jack am Leben sein. Mach, dass er hinter mir steht und sich entschuldigen will für den üblen Streich, den er uns gespielt hat. Bitte.

Als ich mich umdrehte, sah ich aber nur Colonel Hafler und einen anderen Mann, den ich sofort erkannte, obwohl ich ihn noch nie persönlich getroffen hatte.

»Van Lauer«, machte Jayne tonlos. Die Aufregung schwappte in Wellen um den Tisch, und sowohl Kay und Violet als auch Jayne schauten erwartungsvoll auf Gilda. Auch ich sah sie an, in der verzweifelten Hoffnung, jemanden so leiden zu sehen wie mich selbst. Dass es sich bei diesem Jemand um Gilda handelte, die ich eigentlich mochte, zählte nicht. Ich wollte sehen, dass ich nicht die Einzige war, deren Leben gerade auf den Kopf gestellt wurde.

Für eine Frau, die den Schock ihres Lebens kriegt, war sie erstaunlich gefasst. Ihr Körper war merkwürdig reglos, als würde sie in Erwartung der nächsten Ereignisse den Atem anhalten. Ein Anflug von einem Lächeln huschte über ihr Gesicht, bereit, sich im nächsten Moment entweder zu einem ausgereiften Grinsen oder einem Stirnrunzeln zu wandeln. Sie ließ Van nicht eine Sekunde aus den Augen und forderte ihn schweigend auf, das Wort zu ergreifen.

Dieser als Herzensbrecher Hollywoods titulierte Mann sah auf eine Weise gut aus, die einen noch gerade so glauben ließ, er sei erreichbar. Er war athletisch und passte perfekt in eine Uniform. Um einfach nur ein ganz normaler Mann zu sein, waren seine Augen vielleicht ein bisschen zu blau und seine Haare einen Hauch zu schwarz, aber auf der Leinwand ließ sich die Lüge, er sei der nette Nachbarsjunge, aus dem die Liebe deines Lebens geworden ist, leicht glauben. Während wir ihn begafften, stellte Hafler seine Männer vor. Ich hatte das Gefühl, im Kino zu sitzen, und betete darum, dass das hier nicht nur eine Samstagnachmittagsserie war, die auf einen Cliffhanger zusteuerte. Was würde der berühmte Filmstar als Nächstes tun? Würde er die von ihm verschmähte Ex begrüßen oder so tun, als ob er sie nicht kannte?

Ich an seiner Stelle hätte wahrscheinlich Letzteres getan. Und wenn nur Männer im Raum gewesen wären, hätte er vielleicht auch genau das getan. Aber als er vier Frauen sah, die sowohl ihn als auch die Misslichkeit der Situation erkannten, gelangte er zu der Überzeugung, Gilda herzlich begrüßen zu müssen, wollte er nicht geteert und gefedert werden.

»Gilda«, sagte er mit dieser seiner wundervollen Stimme, die schon so viele Leinwanddamen darum hatte betteln lassen, seine Ehefrau werden zu dürfen. Sein Lächeln rief die Grübchen hervor, die ihn jünger aussehen ließen, als er tatsächlich war. »Wie schön, dich zu sehen. Ich habe schon gehört, dass du auf Tournee bist.«

Sie spiegelte sein künstliches Lächeln, und ich war bass erstaunt, was für eine wirklich hochgradig talentierte Schauspielerin sie war. »Van, wie ich mich freue, dich heil und gesund zu sehen.« Sie stand auf, und er gab ihr auf beide Wangen einen Kuss.

»Ich habe gehört, du trittst heute Abend für uns auf«, sagte Van.

Mit einer weit ausholenden Armbewegung zeigte Gilda auf den Rest von uns. »Wir alle. Ich bin ja nicht die Einzige in der Show.«

»Das nicht, aber du bist der Star, oder nicht?«

Darauf antwortete Gilda nicht, aber die Anspannung, die diese Bemerkung in ihr auslöste, war mit Händen zu greifen. Konteradmiral Blake stand auf und führte unsere Gäste zu den freien Stühlen. »Bitte verzeihen Sie, dass wir schon ohne Sie angefangen haben, meine Herren. Die Damen waren darauf bedacht, noch genügend Zeit für die Vorbereitung ihres Auftritts zu haben.«

»Wir sind diejenigen, die sich entschuldigen müssen«, sagte Van mit einem Augenzwinkern. »Ich weiß natürlich, dass es sich nicht gehört, eine Dame warten zu lassen.«

Das Abendessen gestaltete sich unerfreulich. Diejenigen, denen die Spannung zwischen Gilda und Van bewusst war, machten Überstunden, sie auf jede erdenkliche Weise abzulenken. Eine Zeit lang bildete Violet das Zentrum der Aufmerksamkeit, indem sie Van mit Fragen zu seiner Karriere bombardierte, die ihr sehr wahrscheinlich herzlich egal war. Als ihr die Fragen ausgingen, übernahm Kay und befragte die Air-Force-Offiziere über ihre Einsatzorte und -ziele. Diese Unterhaltung hätte bis Neujahr weitergehen können, war aber für unsere sonstige Tischgesellschaft nicht ausreichend interessant. Der wegen des Eintreffens von Gildas Ex-

Freund übellaunige Late Nate beschloss, den Neuankömmlingen die Aufmerksamkeit zu entziehen und sie auf mich zu richten.

»Haben Sie immer noch so viel Mitgefühl mit den Japanern, Miss Winter?«

Auch wenn er sich eine Obstschale auf den Kopf gesetzt und Merengue getanzt hätte, wäre die Runde nicht schneller abgelenkt gewesen.

»Ich glaube, Sie haben mich an jenem Abend missverstanden«, sagte ich. Die Wut, die ich an ihm hatte abreagieren wollen, kam in heißen, heftigen Wellen zurück.

»Denken Sie also doch, dass die Japaner barbarische Wilde sind?«

Hilfesuchend sah ich zu den anderen, aber die Erleichterung, dass es nicht mehr um Gilda und Van ging, war so groß, dass niemand erpicht darauf war, mir beizuspringen. Sogar Jayne schien vergessen zu haben, dass ich kurz vor dem Abgrund stand und jederzeit stürzen konnte. »Konteradmiral Blake, ich denke, dass sie Menschen sind. Nicht mehr und nicht weniger.«

»Tatsächlich? Und würden Sie genauso denken, wenn Ihr Mann oder Freund durch ihre Hände ums Leben gekommen wäre? Nicht einfach nur ums Leben gekommen, sondern auseinandergerissen und auf qualvollste Art zum Leiden und Sterben liegengelassen?«

Ich sprang auf, um mich auf ihn zu stürzen. Wenn er wissen wollte, was Leiden war, würde ich es ihm zeigen.

»Rosie!« Jayne hielt mich am Arm fest und bog ihn nach hinten.

Mein Blick bohrte sich weiter in Late Nate und machte ihm wortlos klar, was ich ihm gerne laut gesagt hätte. Jayne verdrehte mir den Arm so heftig, dass ich hörte, wie ich mir die Schulter ausrenkte. Stolpernd landete ich irgendwo neben ihr.

»Sie ist nicht ganz bei sich«, sagte Jayne. »Sie hat gerade vom Tod eines Freundes erfahren.«

Blakes Erwiderung konnte ich nicht verstehen, so laut rauschte mir das Blut in den Ohren. Jayne zerrte mich aus dem Haus des Hochkommissars und ging so lange weiter, bis wir außer Hörweite waren.

»Tut mir leid«, flüsterte ich.

»Muss es nicht. Er hat dich provoziert. Ich an deiner Stelle hätte genauso reagiert.«

Aber sie war eben nicht an meiner Stelle. Jayne hatte Billy, und sie hatte Tony, falls sie den noch wollte. Auf jeden Fall zwei sehr lebendige und sehr verliebte Männer. Und ich hatte nur Erinnerungen an einen Mann, den ich nicht genug geliebt und der die Erde auf denkbar schrecklichste Art verlassen hatte.

»Du solltest heute Abend nicht auf die Bühne gehen«, sagte sie.

»Nein.« Der Regen hatte aufgehört, dafür hatte sich jetzt überall ein feiner Nebel ausgebreitet, der meine glatten Haare kraus werden ließ. Ich hatte das Gefühl, als ob sich in mir alles aufrollte. Wenn das so weiterging, wäre ich bald nur noch halb so groß.

»Ich meine es ernst, Rosie. Du bist nicht mit dem Herzen dabei, und mit deinem Kopf sieht's auch nicht viel anders aus. Du musst dich ausruhen. Und obwohl ich dir wegen deiner Reaktion gerade nicht den geringsten Vorwurf mache: Ich will nicht, dass Blake dich dafür bestraft. Wenn du heute auf der Bühne stehst, als ob nichts wäre, machst du es ihm entsetzlich schwer, das Geschehene zu entschuldigen. Gilda wird auch schon ein nervöses Wrack sein, und ich glaube, es wäre für uns alle besser, wenn du dir heute Abend frei nimmst.«

Tief in meinem Innersten wusste ich, wie recht sie hatte. Ich hatte einen befehlshabenden Offizier bedroht. So nachvollziehbar ich meine Reaktion auch finden mochte – das Ganze konnte doch noch ein Nachspiel haben. Und das wäre in Anbetracht aller anderen Vorfälle wirklich das Letzte, was ich brauchen konnte.

»Kann ich mir euren Auftritt denn ansehen?«, fragte ich. Ich hatte Angst, alleine zum Zelt zurückzugehen und zwei Stunden meinen Gedanken überlassen zu sein.

Jayne nahm meine Hand. »Sicher.«

Wir gingen zum Aufführungsort. Während Jayne sich fertig machte, setzte ich mich auf einen Stuhl im Garderobenbereich und sah ihr so schlapp wie ein erschöpftes Kind kurz vorm Mittagsschlaf zu. Die anderen Mädels trudelten ein, und Jayne setzte sie mit leiser Stimme darüber in Kenntnis, dass ich heute nicht auftreten würde. Sie flöteten mir alle ins Ohr, wie leid ihnen das täte, waren sich aber einig, dass einen Abend lang auszusetzen vernünftig war, und versicherten mir, dass Blake keine Strafmaßnahme ergreifen würde. »Ich habe mit ihm gesprochen«, sagte Gilda. »Auch er weiß, dass trauernde Menschen sich manchmal merkwürdig verhalten.«

Niemand erwähnte die Tatsache, dass Van Lauer im Publikum sein würde. Seine Ankunft schien im Licht der jüngsten Ereignisse vergessen worden zu sein, worüber Gilda sicherlich dankbar war. Sie konzentrierte sich ganz darauf, die Änderungen durchzusprechen, die meine Abwesenheit notwendig machte. Sich auf ein neues Problem stürzen zu müssen, schien eine belebende Wirkung zu entfalten.

Als die vier gerade zur Bühne gehen wollten, klopfte es am Eingang zur Garderobe. »Ich muss mit Gilda sprechen.« Vans Stimme, unverkennbar.

Gilda rollte mit den Augen. »Wir wollten eigentlich gerade anfangen«, sagte sie zur Tür.

»Zwei Minuten«, sagte er. »Ich glaube, die bist du mir schuldig.«

Sie wandte sich an uns. »Bin sofort wieder da, meine Damen«, sagte sie.

Kaum war sie aus dem Raum, steckten Jayne, Violet und Kay die Köpfe zusammen und analysierten, was los war.

»Was für ein Idiot«, sagte Jayne. »Ich fass' es nicht, wie sie sich während des Abendessens von ihm hat behandeln lassen.«

»Was für eine Wahl hatte sie schon?«, sagte Kay. »Ich glaube kaum, dass irgendeiner der Männer begriffen hat, was sein Auftauchen für sie bedeutet. Hätte sie sich ihm gegenüber abweisend verhalten, hätte das sehr unhöflich ausgesehen. Was sie auch nicht brauchen kann.«

»Und Nerven hat der«, sagte Violet. »Fordert der einfach so ein, dass sie jetzt mit ihm spricht. Sie schuldet ihm absolut gar nichts. Also, Mädels, sie wird heute Abend unsere Hilfe brauchen. Was auch immer er ihr jetzt erzählt, sie wird danach ordentlich durcheinander sein. Für den Fall, dass sie von der Rolle ist, sollten wir umso mehr auf Zack sein.«

»Absolut«, sagte Jayne. Vor der Garderobe wurden die Stimmen lauter, aber ich konnte nicht verstehen, was gesagt wurde. Es gab eine deftige Auseinandersetzung, so viel war klar. Unerwartet gesellte sich noch eine neue Stimme dazu, die den hitzigen Wortwechsel abrupt unterbrach.

»Fehlt dir noch irgendwas?«, fragte Jayne.

Ich brauchte einen Moment, um zu begreifen, dass diese Frage an mich gerichtet war. »Nein.«

»Sicher?« Sie legte mir die Hand auf die Schulter.

Ich schubste sie weg. »Hör auf, mich wie ein Kleinkind zu behandeln, okay? Es bringt überhaupt nichts, wenn du ständig um mich herumscharwenzelst.«

Jayne wich zurück, einen dunklen Schleier der Verletztheit über den Augen. Was mir schnurzpiepe war. Sollte sie doch verletzt sein. Egal, was ich zu ihr sagte – so mies wie ich würde sie sich trotzdem nicht fühlen.

Gilda kam mit geröteten Augen und erhitztem Gesicht zurück. »Colonel Hafner möchte, dass wir anfangen«, sagte sie. Mit einer Quaste versuchte sie, ihr glänzendes Gesicht zu überpudern.

»Ist alles in Ordnung?«, fragte Jayne.

»Jemanden eine Sekunde bevor er auf die Bühne muss noch aus der Fassung zu bringen: Vans Gefühl für den richtigen Moment ist wie üblich einwandfrei, das muss man ihm lassen.« Der Puder schaffte es mehr schlecht als recht, ihre fiebrige Hautfarbe zu überdecken. Sie seufzte schwer, und ich fürchtete schon, ihre Tränen würden einen zweiten Auftritt planen. Ich sah sie schon in ihren Augenwinkeln glitzern, als sie sich zu einem breiten Lächeln zwang und jede Spur von Verzweiflung aus ihrem Gesicht tilgte. »Auf geht's, Mädels«, sagte sie. »Wir müssen auf die Bühne.«

16 Die Sondervorstellung

Ich stellte mir einen Stuhl so hinter die Kulissen, dass ich das Geschehen gut im Blick hatte. Sie begannen die Show ohne weitere Verzögerung. Unter einem nach Auflösung des Nebels mit Sternen übersäten Himmel und vor einem Publikum, das wir im Laufe unserer Wochen hier kennengelernt hatten – inklusive einiger Männer, die wir unglücklicherweise an diesem Abend noch hatten kennenlernen müssen –, sangen Kay, Violet, Jayne und Gilda die Lieder, tanzten die Schritte und erzählten die Witze, die ihnen mittlerweile in Fleisch und Blut übergegangen waren.

Meine Abwesenheit fiel nur mir auf. Ich war entbehrlich geworden.

Auch wenn sie die Anspannung in Gildas Darbietung bemerkten, lachten die Soldaten lauter und johlten mit größerem Enthusiasmus, als wir es gewohnt waren. Die Offiziere der Air Force hatten in einem gesonderten Bereich Platz genommen, auf echten Stühlen und an einem Tisch, auf dem sie ihre Digestifs abstellen konnten. Während ihnen die Show mehrheitlich zu gefallen schien, zeigte Van Lauer keinerlei Regung. Ich fragte mich, ob er schlief.

Den Nachweis dafür, dass er noch bei Bewusstsein war, erhielt ich nach etwa der Hälfte der Show. Als Gilda ihr zweites Solo sang, stand er auf und verließ das Theater. Das musste auch Gilda mitbekommen haben, denn ihre Stimme tat einen eigenartigen Hüpfer und verfehlte einen Ton, mit dem sie noch nie ein Problem gehabt hatte. Und noch jemand im Publikum stand auf. Dotty.

Ebenso wie Van verließ er das Theater und blieb verschwunden.

Nach dem Lied trat Jayne zu Gilda auf die Bühne. Während Gilda mit ganzem Elan zu »Die Leinen los« ansetzte, steppte Jayne vor der mitgerissenen Menge. Ein Lichtblitz oben in den Felsen erregte meine Aufmerksamkeit. Waren das wieder japanische Zaungäste? Aber auf Tulagi befanden sich doch keine Japaner mehr, oder?

Plötzlich hallte ein Knattern durchs Theaterrund. Jemand schrie. Gilda hörte auf zu singen, und auch der Klavierspieler brach ab. Der Lärm der Menge übertönte das Rattattatt von Jaynes Stepptanz.

»Einen Arzt!«, rief jemand.

»Heckenschütze am Hang! Auf zwei Uhr!«

Eine Menschenwoge flutete auf die Bühne und in die Kulissen. Ich wurde zurück in die Garderobe gestoßen. Violet steckte mitten in einem Kostümwechsel, bedeckte ihren Oberkörper mit den Armen und bat schreiend um etwas Ungestörtheit.

»Ach, du bist's«, sagte sie. »Was zur Hölle ist denn da los?«

In einiger Entfernung war erneut dieses Knattern zu hören.

»Schüsse«, sagte ich. »Da ballert jemand rum.« Ich versuchte, mir einen Weg zurück auf die Bühne zu bahnen, aber die Menschenmenge ließ mich nicht durch. Wo waren Jayne und Gilda? Ich griff nach dem Arm des nächstbesten Matrosen und versuchte, von ihm eine Antwort zu bekommen, aber er schüttelte mich ab und herrschte mich an, den Weg für den Arzt frei zu machen.

Ich schubste ihn doppelt so heftig zurück, bis er keine andere Wahl hatte, als mich anzusehen. »Hör mal, Freundchen, ich muss wissen, was hier los ist. Ist jemand angeschossen worden?«

»Sieht so aus, als ob beide Frauen auf der Bühne getroffen wurden. Sie wissen schon – Gilda DeVane und diese andere.«

Mit hochgezogenen Schultern – wie ein Raubtier, das kurz davor ist, sich mit einem Satz auf seine Beute zu stürzen – durchmaß Violet die Garderobe. »Die können uns hier nicht einfach so warten lassen. Wir müssen zu ihnen.«

»Ich weiß«, sagte ich. Wir hatten Anweisung erhalten, in der Garderobe zu bleiben, bis die Männer das Gelände nach dem Heckenschützen abgesucht hatten. Ich fing an zu zittern, was mir unabhängig von der Außentemperatur immer passierte, wenn ich Angst hatte. Man hatte auf Jayne geschossen. Sie konnte im Sterben liegen oder sogar tot sein. Sollte ich denn alle verlieren, die mir etwas bedeuteten?

»Hey du!« Violet marschierte zur Tür und erregte die Aufmerksamkeit des nächststehenden Matrosen. »Wir wollen hier raus.«

»Tut mir leid, Ma'am, aber wir haben Order, Sie nicht gehen zu lassen.«

»Ich finde, wir haben zumindest das Recht darauf zu erfahren, was Sache ist. Unsere Freundinnen sind verletzt worden. Wir müssen wissen, wie es ihnen geht.«

Ich bewunderte ihren Mut. Und schämte mich, dass ich diese Forderung nicht selbst vorgebracht hatte. Aber ich stand unter Schock, war derart erschüttert von der Vorstellung, dass Jayne irgendwo leiden musste, dass ich keinen klaren Gedanken mehr fassen konnte.

»Ich werde sehen, ob ich ein gutes Wort für Sie einlegen kann, ja? Mehr kann ich wirklich nicht tun.«

Violet drehte der Tür den Rücken zu und sank auf einen olivgrünen Klappstuhl. »Du musst dich jetzt zusammenreißen, Rosie. Es wird schon alles in Ordnung sein. Jayne … ist doch hart im Nehmen, genau wie du.« Beziehungsweise wie ich früher mal. Violet zog ihren Flachmann unter dem Rock hervor. Sie nahm einen tiefen Schluck, wobei ihr Hals pulsierte, als sei er eine Vene, die frisches Blut zugeführt bekam. Dann riss sie sich die Flasche vom Mund und hielt sie mir hin. »Willst du ein Schlückchen?«

»Ja, gerne.« Der Geschmack ließ mich würgen. Spankys Selbstgebrannter.

»Je mehr man davon trinkt, desto besser wird er«, meinte Violet.

Ich sammelte allen Mut und nahm einen großen Schluck, bevor ich ihr den Flachmann zurückgab. Die Flüssigkeit brannte im Rachen, aber ich kam wieder zu mir. Jayne brauchte mich. Ich durfte mich nicht so hängen lassen. Vielleicht hatte der Matrose etwas falsch verstanden, und wenn nicht, würde sie vielleicht trotzdem durchkommen. Sie war jung und stark. Es gab noch Hoffnung. »Wo ist Kay?«, fragte ich.

Violet zuckte zusammen, als ob sie zwischenzeitlich selbst von Trauer übermannt worden wäre. »Keine Ahnung. Sie war mit mir hinten, um sich umzuziehen, und wollte vor unserem nächsten Auftritt noch aufs Klo. Ich meinte noch, das schaffst du im Lebtag nicht rechtzeitig, worauf sie nur sagte: Ich muss *jetzt.* Ich glaube, seitdem ist sie nicht wiedergekommen.«

Uns beiden schien derselbe düstere Gedanke zu

kommen: Gilda und Jayne könnten nicht die einzigen Verletzten sein.

Ich eilte zur Tür. »Wir vermissen eine Kollegin«, sagte ich zu dem Matrosen davor.

»Wissen wir. Wir versuchen, so viel wie möglich in Erfahrung zu bringen.«

»Ich meine nicht die beiden auf der Bühne. Es geht um eine Dritte, Kay Thorpe. Sie ist kurz bevor die ersten Schüsse fielen zur Latrine gegangen und seitdem nicht mehr aufgetaucht.«

Mit einem Bellen befahl er dem Mann neben sich, die nächste Latrine zu überprüfen, was dieser postwendend tat, wobei er die Namen weiterer Männer ausstieß, die ihn begleiten sollten.

Violet und ich wandten uns wieder dem Flachmann zu, in der Hoffnung, mehr gesunden Menschenverstand aus ihm ziehen zu können. In einiger Entfernung wurden Befehle und Anweisungen gebrüllt. Es fielen weitere Schüsse. »Wir haben sie!«, rief jemand hellauf begeistert, und an unserer Zelle stürmten schnelle Schritte vorbei.

Wir wollten gerade fragen, was los war, als im Türspalt ein Gesicht erschien. Kay!

»Alles in Ordnung bei dir?«, fragte Violet. Nach Spuren von Verletzungen suchend fuhr ich mit den Augen ihren hochgewachsenen Körper ab.

»Ich bin nur durcheinander, mehr nicht. Wo sind die anderen?«

»Auf die ist geschossen worden«, sagte Violet. Ich fuhr zusammen, als sie das sagte. Es hätte sie nicht umgebracht, die Nachricht in einen netten kleinen Euphemismus zu kleiden.

»Auf beide?« Kay sank auf den nächstbesten Stuhl.

»Wo bist du gewesen?«, fragte ich.

Sie war blass – oder zumindest so blass, wie sie nach zwei Wochen Atabrine-Schlucken noch werden konnte. »Ich bin zur Latrine gerannt. Als ich die Schüsse gehört habe, habe ich Angst bekommen. Ich konnte nicht sagen, wo sie herkamen, und habe deswegen beschlossen, mich nicht vom Fleck zu rühren …« Eine Träne wollte sich aus ihrem Augenwinkel stehlen. Hier ging es um mehr, als nur um eine ängstliche Frau, die sich angesichts einer unwägbaren Gefahrensituation versteckte. Etwas in Kays Stimme verriet einen Selbsthass, der wohl mit der Entscheidung zu tun hatte, sich lieber selbst zu schützen als anderen zu helfen. Als ob sie merkte, dass auch wir dieses Ungesagte gespürt hatten, nickte sie zwei Mal und senkte die Stimme. »Es war feige. Ich hätte nicht dort bleiben sollen. Immerhin habe ich eine Armeeausbildung. Vielleicht hätte ich die Schützen nach dem ersten Schuss noch aufhalten können..«

»Das ist Quatsch«, sagte ich. »Sehr viel wahrscheinlicher wärst du für sie zur Zielscheibe geworden. Außerdem fiel der zweite Schuss direkt nach dem ersten. Den hättest du unter keinen Umständen verhindern können.«

»Aber ich hätte nicht wegrennen sollen«, sagte sie. »So was machen Wacs nicht.«

»Du bist ja auch keine Wac mehr«, sagte Violet. »Du bist ein Mensch.«

Zwei Stunden lang warteten wir in der engen Umkleide hinter der Bühne auf eine Nachricht. Als endlich die Tür aufging, kamen Dotty und Spanky herein. Hätte ich es nicht besser gewusst, hätte ich Spanky eine ausgeprägte Kriegsneurose attestiert. Sein Gesicht erzählte von Schrecken, deren Zeuge zu werden er sich nie hätte träumen lassen. Auch Dotty wirkte verhärmt, die Haut unter seinen Augen war blaugrau gefleckt. Seit Kay ihm das mit Irene erzählt hatte, hatte ich ihn nicht mehr gesehen, konnte also nicht sagen, ob sein verändertes Erscheinungsbild mit dieser schlechten Nachricht oder dem heutigen frischen Nachschub an Schrecknissen zu tun hatte. Zum ersten Mal seit ich ihn kannte war es mir nicht möglich, sein Hinken zu übersehen. Es war mittlerweile sein auffälligstes Kennzeichen.

»Was ist los? Wie geht es Ihnen?« Kay stürzte zur Tür und griff nach Dottys Arm, als hätte sie Angst, er würde es sich noch mal anders überlegen und wieder gehen.

Jetzt war er es, der ihr nicht in die Augen sehen konnte. »Jayne ist auf der Krankenstation. Es sieht so aus, als hätte sie nur einen Kratzer abbekommen.«

Ich lächelte. Ich konnte nicht anders. Jayne ging es gut. Ich hatte sie nicht verloren. »Und was ist mit Gilda?«

»Ich weiß es nicht. Sie haben sie in den OP gebracht.«

Violet ging zu Spanky und fasste nach seiner Hand. Sofort verfärbten sich ihrer beider Hände knallrot, derart fest klammerten sie sich aneinander. Seit wann standen sie sich so nah? Der Anblick überraschte mich, bereitete mir auf eine gewisse Art aber auch Freude. Violet war also in der Lage, jemand anderen als nur sich selbst zu mögen. Wer hätte das gedacht?

»Wird schon werden«, flüsterte sie.

»Es ist noch jemand verletzt worden«, sagte Spanky.

Violets Gesicht wurde zu einem Fragezeichen.

»Man hat auch auf Mac geschossen.«

Auf seinen Hund? Was war das – war hier jemand auf Rachefeldzug und legte alles und jeden um, der uns etwas bedeutete? Und warum waren Violet, Kay und ich verschont worden?

»Oh nein«, sagte Violet. »Ist es schlimm?«

»Woof glaubt, dass keine Organe oder Arterien getroffen wurden.« Er lallte. »Die Kugel ist schon wieder draußen. Kaum zu glauben: Man hat mit einem Revolver auf ihn geschossen.«

»Wer ist Woof?«, fragte Kay.

»Einer von den Australiern, eigentlich ein Tierarzt«, sagte Dotty. Er wollte gerade weitersprechen, als Konteradmiral Blake den Kopf zur Tür hereinsteckte.

»Die Damen dürfen jetzt in ihr Zelt gehen.«

»Das ist alles?«, fragte ich. »Was ist passiert? Wer hat das Ihrer Meinung nach getan?«

»Sind wir in Sicherheit?«, fragte Violet.

»Was, wenn es wieder passiert?«, fragte Kay.

»Beruhigen Sie sich, meine Damen«, sagte Blake. »Der Täter ist gefasst.«

Wir beschlossen, zum Teich zu gehen, um uns gegenseitig zu trösten. Auf dem Weg dorthin fiel mir auf, dass Kay Dotty nicht von der Seite wich. So wie Kay sich an ihn klammerte und Violet an Spanky, fühlte ich mich langsam wie das fünfte Rad am Wagen.

Was nicht weiter schlimm war. Jayne war am Leben. *Nur ein Kratzer*, hatte Dotty gesagt. Ein schöneres Wort als *Kratzer* konnte ich mir in diesem Moment gar nicht vorstellen.

»Kann ich sie besuchen?«, fragte ich.

»Sie haben an jeder Lazaretttür Wachen aufgestellt«, sagte Dotty. »Da kommt heute keiner mehr rein.«

Wenigstens war sie dort in Sicherheit.

»Wo ist Mac denn getroffen worden?«, fragte Violet. Sie zog ihren Flachmann hervor und reichte ihn Spanky.

»In die Brust.« Spanky nahm einen tiefen Schluck aus der Flasche.

»Nein, ich meine, wo war er?«, fragte Violet.

»Ich habe ihn oben in den Felsen gefunden, als wir dem Heckenschützen auf den Fersen waren. Er muss mir gefolgt sein. Ich dachte schon, er sei hinüber, aber als er mich sah, hat er mit dem Schwanz gewedelt. Unglaublich, dass jemand einfach so auf einen Hund schießt.«

Von zwei Menschen gar nicht erst zu reden.

Am Teich angekommen, verteilten wir uns auf dem Streifen Wiese am Rand. Niemand hatte Badesachen dabei, und da das vorherrschende Thema nach Anstand verlangte, ließen wir einfach nur die Füße im warmen Wasser baumeln und schlugen nach Moskitos, die fest entschlossen schienen, sich von uns zu ernähren.

»Wen haben sie denn geschnappt?«, fragte Kay.

»Einen Japsen, oben in den Felsen«, sagte Spanky. Er hielt immer noch Violets Flachmann, und ich wartete sehnsüchtig darauf, dass er ihn weiterreichte. Aber offensichtlich brauchte er ihn dringend, um durch diese Nacht zu kommen.

»Hast du ihn gesehen?«, fragte Violet.

»Nicht, als sie ihn gefasst haben, aber als sie ihn runtergebracht haben.«

»Ich dachte, es sind keine Japaner auf der Insel«, sagte ich.

»Dachte ich auch«, sagte Spanky. »Aber anscheinend haben sie schon vor ein paar Wochen zwei Nippons beim Vorratslager gefangen. Und seit letzter Nacht fehlt wohl schon wieder Proviant. Nicht viel, aber genug, dass es auffällt. Ich schätze, sie sind heute Abend wiedergekommen, um noch mehr zu holen.«

»Aber die Vorratsschuppen sind auf der entgegengesetzten Seite des Camps. Was hat der Schütze denn da oben in den Felsen gewollt?«, fragte ich.

Spanky schüttelte den Kopf. »Da bin ich überfragt. Vielleicht haben sie einen Scharfschützen raufgeschickt, damit niemand das Theater verlässt, bis der Raubzug erledigt ist. Er hatte ein Funkgerät dabei. Als sie gemerkt haben, dass unsere Leute sich versammeln, haben sie ihn wahrscheinlich als Ausguck da oben postiert.«

»Aber warum hat er auf Gilda und Jayne geschossen?«

»Vielleicht ist irgendwas schiefgelaufen«, sagte Dotty. »Vielleicht sollten die Schüsse von etwas anderem ablenken.«

Ich schlotterte trotz der warmen Nacht. Wir alle waren entbehrlich.

»Mein Gott, wie entsetzlich«, sagte Violet. Sie zählte zwei und zwei zusammen und kam genau wie ich zu dem Schluss, dass wir enormes Glück gehabt hatten, nicht auf der Bühne gestanden zu haben. »Sie müssen doch gewusst haben, dass die beiden Zivilistinnen sind.«

Dotty schüttelte den Kopf. »Ich glaube, die Japaner können da nicht unterscheiden. Sie haben auch tausende Eingeborene abgemetzelt, die mit dem Krieg nicht das Geringste zu tun haben. Die tun alles, was ihnen für den Kriegsgewinn notwendig erscheint, und das bedeutet, sie spielen nach ganz anderen Regeln als wir. Das sind Wilde.«

»Dotty.« In Kays Stimme lag der Anflug einer Warnung. Sie saßen nebeneinander, ihre Oberschenkel berührten sich. Was war zwischen ihnen geschehen? War er derjenige, dessen Silhouette Candy und ich am vorherigen Abend im Zelt gesehen hatten? Hatte die Trauer um Irene sie zusammengeführt?

»Du weißt, dass es so ist«, sagte Dotty. »Sie haben in Bataan keine Gnade walten lassen.«

Dazu sagte Kay nichts weiter. Der Abstand zwischen ihnen wurde wieder größer. Nicht viel, aber doch groß genug, um deutlich zu machen, dass sie von ihm nicht mehr berührt werden wollte.

»Er musste doch wissen, dass man ihn schnappen würde«, sagte ich.

»Um nichts machen sich die Japsen weniger Sorgen«, sagte Spanky. »Der Kerl hatte einen Auftrag zu erfüllen, und wenn dieser Auftrag beinhaltet, geschnappt zu werden, während alle anderen entkommen, dann ist das eben so.«

Violet starrte suchend in den uns umgebenden Dschungel. »Wenn das nur ein Ablenkungsmanöver war, damit andere Proviant klauen konnten, könnte es dann nicht sein, dass diese anderen noch hier sind?«

Ich wurde von einem aufscheinenden Licht abgelenkt und schaute mit zusammengekniffenen Augen zu den Selbstmordklippen, wo es herkam. An den Höhleneingängen tanzte es flackernd, aus der Entfernung kaum größer als ein Glühwürmchen.

»Die Insel wurde ziemlich sorgfältig abgesucht«, sagte Spanky. »Falls immer noch Japsen da sein sollten, warten die ab, bis sich die Wogen wieder geglättet haben. Zumindest heute Nacht tun die keinen Mucks mehr. In der Zwischenzeit stellen wir für den Fall, dass sie noch vor Tagesanbruch ausbüchsen wollen, an den Selbstmordklippen und am Strand Wachen auf.«

Es erstaunte mich, wie sicher er sich war. Wenn die Japaner einfach so auf Gilda und Jayne schossen, konnten wir unmöglich wissen, was sie als Nächstes tun oder lassen würden.

»Und was ist mit dem Vorratslager?«, fragte ich. »Fehlt sonst noch irgendwo etwas?«

Er kam nicht mehr dazu zu antworten. Knisternd und knackend erwachte die Lautsprecheranlage zum Leben. Wir wurden zurück in unsere Zelte beordert. Nur befugten Personen war es erlaubt, sich vor Tagesanbruch außerhalb der Quartiere zu bewegen.

Ich brauchte Stunden, um einzuschlafen. Die Luftfeuchtigkeit schien von Minute zu Minute zu steigen – bis ich das sichere Gefühl hatte, dass jemand auf mir saß. Der Dschungel war nicht länger voller unbekannter Tiere, die ihre nächtlichen Rufe ausstießen. Er wimmelte jetzt vor japanischen Soldaten, die Gewehre mit sich trugen und auf eine Gelegenheit warteten, sie auch auf den Rest von uns anzulegen. Meine Gedanken wanderten immer wieder zu Gilda und Jayne zurück. Hatte Gilda den Operationssaal schon verlassen? Hatte Jayne Schmerzen? Würde eine von ihnen eine dauerhafte Narbe oder einen bleibenden Schaden davontragen? Wie bitter wäre es, wenn man so weit gereist war, um der Karriere neuen Schub zu verpassen, und dann die

Karriere ganz begraben könnte, weil die Kugel eines Heckenschützen einem das Filmgesicht zerstört hatte.

Auch wenn alle zurück in die Zelte kommandiert worden waren, konnte ich Männer auf den Wegen hören, die sich leise darüber verständigten, in welche Richtung man die Suche ausweiten sollte. Laute Freudenschreie über weitere Entdeckungen blieben aus. Irgendwann sah ich ein, dass, was auch immer noch geschehen sollte, unabhängig davon geschehen würde, ob ich wach war oder nicht.

Kurz bevor ich endgültig in den Schlaf hinüberglitt, fiel mir noch auf, dass ich seit den Schüssen auf Gilda und Jayne gar nicht mehr an Jack gedacht hatte.

17 Achtung, Nachbar!

Ich verschlief das morgendliche Hornsignal und wachte erst kurz vor acht auf. Nicht, weil ich nicht mehr hätte weiterschlafen können, sondern weil eine junge Männerstimme verkündete, Konteradmiral Blake wolle uns sprechen.

In nervöser Erwartung dessen, was dieses Treffen bringen würde, zogen wir uns an. Um viertel vor neun gingen wir zu Blakes Behausung, wo wir warten mussten, bis uns sein Sekretär einließ.

Das Feldbüro von Late Nate war eindrucksvoll. Auch wenn die Wände wie bei uns aus nichts anderem bestanden als aus olivgrünem Zeltstoff, verliehen der große Eichenholzschreibtisch, ein Orientteppich und die an den Seitensparren aufgehängten Bilder dem Raum etwas Beständiges. Blake hatte sogar eine Schreibmaschine und ein Telefon, und beides wirkte auf dieser Insel auffallend fehl am Platz. Aber so war es eben beim Militär: Man bekam, was man brauchte.

Als wir eintraten, bedeutete er uns, auf drei Feldklappstühlen Platz zu nehmen, die vor dem Schreibtisch aufgereiht standen. Ein turmhoher Stapel Papier wartete auf Bearbeitung – Briefe, die noch zu zensieren waren. »Guten Morgen, meine Damen.« War sein Gebaren bislang schlicht unangenehm gewesen, so wirkte er jetzt auf skrupellose Weise hinterhältig und gemein. »Ich hoffe, Sie haben gut geschlafen.«

»Sicher nicht so gut wie sonst«, sagte ich. »Wie geht es Gilda und Jayne?«

»Miss Hamilton geht es den Umständen entsprechend gut. Wenn Sie wollen, dürfen Sie sie auf der Krankenstation besuchen.«

Meine Laune besserte sich schlagartig. Die arme Jayne. Sie musste einen furchtbaren Schreck davongetragen haben. Ich hätte einen Weg finden müssen, sie schon am vorherigen Abend zu besuchen. Sie hätte das sicher für mich getan.

»Und was ist mit Gilda?«, fragte Kay.

»Ich fürchte, Miss DeVane hatte eine sehr schwierige Nacht.« Mit einem Kopfnicken entließ er den Sekretär. Der jüngere Mann salutierte, drehte sich auf dem Absatz um und marschierte hinaus. »Die Operation hat sie so weit gut überstanden, aber der Arzt ist in Sorge, dass sie sich eine Infektion zugezogen haben könnte.«

»Ihr ging es sowieso nicht gut«, sagte ich. »In den letzten Tagen hatte sie Fieber.«

Er nickte. Ich erzählte ihm nichts Neues. »Die Ärzte sind ziemlich sicher, dass sie Malaria hat. Was ihre Situation verkompliziert.«

»Können wir sie besuchen?«, fragte Kay.

»Diese Entscheidung obliegt den Medizinern. Wegen ihres instabilen Zustands und der zu befürchtenden Verschlimmerung der Infektion haben sie fürs Erste jeden Besuch untersagt. Seien Sie versichert, dass wir ihr die beste Pflege und äußerste Sorgfalt angedeihen lassen. Sobald sich ihr Zustand stabilisiert hat, werden wir sie in ein besser ausgestattetes Lazarett verlegen. Ich garantiere Ihnen, dass wir Sie regelmäßig über alle für Sie relevanten Entwicklungen unterrichten werden.«

Für uns relevante Entwicklungen. Ob Angehörige des Militärs wohl einen Kurs belegen mussten, in dem sie lernten, vage Versprechungen zu machen, um später bloß nicht in Zugzwang zu geraten?

»Was ist mit dem Heckenschützen?«, fragte Violet.

»Er sitzt in Arrest und wird niemandem mehr Schaden zufügen können.«

»Haben Sie denn auch seine Komplizen ausfindig gemacht?«, fragte Violet.

»Welche Komplizen?« Late Nates Tonfall ließ durchblicken, dass ihn nicht der Gedanke an mögliche Komplizen überraschte, sondern unser Wissen von dieser Möglichkeit.

»Wir haben ein Gerücht gehört«, sagte Kay. »Ein paar Männer haben gemutmaßt, dass der Schütze nur für Ablenkung gesorgt hat, während die Vorratslager geplündert wurden.«

Mit einem Zucken verzog sich Late Nates Mund zu einem Lächeln. »Sie sollten nicht so viel auf Klatsch und Tratsch geben, Miss Thorpe. Trotzdem, ich kann Ihnen versichern, dass wir die Insel Zentimeter für Zentimeter durchkämmt haben und keiner mehr hier ist.«

»Ist denn wieder Proviant abhanden gekommen?«, fragte ich.

»Ich fürchte, zu dieser Information hat Ihre Soldgruppe keinen Zugang.«

Meine Abneigung gegen Late Nate kam stoßweise zurück. »Hören Sie, wir haben Anspruch darauf zu erfahren, warum man auf unsere Freundinnen geschossen hat.«

»Es will mir scheinen, als wüssten Sie das schon. Ein feindlicher Heckenschütze hat eine Gelegenheit gewittert, unserer Moral einen Dämpfer zu verpassen, und hat sie genutzt. Wenn er noch andere Gründe für seine Tat gehabt haben sollte, tut das nichts zur Sache.«

Sagen Sie das mal Gilda und Jayne, dachte ich.

»Was zählt, ist, dass wir ihn gestoppt haben, bevor noch weitere Menschen in Mitleidenschaft gezogen wurden.«

Nein, was zählte, war, dass Gilda und Jayne am Leben waren.

Nach unserem Treffen mit Blake gingen wir zu Fuß zum Lazarett. Ein großes, direkt unter die Dachkante gepinseltes rotes Kreuz half, es von den umliegenden Wellblechbaracken zu unterscheiden. Innen war es in eine Flucht kleiner Räume unterteilt, an deren Türen jeweils ihr Verwendungszweck stand. Hier lag man nicht, wenn man länger brauchte, um zu genesen. Wen es schlimm erwischt hatte, der kam nach Guadalcanal oder auf eines der Lazarettschiffe.

Beim Betreten des Gebäudes zögerte Kay. »Ich glaube, ich kann hier nicht bleiben«, sagte sie.

»Warum nicht?«, fragte Violet.

»Ich ... ich glaube, ich kann's einfach nicht.« Sie wirbelte herum und lief auf dem Weg, den wir gekommen waren, wieder hinaus.

»Was war das denn?«, fragte ich.

»Vielleicht kann sie kein Blut sehen«, sagte Violet.

»Kann ich Ihnen helfen?« Die Stimme gehörte einer Krankenschwester mit einem Kopf voller dichter grauer Locken, auf denen eine weiße Haube saß. Auf der Nase trug sie eine randlose Brille, die langsam abwärts wanderte. Ihre Augenbrauen waren ungezupft und buschig. Ihr gesamtes Erscheinungsbild sprach von langen Tagen und noch längeren Nächten auf der Krankenstation. Um die Schultern trug sie umhanggleich einen Pullover, darunter eine weiße Schwesterntracht, die schon ordentlich ausgeleiert war. Sie war keine Feldschwester vom »Bettpfannen-Kommando«, sondern gehörte dem Roten Kreuz an. In der Hand hielt sie ein Taschenbuch, zwei zwischen die Seiten gesteckte Finger markierten die Stelle, wo sie aufgehört hatte zu lesen. Es war *Krieg und Frieden*. Vielleicht konnte sie uns irgendwann darüber ins Bild setzen, wie es ausging.

»Konteradmiral Blake hat gesagt, wir dürfen Jayne Hamilton besuchen. Eine der beiden Frauen, die gestern Abend eingeliefert wurden«, sagte ich.

»Natürlich.« Sie sah suchend hinter uns. »Soweit ich weiß, gehört auch Kay Thorpe zu Ihrer Gruppe. Ist das korrekt?«

Sie kannte Kay. Das wühlte etwas in meiner Erinnerung auf. Kay hatte doch eine Freundin auf der Krankenstation gehabt, die ihr dabei geholfen hatte, ihre Entlassung einzufädeln. »Ja. Ihr ging's nicht gut, und sie ist zum Camp zurückgegangen.«

»Sagen Sie ihr einen Gruß von Ruth. Sie soll doch mal vorbeikommen. Ich würde so gern erfahren, wie es ihr geht.« Die Schwester schenkte uns ein von einem ausgeprägten Überbiss ruiniertes Lächeln und winkte uns in eines der größeren Zimmer, wo Männer mit Tropenbeulen, Dum-Dum-Fieber und Hitzebläschen lagen, die darauf warteten, dass die Antibiotika zu wirken begannen. Auf der anderen Seite des Raums, durch einen Vorhang vom anderen Geschlecht getrennt, lag Jayne. Vielmehr: Sie saß aufrecht im Bett und löffelte irgendeine Flüssigkeit.

»Hallo!«, sagte sie. Bevor sie noch den Löffel hinlegen konnte, hatte ich schon die Arme um sie geschlungen und sie zu einer Umarmung gezwungen. Nie wieder würde ich sie ausnutzen. Nie wieder würde ich ein böses Wort an sie richten. Bis an mein Lebensende würde ich dafür sorgen, dass ihr nichts zustieß.

»Au!«, sagte sie.

Ich schrak zurück. »Tu ich dir weh?«

»Du erstickst mich fast.«

»Entschuldige.«

Beim Anblick meines betretenen Gesichtsausdrucks wurden ihre Züge weich. »Schon gut. Es ist ja schön, wenn jemand einen gern hat.«

Ich betrachtete sie eingehend – sie wirkte so kindlich in dem Krankenbett –, konnte aber keine sichtbare Verletzung an ihr feststellen. Sie sah völlig unverändert aus.

»Was denn jetzt?«, sagte Violet. »Du sollst doch angeschossen worden sein.«

Jayne schob die Haare zurück und zeigte uns den oberen Teil ihres linken Ohrs, auf dem eine hochrote Brandspur prangte. »Die Kugel hat mich kaum berührt. Viel schlimmer war der Sturz.« Sie zog die Decke hoch und präsentierte einen geschwollenen rechten Fußknöchel. »Nichts gebrochen, fühlt sich aber so an.«

Violet wirkte angesichts des geringen Ausmaßes von Jaynes Verletzungen enttäuscht, mir aber verschlug es die Sprache. Einen Zentimeter weiter und die Kugel hätte ihren Schädel durchschlagen. Und was wären die letzten Worte gewesen, die ich zu ihr gesagt hatte? Hör auf, mich wie ein Kleinkind zu behandeln.

Aus meinen Augen quollen Tränen. Ich war eine egoistische, furchtbare Person. Zuerst verstieß ich Jack und ließ zu, dass er getötet wurde, und jetzt Jayne …

Sie nahm meine Hand und drückte sie so fest, dass ich fast aufschrie. »Hör auf«, sagte sie. »Es war nicht deine Schuld. Mir geht's gut. Besser als gut sogar.« Sie fischte etwas aus der Tasche. »Sieh mal, ich habe sogar ein Andenken bekommen. Einer der Männer hat sie aus der Mauer hinter der Bühne geholt.«

Die Kugel war ein Monster. Keine Revolverkugel, sondern Gefechtsmunition, dafür gemacht, einen Menschen niederzustrecken.

»Was ist mit Gilda?«, fragte Violet.

»Mir sagt ja keiner einen Piep«, sagte Jayne. »Sie liegt in einem anderen Zimmer, aber sie lassen niemanden zu ihr. Sie muss eine Höllenangst haben.« Sie fuhr sich mit der Zunge über die Lippen, während sie mit Bedacht ihre nächsten Worte wählte. »Da war sehr viel Blut. Zuerst dachte ich, sie muss tot sein, aber dann habe ich sie stöhnen hören.«

Ich setzte mich auf die Bettkante, immer noch ihre Hand haltend. »Hast du sonst noch was gesehen?«

»Nein, nichts. Den Schuss habe ich natürlich gehört. Dann habe ich gespürt, wie die Kugel an mir vorbeigezischt ist, und habe mich lang gemacht, aber wo die Schüsse herkamen, konnte ich nicht sehen. Weiß man schon, wer's war?«

»Sie haben ihn sogar schon gefangen«, sagte Violet. »Ein Japse, der sich oben in den Felsen versteckt hatte.«

»Wieder einer, der sich unseren Auftritt angesehen hat, so wie auf Guadalcanal?« Jayne schüttelte den Kopf. »Ich schätze, wir sind unterhaltsamer, als uns gut tut.«

Als wir zurückkamen, saß Kay im Zelt und blätterte in *Stars & Stripes.*

»Was war denn mit dir eben los?«, fragte Violet.

Sie wurde rot und legte die Zeitung weg. »Tut mir

leid. Mir wurde plötzlich ganz schwindlig, und ich dachte, wenn ich noch einen Augenblick länger bleibe, werde ich ohnmächtig.«

»Ruth lässt dir liebe Grüße ausrichten«, sagte ich.

Kay blinzelte zwei Mal. »Ach ja? Wie nett von ihr. Wie geht's Jayne?« Hätte sie das Thema noch schneller gewechselt, hätten wir allesamt ein Schleudertrauma davongetragen.

»Gut«, sagte ich. »Besser als gut sogar. Sie kommt wahrscheinlich in ein, zwei Tagen wieder raus.« Ein neuer Regenguss überflutete mit einem Mal den betonierten Boden. Ich schnappte mir Kays *Stars & Stripes* und setzte mich auf mein Bett. Ein Artikel beschrieb Clark Gables Mühen bei der Air Force. Auf der Leserseite regten sich Soldaten über die Verspätungen bei der Feldpostzustellung und die Willkür der Zensoren auf. Außerdem gab es in der Soldatenzeitung noch einen kleinen Artikel über den Tod von Irene Zinn. Der Ausgabe für die Kriegsschauplätze im Pazifik zufolge waren in dem Mordfall keine weiteren Anhaltspunkte aufgetaucht.

»Durftet ihr auch Gilda besuchen?«, fragte Kay.

»Das darf niemand«, sagte Violet. »Sie liegt in einem extra Zimmer, Besuch ist nicht gestattet.«

Kay nickte. Das Wasser rann über den unebenen Boden, auf der Suche nach Mulden, wo es Pfützen bilden konnte.

»Sie hätte mal ihr Atabrine schlucken sollen«, sagte Violet.

»Das hätte sie bestimmt auch, wenn du deine große Klappe gehalten hättest«, sagte Kay.

Dieser Ausbruch erwischte mich derart unvorbereitet, dass ich mir auf die Zunge biss. Hatte Kay das gerade wirklich gesagt?

»Was soll das denn heißen?«, fragte Violet.

Kay stand von ihrer Pritsche auf und ging die Pfützen umrundend auf sie zu. »*Du* hast doch gar nicht mehr damit aufhören können, uns zu erzählen, wie gelb wir davon werden. Ein Wunder, dass wir noch nicht alle Malaria haben.«

Violet setzte sich auf. »Willst du jetzt mir die Schuld in die Schuhe schieben?!«

Ich ging dazwischen. »Natürlich will Kay das nicht.«

»Und ob ich das will.«

Ich griff nach Kays Arm, um sie zu ihrem Bett zurückzuziehen. Sie widersetzte sich und zog mich mit sich vorwärts. »Violet ist doch nicht diejenige, die geschossen hat«, sagte ich.

»Nein, aber das macht die Sache nicht besser …«

Ich drückte noch fester zu. Wenn sie nicht augenblicklich den Mund hielt, würde sie demnächst ein Armband aus Blutergüssen tragen. »Und Violet hat Gilda auch nicht dazu gezwungen, ihre Pillen wegzuwerfen. Wenn überhaupt, kann man nur Gilda selbst einen Vorwurf machen, weil sie so eitel war.«

Nach einem Blick auf ihren Arm schien Kay plötzlich bewusst zu werden, dass ich im Zweifelsfall drücken würde, bis sie grün und blau war. »Okay, du bist nicht schuld«, sagte sie mit der Aufrichtigkeit einer Angehörigen des Amerikadeutschen Bundes, die vor Roosevelt salutieren muss. »Aber du musst zugeben, dass du sie enorm gedrängt hast.«

»Überhaupt nichts muss ich zugeben«, sagte Violet.

Sollten sie die Situation doch selbst in den Griff bekommen. Ich ließ Kay los. »Hört auf, ihr zwei. Gilda fände es schrecklich, wenn sie wüsste, dass wir uns so an die Gurgel gehen. Wir wissen, wer der Täter ist, und müssen uns nicht noch gegenseitig die Schuld in die Schuhe schieben.«

Kay rieb sich den Arm und zog sich Richtung Bett zurück.

»Der macht doch sowieso Maui-maui oder Haremharem oder wie sie das nennen«, sagte Violet. »Schöne Strafe.«

»Das werden sie wohl kaum zulassen«, sagte ich. »Die Gefangenen werden ziemlich streng bewacht. Und Waffen hat er in der Zelle auch keine.«

Spanky steckte den Kopf ins Zelt. »Wie sieht's aus an der Nachrichtenfront, Ladys? Angeblich habt ihr euch heute Vormittag mit Blake getroffen?«

»Jayne geht's gut. Gilda hält durch, hat aber Malaria«, sagte Violet.

»Was für'n Pech.«

Kay warf Violet einen schnellen Blick zu. »Was du nicht sagst.«

»Über die Vorräte oder die Komplizen hat er uns nichts verraten«, sagte ich.

Spanky kam ganz herein, wobei er den Regentropfen so weit wie möglich auswich. Er begutachtete unser durchlöchertes Dach und zog eine Rolle graues Klebeband aus der Hosentasche. Dann riss er einige Streifen ab und klebte sie über Kreuz auf die größten Löcher.

»Es heißt, es sei gar nicht so viel entwendet worden«, sagte Spanky.

»Glaubst du, sie haben Angst gekriegt und sich aus dem Staub gemacht?«, fragte Kay.

»Könnte sein. Die Männer waren ziemlich schnell auf den Gefechtsstationen. Meine Theorie geht so: Die Japsen sind von ihren Leuten rausgeholt worden, und es wäre peinlich für Blake, wenn rauskommt, dass nicht nur ein Nipponese frei auf seiner Insel rumgerannt ist, sondern gleich ein ganzes Rudel.«

»Wie kann er denn verhindern, dass es rauskommt?«, fragte ich.

»Wenn man Konteradmiral ist, kann man seine Männer auch dazu bringen, die Welt als Quadrat zu sehen. Dieser Stern auf der Schulter verleiht Macht.«

»Uns nichts davon zu erzählen ergibt ja vielleicht noch Sinn«, sagte Violet. »Aber den Männern? Man möchte doch annehmen, dass sie wissen sollten, welcher Art Bedrohung sie ausgesetzt sind. Wer weiß, ob wir sonst nicht morgen schon noch mehr Japsen auf der Insel haben?«

»Unter uns: Die Männer sind in heller Aufregung über das, was passiert ist. Ich glaube, Blake versucht, um des lieben Friedens willen den Deckel drauf zu halten. Aber das wird nicht funktionieren.«

»Warum nicht?«, fragte ich.

Ein Regentropfen schaffte es an Spankys Werk vorbei und landete auf seinem Kopf. »Weil die Männer Blut sehen wollen. Gott steh den Japsen bei, wenn Gilda stirbt. Dann kriegt jeder Nipponese in der Südsee eine Kugel in die Schädeldecke, das kann ich euch versprechen.«

Der Tag verging quälend langsam. Es gab keine weiteren Nachrichten von Gilda. Um uns die Zeit zu vertreiben, spielten Kay und ich Karten, während Violet las und Briefe nach Hause schrieb. Der Regen trommelte uns fortwährend aufs Dach, auch wenn es dank Spanky im Inneren jetzt deutlich trockener blieb. Keine von uns hatte Lust auf ein Abendessen mit den Offizieren, zu denen immer noch Van Lauer gehören würde, weswegen wir einfach die Vorräte mampften, die wir noch hatten. Violet ließ ihren Flachmann wie eine Friedenspfeife kreisen, und sogar die skeptische Kay griff danach.

Beschwipst zu sein tat gut. Aber eigentlich war alles besser, als in Trauer und Sorge zu sein.

An diesem Abend legten wir uns früh schlafen. Ohne zunächst zu wissen warum, schreckte ich irgendwann wieder auf. Ich saß senkrecht auf dem Feldbett und versuchte herauszufinden, was mich hochgejagt hatte. Und tatsächlich: Neben den Tiergeräuschen und dem Rauschen der Bäume, durch die der Wind fuhr, war noch etwas ganz anderes zu hören – gedämpfte Schritte.

Es konnte jeder sein. Da die Ausgangssperre wieder aufgehoben worden war, hätten zum Beispiel betrunkene Männer auf dem Weg zu ihren Unterkünften an unserem Zelt vorbeitorkeln können. Aber betrunkene Seemänner sind nicht gerade bekannt für ihre Zurückhaltung. Sie singen und lachen und künden von ihrer Anwesenheit wie eine Parade auf der Fifth Avenue. Vielleicht waren es Wacs, deren Baracke nicht weit weg lagen und die auf dem Weg zu ihrem Ziel sehr wahrscheinlich auf Fußspitzen vorbeischlichen. Vor allem, wenn sie noch nach ihrem Zapfenstreich ungesehen irgendwohin wollten.

Ich versuchte, mich wieder in den Schlaf zu wiegen, aber die Geräusche vor dem Zelt hielten an. Das waren nicht die zielgerichteten Schritte von jemandem, der von irgendwoher nach irgendwohin unterwegs war. Sondern von jemandem, der vor unseren dünnen Zeltstoffwänden herumlungerte.

Ich merkte, dass mir nicht damit geholfen wäre, nur dazuliegen und zu überlegen, was da draußen los war. Ich musste nachsehen gehen.

Also nestelte ich mich aus dem Moskitonetz, setzte mir den Helm auf, schlich zur Zeltklappe und schaute vorsichtig nach draußen. Wegen des Vollmonds war es relativ hell, aber trotzdem konnte man nicht mehr als ein paar Meter weit sehen. Das Scharren und Rascheln setzte wieder ein, es schien von einer Gruppe Palmen herzukommen, die ungefähr zwanzig Meter von unserem Zelt entfernt stand. In die Dunkelheit starrend versuchte ich, den Umriss dessen auszumachen, der sich dort verbarg. Ich hörte deutlich das Geräusch von Fleisch, das auf Fleisch schlägt, gefolgt von einem »Autsch!« Eine zweite Stimme herrschte die erste an: »Sssch!« Die erste Stimme gehorchte.

»Was ist?«, fragte Violet. »Die Japaner?«

Ich hatte nicht gemerkt, dass sie wach war. Ich schloss die Zeltklappe und ging zu meinem Bett zurück.

»Und?«

»Beruhige dich. Ich glaube, es sind nur unsere Jungs, die Wache schieben.«

»Sicher, dass es nicht die Japsen sind?«

»Ziemlich sicher. Einer hat ‚autsch' gesagt, als er von einem Moskito gestochen wurde. Was mir eher ein Relikt der westlichen Welt zu sein scheint.« Mit dieser Antwort schien Violet zufrieden, aber ich kann nicht sagen, dass ich selbst es war. Wenn sie schon denselben

Schmerz und dieselbe Wut empfanden wie wir, gab es eigentlich keinen Grund, warum die Japaner nicht auch unsere Schmerzlaute übernehmen sollten.

18 Ein nächtlicher Abschied

Am nächsten Morgen wurden wir sofort nach dem Weckruf in Blakes Büro beordert.

Er saß bereits wartend hinter seinem Schreibtisch. Ich fragte mich, was er eigentlich so machte, wenn er gerade mal nicht darauf aus war, schlechte Nachrichten zu übermitteln oder andere zu entmutigen. Vielleicht nannte man ihn deshalb Late Nate – weil sein Tun von einem Mantel nächtlicher Dunkelheit umhüllt war.

Er hob erst zu reden an, als wir saßen. »Miss DeVane hat uns verlassen.«

»Und wohin haben Sie sie gebracht?«, fragte Violet. »Auf eine andere Insel?«

»Ich fürchte, sie verstehen nicht recht, Miss Lancaster. Miss DeVane ist letzte Nacht verstorben.«

Wir rangen alle drei nach Luft. Hatte er das gerade wirklich gesagt? Wir hatten uns sicher verhört.

»Sie ist tot?«, fragte ich nach.

Er verschränkte die Finger und legte sich die Spitzen der Zeigefinger unters Kinn. »Bedauerlicherweise ja.«

»Warum hat uns denn niemand geholt?«, fragte ich.

»Das hätte auch nichts gebracht. Ich kann Ihnen versichern, sie war im Frieden mit sich, als sie starb.«

»Sie war allein! Sie hätte wenigstens ihre Freunde um sich haben sollen!«

»Mitten in der Nacht alle aufzuwecken, erschien uns übertrieben. Es war ziemlich spät, als sie verschied.«

Er redete weiter, aber ich hörte nicht mehr länger zu. Ich war viel zu beschäftigt damit, mir klarzumachen, was laut seiner Behauptung passiert sein sollte. Wie konnte

Gilda tot sein? Sie war doch viel zu schön, viel zu begabt und viel zu berühmt, um einfach so mitten in einem Auftritt kaltblütig abgeknallt zu werden. Leute wie sie starben einfach nicht.

Aber auch Jack war gestorben. Wenn ich ihn verlieren konnte, waren auch alle anderen Freiwild.

Dieser fürchterliche, fürchterliche Krieg. Weder Jayne noch Gilda hatten jemals irgendwen getötet oder auch nur daran gedacht. Sie spielten bei diesem Spiel um Leid und Hass nicht mit. Sie hatten nichts anderes gewollt, als den hier stationierten Männern ein bisschen Abwechslung zu bringen. Wieso konnten die Japaner das denn nicht begreifen? Waren sie vor Hass so blind, dass für sie jeder Amerikaner ein potenzielles Zielobjekt darstellte? War ihnen klar, wie vielen Menschen sie auf einen Schlag wehtaten, wenn sie ihnen eine derart junge und berühmte Frau nahmen?

»Es liegt auf der Hand, dass Miss DeVanes Tod eine ganze Reihe Probleme mit sich bringt. Ihre Leiche wird morgen per Schiff nach Hause überführt. Was wir mit Ihnen machen sollen, wissen wir noch nicht. Wir haben die USO über die Situation in Kenntnis gesetzt. Man hat dort selbstredend Verständnis für Ihre missliche Lage und die Gefühle, denen Sie zweifellos ausgesetzt sind, aber man findet auch, es wäre das Beste für uns alle, wenn Sie zunächst hierblieben.«

»Warum?«, fragte ich. Unsere Anführerin war tot, der Star unserer Show. Sie konnten doch nicht erwarten, dass wir mit den Auftritten einfach weitermachten?

»Sie sind eine Verpflichtung eingegangen, Miss Winter. Die USO hat eine ganze Menge Geld in die Bewerbung und Organisation Ihrer Tournee gesteckt – immerhin die erste ihrer Art im Südpazifik. Die Männer haben sich die Unterhaltung verdient, und Sie werden sicherlich in dem Punkt mit mir übereinstimmen, dass die Bedürfnisse der Soldaten an erster Stelle stehen sollten. Sicherlich werden wir Ihnen eine kurze Trauerzeit einräumen.« Himmel, wie nett von ihm. »Auch wenn ich denke, es wäre im Interesse aller, wenn wir uns nicht allzu lange mit diesen tragischen Geschehnissen aufhalten. Unsere Männer sind vom Tod umgeben, und ständig daran erinnert zu werden, ist sicher nicht zweckdienlich.« Ich fragte mich, ob er das genauso sehen würde, wenn einer seiner Freunde tot auf der Krankenstation liegen würde. »Da Sie alle drei zugegen waren, als die Schüsse fielen, würde ich gern die Gelegenheit ergreifen, Sie nacheinander über den Vorfall zu befragen.«

»Wozu?«, fragte Violet. »Sie haben den Täter doch schon gefasst.«

»In der Tat, aber wir wollen maximale Klarheit haben über das, was sich ereignet hat.«

»Gut«, sagte Kay. »Wir helfen, soweit wir können.«

»Davon bin ich ausgegangen. Ach, noch eine Kleinigkeit: So glücklich wir waren, dass Miss DeVane hier im Camp die Führungsrolle für Sie übernommen hat, werden wir Sie jetzt, da es eine manifeste Bedrohung für Sie als Künstlerinnen gibt, besser im Auge behalten müssen.«

»Aber, wie Violet gerade schon gesagt hat, der Täter ist doch gefasst«, sagte ich.

»Einer von ihnen, Miss Winter. Wenn ein Japse es schafft, nach Tulagi zu kommen, dann besteht durchaus die Möglichkeit, dass es anderen ebenfalls gelingt. Um

Ihre kollektive Sicherheit zu gewährleisten, haben wir beschlossen, Ihre Einheit für die verbleibende Zeit hier unter die Kontrolle der Wacs zu stellen. In diesem Sinne stehen Sie ab sofort unter dem Befehl Ihrer neuen Offizierin, Captain Amelia Lambert.«

Als Erste befragte Blake Kay. Während er sie in die Mangel nahm, gingen Violet und ich uns in der Kantine einen Kaffee holen, wobei wir über den unglückseligen Verlauf sprachen, den die Dinge genommen hatten. Als der Diakon uns kommen sah, steckte er uns, den Finger auf den Lippen, ein paar Scheiben Toast und etwas Marmelade zu, die wir zum verwässerten Kaffee genießen durften. Allerdings war keiner von uns beiden nach Essen zumute.

»Ich glaub's einfach nicht, dass niemand uns Bescheid gegeben hat, als sie im Sterben lag«, sagte Violet. Seitdem wir Blakes Zelt verlassen hatten, hatte das noch keine von uns angesprochen. Gilda war tot. Gestorben. Für immer. »Ich hasse die Japsen. Unsere Leute würden nie einfach so auf Zivilisten schießen. Wir respektieren die Regeln.«

»Vielleicht war es ein Versehen«, sagte ich.

»Sei doch nicht so naiv. Wenn es ein Versehen war, hätte er doch nicht zwei Mal geschossen. Der Heckenschütze wusste, was für eine Wirkung es hat, wenn er die beiden erschießt. Wir stehen für alles, wogegen sie ankämpfen. Wenn er gekonnt hätte, hätte er uns wahrscheinlich alle abgeknallt.«

Der Gedanke, dass wir drei nur verschont geblieben waren, weil wir gerade das Kostüm wechselten, eine kleine Blase und ein gebrochenes Herz hatten, war entsetzlich.

Violets Augen wurden rot und wässrig. Ich muss zugeben, dass es mich überraschte, wie betroffen sie war. Ich glaubte zwar nicht, dass sie Gilda den Tod gewünscht hatte, aber sie war doch diejenige von uns, von der ich am wenigsten Anteilnahme erwartet hätte. »Und dann auch noch der Hund! Ich sage dir, Rosie: Der Drahtzieher in diesem Fall war ein böser Mensch.«

»Ich fasse es nicht, dass sie uns nicht nach Hause schicken«, sagte ich.

»In dieser Hinsicht macht Blake es richtig.« Mit einem Fingerschnipsen entledigte sich Violet ihrer Tränen. »Wir wollen doch die Männer nicht enttäuschen. Genauso wenig sollen die Japsen denken, dass sie uns eine Schlappe beigebracht hätten. Wenn wir jetzt nach Hause fahren, halten sie uns für einen Haufen Feiglinge.«

Was mir, ehrlich gesagt, nicht allzu viel ausgemacht hätte.

Wir bissen ein paar Mal in unsere Toasts, tranken ein paar Schlucke Kaffee und spürten die schreckliche Leere, die entstand, weil jemand nicht da war, der eigentlich mit uns am Tisch hätte sitzen sollen.

Irgendwann kam Kay zu uns und verkündete, dass Violet als Nächste bei Late Nate anzutreten habe. Sie ließ sich auf den Stuhl neben mir fallen und vergrub das Gesicht in den Händen. »Es ist alles so traurig«, sagte sie. »Mit nichts hätte ich weniger gerechnet.« Sie brach in Tränen aus. Die arme Kay. Verlor zuerst Irene und dann auch noch Gilda. Genau wie ich fragte sie sich wohl, wie viel Verlust sie noch ertragen konnte.

»Es kommt schon alles wieder in Ordnung«, sagte ich. Die Worte klangen abgenutzt, sogar in meinen Ohren. Ich versuchte es zur Abwechslung mit einer anderen Floskel: »Sie ist jetzt an einem besseren Ort.«

»Glaubst du das wirklich?«

Tat ich das? Ich denke schon. Immerhin war Gilda jetzt bei Jack, und wenn es nach mir gegangen wäre, hätten wir sofort die Plätze tauschen können. »Absolut.«

Kay verbrauchte erst eine Serviette und dann noch eine, und ich ging frische suchen, damit sie sich weiter die Tränen abwischen konnte. Ich fand das Gesuchte auf einem Stapel neben den Stahltabletts, von denen die Soldaten aßen. Gerade, als ich mir eine Handvoll Servietten nehmen wollte, hörte ich in der Küche einen Mann sagen: »Ich bin wieder im Spiel.«

»Wo hast du die Knete her, Sozi?«, fragte jemand.

»Ist doch egal«, sagte ein Dritter. »Solange er sie wieder loswerden will.«

Es wurde gelacht, dann übertönte das Klappern der Töpfe und Pfannen ihr Gespräch.

Was, wenn der Heckenschütze gar nicht mit seinen eigenen Leuten, sondern mit jemandem hier auf der Insel zusammengearbeitet hatte, jemandem, der ihm leichten Zugang zu den Vorräten gewähren konnte? Sicher eine gute Möglichkeit, Geld zu verdienen. Und wer von seiner eigenen Armee verstoßen und dazu gezwungen worden war, völlig unangemessene Arbeit zu machen, dem würde es vielleicht auch nicht so viel ausmachen, dem Feind zu helfen. Vor dem Hintergrund ihrer Vorliebe fürs Zocken und ihrer kriminellen Vergangenheit war es nicht allzu schwer, sich vorzustellen, dass sich einige der Männer hier eine gute Gelegenheit zum Geldverdienen nicht durch die Lappen gehen lassen würden.

»Hier.« Ich ging mit den Servietten zu Kay zurück. Sie sah aus, als hätte sie sich fast ausgeweint, was günstig war, kam doch im selben Moment Violet wieder und schickte mich ins Verhör. Auf dem Weg zu Late Nates Büro wälzte ich im Kopf meine neueste Theorie. War es wirklich denkbar, dass jemand sich auf einen solchen Deal mit dem Feind einließ? Wir alle hatten von Spionen gehört, die Informationen gegen Geld handelten. Proviant zu verhökern beeinflusste den Kriegsverlauf wenigstens nicht so stark, zumindest nicht bei derart kleinen Mengen. Wenn der Heckenschütze mit jemandem von der Insel gemeinsame Sache gemacht hatte, würde das auch erklären, warum er von dem kurzfristig anberaumten Auftritt überhaupt gewusst hatte.

»Miss Winter. Setzen Sie sich doch.«

Ich setzte mich auf den mittlerweile einzigen Stuhl vor dem Schreibtisch, der so stand, dass Konteradmiral Blake seine Fragen optimal stellen konnte.

»Soweit ich weiß, ist das Ihre erste Tournee mit den Camp-Shows der USO. Darf ich fragen, warum Sie sich zur Teilnahme entschlossen haben?«

Hatten Violet und Kay irgendetwas von Jack erzählt? Das Risiko, als Lügnerin dazustehen, wollte ich nicht eingehen, aber mit diesem Burschen über meinen toten Ex zu reden, war das Letzte, wonach mir der Sinn stand.

»Jayne und ich hatten das Bedürfnis, mal etwas Sinnvolles zu tun. Eine Mitbewohnerin von uns war bei der Europa-Tournee dabei, und als sie von ihren Erfahrungen berichtete, bekamen wir Lust darauf.«

Nickend machte er sich auf einem Stück Papier eine Notiz. Auf dem Schreibtisch lief ein Drahtspeichergerät. »Sie waren gestern beim Abendessen, kurz bevor die Schüsse fielen, recht erregt.«

Ich räusperte mich. »Ja. Ich hatte gerade erfahren,

dass ein Freund von mir gefallen ist, und ich fürchte, ich habe etwas emotionaler reagiert als üblich.«

»War dieser Freund hier auf den Inseln?«

Das ging Blake überhaupt nichts an. Was mit Gilda passiert war, hatte nichts mit Jack zu tun. Falls Blake es auf eine Wiederholung unserer kleinen Dinner-Szene anlegte, sollte er lieber daran denken, dass diesmal niemand in der Nähe war, der mich zurückhalten würde. »Ich weiß nicht genau, wo er stationiert war. Ich weiß, es war irgendwo im Pazifik, aber wo genau, das habe ich nie erfahren. Einer seiner Schiffskameraden hat mir erst hier von seinem Tod erzählt.«

Er nickte. Anscheinend war meine Antwort ausreichend befriedigend. »Sie hatten sich entschieden, an diesem Abend nicht aufzutreten. Wo waren Sie während der Darbietung?«

»In der Garderobe. Ich habe aus den Kulissen zugesehen.«

»Und was konnten Sie beobachten?«

»Was meinen Sie?«

Mit einem Stift unterstrich er in der Luft die Frage. »Was haben Sie gesehen, kurz bevor auf Miss DeVane und Miss Hamilton geschossen wurde?«

»Eigentlich nichts. Ich bilde mir ein, oben in den Felsen einen Lichtblitz gesehen zu haben, bin mir aber nicht sicher. Ich glaube, mir wurde erst beim zweiten Schuss klar, was los war.«

»Und nachdem die Schüsse gefallen waren?«, fragte er. »Konnten Sie irgendjemanden oder irgendetwas Ungewöhnliches beobachten?«

»Nein. Ich bin eigentlich sofort zurück in die Garderobe gedrückt worden. Ich hatte kaum Zeit zu begreifen, was passiert war.«

Er machte sich eine weitere Notiz. »Vielen Dank für Ihre Hilfe, Miss Winter. Es freut Sie sicher zu hören, dass Miss Hamilton morgen aus dem Lazarett entlassen wird.«

»Das ist großartig.«

»In der Tat. Und bitte entschuldigen Sie mein Verhalten gestern Abend. Ich hatte nicht die geringste Ahnung, dass Ihnen eine so schreckliche Tragödie widerfahren war.«

Ich fühlte mich, als hätte er mir einen Seitenhieb verpasst. Late Nate entschuldigte sich? Bei mir? »Ähm … ist schon in Ordnung.« Ich wartete ab, ob noch mehr kommen würde, aber er beugte sich schon wieder über seinen Schreibblock. Zum ersten Mal fiel mir auf, wie erschöpft sein Gesicht aussah. Die Nase war rot, die Haut unter seinen Augen hatte die Farbe von Steinkohle.

»Das ist alles, Miss Winter. Sie sind entlassen.«

Ich wandte mich zum Gehen, aber etwas hielt mich noch zurück. »Kann ich sie sehen?«

»Miss Hamilton? Natürlich.«

»Nein. Gilda. Kann ich Gilda sehen?«

Seine Stirn durchfurchten Wellentäler. Hätte ich ein Boot dabeigehabt, ich hätte darauf segeln können. »Sie wollen den Leichnam sehen?«

Ich nickte.

»Warum?«

Ich schuldete ihm keine Erklärung, gab ihm aber trotzdem eine. »Dieser Freund von mir, der gefallen ist – ich werde zu seiner Beerdigung nicht zuhause sein. Wenn ich mich wenigstens von Gilda verabschieden könnte, dann …« Dann was? Könnte ich beide zusammen begraben?

Er wandte sich wieder seinen Notizen zu. »Ja, ich denke, das lässt sich einrichten.«

19 Von dreien beschattet

Late Nate stellte einen Mann dazu ab, mich zum Lazarett zu eskortieren. Gilda lag in einem kleinen, separaten Zimmer. Man hatte ein Leinentuch über ihren Körper gebreitet und bislang keinerlei Maßnahmen zu ihrer Konservierung ergriffen. Sie würde in einem einfachen Sarg nach Hause geflogen werden, wie jedes andere im Krieg verlorene Leben auch.

Unter dem Tuch zeichneten sich ihre Haare ab, die fächerförmig um ihren Kopf lagen, wie sie es bei einem lebendigen Wesen niemals tun würden. Ich starrte lange darauf und wartete auf ein Zeichen, dass doch noch Leben in diesem Körper war. Die Ruhe war niederschmetternd. Ich hatte noch nie etwas derart Bewegungsloses gesehen.

Ich zog ihr das Laken bis zur Taille hinunter. Ihr Gesicht war bleich und sah fleckig aus. Wir alle hatten ihre makellose Schönheit wahrgenommen und sie darum beneidet, aber der Tod hatte diese Schönheit zunichte gemacht. Ihr Haaransatz wuchs dunkel nach, ihre Augenbrauen mussten dringend gezupft werden, und ihr Gesicht wirkte hart und unebenmäßig. Vielleicht war es nie ihre physische Schönheit gewesen, die wir so anziehend gefunden hatten. Wir hatten Gilda selbst bewundert.

Als ich sie am Arm berührte, spürte ich, dass das Fleisch nicht mehr nachgab. Der stehen gebliebene Zeiger ihrer Platinarmbanduhr mühte sich vorwärtszukommen. Ich nahm ihre kalte Hand in meine und zog die Uhr auf. Die Zeit schritt wieder voran.

Als ich zurückkam, waren Kay und Violet nicht mehr in der Kantine. Ich fand sie im Zelt, wo sie Gildas Habseligkeiten zusammenpackten.

»Hallo«, sagte ich beim Eintreten. »Was macht ihr?«

»Wir dachten, wir bereiten ihre Sachen vor, damit sie nach Hause geschickt werden können«, sagte Kay.

Violet setzte sich einen Hut auf und besah sich im Kofferspiegel. »Es ist eine Schande, all das zurückzuschicken.«

Ich half ihnen, die einst an den Nägeln im Zelt aufgehängten Kleider zusammenzufalten. Die Kleidungsstücke wirkten anders, wenn sie nicht an ihrem Körper hingen – dünner und schlaffer, wie Luftballons, aus denen am Tag nach der Party die Luft entwichen ist. Eine nach der anderen hielten wir uns die schicken Fetzen vor den Leib, aber statt Begeisterung fühlten wir nur noch viel mehr, wie furchtbar falsch diese Sachen an jeder anderen als an ihrer eigentlichen Besitzerin aussahen.

»Wir finden, die Sachen, die sie Jayne geliehen hat, packen wir nicht ein«, sagte Kay. »Ich bin mir sicher, sie würde wollen, dass sie sie behält.«

»Mein Gott, sie hat noch nicht mal die Hälfte von dem ganzen Zeug angehabt«, sagte Violet. Wir durchwühlten die uns unbekannten Sachen, als ob wir so noch ein bisschen mehr Zeit mit einer Frau verbringen konnten, die wir gerade erst zu schätzen gelernt hatten. So faszinierend die neuen Klamotten auch waren, sie konnten unsere Aufmerksamkeit nicht lange fesseln. Wir waren auf die Sachen aus, die sie getragen hatte, die zu den Erinnerungen gehörten, die wir an sie hatten. »Meinst du, es ist in Ordnung, wenn ich ein Andenken behalte?«, fragte Violet. Sie fuhr mit den Fingern über die schwarze Satinmaske, die Gilda jede Nacht beim Zubettgehen getragen hatte.

Mir war nicht danach, darüber zu streiten, ob es sich gehörte oder nicht. »Ich glaube, das geht«, meinte ich. »So lange es etwas Kleines ist.«

Am Ende suchte sich Violet eine kleine, perlenbestickte Abendtasche aus, und ich nahm mir die Haarspange, die sie getragen hatte, als wir an Bord des Schiffs »Boogie Woogie Bugle Boy« gesungen hatten. Kay konnte sich erst überhaupt nicht entscheiden, schlug dann aber den pragmatischen Weg ein und wählte Gildas Regenzeug.

»Möchtest du denn nichts Glamouröseres?«, fragte Violet.

Kay sah auf das traurige, leere Regencape hinab. »Ich möchte sie eben nicht glamourös in Erinnerung behalten.«

Wir machten mit dem Packen weiter. Hatten wir erst noch alles sehr sorgfältig zusammengelegt, wurden wir zunehmend nachlässiger – einfach weil wir die unangenehme Aufgabe hinter uns bringen wollten. »Wie ist eigentlich dein Gespräch mit Blake gelaufen?«, fragte Violet.

»Na ja«, sagte ich. »Und deins?«

»Er hat mich hundert Mal gefragt, wo ich war, als die Schüsse fielen. Ich habe fast befürchtet, dass ich ihm das Ganze noch mal vorspielen muss.«

»Und bei dir, Kay?«, fragte ich.

»Genauso. Er wollte wissen, warum ich auf dem Klo war und was ich dort gesehen oder gehört habe.«

»Und hat eine von euch etwas gesehen oder gehört?«, fragte ich.

»Nein«, sagten sie einstimmig.

Warum interessierte das Blake überhaupt? Glaubte er wie ich, dass jemand aus dem Camp mit dem Heckenschützen unter einer Decke steckte?

»Er sah ganz schön erledigt aus, oder kam nur mir das so vor?«, fragte ich.

Violet runzelte die Stirn. »Er sah auf jeden Fall aus, als ob er geweint hätte.«

»Das werden alle tun«, sagte Kay. »Sie hat viele Menschen berührt.«

Da hatte sie recht. Wenn prominente Menschen aus dem Leben scheiden, hat das immer ein besonders großes Gewicht – als ob überlebensgroße Persönlichkeiten auch überlebensgroße Lücken hinterlassen. Trotzdem fand ich Late Nates Trauer irgendwie merkwürdig. Vielleicht war ich aber einfach nur über die Erkenntnis erstaunt, dass er überhaupt etwas fühlte.

Die Zeltklappe wurde zurückgeschlagen und Spanky erschien. »Stimmt das?«, fragte er.

»Stimmt was?«, fragte Violet.

»Das mit Gilda. Es geht das Gerücht, sie sei tot.«

Wir drei sahen uns an, keine wollte freiwillig die Überbringerin schlechter Nachrichten sein.

Er ließ die Knöchel knacken. »Los jetzt – wir haben ein Recht darauf, das zu erfahren.«

Da keine andere einsprang, nickte ich schließlich bestätigend.

»Verdammt noch mal«, sagte Spanky. Violet ging zu ihm und nahm ihn in die Arme.

»Wir haben es gerade erst selbst erfahren«, sagte ich.

Einen Augenblick lang hing er wie ein nasser Sack in Violets Umarmung. Als ich dachte, er sei ohnmächtig geworden, legte er sich in altbewährter Geste die Hand auf den Kopf, als hoffte er, dort auf Haare zu treffen, die es zu zerwühlen galt. »Dafür kommen sie in die Hölle.«

Bevor er mehr sagen konnte, betrat der blonde Dutt unser Zelt. Sie warf ihm einen Blick zu, der fragte, was er hier zu suchen habe, und ihn gleichzeitig zum Gehen aufforderte. Er duckte sich unter diesem Blick weg. Ohne ein weiteres Wort oder wenigstens einen wortlosen Gruß gab er Fersengeld und verschwand.

»Ich bin Captain Amelia Lambert. Einige von Ihnen habe ich ja bereits kennengelernt.« Ihre kalten blauen Augen streiften mich und behaupteten mühelos ihre Überlegenheit. »Von den anderen habe ich gehört.« Ihr Blick fiel auf Kay und verurteilte stillschweigend all ihre Sünden, von denen ihr berichtet worden war oder für die sie Beweise hatte. »Für diejenigen von Ihnen, deren Bekanntschaft ich noch nicht gemacht habe« – Violet, die sich fragte, wer außer ihr noch nicht in den Genuss einer Begegnung mit dieser Frau gekommen war, drehte sich suchend um – »ich bin die neue befehlshabende Offizierin der auf Tulagi stationierten Wacs. Für Ihre verbleibende Zeit auf den Inseln sind Sie mir unterstellt.«

»Heißt das, wir sind ab jetzt Wacs?«, fragte Violet.

Amelia Lambert schätzte es nicht, unterbrochen zu werden. Ich glaube, im Grunde schätzte sie rein gar nichts. »Natürlich nicht. Es ist ein Privileg, unsere Uniform tragen zu dürfen. Sie sind nur aus Sicherheitsgründen für die Zeit Ihrer Beschäftigung unter meiner Aufsicht.«

»Wir sind also Kriegsgefangene«, sagte ich.

Sie sah mich noch nicht einmal an. »Ab jetzt werden

Sie jedem meiner Befehle Folge leisten. Tun Sie das nicht, werden Disziplinarmaßnahmen gegen Sie ergriffen, ähnlich den für die Soldatinnen gültigen. Um Sie besser im Blick und in einer sichereren Umgebung zu haben, werden Sie aus diesem Zelt aus- und die WAC-Baracke umziehen.« Sie schaute auf ein Klemmbrett, das ich noch gar nicht bemerkt hatte, so sehr war es ein Teil von ihr. »Miss Winter bekommt Bett Nummer fünfundzwanzig. Miss Lancaster die sechsundzwanzig. Und Miss Thorpe Bett siebenundzwanzig. Bitte packen Sie Ihre Sachen, in zehn Minuten bringen wir Sie zu Ihrer neuen Unterkunft.«

»Einen Moment«, sagte Violet. »Heißt das, wir haben noch nicht mal mehr ein eigenes Zelt?«

»Ganz genau«, sagte Captain Lambert. »Es ist unmöglich, Sie zu beaufsichtigen, wenn Sie getrennt von den anderen Frauen untergebracht sind. Deswegen werden Sie in unser Quartier verlegt.«

»Und was ist mit Gildas Koffern?«, fragte Kay.

»Die lassen Sie hier. Ich werde mich darum kümmern, dass sie nach Hause kommen. Zehn Minuten, meine Damen.« Sie wandte sich zum Gehen, blieb aber kurz vorm Ausgang noch einmal stehen. »Übrigens: Mein Beileid.«

Die WAC-Baracke war nur einen Katzensprung von unserem Zelt entfernt, hätte aber gemessen an dem Ausmaß, in dem uns unsere Privatsphäre flöten ging, auch auf dem Mond liegen können. Niemand war da. Die anderen Frauen gingen ihrer rätselhaften Arbeit nach, weswegen wir den großen, vollgestopften Schlafsaal für uns alleine hatten. Auspacken erübrigte sich. Die Koffer wurden ans Fußende der schmalen Feldbetten gestellt und hatten geschlossen zu bleiben – außer beim An- oder Ausziehen. Die Betten mussten nach Captain Lamberts Vorgaben gemacht werden, was hieß: Die Laken und Decken waren so stramm zu ziehen, dass man meinen konnte, die Matratze trüge einen Hüftgurt. Persönliche Gegenstände durften nicht herumliegen. Sie würden nur zum Diebstahl oder zu anderen eigenwilligen Regungen anstiften, und die hätten in einem Armee-Camp nichts verloren, sagte man uns.

Wie in unserem Zelt gab es auch hier einen betonierten Boden. Dieser Vorzug war augenscheinlich Frauen vorbehalten.

Wir verstauten unsere Sachen, setzten uns auf die Betten und harrten der nächsten über uns hereinbrechenden Katastrophe. Sie ließ nicht lange auf sich warten.

Amelia Lambert ging in der Mitte der Wellblechbaracke auf und ab. »Wir verlangen von Ihnen, dass Sie während der Dauer Ihres Aufenthalts unsere Regeln befolgen. Dazu gehört auch das Verbot von Männerbesuchen.« Dabei sah sie mich an. Offensichtlich ging sie davon aus, dass ich in Gildas Abwesenheit diejenige sein würde, die die anderen zu unmoralischem Verhalten anstachelte. »Da Sie das Quartier mit uns teilen, ist es nur recht und billig, wenn Sie auch gewisse Pflichten übernehmen.« Captain Lambert teilte ein mit Schreibmaschine beschriebenes Blatt aus, auf dem die täglich zu erledigenden Tätigkeiten der Wacs gelistet waren. »Ich habe mit Bleistift Ihre Namen jeweils neben die Aufgabe geschrieben, für die ich Sie geeignet halte. An den Tagen, an denen Sie wegen Ihrer Auftritte unterwegs sind, empfehle ich Ihnen, die Arbeit vor der Abreise zu erledigen. Wenn Sie mich jetzt entschuldigen, ich habe noch anderes zu tun.«

Und damit ließ sie uns allein über den uns zugeteilten Aufgaben schmoren. Violet sollte ein Mal pro Woche die Baracke wischen. Kay beim Wasserholen behilflich sein. So viel Glück hatte ich nicht. Ich wurde angewiesen, die Latrine zu putzen.

»Das ist lächerlich«, sagte ich. »Wir sind keine Soldatinnen. Wir haben nichts getan, weswegen wir im Hühnerstall landen müssten.«

»Uns bleibt keine Wahl, glaube ich«, sagte Kay. Sie sah noch niedergeschlagener aus als am Morgen, falls das überhaupt möglich war. Sie hatte nicht nur Gilda und Irene verloren, sondern wurde jetzt auch noch gezwungen, bei ihren Feindinnen zu kampieren.

»Andererseits werden wir ja kaum da sein«, sagte Violet und wiederholte damit fast exakt Gildas Worte vom ersten Tag im Camp, als uns die triste neue Umgebung die Sprache verschlagen hatte. Ich fühlte mich auf merkwürdige Weise getröstet.

»Und warum kommen wir unter Aufsicht, obwohl sie den Schützen längst gefasst haben? Was soll der ganze Aufwand?«, fragte ich.

»Sie gehen davon aus, dass es kein Einzeltäter war«, sagte Violet. »Das muss dir doch bei Blakes ganzer Fragerei auch schon klar geworden sein.« Sie angelte sich eine Flasche aus dem Koffer und nahm einen schnellen Schluck.

»Spanky war ganz schön von der Rolle«, sagte Kay. »Ihr glaubt aber nicht, dass er und die anderen dem Schützen etwas antun, oder?«

»Und wenn schon«, sagte Violet. »Er hat Gilda ermordet. Er hat dasselbe oder Schlimmeres verdient.«

»Das verstößt gegen die Genfer Konvention«, sagte Kay.

»Glaubst du, die Schlitzaugen achten jeden Buchstaben des Gesetzes?«, fragte Violet.

»Darum geht's doch gar nicht«, sagte Kay. »Wenn wir uns nicht ans Kriegsrecht halten, macht das niemand.«

Die Vorstellung, dass es im Krieg Regeln gab, war absurd – als ob der ganze Krieg nur ein gigantisches Monopoly-Spiel wäre. Kannten alle, die zur Armee gingen, diese Regeln? Oder lernten sie sie nach und nach, so wie Gilda auch Hollywood erst nach und nach begriffen hatte?

Kay und Violet pflaumten sich weiter an, aber ich ertrug es nicht länger, zuzuhören. Als ich stattdessen versuchte, mir auf das Vorgefallene einen Reim zu machen, bekam ich Kopfschmerzen. Warum hatte der Schütze zwei Mal geschossen? Hätte er nur einmal abgedrückt, hätte er vielleicht noch fliehen können. Indem er geblieben war, um einen zweiten Schuss abzugeben, hatte er Zeit verloren. Dass Jayne nur einen Streifschuss abbekommen hatte, konnte ihm nicht klar gewesen sein. Immerhin war sie ja gestürzt. Für ihn musste es so ausgesehen haben, als hätte er sie getroffen.

»Und wenn es doch nur ein Missgeschick war?«, fragte ich.

Kay und Violet verstummten und sahen mich an.

»Wenn was nur ein Missgeschick war?«, fragte Violet.

»Dass sowohl auf Gilda als auch auf Jayne geschossen wurde.«

»Ach so – der Heckenschütze ist über sein Gewehr gestolpert und die Schüsse haben sich zufällig gelöst?«, sagte Violet.

Ich riss mich am Riemen, um sie nicht anzublaffen. »Was ich sagen wollte: Vielleicht sollte eine von beiden gar nicht getroffen werden, sondern ist nur ins Kreuzfeuer geraten. Der Schütze war ziemlich weit weg. Man kann einen Schuss auf die Entfernung leicht versieben.«

»Falls das stimmen sollte: Wer ist dann versehentlich getroffen worden?«, fragte Kay.

Ich stieß den Zeigefinger in die Luft. »Auf Jayne wurde zuerst geschossen. Bei ihr war es sicher ein Versehen. Der Heckenschütze merkt, dass er die Falsche erwischt hat, und schießt noch mal.«

»Das ergibt doch keinen Sinn«, sagte Violet. »Woher soll denn ein japanischer Heckenschütze wissen, wessen Tod größere Wellen schlägt?«

Darauf hatte ich keine Antwort. Aber wenn der Schuss eigentlich nur aus Gründen der Ablenkung gefallen war, dann waren zwei Schüsse des Guten eindeutig zu viel. Ganz zu schweigen von dem Hund.

Mitten in den Nachmittag platzte die Ankunft der Post. Für mich war nichts dabei, für Jayne aber schon: ein dicker, fetter Brief von Tony B. Ich brachte ihn zum Lazarett, wo Jayne mit roten, tränenverschleierten Augen einen *Doc Savage*-Groschenroman zu lesen versuchte.

»Du hast es also auch schon gehört«, sagte ich.

»Sie haben's mir gestern Abend gesagt. Ich glaube aber immer noch, dass sie sich vertan haben.«

»Das habe ich erst auch, aber das haben sie nicht.« Ich räusperte mich. »Ich habe sie gesehen.«

»Sie haben dich zu ihr gelassen?«

»Ja, Konteradmiral Blake sogar. Das ist ein Knüller, oder? Wer hätte gedacht, dass Late Nate ein Herz hat.« Ich umfuhr den Umschlag von Tonys Brief mit dem Finger. »Wenn du willst, kannst du bestimmt auch zu ihr.«

»Ich weiß nicht, ob ich den Anblick ertragen könnte.« Von der Titelseite des Schundheftchens fletschte mich ein grüner Voodoo-Götze an.

Ich setzte mich auf die Bettkante und konzentrierte mich darauf, das Laken über Jaynes Beinen glatt zu streichen. Sie war am Leben. Auch wenn ihre Beine ruhig dalagen: Sie konnte sie noch bewegen. »Ich musste es tun. Der Gedanke, zwei Menschen zu verlieren, ohne den geringsten Beweis dafür zu haben dass sie tot sind, war nicht auszuhalten.«

Jayne schlug das Heft zu. »Ach, Rosie. Ich habe noch gar nicht daran gedacht, wie schrecklich das für dich sein muss.«

»Nein, ist schon gut. Irgendwie habe ich das Gefühl, dass ich mich mit dem Besuch bei Gilda auch von Jack verabschieden konnte. Als ich sie gesehen habe, wurde mir klar, dass der Tod vielleicht gar nicht so furchtbar ist. Wir sind diejenigen, die am meisten darunter zu leiden haben.« War ich wirklich schon so weit? Nein, aber mittlerweile konnte ich die Tatsache akzeptieren, dass der Tod nicht rückgängig zu machen war und dass weder Gilda noch Jack plötzlich an meiner Seite auftauchen würden, um mir die Tränen wegzuwischen.

»Sie war ein so guter Mensch.«

Ich nickte, obwohl ich mir nicht sicher war, ob *gut* wirklich das richtige Wort war. Großzügig, ja, aber eigentlich hatten wir sie nicht lange genug gekannt, um uns über ihre moralische Größe äußern zu können. »Meine Mutter hat immer gesagt: Aller schlechten Dinge sind drei.«

»Du glaubst, da kommt noch was?«

»Nicht nach meiner Zählweise. Ich lasse auch Irene Zinn gelten, wir sollten es also geschafft haben.«

Mit dem Daumennagel fuhr sie an der Kante des Groschenheftchens entlang. »Irene hatte ich schon ganz vergessen.«

»Ich auch fast. Wusstest du, dass sie Schauspielerin war?«

Jayne schüttelte den Kopf.

»Hat mir eine der Wacs erzählt. Ist doch schon komisch, dass Irene und Gilda beide Schauspielerinnen waren und jetzt beide tot sind, oder?«

»Aber sie hatten nicht dasselbe Kaliber, oder?«

»Stimmt, aber für mich sieht es trotzdem nach ein bisschen zu viel Zufall aus.« Mir fiel der Umschlag wieder ein. »Ich habe Post für dich.«

Sie öffnete den Brief und las ihn schweigend, wobei sie länger als nötig über den Worten brütete. Schließlich war Tony nicht gerade für seine geschliffene Ausdrucksweise bekannt. Als sie fertig war, rollte sie sich auf den Bauch und sah mich an.

»Und, was gibt's Neues von Tony?« Ich schnappte mir das Schundheftchen und blätterte es durch.

»Nicht viel. Er vermisst mich. Er verspricht, dass alles anders wird, wenn ich ihm eine zweite Chance gebe. Das Übliche.«

Etwas hielt sie vor mir zurück. Jaynes Gefühle waren so durchsichtig wie Glas.

»Du verschweigst doch etwas«, sagte ich.

Ihre Stimme wurde eine Oktave höher. »Nein, nichts.«

Ich klappte das Heft zu. »Jetzt komm schon.« Ich deutete erst auf die grüne Figur auf dem Titel, dann auf mich. »Wir beide hier wissen, dass du etwas verheimlichst.«

Jayne seufzte und brachte damit die Ecken der Briefbögen zum Flattern. Tony benutzte keine Feldpost-Vordrucke. Er war kein großer Fan von allem, das mit der Regierung zu tun hatte. Sorgfältig legte sie die Blätter entlang der Falze zusammen und versuchte, sie zurück in den Umschlag zu stopfen. »Bei Tony habe ich mich einfach immer sicher gefühlt, und im Moment fehlt mir genau das.«

»Sicher? Bevor oder nachdem er dich geschlagen hat?«

Sie legte den Kopf schief. »Das war ein einziges Mal, Rosie.«

»Ein Mal zu viel.«

Sie sprach jetzt mit dem Brief. »Wenn Tony hier wäre, würde er dafür sorgen, dass keiner von uns etwas zustößt.«

»Oder er würde jemanden anstellen, der sich darum kümmert.«

Was für sie kein Manko war. »Genau. Ich fühle mich hier so ... keine Ahnung ... verletzlich. Jeden Augenblick könnte eine von uns sterben. Ich hätte nicht gedacht, dass es hier so ist.«

»Ich auch nicht.« Aber waren wir nicht selbst schuld, wenn wir dermaßen naiv waren? Was hatten wir denn gedacht, was an der Front passierte? Dass wir den lieben langen Tag am Strand liegen würden und von Dorothy Lamour Cocktails serviert bekämen?

»Wenn Tony hier wäre ...« Sie sprach nicht weiter, und ich unterdrückte den Wunsch, den Satz für sie zu beenden. Wenn Tony hier wäre, wäre sie nicht in der Lage, sich zu entspannen und einfach nur sie selbst zu sein. Dauernd wäre sie damit beschäftigt, ihn bloß nicht zu verärgern. Jedes Mal, wenn er verschwände, um wer weiß was zu regeln, würde sie zu einem nervösen Wrack mutieren.

Allerdings: Wenn Tony hier wäre und Proviant abhanden käme, könnten wir einigermaßen sicher sein, auf wessen Konto das ging. Dann wäre wenigstens dieses Rätsel schon mal gelöst.

»Wir können das hier schaffen«, sagte ich zu Jayne. »Wir werden das hier schaffen. Wir brauchen, um zu überleben, keinen Tony, der uns das Händchen hält.«

»Ich weiß.« Sie gab den Versuch auf, den Brief zurück in den Umschlag zu stecken, und warf ihn auf den Nachttisch. »Wie schlagen sich denn die anderen?«

»Kay und Violet gehen sich gegenseitig an die Gurgel. Spanky will die gesamte kaiserliche Armee dem Untergang weihen. Und unsere neue Offizierin Amelia Lambert findet Trauer schlampig und unpassend.«

Jayne lächelte. »Vielleicht hat sie ja recht. Das Leben wäre so viel einfacher, wenn uns alles egal wäre.«

Da konnte ich ihr nur beipflichten.

20 Ein wahrer Freund

An diesem Abend veranstalteten wir aus dem Stegreif eine Trauerfeier für Gilda. Wir versammelten uns in der Kantine, in der die grellen Deckenlampen durch Laternen ersetzt worden waren, sangen den Männern Gildas Lieblingslieder vor und erzählten Geschichten über sie. Als uns der Stoff ausging, forderten wir alle im Publikum auf, eigene Erinnerungen zum Besten zu geben. Ein Matrosenquartett sang den »Gilda DeVane Blues«. Ein australischer Offizier schilderte, wie er mit ihr getanzt und sie darauf bestanden hatte, erst etwas von ihm zu erfahren, bevor sie von sich erzählte. Männer, die zu dieser Zeit im Lazarett gelegen hatten, berichteten von unserem Besuch dort, wie wir uns mit ihnen unterhalten und ihnen beim Briefeschreiben unter die Arme gegriffen hatten.

Und dann wollte Van Lauer noch etwas sagen. Beklommen sahen wir zu, wie er in die Mitte des Raumes trat und sich an die Zuhörerschaft wandte.

»Für diejenigen unter euch, die mich nicht kennen: Ich bin Van Lauer, und ich hatte im vergangenen Jahr das große Glück, zwei außergewöhnliche Dinge tun zu dürfen: mir die Leinwand mit Gilda DeVane zu teilen und Kampfpilot zu werden.« Er machte eine Pause, als ob er damit rechnete, mit Liebeserklärungen aus dem Publikum überschüttet zu werden, so wie es bei seinen Auftritten üblicherweise passierte. »Gilda war natürlich nicht ihr echter Name, sondern einer, der über eine Umfrage in einem Filmmagazin vor fünf Jahren ermittelt worden ist. Ihr gefiel die Vorstellung, dass mit dieser

Namenswahl Gilda DeVane erschaffen wurde – ein Geschöpf der Fantasie tausender Filmliebhaber. Und in fünf erstaunlichen Jahren hat sie ihren Fans das geschenkt, was sie wollten: eine glamouröse, leidenschaftliche Frau, die für ihre Karriere alles gab. Sogar ihr Leben. Ich glaube, wir haben gestern Abend gewissermaßen zwei Frauen verloren: die, die sie war, und die, zu der sie gemacht wurde.«

Er ging zu seinem Platz zurück, und um sicher zu sein, dass ich diese merkwürdig zusammenhanglose Ansprache nicht halluziniert hatte, sah ich Kay an. Als er seinen Stuhl fast erreicht hatte, stolperte er. Violet hob den Ellbogen, wölbte die Hand und bestätigte so meinen Verdacht: Er war angetrunken.

Das Publikum wirkte ebenfalls verwirrt von seinen Äußerungen. Hatte er Gilda beleidigt? Sie gerühmt? Oder möglicherweise sogar beides?

Violet sprang auf und stellte sich wieder in die Mitte des Saals. »Danke, Van. Das war … interessant. Und mir ist eingefallen, dass ich auch noch etwas sagen wollte.« Innerlich wappnete ich mich. »Wer meine Nummer in der Show gesehen hat, weiß wahrscheinlich, dass ich nicht besonders nett zu Gilda war. Sagen wir es rundheraus: Um nicht eifersüchtig auf einen Filmstar zu sein, muss man ein besserer Mensch sein als ich. Aber im Laufe unserer letzten gemeinsamen Wochen hat sie mir bewiesen, was für ein außergewöhnlicher Mensch sie war. Sie war großzügig, so wie viele es heute bereits beschrieben haben. Und mitfühlend. Und natürlich talentiert. Wir sollten sie so im Gedächtnis behalten.«

Ich war perplex, dass Violet das Bedürfnis verspürte, sie zu verteidigen. Und ich war tief bewegt. Denn Violet hatte recht. Gildas Rolle als Filmstar war unwichtig. Es war der Mensch Gilda, dem wir Anerkennung zu zollen hatten.

Der letzte Redner war Late Nate. Anders als Van war er nicht betrunken, obwohl ich mir bald wünschte, er wäre es. »Das waren äußerst bewegende Momente heute Abend, und ich bin sehr froh, wie viele von Ihnen es geschafft haben, ihre Gedanken in tief empfundene Worte zu kleiden. Es wäre einfach, Miss DeVanes Tod als eine Tragödie zu bezeichnen und es dabei zu belassen, aber ich denke, wir müssen ihr Ableben in jenem größeren Zusammenhang betrachten, in dem es hier auf den Inseln steht. Diese großartige, begabte Frau ist uns genommen worden, weil unser Feind grausam, raffgierig und unmenschlich ist – und wegen nichts sonst.« Die Menge regte sich, wurde lebendig, wie Blätter, durch die der Wind streift. »Dieser Feind ist derselbe Feind, der Pearl Harbor bombardiert hat, der dieses Land geschändet und seine Bewohner verwundet hat. Das sind gottlose Männer, die keine Hemmungen haben zu foltern und die den Geruch des Todes lieben, die keinen Unterschied machen zwischen Soldaten und Zivilisten, Männern und Frauen, Licht und Dunkelheit.« Die leichte Bewegung wandelte sich zu etwas anderem. Flüsternd wiederholte der Saal Blakes Worte, vielleicht nicht exakt, wie er sie gesagt hatte, aber mit derselben Grundidee, gewürzt mit vulgären, gehässigen Ausdrücken. Ein kaum hörbares Knurren kam aus der Menge. Ein bislang eingesperrtes wildes Tier machte sich bereit, von der Kette gelassen zu werden.

Blake senkte die Stimme und stieß triumphierend die Faust in die Luft. »Wir dürfen nicht zulassen, dass es mit dieser Heimtücke weitergeht. Wir müssen die Verbrecher bestrafen. Gilda DeVanes Tod darf nicht umsonst gewesen sein!«

Wie eine Welle, die gegen den Strand schlägt, flutete jetzt ein leises Grollen durch die Menge und steigerte sich zu einem Sprechchor: »Tod den Japsen! Rache für Gilda! Tod den Japsen!« Die Männer erhoben sich und ahmten Blakes Pose nach, indem sie einem unsichtbaren Attentäter im Rhythmus der Worte mit den Fäusten drohten. Auch Kay und Violet standen auf, und nach und nach erreichten ihre Stimmen die Lautstärke der anderen. Bald war ich die Einzige, die noch schweigend dasaß, und die Menge schien ihre ganze Energie darauf zu richten, mich zum Aufstehen zu bewegen. Begriff ich die hohe Bedeutung ihrer Botschaft einfach nicht? Fand ich nicht auch, dass Gilda gerächt werden sollte? Sie war eine Unschuldige, die mit diesem Krieg nichts zu tun gehabt hatte. Sie hatte nur Freude und Glück verbreiten wollen. Die Japaner hatten sich ihre Großzügigkeit und ihr freundliches Wesen zunutze gemacht und sie erschossen, während sie ihre Gabe hungrigen Soldaten schenkte und dabei besonders verwundbar war. Hätte der Heckenschütze doch aufs Publikum gehalten. Das wäre ein fairer Konter gewesen. Die Männer waren immerhin auf den Tod vorbereitet.

Ich stand auf und hob der Menge gleich die Faust, mein Mund arbeitete im Takt der Worte, die Kraft unserer Botschaft ließ mich heiser werden: »Tod den Japsen! Rache für Gilda!«

Erst später wurde mir bewusst, was für einen merkwürdigen Zauber Blake um uns gewirkt hatte. Es war beunruhigend, wie schnell ich mich davon hatte einspinnen lassen. Noch verstörender war die Vorstellung, welche Wirkung seine Worte in der nächsten Schlacht entfalten könnten. Für die von der sich hinziehenden Offensive erschöpften Jungs, die sich fragten, wie viel Sinn es wirklich ergab, hier zu sein, war der Krieg jetzt zu einer persönlichen Angelegenheit geworden. Sie kämpften nicht länger gegen einen gesichtslosen Feind. Sie bestraften jetzt die für Gilda DeVanes Tod verantwortlichen Barbaren, die zudem alle Freunde und Familienangehörigen auf dem Gewissen hatten, die sie im Krieg bereits verloren hatten oder noch verlieren würden.

Als die Männer nach der Veranstaltung den Saal verließen, hörte ich eine vertraute Stimme meinen Namen rufen. Pfirsich.

»Wie geht es dir?«, fragte er. Wir suchten nach einem Plätzchen abseits des Getümmels, um uns unterhalten zu können.

»Was meinst du wohl?«

»Ich war so traurig, als ich es gehört habe.«

»So geht's uns allen.«

»Hast du ihr nahe gestanden?«

Ich fand die Frage dumm; immerhin war ich seit einem Monat mit Gilda auf Tournee. Aber dann dachte ich an Vans Rede und fragte mich, wie viel von der wahren Gilda wir wohl mitbekommen hatten. Hatte es, wie er angedeutet hatte, wirklich zwei Gildas gegeben, und falls ja, welche davon war mit uns auf Reise gegangen?

»Das haben wir doch alle«, sagte ich zu Pfirsich. »Es war nicht schwer, sich schnell mit ihr anzufreunden. Was machst du hier?«

»Als Billy das mit Jayne erfahren hat, hat er darauf bestanden, sie besuchen zu kommen.«

»Ihr geht's gut. Die Kugel hat sie nur gestreift. Ihr Knöchel hat noch am meisten gelitten.«

»Er wollte sie trotzdem mit eigenen Augen sehen. Außerdem dachte ich, du könntest vielleicht auch ein bisschen Gesellschaft brauchen. Das war eine ziemlich miese Woche für dich. Und jetzt, da Jayne außer Gefecht gesetzt ist ...«

Junge, Junge, da hatte er allerdings recht. Es sah bislang alles danach aus, als sei das gesamte letzte Jahr für die Mülltonne gewesen. »Das ist nett von dir. Danke.«

»Fährst du zurück in die Staaten?«

»Nein. Sie lassen uns nicht. Wir müssen den Vertrag erfüllen. Und wir unterstehen jetzt den Wacs.«

Er ließ einen leisen Pfiff hören. »Au weia. Es geht also tatsächlich immer noch schlimmer.«

»Wir sind richtige Glückspilze, was?«

Er sah Richtung Meer. »Sollen wir einen Spaziergang machen?«

»Gerne.« Ich hatte nichts Besseres zu tun. Zurück zur Baracke zu gehen bedeutete zurück zu Captain Lambert. Und mit Spanky und seinen Jungs wollte ich diesen Abend auch nicht verbringen. Ihr ständiges Gerede darüber, wie man es den Japsen heimzahlen könnte, gefiel mir nicht. Ich hatte keine Lust, mit Männern meine Freizeit zu verbringen, die diese Frage zu ihrer Lebensphilosophie gemacht hatten.

Wir liefen über den sauberen, weißen Sand und sahen den Wellen dabei zu, wie sie den Ufersaum glatt spülten. Der Mond hing tief am Himmel und ließ die Szenerie wie eine Fotopostkarte vom Paradies aussehen. Das Wasser glitzerte. Aber nicht nur wegen der Bewegung und den sich darin spiegelnden Sternen – die Wellen selbst schienen zu schimmern.

Ich erwähnte dieses merkwürdige Phänomen.

»Meeresleuchten«, sagte Pfirsich. »Diverse Pilze und Algen lassen es so glühen. Als wir mit dem Flugzeugträger hier angekommen sind, gab es Nächte, in denen ich hätte schwören können, dass Edelsteine im Wasser schweben.«

Edelsteine konnte ich keine darin entdecken; für mich sah es eher so aus, als ob Gespenster im Wasser herumschwebten. War das Jack, der versuchte, dem Meer zu entsteigen, das sein Leben gefordert hatte? War da auch Gilda, gezwungen, die Insel auf ewig heimzusuchen?

Ich schüttelte mir diese Gedanken aus dem Kopf. »Wie ist es so?«

»Was?«

»Der Krieg.«

Wir blieben stehen und setzten uns in den Sand.

»Denk dran: Ich bin Pilot und kämpfe nicht Mann gegen Mann, meine Erfahrungen werden wahrscheinlich nicht von allen geteilt.«

»Ordnungsgemäß zur Kenntnis genommen«, sagte ich. »Wie ist der Krieg also aus deiner Perspektive?«

Er grub einen Kiesel aus dem Sand und warf ihn ins Wasser. Mit einem *Platsch* landete er in der Dunkelheit. »Sehr häufig berauschend. Du bist dauernd auf Adrenalin und hoch oben in der Luft. Obwohl du weißt, dass du auf Menschen zielst, ist es ein bisschen wie ein Spiel. Über Funk schreit dir jemand zu, flieg weiter links oder rechts, damit dein nächster Schuss richtig sitzt, dann reißt man Witze darüber, wie viele Schlitzaugen du gleich plattmachst oder ob du genug Leichen zurücklässt, damit auch die über der Insel kreisenden Bussarde satt werden.«

»Wow.«

»Aber so ist es nicht immer. Vor Kurzem war ich auf einer Insel, um gestrandete Marines aufzusammeln. Als sie mir eine Rundfahrt angeboten haben, habe ich angenommen. Ich wollte mit eigenen Augen sehen, was wir aus der Luft vollbringen. Wir hatten riesige Krater ins Land gebombt, die sich langsam mit Wasser füllten – was mir wirklich zu schaffen machte. Es ist eine Sache, Männer zu töten, die bei einer Invasion eine Insel erobert haben, aber eine ganz andere, diese Insel komplett zu zerstören. Es kam mir genauso schlimm vor wie das, was die Japaner machen. Aber das war noch nichts verglichen mit den Leichen. Ich habe auf diesem Ausflug Dinge gesehen, die ich nie mehr vergessen werde. Zerrissene Körper, die nur noch einen Arm hier und einen Fuß da haben. Die, die noch am Leben waren, brüllten vor Schmerz von den Verbrennungen. Und dann der Geruch – faulende Körper, verkohltes Fleisch. Man kann sich vorstellen, wie das Elend aussieht, vielleicht sogar, wie es sich anhört, aber ich hätte nicht gedacht, dass es auch einen Geruch hat, einen Geschmack. Und als ich das alles sah, habe ich keine Japaner mehr wahrgenommen, sondern nur noch in Stücke gerissene Menschen. Nur Menschen.«

Ich durchkämmte den Sand mit den Fingern, buddelte Löcher, füllte sie wieder auf. »Was glaubst du, warum ein japanischer Heckenschütze Gilda und Jayne ermorden sollte?«, fragte ich.

»Ich glaube nicht, dass er dafür einen Grund brauchte, Rosie. Vielleicht war er gar nicht auf ein bestimmtes Ziel, sondern nur auf irgendein Ziel aus.«

»Aber würden sie das denn machen? An diesem

Abend waren so viele Männer da. Man hätte auf jeden schießen können.«

»Also, ich glaube, niemand ist ausschließlich gut oder böse, nicht mal die Nazis – obwohl du wahrscheinlich ganz schön in die Bredouille kommst, wenn du hier jemanden zu finden versuchst, der diese Meinung teilt. Aber ich muss sagen, ich habe Dinge über die Japaner gehört, deretwegen ich froh bin, so viele wie möglich getötet zu haben.«

Er war ein wandelnder Widerspruch. Wie alle Männer im Krieg. Sie konnten in einem Atemzug Tod und Leid betrauern und gleichzeitig zur Jagd blasen. Ich wollte Pfirsich so vieles fragen: Hatte er Bedenken, dass die Gewalt ihn zu einem schlechten Menschen machte? Glaubte er, dass die Japaner uns für genauso grausam hielten wie wir sie? Fragte er sich, ob er in die Hölle kommen würde?

»An was denkst du?«, fragte er.

»Glaubst du, es stimmt, was sie uns über die Japaner erzählen?«

Er fing an, Schützengräben in den Sand zu graben. Wollten wir beide eigentlich nur weg von hier? Oder trugen wir uns mit dem Gedanken, hier Burgen zu bauen, die aus diesem Ort ein Paradies machen würden?

»Ich glaube, sie übertreiben, sicher, wie Konteradmiral Blake heute. Man will, dass wir sie für grausam und unmenschlich halten. Anders würden wir ja jedes Mal Gewissensbisse haben, wenn wir den Abzug betätigen. Aber ich glaube nicht, dass sie sich alles ausgedacht haben. Ich habe mit eigenen Augen Dinge gesehen und Berichte vertrauenswürdiger Männer gehört. Ich glaube eigentlich sogar, dass sie uns die entsetzlichsten Sachen gar nicht erzählen.«

Hoffentlich war das nicht der Fall. Ich war davon überzeugt, dass unsere Feinde genauso waren wie wir und nur andere Gesichter hatten.

Ich schwieg eine Weile, und das Geräusch der Brandung füllte die Stille. Wie weit wanderte das Wasser nachts wohl landeinwärts? So weit, wie es den Sand schon glatt gespült hatte, konnte man sich gut vorstellen, dass die gesamte Insel allabendlich für einige Stunden überflutet war. Ich war beim besten Willen kein religiöser Mensch, aber ich musste an eine Taufe denken. Nachts wurde der Müll weggewaschen, und am Tag hatten wir wieder einen reinen Strand, den wir erneut besudeln durften. Vielleicht hatte Gilda geglaubt, dass Tulagi dasselbe auch bei Menschen vermochte.

Pfirsichs Graben verband sich mit meinem. Seine Hand war so nah, dass ich ihre Wärme spüren konnte.

»Der Heckenschütze hat auch auf einen Hund geschossen«, sagte ich.

Die Hand wurde zurückgezogen. Ihre Nähe war trotzdem noch zu spüren. »Das überrascht mich nicht. Will man jemanden verletzen, zielt man auf sein Bein. Will man jemanden töten, zielt man auf sein Herz.«

Ich schlich zurück zur WAC-Baracke, und nur der Mond beschien meinen Weg. Beim Näherkommen verriet mir ein Rascheln in den Büschen, dass ich nicht alleine war. Ich blieb wie angewurzelt stehen und wartete, dass sich die andere Person zu erkennen gab. Das Rascheln hörte auf, und ich konnte diese sehr spezielle Spannung spüren, die entsteht, wenn Menschen versuchen, absolute Stille vorzutäuschen. Je länger ich in die Dunkelheit starrte, umso sicherer war ich, dass sich dort menschliche Umrisse abzeichneten. Jemand kauerte dort und schirmte einen kleinen, roten Lichtschein ab, der gut zu den verglimmenden Resten einer Zigarette gehören konnte. Ich hätte Angst haben müssen, aber aus irgendeinem Grund blieb ich gelassen. So raffiniert waren unsere Feinde nicht. Sie legten mit Gewehren und Bomben lautstark Zeugnis von ihrer Anwesenheit ab, niemals würden sie uns aus dem Schutz der Bäume heraus beobachten und dabei versuchen, ihre Herzen nicht allzu laut schlagen zu lassen.

Ich lag noch lange wach in der fremden Umgebung. Auch wenn der Urwald niemals ruhig war: Fünfundzwanzig neue Zimmergenossinnen waren deutlich lauter. Manche schnarchten, andere murmelten im Schlaf; alle drehten und warfen sich auf den unbequemen, schmalen Feldbetten herum, die bei jeder Bewegung knarzten. Waren schon unsere vorherigen Matratzen nicht der Rede wert gewesen, fühlten sich die neuen doppelt so dünn an und wie mit Nägeln gefüllt. Bei jeder Veränderung der Position piekste mich etwas in den Rücken. Es war zudem um einiges wärmer als im Zelt. Die Wellblechbaracke verwandelte sich in einen gigantischen Ofen, der von der Hitze quietschte und ächzte. Ich schloss die Augen und versuchte mir vorzustellen, im Shaw House zu sein, Jayne nur eine Armlänge entfernt. Die einzigen Geräusche kämen von Churchill, der sich in den Schlaf schnurrte, und von der Stadt, die ihre Betriebsamkeit in der Nacht zurückschraubte. Vor dem Fenster leuchtete in schöner Regelmäßigkeit das Neonschild des Hotels von gegenüber und illuminierte meine Träume.

Es funktionierte. Ich döste ein. Jetzt konnte es nur

noch Sekunden dauern, und dieser ganze schreckliche Tag – der Tag, an dem wir von Gildas Tod erfahren hatten – würde vorbei sein.

Ein Geräusch ließ mich die Augen wieder aufschlagen. Auf der Suche nach der Quelle starrte ich in die mich umfangende Dunkelheit. Es war nicht das Knarzen der Baracke gewesen, kein Schnarchen und auch nicht das Murmeln einer schlecht Träumenden. Jemand lief in der Baracke herum.

Ich erstarrte. Vielleicht war es Captain Lambert, die von einem nächtlichen Rendezvous zurückkam? Oder lag ich doch falsch mit der Annahme, die Beobachter da draußen im Dschungel seien zu unserem Schutz da?

Langsam, so, dass es wie ein ganz normales Herumwälzen wirkte, rollte ich mich auf die Seite, der Geräuschquelle entgegen. Eine Gestalt kam näher, direkt auf mich zu. Ich hatte keine Waffen zur Hand. Ich konnte nur auf das Überraschungsmoment vertrauen.

Mit einem Klicken wurde eine Taschenlampe angemacht, deren Lichtkegel vom Boden über das leere Bett neben mir wanderte. Kaum war das Bett in Augenschein genommen, ging die Taschenlampe wieder aus, und die Schritte wurden schneller. Dann hielten sie inne, und das Bett ächzte, als es plötzlich Gewicht zu tragen hatte.

Ich fing wieder an zu atmen und flehte mein Herz an, langsamer zu schlagen. Es dauerte noch eine gute weitere Stunde, bis ich endlich einschlief.

Captain Lambert brauchte kein Horn, um uns zu wecken, das erledigten die gedämpften Geräusche eines Fliegerangriffs für sie.

»Raus aus den Federn, meine Damen«, sagte sie provozierend fröhlich. Vor der Baracke war der Morgen noch damit beschäftigt, die Nacht abzuschütteln. »In zehn Minuten ist Inspektion.«

Der Lärm draußen ähnelte dem an unserem ersten Tag auf Tulagi, nur hatte uns diesmal keine Sirene vor der nahenden Gefahr gewarnt. Die Hoffnung, trotzdem einfach weiterzuschlafen, war vergeblich, vor allem, als Captain Lambert am Fußende meiner Pritsche stehen blieb und mir einen Klaps auf den Oberschenkel verpasste. »Damit meine ich *alle*, Miss Winter.«

Ich setzte mich auf und bedachte sie mit einem der frühen Stunde angemessenen Blick. Auf der anderen Seite des Schlafsaals mühte sich Violet, ein normal großes Laken über ihr extralanges Bett zu ziehen. Ich gähnte und streckte mich ausgiebig, bevor ich mich schließlich dazu aufraffte, die Beine über den Bettrand zu schwingen. Neben mir – also neben dem Bett, das mit Hilfe einer Taschenlampe gefunden worden war – knöpfte sich Candy Abbott behände die Uniformjacke zu.

»Morgen«, sagte ich zu ihr.

Lächelnd unterbrach sie ihre Tätigkeit. »Hab schon gehört, dass ihr bei uns einquartiert werdet. Zufrieden mit der Unterbringung?«

»Ich war schon in Gefängnissen, in denen die Betten bequemer waren.«

»Das bessert sich. Je häufiger man darin schläft, desto weicher werden sie.« Sie setzte sich auf ihre Pritsche, ohne Rücksicht darauf zu nehmen, dass sie das Laken wieder zerknitterte.

»Hast du eine Ahnung, was es mit diesem Tohuwabohu auf sich hat?«

»Die Japsen bombardieren Guadalcanal. Kein Grund zur Sorge: Sie haben sich das Ende der Insel vorgeknöpft, das am weitesten von uns weg ist.« Sie fischte einen Schuh unter dem Bett hervor. »Ich habe das mit Gilda gehört. Mein Beileid.«

»Danke. Sie wird uns so was von fehlen.«

»Wie geht's der anderen, die angeschossen wurde?«

»Jayne? Gut. Sie kann wohl heute Abend wieder zu uns stoßen.« Am anderen Ende der Baracke brüllte Amelia eine Frau an, sofort auf den Boden zu gehen und zehn Liegestütze zu machen. Ich hätte ihr eine gepfeffert. »Ist eure Chefin so schlimm, wie's aussieht?«

»Schlimmer.«

»Du scheinst dich aber nicht an ihre Vorschriften halten zu müssen.«

Candys Augen blitzten fragend auf.

»Ich habe gehört, wie du gestern Abend zurückgekommen bist«, flüsterte ich.

»Oh.« Sie wirkte peinlich berührt. Und ein bisschen erschrocken. Sie hatte gedacht, eine bessere Nacht-und-Nebel-Aktivistin zu sein. »Ich dachte, so spät schlafen sowieso schon alle.«

»Keine Sorge, ich war selbst gerade erst im Bett. Eine Bemerkung am Rande: Vor der Baracke sind Wachen postiert.«

»Ehrlich?« Alle Farbe wich aus ihrem Gesicht.

»Oder es sind Gorillas, die sich da draußen eine Zigarette gönnen. Also: Wer ist der Glückliche?«

Sie lächelte und sah schon so aus, als wollte sie es mir verraten, als rechts neben mir Captain Lamberts Stimme gellte.

»Sie haben noch eine Minute bis zur Inspektion, Miss

Winter. Ich kann mir nicht vorstellen, wie Sie es in dieser Zeit schaffen wollen, sich anzuziehen und Ihr Bett zu machen.«

»Ich bin keine Wac«, sagte ich.

»Mein Haus, meine Regeln. Nebenbei bemerkt: Gestern habe ich noch besondere Umstände gelten lassen, aber Sie werden Ihre nächtlichen Aktivitäten einschränken müssen. Meine Mädchen haben um Punkt elf in den Betten zu sein. Ohne Ausnahme.«

Hatte sie Nachtsicht-Augen? Unmöglich, dass gestern Abend irgendjemand mein Kommen bemerkt hatte. Höchstwahrscheinlich war sie selbst noch nicht in der Baracke gewesen. »Haben Ihre Wachen gepetzt?«, fragte ich.

»Meine was?«

»Die Männer, die Sie gestern Nacht als Wachposten aufgestellt hatten.«

»Ich kann Ihnen versichern: Falls in der Nähe dieser Baracke Männer gewesen sein sollten, dann war das ein Verstoß gegen die Vorschriften.« Sie leckte die Bleistiftmine an und tippte dann mit der Spitze auf ihr Klemmbrett. »Was waren das für Männer?«

»Was weiß ich. Es war dunkel.«

»Welche Gattung?«

»Mäuse? Hühner? Meine Güte, wie soll ich das wissen?« Blake hätte sie sicher darüber in Kenntnis gesetzt, wenn er irgendwo Wachen postiert haben sollte. Mir gefiel gar nicht, worauf das hier hinauslief. Irgendwie war plötzlich nicht mehr ich diejenige, die in Schwierigkeiten steckte, sondern diejenige, die andere in Schwierigkeiten brachte. Bevor ich nicht wusste, warum unsere nächtlichen Besucher da gewesen waren, kam es mir unfair vor, sie zu verpfeifen.

»Sehe ich so aus, als sei ich zu Scherzen aufgelegt?«, fragte sie. Ich konnte mir, ehrlich gesagt, nicht vorstellen, dass sie das jemals war.

»Ich sage die Wahrheit.« Ich hob die Hand. »Großes Pfandfinderehrenwort. Ich bin davon ausgegangen, dass sie als Wachen abgestellt worden sind und habe sie deswegen nicht weiter beachtet. Ich weiß noch nicht mal, wie viele es waren.«

»Nun gut. Falls Sie sie wieder sehen sollten, erwarte ich, dass Sie mich umgehend darüber in Kenntnis setzen.« Sie sah auf die Uhr. Zum Glück lag ihr mehr daran, uns zu ärgern, als unsere Tugendhaftigkeit zu beschützen. »Sie haben noch dreißig Sekunden, um Ihre Aufgabe zu Ende zu bringen.« Sie klatschte in die Hände. »Hopp, hopp!«

Ich sprang auf und warf die Decke über die Matratze. Mit einer mich selbst überraschenden Geschwindigkeit streifte ich mir frische Klamotten über, lief zum Fußende meiner Pritsche und nahm wie die anderen Frauen Haltung an.

Falls Captain Lambert von meinem Tempo beeindruckt war, ließ sie es sich nicht anmerken. Sie nahm kaum von mir Notiz, als sie an meinem Bett vorbeiging und meinen Namen auf ihrem Klemmbrett abhakte.

Violet und Kay hatten nicht so viel Glück. Obwohl Violets Bett gemacht und ihr Erscheinungsbild ordentlich wirkte, beugte sich Captain Lambert über ihren Koffer, aus dem eine Unterhose hing wie die Zunge eines durstigen Hundes. Mit einem Finger hob sie den Kofferdeckel und enthüllte vor der versammelten Truppe dessen katastrophalen Inhalt. Aber es war nicht Violets Unvermögen, ihre Sachen sauber zu falten, das sie interessierte, sondern ihre Getränkesammlung. Zwischen Seidenwäsche, Blusen, Röcken und Kleidern lagen mehrere Flaschen Alkohol wie Eier im Nest, in der Mitte der Flachmann, der nur noch aufgefüllt zu werden brauchte, damit Violet sich abfüllen konnte.

Mit einer Flasche in der Hand drehte sich Captain Lambert um wie ein Model bei Macy's und zeigte ihren Fund herum. »Alkohol ist strikt verboten«, sagte sie. »Wir sind eine trockene Einheit.«

»Ihre Einheit kann so trocken sein, wie sie will – ich bin eine durstige Schauspielerin.« Violet griff nach der Flasche, die aber sogleich so hoch gehalten wurde, dass sie nicht mehr drankam.

»Woher haben Sie das?«

Violet hob das Kinn. »Von zuhause mitgebracht.«

Captain Lambert schraubte die Flasche auf und schnupperte. Den Alkoholgehalt konnte man an ihrem Gesicht ablesen. »Der Betrieb einer Schwarzbrennerei verstößt gegen die militärischen Vorschriften.«

»Ich werd' daran denken, falls ich je zum Militär gehen sollte.«

»Wenn ich noch einmal Alkohol in Ihrem Besitz finde, greife ich zu disziplinarischen Maßnahmen. Verstanden?«

Violets Blick blieb auf die Flasche geheftet. Amelia schien zu merken, dass Worte keine allzu große Wirkung haben würden. Wollte sie ihren Standpunkt klarmachen, musste sie es in einer Sprache tun, die Violet verstand.

Sie ging zur Tür und leerte die Flasche aus. Violet stieß einen schrillen Schrei aus, als sie den kostbaren Trunk auf die schon nasse Erde tropfen sah. Ich rechnete halb damit, dass sie hinstürzen und alles, was noch nicht versickert war, auflecken würde.

»Das können Sie nicht machen! Das ist mein Schnaps!«

»Und wenn Sie sich ab jetzt an meine Regeln halten, bekommen Sie nach Ihrer Tournee den Rest vielleicht zurück. In meinem Camp gibt es keinen Alkohol. Finde ich noch einmal welchen bei Ihnen, werde ich veranlassen, dass Konteradmiral Blake eine umfassende Untersuchung anstrengt, wer auf dieser Insel schwarz brennt. Verstanden?« Captain Lambert wies eine der Wacs an, die restlichen Flaschen aus dem Koffer zu nehmen und in ihr Büro zu bringen. Den Tränen nahe sah Violet zu, wie ihre Bar den Saal verließ.

Leider war Captain Lambert noch nicht fertig. Ihr Blick wanderte von Violet zu Kay, die lotgerade vor ihrer Pritsche stand. Kays Koffer war verschlossen, sein Inhalt nicht zu sehen. Ihr Laken hatte sie so straff gespannt, dass man auf ihm hätte Trampolin springen können, Kay selbst sah aus wie aus dem Ei gepellt: Das Hemd steckte im Rock, und die Schuhe waren derart auf Hochglanz poliert, dass das Licht sich darin brach.

Aber irgendwie reichte das Captain Lambert nicht.

»Miss Thorpe, ich habe erfahren, Sie waren früher eine Wac.«

Kay blickte starr geradeaus. »Ja, Captain Lambert, das ist korrekt.«

»Ich nehme an, Sie waren nicht gut genug?«

Wäre ich einem solchen Verhör unterzogen worden, wäre ich wahrscheinlich auf sie losgegangen. Aber Kay wusste es besser. Der einfachste Weg, das hier schnell hinter sich zu bringen, war, zu allen Behauptungen Amelias Ja und Amen zu sagen.

»Das ist korrekt, Captain Lambert.«

»Wissen Sie, was Mädchen, die bei den Wacs ausscheiden, sind?«

»Nein, Captain Lambert.«

»Feiglinge. Schwache, bemitleidenswerte Feiglinge.«

Kay schluckte. Ich wäre am liebsten dazwischengegangen, wusste aber nicht, was das bringen sollte. Lambert hatte mich sowieso auf dem Kieker. Wenn ich Kay beisprang, würde ihr das nur noch einen Grund mehr liefern, weswegen sie Kay nicht leiden konnte.

»Private Andrews«, sagte Captain Lambert zu einer Wac ein Bett weiter. »Ist die Art und Weise, wie Miss Thorpe ihr Bett gemacht hat, hinnehmbar?«

Private Andrews' Gesicht war übersät mit Sommersprossen, und ihr Körper wirkte merkwürdigerweise so, als würde er jeden Moment in sich zusammensacken, obwohl sie sicherlich vollkommen aufrecht stand. Sie sah erst zu Kay und dann zu deren Bett. »Nein.«

»Das will ich meinen«, sagte Captain Lambert. Sie ging zu Kays Pritsche und schlug die Überdecke so energisch zurück, dass das Laken und die Decken gleich mit herausgerissen wurden. »Noch mal. Und diesmal korrekt.«

Kay tat es, während wir alle zusahen. Als das Bett gemacht war, befragte Captain Lambert eine Wac namens Lembeck. Die große Brünette warf noch nicht mal einen Blick aufs Bett, bevor sie verkündete, die Ausführung sei auch diesmal unsachgemäß.

Kay machte eine halbe Stunde lang das Bett, während die Wacs über sie urteilten. Ich sah uns schon den ganzen Tag hier stehen und Kay das Laken unter die Matratze stopfen und die Decke zurechtziehen, als Captain Lambert Candy Abbotts Meinung zu Kays Erfolg hören wollte.

»Private Abbott, hat Miss Thorpe dieses Bett zu Ihrer Zufriedenheit gemacht?«

»Ja, Captain Lambert. Das Bett ist in Ordnung.«

Vor Überraschung zuckte Captain Lambert ein wenig zusammen. »Was war das?«

»Ich sagte: Meiner Meinung nach ist das Bett jetzt ordnungsgemäß gemacht.«

Captain Lambert zog die Augenbrauen hoch. »Sind Sie sich sicher?«

»Ja, Captain Lambert.«

Amelia marschierte zu Candys Bettstatt und zog auch dort die Decken herunter. »Dann demonstrieren Sie mal, wie man ein Bett richtig macht – Sie scheinen sich auf diesem Gebiet ja für eine Expertin zu halten.«

Candy tat wie geheißen. Sie musste die Prozedur zwei Mal über sich ergehen lassen, bevor eine der anderen Wacs befand, alles sei zu ihrer Zufriedenheit. Captain Lamberts Zorn traf sie nicht mehr – offensichtlich war Amelia des Spiels müde geworden.

Nach Abschluss der Inspektion wies Captain Lambert die Wacs an, sich zum gemeinsamen Marsch zur Kantine draußen aufzustellen. Während alle hinausgingen, fing ich Candy ab.

»Danke, dass du das für Kay getan hast. Das war sehr mutig.«

Sie zuckte mit den Schultern. »Ach Quatsch. Ich hatte Hunger und fing an, mich zu langweilen.«

»Trotzdem. Danke.«

Sobald sie außer Sichtweite waren, ließen wir drei uns auf die Pritschen fallen und warteten darauf, dass die Sonne ihren Aufgang vollendete.

»Das halte ich nicht jeden Tag aus«, stöhnte Violet. »Wie kann sie es wagen, meinen Alk zu konfiszieren. Ich habe das gleiche Anrecht darauf wie die Männer.«

Ich beachtete sie nicht weiter. Es war zwar schade um ihren Schnaps, aber zusehen zu müssen, wie Kay in die Mangel genommen wurde, war doch noch verstörender gewesen.

»Geht's dir gut?«, fragte ich Kay.

»So, wie es einem dahergelaufenen Paria eben gut gehen kann.«

Ich rollte mich auf die Seite. »Die werden sich schon noch an deine Anwesenheit gewöhnen.«

»Vielleicht, vielleicht aber auch nicht. Ich war mit so vielen von ihnen befreundet. Ich frage mich, welche von ihnen mich bei Captain Lambert angeschwärzt hat.«

»Spielt das wirklich eine Rolle?«

»Nein.« Sie drehte sich auf den Bauch und machte Schwimmbewegungen.

»Immerhin ist Candy für dich in die Bresche gesprungen.«

Das Kissen dämpfte ihre Stimme. »Dieses eine Mal. Ich wette, wenn die Mädels sie deswegen erst lange genug aufgezogen haben, macht sie einen solchen Fehler nicht noch mal.«

»Da sei dir nicht so sicher. Ich war nicht die Einzige, die gestern zu spät war. Candy ist sogar noch nach mir gekommen.«

»Warum hast du das nicht gesagt?«, fragte Violet.

Ich warf ein Kissen nach ihr. »Was hätte das denn gebracht? Indem ich die Klappe gehalten habe, weiß sie, dass wir sie decken, und tut im Gegenzug genau dasselbe vielleicht auch für uns.«

»Oder sie findet, dass wir nun quitt sind und das Spiel ab jetzt wieder offen ist.« Violet warf das Kissen zurück. Mit einem Plumps landete es auf dem Boden.

»Waren gestern wirklich Wachen da draußen?«, fragte Kay.

»Stimmt«, sagte Violet, »ich habe auch niemanden gesehen.«

Ich hob das Kissen auf und knuffte es in Form. »Sie hatten sich zwischen den Bäumen versteckt, als ich kam. Ich glaube, es sind dieselben, die uns schon in der Nacht, als Gilda gestorben ist, beobachtet haben.«

»Vielleicht hat Dotty sie auf uns angesetzt«, sagte Kay. »Oder einige der anderen Kameraden. Es ist irgendwie schön, dass sich jemand um uns sorgt.«

»Gesetzt den Fall, dass es so ist«, sagte Violet.

»Glaubt mir«, sagte ich, »wenn sie uns an den Kragen wollten, hätten sie ausreichend Gelegenheit dazu gehabt, als wir noch in unserem eigenen Zelt waren. Die sind entweder da, um uns zu bewachen, oder es sind Spanner. Aber nach allem, was passiert ist, habe ich offen gestanden auch gegen Spanner nicht allzu viel einzuwenden.«

21 Besuch im Kriegsgefangenenlager

Später an diesem Vormittag half ich Jayne, ihre Sachen zu packen und zur WAC-Baracke zu bringen. »Wie lief's mit Billy?«, fragte ich, als wir uns auf den Weg durchs Camp machten.

Während Hals und Gesicht rot anliefen, grinste sie den Boden an. Sie hatte darauf bestanden, zu Fuß zu gehen, obwohl ihr der Knöchel immer noch Probleme bereitete und sie vor Schmerz nicht ihr übliches, schnelles Schritttempo vorlegen konnte. »Gut. Sehr gut. Wie süß von ihnen, dass sie gestern nach uns gesehen haben, oder?«

»Ja, ganz schön nett.«

Jayne schürzte die Lippen. »Du findest nicht, dass es respektlos war, oder?«

»Was?«

»Dass Billy mich besucht, so kurz nach Gildas Tod.«

»Wenn man bedenkt, wie sehr Gilda die Männer geliebt hat, finde ich eher, es war eine angemessene Hommage.«

Sie drückte ihr Bündel fester an die Brust. »Er hat gesagt, er glaubt, er ist dabei, sich in mich zu verlieben.«

»Er glaubt es nur?«

Sie legte den Kopf schief, und plötzlich sah ihr Grinsen völlig übergeschnappt aus. »Okay, das *er glaubt* habe ich dazugedichtet. Ist es zu früh, so für jemanden zu empfinden?«

Ich dachte daran, wie schön es gewesen war, Pfirsich zu sehen, wie gut es sich angefühlt hatte, einen warmen Körper so nah bei mir zu haben. Es war fast unmöglich, sich nicht nach Zweisamkeit zu sehnen, wenn man, wohin man sich auch drehte und wendete, vom Tod umgeben war. »Für ihn zu früh oder für dich zu früh?«

»Für uns beide, oder nicht?«

»Nein, es ist nicht zu früh«, sagte ich. »Lasst euch einfach nicht vom Krieg dazu drängen, die Dinge zu überstürzen, okay? Diese Uniformen spiegeln einem vor, dass alles jetzt und sofort passieren muss.«

Mit einem Klatschen erledigte ich einen vor mir in der Luft sirrenden Moskito. Ich bekam Pfirsich nicht mehr aus dem Kopf, wollte aber meine Gedanken nicht laut aussprechen. Dass es in Jaynes Fall ernster wurde, war vielleicht nicht zu früh, in meinem Fall aber definitiv schon.

Jayne gähnte und hielt sich schnell die Hand vor den Mund.

»Ich weiß wenigstens, warum ich nicht schlafen konnte«, sagte ich. »Du auch?«

»Die Nacht auf der Krankenstation war ziemlich hektisch. Einer der Soldaten hat versucht, sich zu erhängen.«

»Ist nicht wahr!«

Jayne nickte ernst. »Er wird sich wieder erholen, aber es war ganz schön verstörend. Er hat fast die ganze Nacht phantasiert und wirres Zeug geredet.«

»Weißt du, warum er sich umbringen wollte?«

»Ruth hat gesagt, dass er das Rock-Happy-Syndrom hatte, das auf allen Pazifik-Inseln auftritt. Je länger die Jungs hier nichts zu tun haben, desto gelangweilter und verzweifelter werden sie. Immerhin hat er nicht versucht, auch noch andere zu verletzen.«

»Immerhin?«

Jayne kniff die Augen zusammen. »Ist das Spanky?«

Die kahle Kugel seines Kopfes reflektierte die Sonne, während er am Strand entlangging. Als er uns sah, legte er an Tempo zu und überwand die restlichen Meter trabend.

»Morgen, die Damen. Jayne, wie geht's?« Wie ein Schuljunge, der sich erbietet, die Bücher ins Klassenzimmer zu schleppen, nahm er ihr den Stapel Zeitschriften ab.

»Prima«, sagte Jayne, »danke der Nachfrage. Und Mac?«

»Darüber könnt ihr euch heute Nachmittag selbst ein Urteil bilden. Woof sagt, er darf dann wieder aufstehen.« Er wandte sich an mich. »Das war ein ganz schönes Aufgebot gestern Abend, oder?«

»Auf jeden Fall war es ein bisschen Abwechslung«, sagte ich. »Eine Frage: Habt ihr, du oder Dotty, eure Freunde gebeten, uns zu beschatten?«

»Wie bitte?«

»Schon in der Nacht, als Gilda angeschossen wurde, hat uns jemand im Zelt beobachtet, und gestern Abend sind wieder welche an der WAC-Baracke aufgetaucht. Ich dachte, einer von euch hätte sie vielleicht auf uns angesetzt.«

Er drehte die Handflächen in einer Unschuldsgeste nach oben. »Da hast du die Falschen unter Verdacht. Machst du dir Sorgen?«

»Nein«, sagte ich, »das nicht. Wir hätten nur gern gewusst, wer ihnen den Befehl gegeben hat.«

»Ich kann mich umhören, wenn ihr mögt.«

»Wenn du das tust, dann tu's diskret«, sagte ich. »Ich glaube nicht, dass irgendwelche hohen Tiere dahinterstecken, und es wäre mir sehr unangenehm, wenn wir jemanden in Schwierigkeiten bringen, der uns nur beschützen will.«

»Ich schweige wie ein Grab. Da wir's gerade von Geheimnissen haben …« Spanky trat näher. Er roch stark nach Schweiß und Meerwasser, außerdem lag in seinem Atem noch ein Hauch von etwas sehr viel Stärkerem. Hatte er getrunken? Oder waren das die Überbleibsel der gestrigen abendlichen Vergnügungen? »Heute Nacht geht's rund.«

Jayne und ich tauschten einen Blick und versicherten uns damit, dass wir beide keine Ahnung hatten, wovon er redete.

»Wir stürmen das Gefängnis«, sagte er.

»Wer genau macht was?«, fragte ich.

»Es ist nicht in Ordnung, dass dieser Japse da drüben in Saus und Braus lebt, nach allem, was er Jayne und Gilda angetan hat. Er muss für seine Tat bezahlen.«

Jaynes Mund ging auf und bildete ein *O*. »Was soll das denn bringen?«

Ihr Tonfall verblüffte Spanky. Ich glaube, er konnte sich nicht vorstellen, dass jemand seine geplante Aktion nicht guthieß, geschweige denn jemand, für den er sie durchzuführen glaubte. »Wir schicken ihnen eine Botschaft, und wenn wir gut sind, erfahren wir auch gleich noch, wer seine Komplizen waren und wann sie wieder zuschlagen.«

»Aber ist es nicht schon Botschaft genug, dass er im Gefängnis sitzt?«, fragte sie.

»Ja, wo er weich gebettet wird und man ihm das Händchen hält.« Abrupt drehte er den Kopf nach links, wo sich eine Gruppe um einen Football versammelte. Er gab Jayne die Zeitschriften zurück. »Ich muss los, Mädels. Wenn ihr bei dem Spaß dabei sein wollt: Wir treffen uns um Mitternacht an der Badestelle.«

Beim Frühstück sprachen die Offiziere über den anstehenden Vorstoß auf die Insel New Georgia. Gildas Name fiel kein einziges Mal, obwohl sie hier ebenso präsent war wie der Geruch nach Bratspeck, der sich in den Wänden festgesetzt hatte. Wie die Männer, die mit ihm gekommen waren, war auch Van Lauer noch da. Wegen der Luftangriffe auf Guadalcanal war der Aufenthalt der Air-Force-Offiziere um noch mindestens einen Tag verlängert worden, für den Fall, dass sie noch benötigt würden. Ich dachte ja, wir hätten Guadalcanal längst erobert, aber offensichtlich waren diese Siege nicht ganz so schwarz oder weiß, wie sie sich in der Presse lasen. Auch die widersprüchlichen Nachrichten von der Insel verkomplizierten die Situation. Die Japaner brüsteten sich damit, einen unserer Geleitzüge getroffen zu haben, aber Marineminister Knox sagte, in dieser Gegend sei gar kein Geleitzug unterwegs gewesen, die Japaner würden schlicht lügen, um ihre Niederlage etwas weniger unappetitlich aussehen zu lassen.

»Wann ist es denn endlich vorbei?«, fragte ich meinen britischen Sitznachbarn von der Royal Air Force.

»Wenn der letzte Japse tot und begraben ist«, gab er zurück.

Als sich nach dem Frühstück alle zerstreuten, schlug Violet vor, in der Kantine zu proben. Auf dem Weg dorthin berichteten Jayne und ich von unserem Gespräch mit Spanky.

»Glaubt ihr, wir sollten es jemandem sagen?«, fragte Kay.

»Eigentlich hatte ich gehofft, dass Violet das für uns in die Hand nimmt«, sagte ich.

Violet legte sich die Hand auf die Brust. »Ich?« Ihre sonst so zugekniffenen Augen wirkten heute größer. Überhaupt sah sie so gut aus wie noch nie. Die Schichten von Make-up waren verschwunden, die Haare fielen ihr weich und natürlich auf die Schultern, und sie schien selbstzufriedener. Vielleicht wirkte die Liebe Wunder.

»Spanky macht alles, was du sagst. Wenn du ihm steckst, dass du das für eine schlechte Idee hältst, bläst er sicher alles ab.«

Mit schiefgelegtem Kopf bestätigte sie wortlos, dass die Beschreibung ihres Einflusses auf Spanky zutreffend war. »Das würde er bestimmt, aber dafür müsste *ich* es erst mal für eine schlechte Idee halten.«

Ich blieb stehen. »Wie bitte?«

Violet wandte sich mir vollständig zu. »Dieser Mann hat Gilda getötet und mit Jayne dasselbe vorgehabt. Ich finde es ehrenhaft, dass sie ihn dafür bezahlen lassen wollen.«

Ich war entgeistert. Hatte sie das gerade wirklich gesagt? »Also, Jayne findet es nicht ehrenhaft, oder, Jayne?«

»Nein«, sagte sie.

»Und ich bezweifle ernsthaft, dass Gilda das anders gesehen hätte. Was, wenn sie ihn umbringen?«

Violet wedelte mit der Hand, als müsste sie ein herumschwirrendes Insekt verscheuchen. »Sie bringen ihn schon nicht um.«

Kay sah ihr direkt ins Gesicht und artikulierte jedes Wort mit der Deutlichkeit einer Nicht-Muttersprachlerin: »Aber wenn doch?«

»Dann tun sie's eben«, sagte Violet. »Nicht vergessen: Er hat Gilda *ermordet.*«

»Aber … aber … aber das war eine Kriegshandlung«, sagte Kay.

Ganz leicht hob Violet den Kopf, als wollte sie ihre überlegene Position behaupten. »Und das, was unsere Jungs vorhaben, ist es nicht? Wenn die sich nicht an die Regeln halten, warum sollten wir?«

Wir bewegten uns auf einem Terrain, wo niemand gänzlich im Recht oder Unrecht war, aber die Gefühle aller Beteiligten im Laufe der Diskussion Gefahr liefen, stark in Mitleidenschaft gezogen zu werden.

»Dafür können sie vors Kriegsgericht kommen«, sagte ich. »Wenn sie dem Mann etwas antun, bekommen sie alle zusammen ein Disziplinarverfahren an den Hals, gar nicht davon zu sprechen, was passiert, wenn sie ihn umbringen. Willst du das für Spanky?«

»Natürlich nicht, aber das wird so nicht passieren. Ihr habt Blake doch gestern gehört – er will, dass wir das machen. Es ist nur recht und billig.« Violet warf die Hände in die Höhe. »Wenn ihr sie verpfeifen wollt, bitte. Aber ohne mich. Höchste Zeit, dass hier mal jemand das Richtige tut.«

Und damit waren wir uns darin einig, dass wir uns nicht einig waren.

Als am Abend die Lichter ausgingen, verspürte ich mehr als nur widerstreitende Gefühle in mir. Natürlich gefiel mir die Vorstellung nicht, dass ein menschliches Wesen der Folter ausgesetzt werden sollte, die Spanky und seine Kameraden ihm angedeihen ließen. Aber es war immerhin der Mann, der Gilda umgebracht und dasselbe mit Jayne versucht hatte, und momentan sah es so aus, als ob er die Zeit bis zum Kriegsende einfach als Gefangener absitzen würde. Wenn alles aus und vorbei war, würde er so gut wie neu nach Hause geschickt und möglicherweise als Held gefeiert werden. Auf ihn wartete eine Parade, auf Gilda ein Sarg.

Trotzdem: Aus gutem Grund gab es Regeln. Auch wenn die Japaner nicht denselben Richtlinien folgten wie wir, waren wir nicht gerade dann verpflichtet, ihnen zu zeigen, dass wir moralischer und humaner handelten und genau deswegen das Recht auf unserer Seite hatten? Wenn die Sache heute aus dem Ruder lief und der Heckenschütze getötet wurde, wo läge dann noch der Unterschied zu der Grausamkeit, die die alliierten Gefangenen ertragen mussten? Wollten wir dem Feind wirklich die Legitimation liefern, Dinge zu tun, die wir *zuerst* getan hatten?

Außerdem: Wenn das, was Late Nate gesagt hatte, stimmte, dann würde der Gefangene dafür, dass er sich lebendig hatte fangen lassen, sowieso Schimpf und Schande über sich ergehen lassen müssen. Vielleicht war das der Schlüssel, um mit unseren Männern vernünftig reden zu können. Sie konnten den Japaner noch so sehr foltern – wenn sie ihn wirklich bestrafen wollten, durften sie ihm kein Haar krümmen; das würde ihm deutlich mehr schaden als Fäuste und Waffen. Sollte der Feind seine Leute doch selbst zur Rechenschaft ziehen.

Ich setzte mich auf meiner Pritsche auf und suchte nach der Öffnung im Moskitonetz. Ich hatte keine Ahnung, wie spät es war, aber aus dem Schnarchen zu schließen, musste es kurz vor halb eins sein.

Ich stand auf und versuchte, mich in der pechschwarzen Baracke zurechtzufinden. Ich würde das schaffen. Ich würde zum Kriegsgefangenenlager gehen und versuchen, mit den Männern zu reden. Das war die einzig richtige Vorgehensweise.

Nackte Füße tappten über den Boden. Jaynes Haare glänzten in der Dunkelheit wie das Meeresleuchten im Ozean. »Was machst du?«, flüsterte sie.

»Weiß ich noch nicht genau«, flüsterte ich zurück.

»Du willst versuchen, sie aufzuhalten, oder?«

»Jemand muss es tun.«

»Wir könnten auch Konteradmiral Blake Bescheid geben«, sagte Jayne.

Ich stöhnte auf und legte mir schnell die Hand auf den Mund – nicht, dass ich noch jemanden aufweckte. »Was hätten wir davon? Du hast Glück, dass du seine kleine Ansprache gestern Abend verpasst hast, aber glaub mir, wenn ich dir sage: Es würde mich nicht überraschen, wenn Late Nate selbst das Gefängnistor aufschließt und den Heckenschützen dem erstbesten Mob ausliefert, der ihm über den Weg läuft.« Ich zog meine Schuhe unter dem Bett hervor und band mir den Morgenmantel um.

»Kann ich mitkommen?«

»Willst du wirklich?«

»Ja. Gilda kann ihnen ja nicht mehr sagen, was sie will, ich aber schon.«

Zwei Stimmen waren besser als eine. Außerdem hatte Jayne ein Händchen dafür, überzeugender zu sein als ich. »Macht dein Knöchel das denn mit?«

»Absolut.«

»Okay. Aber sei leise.«

Sie schlich zu ihrem Bett zurück und holte ihre

Schuhe. Sollten wir auch Kay noch mitnehmen? Es wäre nicht schlecht, jemand Besonnenen dabeizuhaben. Vor allem jemanden, der das Militär kannte und seine Sprache sprach.

Auf Zehenspitzen schlich ich zu ihrem Bett und rüttelte sachte an ihr. Sie schlug sofort die Augen auf, und ich bedeutete ihr, keinen Mucks zu machen. Sie verstand und nickte. Innerhalb von Sekunden hatte sie ihre Schuhe griffbereit und einen Morgenmantel über ihr Nachthemd geworfen.

Ich gestikulierte den beiden, mir zu folgen. Schnurstracks gingen wir zur Barackentür, und ich prüfte durch den Türspalt, ob wir schon erwartet wurden, aber es sah so aus, als ob unsere Wachen ihren Dienst noch nicht angetreten hatten. Vielleicht hatten Spankys Nachforschungen ihnen Angst eingejagt.

Ich winkte Jayne und Kay, mir zu folgen, und wir joggten bis zum übernächsten Zelt, wo wir uns die Schuhe anzogen.

»Sollen wir Violet auch holen?«, fragte Jayne.

»Du hast sie doch heute gehört. Sie wäre jetzt ungefähr so hilfreich wie ein Klumpfuß.«

Jayne bemühte sich, ihren Morgenmantel zuzubinden. »Sie wird stinksauer sein.«

»Soll sie doch. Sie ist nicht meine Zarin.«

»Wie sieht der Plan aus?«, fragte Kay.

»Wir versuchen, vernünftig mit den Männern zu reden. Allerdings hast du sicher mehr Einfluss auf sie als ich.« Ich erzählte ihr von der Idee, den Männern zu erklären, dass Schläge für den Gefangenen nicht so schlimm waren wie die Schande. Auch Jayne und Kay hielten dieses Argument für bestechend genug, um die

Männer dazu zu bringen, die Hexenjagd abzublasen. Vorausgesetzt, sie waren nüchtern. Wenn sie sich vor ihrer Unternehmung erst noch einen angetrunken hatten, würden sie nicht mit sich diskutieren lassen.

»Und wenn Violet recht hat?«, sagte Kay.

Meine Kinnlade klappte runter, bis sie fast auf dem schlammigen Boden hing. »Du machst Witze, oder? Von dir würde ich als Allerletztes erwarten, dass du dich für Violet ins Zeug legst.«

»Ich sage ja nicht, dass ich absolut einer Meinung mit ihr bin, aber findest du nicht, wir sind es Gilda schuldig, dass dieser Mann mehr bekommt als nur einen Klaps auf die Hand?«

Ich verstand, warum Kay das sagte. Sie hatte zwei Brüder im Todesmarsch von Bataan verloren. Wer würde dafür sorgen, dass die dafür Verantwortlichen bestraft wurden? »Hör zu, wenn du nicht mitkommen willst, dann komm lieber nicht mit.«

Kay kratzte mit dem Nagel an einer rauen Stelle an ihrem Zeigefinger. »Nein, ich komme mit, auf jeden Fall.«

Als wir an der Badestelle ankamen, wiesen ein Haufen leerer Bierflaschen und Zigarettenstummel darauf hin, dass wir die Männer um ein paar Minuten verpasst hatten. In einiger Entfernung vor uns knackten Zweige, raschelten Blätter, und eine gedämpfte Stimme beschwor andere, leise zu sein.

»Sollen wir rufen?«, fragte Jayne.

Das hätte die Aufmerksamkeit von jemandem erregen können, der im Anschluss dafür sorgte, dass die Jungs – und wir drei – für diese kleine Verschwörung bestraft wurden. Ich ermahnte die anderen, ruhig zu bleiben, und wir folgten dem Weg zum Gefängnis. Der Weg gabelte sich, ein Abzweig führte zum Kriegsgefangenenlager, der andere ins Dorf.

An der Gabelung blieb Kay plötzlich wie angewurzelt stehen. »Habt ihr das gehört?«

»Was?«, fragte ich.

»Da kommt jemand.«

Ich strengte mich an, etwas zu hören, und tatsächlich vernahm ich leise Schritte, die aus Richtung des Dorfes auf uns zukamen. Wir versteckten uns hinter dichtem Blattwerk und warteten.

Wir standen vom Laub verborgen in Pfützen, die von dem heftigen Regen übrig geblieben waren, während Fliegen und Käfer sich an uns zu laben versuchten. Von den Ästen hängende und im Wind schaukelnde Lianen gaukelten sich windende Reptilien vor. Am liebsten hätte ich nach ihnen ausgeholt, musste mir aber, wollten wir unentdeckt bleiben, jedes Schlagen und Kreischen verkneifen. Ich konnte nur stillhalten und beten.

Der oder die Näherkommende ließ sich Zeit.

»Wir hätten einfach weiterlaufen sollen«, flüsterte ich. »Wir wären niemals gesehen worden.« Etwas Pelziges strich an meinem Bein entlang.

»Zu spät«, flüsterte Jayne.

Wir wichen noch weiter in den Dschungel zurück. Die Luft war geschwängert von modrigem Gestank. Über der fauligen Süße hing der Geruch neuen Wachstums, das von den jüngsten Regenfällen befördert worden war. Was für ein eigenartiger Ort, diese Insel, anziehend und abstoßend zugleich. Lagen hinter uns tote Japaner? Sie konnten nicht alle Leichen geborgen haben. Sicher hatte man einige zurückgelassen, die jetzt zu einem dauerhaften Bestandteil des Dschungels wurden. Wenn das hier eine der Geschichten aus meinen Gruselheftchen gewesen wäre, würden diese Leichen wiederauferstehen und die Insel auf der Suche nach Vergeltung heimsuchen. Vielleicht war es ja auch so. Vielleicht waren es keine Lianen, die mir über die Wangen strichen, sondern Skelettfinger, die ihr Ziel markierten.

Manchmal hasste ich meine rege Fantasie.

Schließlich ließ sich im Dämmer eine Gestalt erkennen, die den Weg mit einer Taschenlampe ableuchtete. Ich verrenkte mich fast, um sie besser sehen zu können. Es war Candy Abbott.

»Das ist nicht gut«, sagte Kay.

»Was meinst du?«, fragte ich. »Sie ist die einzige Wac, die uns leiden kann.«

»Nein, sie ist die Wac, die mir einen Gefallen getan hat, nachdem du ihr einen getan hast, und die sich deswegen wahrscheinlich schon den ganzen Tag so einiges von den anderen anhören durfte. Wer weiß, was passiert, wenn sie vor uns zurück in der Baracke ist und sieht, dass wir weg sind. Vor allem, wenn Captain Lambert noch vor ihr eintrifft.«

Ich begriff, worauf sie hinauswollte. Wenn Candy zurückkehrte und dabei auf Amelia oder die Wachen traf, würde unsere Abwesenheit unweigerlich enttarnt werden. Anstatt selbst ein Problem am Hals zu haben und den Zorn sämtlicher Wacs auf sich zu ziehen, wäre es sehr viel einfacher für Candy, durch den Hinweis auf unser Fehlen von sich abzulenken.

Etwas klapperte im Wind. Knochen. Definitiv Knochen. »So ist Candy nicht«, sagte ich.

»Vielleicht nicht, wenn es nur um Jayne und dich

geht, aber ob sie sich auch mir nur im Geringsten verpflichtet fühlt, da bin ich nicht so sicher.«

»Also, was machen wir?«, fragte Jayne.

Ich war unschlüssig – Hauptsache, wir machten es, bevor wir von den Untoten mit Haut und Haar verschlungen wurden.

»Candy«, flüsterte Kay gut hörbar, während sie sich aus dem Gestrüpp kämpfte.

Als Candy die Stimme hörte, tat sie einen Satz zurück und starrte dann angestrengt in die Dunkelheit, wo wir uns verbargen. »Wer ist da?«

»Kay. Und Jayne und Rosie.«

Wir traten aus unserem Versteck. Candy sah uns eine nach der anderen entgeistert an.

»Hallo«, sagte Kay leise und zögerlich, wie ein Kleinkind, das einen früher mal heiß geliebten Freund trifft und Angst hat, dass der nicht mehr mit ihm spielen will. »Danke für heute Morgen.«

Candys Gesicht verzerrte sich vor Verwirrung. Nichts gegen Dankbarkeit, aber man rechnete nicht mitten in der Nacht im Dschungel mit ihr. »Du weißt, dass Irene alle dafür hassen würde, wie sie dich behandeln.«

»Ich gehe mal davon aus«, sagte Kay. »Was mit ihr passiert ist, tut mir so leid. Sie war meine beste Freundin.«

»Meine auch.«

»Ich weiß«, sagte Kay. »Und ich hätte dir sagen sollen, dass sie tot ist.«

Candy zuckte mit den Schultern. »Ich glaube, ich hätte die Nachricht so oder so nicht leicht verdaut, egal, wer sie mir überbracht hätte.« Sie schien erst jetzt zu bemerken, dass Jayne und ich alles ganz genau mithörten. »Was macht ihr eigentlich hier draußen?«

»Das wollte ich dich auch gerade fragen«, sagte ich.

Sie hatte sich eine Umhängetasche quer über die Schulter geworfen. So, wie sie hing, konnte sie nur leer sein. »Late-Night-Rendezvous«, flüsterte sie.

»Der muss es ja wert sein, wenn du wegen ihm riskierst, in Teufels Küche zu kommen«, meinte ich.

Sie grinste in die Runde. »Oh ja, das ist er. Und wie. Jetzt sagt schon, was habt ihr drei vor?«

»Wir wollen einen Lynchmord verhindern.« Ich erzählte ihr von Spanky, den Jungs und ihrem Plan, den Heckenschützen zu bestrafen.

»Glaubt ihr wirklich, ihr könnt sie mit Reden davon abhalten?«, fragte sie.

»Nein. Aber in der Baracke zu sitzen und den Morgen abzuwarten bringt auch nichts. Sie sollen zumindest wissen, dass Gilda das nicht gewollt hätte. Möchtest du mitkommen?«

Sie zögerte, mit den Augen ging sie den Weg ab, der zurück zum Camp führte. Dann sah sie erst Kay und schließlich wieder mich an. »Warum nicht? Mir steht der Sinn nach einem Abenteuer.«

22 Ein Kriegsgefangener

Candy machte die Anführerin. Sie wusste erstens, wo das Kriegsgefangenenlager war, und zweitens – noch wichtiger –, wie man ungesehen dorthin kam. Wir näherten uns von hinten, dicht an den Felsen entlang, die die rückwärtige Begrenzung des Camps bildeten und die bis nach oben zu den Selbstmord-Klippen führten. Das gesamte Gelände war höchstens zweihundert Quadratmeter groß und mit Stacheldraht umzäunt, der allerdings nicht so aussah, als müsste man sich allzu sehr anstrengen, um ihn zu überwinden. Von da, wo wir standen, konnten wir Spanky und seine Mannen zwar hören, aber nicht sehen. Augenscheinlich war es doch komplizierter, sich Eintritt zu verschaffen, als wir gedacht hatten, denn so wie es klang, hielten sich die Männer noch vor dem Tor auf.

»Sie schmieren wahrscheinlich die Wache«, sagte Candy.

»Es gibt eine Wache?«, sagte ich.

»Mehrere. Du glaubst doch nicht, dass wir uns beim Einsperren unserer Kriegsgefangenen allein auf Stacheldraht verlassen, oder?«

Recht bald klangen die Stimmen der Männer gedämpfter, und wir wussten, dass sie das Gebäude betreten hatten. Anstatt über den Zaun zu klettern, beschlossen wir, es ihnen nachzutun und durch die Vordertür hineinzugelangen.

Genauso wie Candy es beschrieben hatte, standen am Tor zwei Wachen. Um die Zeit totzuschlagen, spielten sie Karten und hielten jeder eine Flasche in der Hand.

Zu ihren Füßen, den Kopf unentschieden zwischen uns und dem Knast hin- und herwendend, saß ein mit einer breiten, weißen Leibbinde umwickelter Mac. Zur Begrüßung klopfte sein Schwanz begeistert auf den Boden.

Wir hatten nichts, was wir den Wachen anbieten konnten: keinen Alkohol, keine Zigaretten, keinen Mitternachtsimbiss. Wir hatten nur Jayne.

»Würdest du uns bitte aus der Klemme helfen?«, fragte ich sie.

»Was genau soll ich machen?«

»Einfach nur dein bezauberndes Selbst zum Vorschein bringen.«

Wir öffneten die Morgenröcke, Candy öffnete einen Knopf. Jayne schüttelte ihr Haar auf und zwickte sich etwas Farbe in die Wangen. Ihr Nachthemd hieß ausschließlich aus dem Grund so, weil sie es nachts trug; eigentlich bestand es definitiv aus zu wenig Stoff, um überhaupt »Hemd« genannt werden zu können.

Sie flötete: »Hallöchen, Kameraden!«

Die Wachen nahmen sofort Haltung an. Dem einen lief quer übers Gesicht eine Narbe. Die Haut um sein Auge zog sich wie die Fassung eines Diamantrings wulstig zusammen.

Der andere hatte eines dieser weichen, nichtssagenden Gesichter, die einen unweigerlich an rohen Teig denken lassen. Bei seinem Anblick bekam ich Magengrimmen.

»N'Abend, die Damen. Was bringt Sie hierher?«, fragte das Teiggesicht.

»Wir suchen Spanky«, sagte Jayne.

»Tut mir leid«, sagte der mit der Narbe, »hier heißt niemand so.«

Wie um den Burschen Lügen zu strafen, ließ Mac ein Bellen hören.

»Das ist sein Hund«, sagte ich. »Wir wissen, dass er hier ist.«

»Er und seine Freunde wollten eigentlich auf uns warten, damit wir bei dem Spaß dabei sein können«, sagte Candy.

»Sie haben uns nicht gesagt, dass noch jemand kommt«, sagte der Mann mit der Narbe.

»Ich kann mir nicht vorstellen, dass Spanky so blöd ist und Mädels wie euch nicht mitnimmt«, sagte das Teiggesicht.

»Wir wussten nicht, ob wir uns heute Nacht würden rausschleichen können«, sagte ich. »Ich glaube, Spanky hat gedacht, das heißt, wir kommen gar nicht.«

»Ich dachte immer, bei solchen Sachen wollen Frauenzimmer lieber nicht dabei sein«, sagte die Narbe.

»Na ja, wir sind ja nicht irgendwelche Frauenzimmer«, sagte Kay. »Wir waren zusammen mit Gilda in der Show.«

Ich schob Jayne nach vorn. »Und Jayne hier ist die andere, die verletzt wurde.«

Jayne hielt die Haare hoch, um die rote Wunde an ihrem Ohr vorzuführen. Die Männer sahen gleich zweimal hin. Das Teiggesicht sprang auf und bot Jayne seinen Stuhl an.

»Schon gut, wirklich, mir geht's gut.« Sie holte hörbar Luft, um ihr Wohlbefinden ein bisschen zu dramatisieren. Ihre Brust sprang dabei vor wie der Bug eines Schiffs.

»Und ihr geht es sicher noch besser, wenn sie sieht, dass der Heckenschütze kriegt, was er verdient«, sagte ich.

Mit dünnem Stimmchen hauchte Jayne: »Ich finde es nicht richtig, dass jemand so etwas tun kann und dafür hinterher in Saus und Braus im Gefängnis leben darf.«

Schon als sie es sagte, war uns allen klar, dass dieses Lager hier schwerlich der piekfeine Club war, als den Blake es beschrieben hatte. In den Staaten kursierten Geschichten über deutsche und japanische Kriegsgefangene, die an Urlaubsorten untergebracht seien, wo sie angeblich Zugang zu allen möglichen Annehmlichkeiten hatten und trotzdem noch Fluchtversuche unternahmen. Das Lager auf Tulagi war schlicht und ergreifend ein Gefängnis. Es mochte vielleicht etwas angenehmer sein, als der Gefahr an der Front ins Auge blicken zu müssen – ein armseliges Leben war es trotzdem.

»Also gut, meine Damen. Gehen Sie durch. Der gesuchte Japse ist in der letzten Zelle rechts.«

Wir gingen durchs Tor und betraten das niedrige, dunkle Gebäude. Innen war es feucht und roch nach einer Mischung aus Schimmel, Urin und fauligen Lebensmitteln. Wir konnten in der Dunkelheit die Bewegungen von Menschen hören, aber niemand sprach uns an. Die meisten Gefangenen schliefen wahrscheinlich schon, und die, die noch wach waren, mussten gemerkt haben, dass wir nicht in Frieden kamen und es nicht von Vorteil war, unsere Aufmerksamkeit auf sich zu ziehen.

»Wie viele Gefangene gibt es hier?«, flüsterte Kay.

»Nicht viele. Wahrscheinlich nur drei oder vier«, sagte Candy. »Sobald es hier zu voll wird, werden sie in größere Lager auf einer der anderen Inseln verlegt.«

Ich schaute in jeden der kleinen Räume, um mir anzusehen, unter welchen Bedingungen die Männer hier lebten. In jeder Zelle befanden sich ein Feldbett und etwas, das nach einer mobilen Toilette aussah.

»Sind sie den ganzen Tag hier drin?«, fragte ich.

»Nein. Es gibt einen Mehrzweckraum, wo sie sich unterhalten können, und eine Küche. Ich glaube, sie haben tagsüber auch Hofgang. Früher hat man sie arbeiten lassen, aber jetzt ist es verboten, dass sie etwas tun, was unserer Seite im Krieg zugutekommt – was die Auswahl an Jobs, die man ihnen überhaupt geben kann, ziemlich einschränkt. Ich habe allerdings gehört, dass man in anderen Lagern diese Vorschrift nicht allzu strikt befolgt.«

»Zum Beispiel?«

»Gerüchteweise werden manche Gefangenen der Achsenmächte zum Minenräumen eingesetzt.«

Wenn das für Blake schon in Saus und Braus leben war, würde ich gern drauf verzichten zu sehen, wie die Achsenmächte mit unseren Kriegsgefangenen umsprangen.

»Hier lang«, sagte Kay. Wir folgten den Stimmen unserer Männer. Kurz bevor wir sie erreichten, blieben wir stehen. Ich hielt es für wenig schlau, uns zu erkennen zu geben, bevor wir nicht wussten, was sie gerade taten.

»Bring ihn dahinten hin!«, sagte eine Stimme, die ich nicht erkannte. Um ihn anzustacheln, zählten die anderen auf, was sie dem fraglichen Gefangenen alles antun wollten.

Jemand – der Gefangene? – sagte etwas auf Japanisch.

»Er will wissen, was sie wollen«, sagte Candy.

»Sprichst du Japanisch?«, fragte ich.

»Und Deutsch«, sagte sie. »Kay auch. Man muss die Sprache sprechen, um verschlüsselte Botschaften zu dekodieren.«

Das war eine unerwartet günstige Wendung.

»Du glaubst wohl, du bringst eine Frau um und kommst einfach so davon, du schlitzäugiger Bastard«, sagte einer der Männer. Weitere Beleidigungen folgten, derart gespickt mit den übelsten Schimpfwörtern, dass der Gefangene, selbst wenn er des Englischen mächtig gewesen wäre, sich sicher keinen Reim auf das hätte machen können, was sie ihm zu sagen versuchten. Wir hörten einen Schlag und zuckten zusammen, als das Scheppern eines fallenden Möbelstücks folgte. Der Gefangene schrie vor Schmerz auf.

»Willst du dich gar nicht verteidigen? Bist dir wohl zu gelb dafür, was?«

Der Gefangene antwortete in Schnellfeuer-Japanisch, seinem Ton war klar zu entnehmen, dass er sowohl verletzt als auch verängstigt war.

»Er fleht sie an, ihn in Ruhe zu lassen«, sagte Candy. »Er sagt, er hat nichts getan.«

Allzu gern hätte ich ihm geantwortet. Der Tonfall des Heckenschützen erinnerte mich an ein verwundetes Tier. Dieser Sorte Qual und Pein zuzuhören war nicht zu ertragen, vor allem nicht, wenn Menschen, die ich eigentlich mochte, sie verursachten.

»Verpass dem gelben Bastard einen Tritt!«, rief jemand. Dann kam ein ekelerregend dumpfes Geräusch, gefolgt von einem Würgen. Das reichte. Ich hatte genug.

»Stopp!«, schrie ich. Wir bogen um die Ecke und stießen auf eine im Mehrzweckraum versammelte fünfköpfige Männergruppe. Der Gefangene lag auf dem Boden, übergab sich und hielt seinen Bauch umklammert. Was ich sah, schockierte mich: Das hier war kein japanischer Soldat, der zu ertragen hatte, worauf jeder Soldat vorbereitet ist. Das hier war nur ein Junge, dem das Geschehen solche Angst einjagte, dass ihm die Tränen in den Augen standen.

»Was machst du hier, Rosie?«, fragte Spanky mit diesmal nicht von der Sonne, sondern vom Kampfestrubel gerötetem Gesicht.

»Ihr müsst damit aufhören«, sagte ich. »Das ist doch noch ein Kind. Das ist nicht in Ordnung.«

Einer der anderen drohte mir mit dem Zeigefinger. »Was er mit Gilda gemacht hat, das ist nicht in Ordnung. Er muss dafür bezahlen.«

»Aber nicht so«, sagte ich.

Der Junge sagte wieder etwas auf Japanisch.

»Er sagt, er will nach Hause«, sagte Candy.

Die Männer traten beiseite, um die anderen Frauen durchzulassen.

»Natürlich will er das. Er ist ein Feigling«, sagte ein Kerl, den sie Schaf nannten und der diesen Spitznamen mit einer entsprechenden Tätowierung auf dem Unterarm verewigt hatte.

Candy sagte etwas auf Japanisch zu dem Jungen. Er sah sie entsetzt an, unfähig, die Erscheinung dieser weißen Amerikanerin unter einen Hut zu bringen mit einem Menschen, der seine Sprache sprach. Sie sagte noch etwas, in einem sanften und beruhigenden Tonfall. Als er antwortete, schoss sein Blick immer wieder zu den Männern, die darauf aus waren, ihm Schmerzen zuzufügen.

»Er ist ein Deserteur«, sagte Kay.

»Was?«, fragte Schaf.

»Er hat sich letzte Woche unerlaubt von der Truppe entfernt.«

Candy stellte noch eine Frage, und diesmal fiel seine Antwort länger aus.

»Er heißt Yoshihiro«, sagte Kay. »Er ist erst sechzehn. Er hat gedacht, Soldat sein zu wollen, aber als er gesehen hat, wie seine Freunde gefallen sind, hat er Angst bekommen und ist abgehauen.«

»Also doch, ein gelber Feigling«, sagte ein Fuchs genannter Mann, der seinen Spitznamen zweifelsohne seinem flammend roten Haar verdankte.

»Warum hat er auf Gilda und mich geschossen?«, fragte Jayne.

Candy trat näher an den Jungen heran und ging in die Hocke, um mit ihm auf Augenhöhe zu sein. Fast sah es so aus, als wollte sie ihn berühren, dann überlegte sie es sich aber doch anders. Ruhig und mit einem gütigen Lächeln auf den Lippen setzte sie die Befragung fort. Seine Augen weiteten sich vor Überraschung, und er wurde lebhafter, als er versuchte, auf das zu antworten, was sie gefragt hatte.

»Was sagt er?«, fragte Spanky. Candy hob die Hand und ließ ihn wissen, dass sie nichts sagen würde, bis der Junge nicht ausgesprochen hatte. So ging es noch einige Minuten weiter. Als der Junge fertig war, griff Candy in ihre Umhängetasche und zog einen Schokoriegel hervor. Der Junge warf einen argwöhnischen Blick darauf, bis Candy ihn auspackte und vorführte, um was es sich handelte. Verstehen blitzte in seinen Augen auf, und er steckte den Riegel in die Hosentasche.

»Und?«, fragte ich Kay.

»Er sagt, dass er sich unseren Auftritt von den Felsen aus ansehen wollte. Er hat uns singen gehört und wollte wissen, was los war. Er hat sich oben im Gebüsch versteckt und uns zugesehen. Er sagt, er fand die Frauen auf der Bühne sehr schön, und es hat ihm unglaublich gefallen, amerikanische Musik zu hören.«

»Wenn ihm alles so gut gefallen hat, warum hat er dann auf uns geschossen?«, fragte Jayne.

»Hat er nicht«, sagte Kay. »Er sagt, der Schütze war auf einem Felsen unter ihm.«

»Er lügt«, sagte Spanky.

»Als er die Schüsse hörte, ist er weggerannt«, sagte Candy. »Er dachte, dass sie ihm gelten, weil er desertiert ist.«

»Frag ihn, ob er den Schützen gesehen hat«, sagte ich.

Diesmal wiederholte Kay meine Frage auf Japanisch. Der Junge antwortete schnell und präzise. »Er sagt nein«, sagte Kay. »Es war zu dunkel und der Schütze zu weit unter ihm.«

»Frag ihn, ob er etwas über Japaner weiß, die auf die Insel kommen, um Vorräte zu stehlen.«

Wieder wiederholte sie die Frage. Vor lauter Verwirrung legte er das Gesicht in Falten, und seinem Tonfall war zu entnehmen, dass er eine Rückfrage stellte. Sie antwortete, und diesmal wusste er, was er erwidern sollte. »Davon weiß er nichts.« Die großen Augen fest auf Kay geheftet, fing der Junge wieder zu sprechen an. »Er sagt, dass er das alles auch schon dem Mann mit den weißen Haaren erklärt hat«, sagte Kay. »Er will nach Amerika. Nach Hause kann er nicht mehr, jetzt, wo er seine Familie entehrt hat, weil er weggelaufen ist.«

Blake hatte also die ganze Zeit gewusst, dass dieser Junge nicht der Heckenschütze war. Warum steckte er ihn ins Gefängnis und ließ den eigentlich Schuldigen frei herumlaufen?

»Er lügt«, sagte Spanky. »Das behauptet er doch jetzt alles nur, damit wir ihn in Ruhe lassen.«

»Glaube ich nicht«, sagte ich. »Wenn sie zu Ohren bekommen, was er gemacht hat, wird er von seinen eigenen Leuten umgebracht. Wenn er behaupten würde, Gilda ermordet zu haben, würden sie ihn doch sehr viel eher als Held durchgehen lassen.«

»Er hat sich aber sicher irgendetwas anderes zuschulden kommen lassen.« Spankys Augen wurden so rot wie sein sonnenverbranntes Gesicht. »Wer weiß, wie viele von unseren Männern er auf dem Gewissen hat?« Er fuhr mit der Hand in die Tasche und zog ein Klappmesser hervor.

»Was zum Teufel ist das denn?«, fragte ich.

Er stieß das Messer in die Luft. »Er soll bezahlen. Wie sie alle.«

Der Junge begann, im Flüsterton zu beten. Ich glaube zumindest, es war ein Gebet. Ich zumindest hätte in diesem Augenblick ganz bestimmt eines gesprochen. Ich trat zwischen ihn und Spanky.

»Ich schwöre bei Gott, Spanky, wenn du ihn umbringst, sorge ich dafür, dass alle es erfahren. Kapiert? Entweder du lässt ihn in Ruhe, oder ich bringe dich vors Kriegsgericht.«

»Dann sollte ich dich vielleicht auch umbringen.« Er hob das Messer, bis es auf einer Höhe mit meinem Hals war. In der Klinge brach sich das Licht. Wenn ich geschluckt hätte, hätte mich die Spitze gepiekst.

Hier ging es nicht nur um Rache für Gilda und Jayne. Spanky hatte so lange auf der Insel gesessen, ohne etwas zu tun zu haben, dass er vollkommen durchgedreht war. Jetzt musste er etwas vollbringen, das seiner Meinung nach den Ausgang des Kriegs beeinflussen würde, und war davon überzeugt, den Heckenschützen umzubringen, sei genau das Richtige. Wäre er noch nicht so lange hier und wäre er in dieser Zeit besser ausgelastet gewesen, hätte er die Situation vielleicht mit mehr Vernunft betrachten können.

Und der Alkohol, den man in seinem Atem riechen konnte, war auch nicht gerade förderlich.

Er behielt mich fest im Blick, während ich die Luft anhielt. Zehn Sekunden verstrichen. Zwanzig. Dreißig.

Dann ließ er das Messer fallen. Candy trat es in Richtung Tür.

»Tut mir leid«, sagte Spanky. »Ich würde dir doch nie etwas antun. Ehrenwort.«

»Schon gut«, sagte ich. Er und Violet waren wie füreinander gemacht. Meine Hand schnellte zum Hals und untersuchte die Haut. Nichts.

Seine Augen füllten sich mit Tränen. Er sah aus wie ein gerade wieder zu sich gekommener Schlafwandler, der feststellt, dass er mit einem Fuß über dem Abgrund schwebt. »Ich will keinem Unschuldigen etwas antun.«

»Keine Sorge«, sagte ich, »das hast du nicht.«

Er stolperte aus der Zelle zum Ausgang. Sollte ich ihm nachgehen? Es wäre richtig gewesen, aber nachdem ich sein Messer am Hals gespürt hatte, stand mir der Sinn nicht danach, ihm einen Gefallen zu tun.

»Das ergibt doch alles keinen Sinn«, sagte Schaf. »Wenn die hohen Tiere wussten, dass sie den Falschen haben, warum haben sie das nicht zugegeben?«

»Wahrscheinlich, weil sie ihm nicht geglaubt haben«, sagte Candy.

»Wir sollten hierüber Stillschweigen bewahren«, sagte Kay. Die Jungs fanden sich langsam damit ab, dass wir die Wahrheit gesagt hatten. »Ich glaube, es wäre besser, wenn niemand erfährt, dass wir heute hier waren.«

Wenn Blake wusste, dass er den Falschen hatte, wollte er ganz sicher nicht riskieren, dass andere das auch wussten. Und wenn er herausfand, dass wir hier gewesen waren und den Gefangenen am Leben gelassen hatten, würde er möglicherweise die Männer bestrafen, einfach nur um klarzumachen, dass es Konsequenzen nach sich zog, ihm nicht zu glauben.

»Kay hat recht«, sagte ich. »Alle Anwesenden sollten besser den Rand halten.«

»Und wie genau soll das gehen? Die beiden Wachen wissen Bescheid, und wir haben einen verletzten, blutenden Gefangenen«, sagte Schaf.

Candy sagte erneut etwas zu dem Gefangenen. Er nickte zustimmend. »Ich habe ihm gesagt, dass wir alles in unserer Macht Stehende unternehmen, um ihm zu helfen, wenn er kein Wort über heute Abend verliert.«

»Wir können die Wachen kaufen«, sagte Fuchs. »Glaubt mir: Für ein paar Flaschen und Zigaretten sagen die Jungs alles, was wir wollen. Und über seine blauen Flecken wird sich sowieso niemand wundern. Die Nipponesen haben untereinander ständig Stunk.«

Und wenn der Junge wirklich ein Deserteur war, wie er behauptete, dann musste auch Blake wissen, dass die anderen Kriegsgefangenen für ihn eine ebenso große Gefahr darstellten wie die amerikanischen Soldaten.

»Was machen wir mit Spanky?«, fragte Jayne.

»Den stellen wir schon ruhig«, sagte Schaf. »Der ist so breit, dass er sich morgen früh sowieso an nichts erinnert. Er hat sich für die Aktion hier ordentlich Mut antrinken müssen.«

»Bleiben also noch wir«, sagte ich. »Das, was heute Abend passiert ist, bleibt unter uns. Kein Wort zu niemandem, verstanden?«

Alle stimmten zu – nur ich für meinen Teil würde dieses Versprechen wahrscheinlich nicht halten. Jemand anderes hatte Gilda umgebracht, und ich würde keine Ruhe haben, bis ich wusste, wer.

23 Falscher Mann am richtigen Ort

Als wir zu viert zurück zur Baracke schlichen, ließen wir uns die Geschehnisse noch einmal durch den Kopf gehen.

»Das alles passt hinten und vorne nicht zusammen«, sagte ich. »Warum sperren die absichtlich den Falschen ein?«

»Was, wenn der wirkliche Killer einer aus den oberen Rängen war?«, fragte Candy, die uns mit ihrer Taschenlampe den Weg leuchtete.

»Du meinst, ein Offizier?«

Der Lichtkegel hüpfte im Takt ihrer Worte. »Vielleicht. Gesetzt den Fall, Late Nate weiß, wer der Killer ist, will ihn aber nicht bestrafen. Also sperrt er stattdessen den erstbesten Japsen ein, der ihm über den Weg läuft, und schiebt ihm die Schuld in die Schuhe.«

»Das glaube ich nicht«, sagte ich. »Er mag so viele Fehler haben, wie er hat – dass Blake den wahren Attentäter schützt, kann ich mir nicht vorstellen.«

»Ich schon«, sagte Kay. Alle drehten sich zu ihr um. »Er würde das ohne Weiteres dem Feind anhängen. So kann er Gilda zu einem weiteren zivilen Opfer stilisieren.«

Candy schnippte mit den Fingern. »Gutes Argument. Stellt euch bloß die Presse zuhause vor, wenn durchsickern sollte, dass jemand anderes hinter dem Anschlag steckt als der Feind.«

Und, noch wichtiger: Welcher Art militärischer Untersuchung müssten Blake und seine Männer sich stellen, wenn bekannt würde, dass unter ihrer Aufsicht ein

Verbrechen begangen wurde? Alle Probleme, die sie bislang erfolgreich vertuscht hatten – die verschwundenen Vorräte beispielsweise –, würden ans Licht kommen.

»Wenn wir es hier aber nicht bloß mit einem weiteren Kriegsopfer zu tun haben«, fragte Jayne, »womit dann?«

Endlich mal eine Frage, die ich beantworten konnte: »Mit Mord.«

Als wir zurückkamen, war von unseren heimlichen Bewachern nichts zu bemerken, obwohl es durchaus wahrscheinlich war, dass sie aus dem Verborgenen nach uns Ausschau hielten. Ich schaffte es nicht länger, sie als freundlich gesinnte, zur Gewährleistung unserer Sicherheit abgestellte Beschützer wahrzunehmen. Wenn mit Blakes Einverständnis dem Falschen die Schuld an Gildas Tod gegeben wurde, war sehr gut denkbar, dass Blake sicherheitshalber auch Spione geschickt hatte, die sicherstellen sollten, dass wir nicht an die Wahrheit hinter den Geschehnissen kamen.

Wenn das der Fall war, würde Blake am Morgen wissen, was wir getan hatten.

Ohne Zwischenfall schafften wir es in die Baracke und gingen zu Bett. Ich sehnte mich nach unserem alten Zelt oder, noch besser, gleich nach New York, wo wir jetzt die Ereignisse dieses ganzen schrecklichen Abends mit einem guten, starken Martini hinuntergespült hätten.

Stattdessen dachte ich hier über die letzten Tage nach. Plötzlich ergaben auch Blakes merkwürdige Verhöre einen Sinn. Er suchte gar keine Tatzeugen. Er wollte nur sicher sein, dass wir nichts gesehen hatten, womit wir seine Behauptungen hätten widerlegen können.

Es war alles so erschütternd. Allein die Tatsache, dass Gilda tot war, war schon schlimm genug, aber dass das Militär keinerlei Skrupel hatte, den Falschen dafür büßen zu lassen, war nachgerade entsetzlich. Kein Wunder, dass Jack lieber geflohen war anstatt sich für die Bestrafung des Richtigen stark zu machen. Als er in die Nacht gelaufen und ins Meer gesprungen war, musste er gewusst haben, wie hoffnungslos dieses Ansinnen gewesen wäre. Der Tod war wahrscheinlich sogar eine Erlösung gewesen. Besser auf jeden Fall, als ständig in der Angst zu leben, dass einen die Männer, von denen man abhängig war, weil sie einen in die Schlacht führten, umbringen wollten.

Ich vertrieb Jack aus meinen Gedanken. Mir über ihn den Kopf zu zerbrechen würde in der jetzigen Situation auch nichts bringen. Was ihn betraf, war ich zahnlos. Aber Gildas Tod hatte ich immerhin miterlebt und wusste aus erster Hand, wer ihr vielleicht etwas hätte antun wollen.

Und zwar?

Wenn Candy recht hatte und Blake jemand Hochrangiges schützte – dann wen? Ich konnte mir nur schwerlich vorstellen, dass sich Late Nate hinter jemanden stellte, der nicht er selbst war. War er vielleicht der Mörder? Er schien sich in Gilda verguckt zu haben, aber das traf auch auf alle anderen zu. Trotz seiner vielen, vielen Charakterschwächen glaubte ich nicht, dass er eine Frau umbrachte, nur weil sie ihn hatte abblitzen lassen. Außerdem hatte er ja, falls Candy richtig lag, ein Verhältnis mit Amelia Lambert. Nein, wenn Blake tatsächlich ihren Tod ausgeheckt hatte, dann musste er ein anderes Motiv gehabt haben.

Unwillentlich dachte ich wieder an Irene Zinn. Candy hatte doch erzählt, dass sie sich daran gestört hatte, wie die Japaner für die verschwundenen Vorräte verantwortlich gemacht wurden. Es konnte kein Zufall sein, dass innerhalb eines Monats zwei Frauen ermordet wurden, die irgendwie mit Tulagi in Zusammenhang standen. Könnte Gilda in Erfahrung gebracht haben, was auch Irene schon über die nächtlichen Beschlagnahmen gewusst hatte? Und wenn ja, warum war diese Information so wichtig, dass beide deswegen sterben mussten?

Ich wachte auf, weil Captain Lambert mir ins Ohr brüllte: »Sofort aufstehen!«

In Erwartung, die Baracke in Flammen oder das Camp im Belagerungszustand vorzufinden, fuhr ich hoch, musste aber feststellen, dass es im Saal noch fast dunkel war und sich die Frauen um mich herum in einer Mischung aus Verwirrtheit und Verdrossenheit regten, weil augenscheinlich ich es war, die etwas getan hatte, was diese frühe Weckzeit bedingte.

»Was ist denn los?«, fragte ich.

Sie sah auf den Boden. Im dämmrigen Morgenlicht führten lehmige Fußspuren von der Tür zu Jaynes, Candys und meinem Bett und sahen aus wie die bizarre choreografische Lehrzeichnung des neuesten Modetanzes. Nur Kays Weg war unsichtbar geblieben. Sie war offensichtlich schlau genug gewesen, die Schuhe vor der Tür auszuziehen.

»Ach, sieh mal einer an«, sagte ich. »Ich glaube, wir haben gestern ein bisschen Dreck mit reingeschleppt.«

»Dieser Boden war blitzsauber, bevor Sie letzte Nacht zurückgekommen sind.«

»Sind Sie sich da sicher?«

Mit einem Scheppern landete etwas neben meiner Pritsche auf dem Boden. Ein Eimer. »Sie gehen jetzt Lappen und Seife aus der Latrine holen. Wenn ich später noch ein Fleckchen Schmutz auf diesem Boden sehe, bekommen Sie kein Frühstück, und Ihre Freundinnen auch nicht. Habe ich mich deutlich ausgedrückt?«

»Ja«, grummelte ich.

»Und weil es einigen von Ihnen unmöglich ist, nach der Sperrstunde in der Baracke zu bleiben, fängt jetzt die gesamte Einheit mit dem Frühsport an, mit Ausnahme von Private Abbott, Miss Hamilton und Miss Winter. Falls Ihnen körperliche Ertüchtigung vor Sonnenaufgang nicht behagt, empfehle ich, ein besseres Auge auf Ihre Genossinnen zu haben und mir jede ungenehmigte Abwesenheit zu melden, bevor ich sie selbst entdecke.«

Die Antwort darauf war allgemeines Stöhnen. Ab jetzt würde es keine Chance mehr geben, nach Feierabend auf der Insel unterwegs zu sein. Nichts war effektiver, als alle anderen für unser Tun zu bestrafen.

»Am meisten bin ich von Ihnen enttäuscht, Private Abbott. Von den Angehörigen der USO erwarte ich ja kein anderes Verhalten, aber ich finde es überaus besorgniserregend, dass Sie sich weiter mit diesen Frauen abgeben.«

Auf Candys Gesicht zeigte sich Angst. Allerdings nicht die Angst davor, was die anderen von ihr denken würden, sondern die Angst, sich ab jetzt nicht mehr zu ihrem geheimnisvollen Liebhaber schleichen zu können.

Nach allem, was sie in der vergangenen Nacht für uns getan hatte, schuldete ich ihr einen Riesengefallen.

»Sie war gar nicht mit uns zusammen«, sagte ich.

Captain Lambert zog die Augenbrauen hoch. »Wie war das, Miss Winter?«

»Private Abbott oder Costello oder wie auch immer sie heißt war gestern Abend nicht mit uns unterwegs. Jayne und ich waren alleine.«

Jaynes blonder Kopf nickte bestätigend.

»Wo waren Sie denn dann, Private Abbott?«

»Hier, Captain. Ich bin in der Nacht mal aufgestanden und zur Toilette gegangen, aber ansonsten war ich hier.«

Captain Lamberts Blick wanderte zu Kay, deren Pritsche auf der anderen Seite von Candys stand. »Haben Sie Private Abbott letzte Nacht in ihrem Bett gesehen?«

»Ja, Captain Lambert. Als ich schlafen gegangen bin, war sie definitiv da.«

»Na schön. Lassen Sie in Zukunft Ihre Schuhe vor der Baracke stehen, wenn Sie zur Toilette müssen, Private Abbott. Haben Sie verstanden?«

Candy senkte den Blick. »Ja.«

»Meine Damen, Sie haben noch fünf Minuten, um sich anzuziehen, bevor wir mit dem Frühsport beginnen.«

Alle kamen in Bewegung, außer Violet, die einfach auf ihrem Kissen liegen blieb.

»Miss Lancaster, haben Sie ein Problem mit den Ohren?«

»Ganz und gar nicht«, sagte Violet.

»Dann können Sie mir vielleicht erklären, warum Sie sich nicht ankleiden.«

»Ich bin keine Wac, warum sollte ich dann Frühsport betreiben, als wäre ich eine?«

»Weil es *Ihre* Freundinnen sind, die sich danebenbenommen haben. Und wenn überhaupt jemand sie an die kurze Leine nehmen kann, dann sind das ohne Zweifel Sie.«

»Ich weiß Ihr Vertrauen zu schätzen, aber das bedeutet trotzdem nicht, dass ich mich aus dem Bett bewege.«

Captain Lamberts Augenbrauen hoben sich um noch einmal fünf Zentimeter. »Ich habe mich wohl nicht deutlich genug ausgedrückt: Ich bin nicht nur zu Ihrem Schutz verpflichtet, es steht ebenso in meiner Macht, Sie zu maßregeln. Falls Sie also nicht für den Rest Ihres Aufenthalts ohne Bezahlung auskommen wollen, schlage ich vor, Sie ziehen sich jetzt an.«

Endlich sprach sie Violets Sprache. Als die anderen Frauen begannen, der Reihe nach den Saal zu verlassen, beschoss Violet mich mit einem derart giftigen Blick, dass ich ihm ausweichen musste, wollte ich nicht gelähmt zu Boden zu gehen.

»Um ein Uhr ist Probe«, zischte sie. »Seid bloß da.«

Während Violet und Kay mit den anderen Sport trieben, machten Jayne und ich uns daran, den Boden zu schrubben und über die merkwürdigen Enthüllungen der letzten Nacht nachzudenken. Ich teilte mit ihr meine Überlegungen bezüglich Blake und einem möglichen Zusammenhang mit dem Fall Irene Zinn.

»Aber wer wird schon wegen fehlendem Proviant zum Mörder?«, fragte Jayne.

Ich lehnte den Schrubber gegen einen Koffer und setzte mich daneben. »Gehen wir mal davon aus, dass derjenige, der die Vorräte rausholt, sie nicht einfach nur stiehlt. Was, wenn er sie an die Japaner verkauft? Erinnere dich: Der eine Offizier hat gesagt, die Japaner sichern ihre Versorgungsschiffe nicht so gut wie wir. Ich würde darauf wetten, dass sie für Dinge, die ihnen besonders fehlen – und sei es nur in kleineren Stückzahlen –, Langfingern gutes Geld zahlen. Aber ich kann mir nicht vorstellen, dass man beim Militär etwas für seinen Ruf tut, wenn man dem Feind hilft und ihn bei seinen kriminellen Umtrieben unterstützt. Falls Irene da etwas herausgefunden und es den betreffenden Personen gesagt hat, könnte es doch sein, dass sie sie lieber zum Schweigen bringen wollten als das Risiko einzugehen, verpfiffen zu werden.«

Jayne tunkte ihren Putzlappen in den Eimer und platzierte das tropfnasse Etwas auf dem Boden. »Aber sie ist in Kalifornien umgebracht worden. Nachdem sie schon längst aus der Armee ausgeschieden war. Das ergibt doch keinen Sinn.«

Sie hatte recht. »Vielleicht hat sie ihren Abschied genommen, weil sie Angst hatte, dass genau das passieren würde. Sie fährt also nach Hause und wähnt sich in Sicherheit, nur unser Dieb ist nicht restlos davon überzeugt, dass sie die Klappe halten wird, spürt sie auf und bringt sie ein für alle Mal zum Schweigen.«

Jayne malte mit dem Schrubber eine schiefe Acht. »Ich kann's mir trotzdem nicht vorstellen. Kalifornien ist eine Million Meilen weit weg.« Das stimmte nicht ganz. Es waren nur zehntausend Meilen – falls man dem Schild am Eingang zum Camp Glauben schenken konnte. »Wie sollte jemand vom Südpazifik aus Leute umbringen, die so weit weg sind?«

»Mit großem Einfluss«, meinte ich.

Sobald wir mit dem Boden fertig waren, machten wir uns auf die Suche nach Dotty. Ich hatte ihn nicht mehr zu Gesicht bekommen, seitdem wir von Gildas Tod wussten. Wenn uns überhaupt jemand sagen konnte, was Irene über die verschwindenden Vorräte gedacht hatte, dann ihr Ex-Freund.

Wir fanden ihn in seinem Zelt, wo er übers Radio dem Kriegsreporter Edward R. Murrow zuhörte, während er versuchte, einen Artikel in seine Schreibmaschine zu hacken. Neben ihm stand eine Flasche Fusel und ein mit aufgerauchten Kippen halb gefüllter Aschenbecher. Auf seinem Kopf ging es drunter und drüber, zweifelsohne das Resultat häufigen Haareraufens.

Er sah fürchterlich aus.

»Dürfen wir reinkommen?«, fragte ich.

Beim Klang meiner Stimme schreckte er zusammen. Obwohl wir noch ein paar Meter entfernt waren, konnte ich ihn schon riechen. Dotty hatte sich seit Tagen nicht gewaschen. »Tut euch keinen Zwang an.«

Wir traten ein und setzten uns auf den Rand seines Feldbetts. »Woran arbeitest du?«, fragte Jayne.

»An einem Nachruf auf Gilda. *Stars & Stripes* will neben meinen Fotos noch Text laufen lassen, also quäle ich mich damit ab, mir den aus den Fingern zu saugen. Normalerweise schreibe ich nur Allerweltsnachrufe auf die Männer – ihr wisst schon, solche, wo man nur den Namen ändern muss, der Rest aber immer gleich bleibt. Die kann ich im Schlaf. Aber das hier? Nicht einfach. Sie war doch etwas ganz Besonderes.« Er zog das Blatt aus der Maschine, knüllte es zusammen und deponierte es in einem überquellenden Papierkorb. Jetzt, da die Maschine leer war, schien er uns erst richtig wahrzunehmen. »Wie läuft's denn bei euch beiden?«

»Lief schon mal besser«, sagte ich.

»Hat mir Kay auch schon erzählt. So viel ich weiß, ist ein Freund von dir gestorben, kurz bevor Gilda ermordet wurde.«

»Mein Ex-Freund«, sagte ich. Wann würde es mir endlich leichter fallen, von ihm zu erzählen?

»Jack Castlegate?«

Ganz genau. Schon am ersten Abend auf der Insel hatte ich Dotty nach Jack gefragt. »Ja.«

»Das macht die Sache einfacher.«

»Wieso das?«

»Ich habe mich nach ihm umgehört und gerade selbst von seinem Tod erfahren. Ich hatte schon Angst, derjenige sein zu müssen, der es dir beibringt.« Er zog an seiner Zigarette. »Einen Charlie Harrington habe ich allerdings noch nicht ausfindig machen können. Zumindest nicht bei der Navy. Bist du sicher, dass du den Namen richtig verstanden hast?«

Was tat das jetzt noch zur Sache? Jack war tot. »Ziemlich sicher.«

»Wenn du willst, frage ich weiter rum.«

»Danke für dein Angebot, aber ich glaube, das ist nicht mehr nötig.« Er hatte in meiner Wunde gebohrt, und ich fürchtete, dasselbe jetzt bei ihm machen zu müssen. »Und wir haben das mit Irene gehört.«

Ich hatte das Gefühl, dass sein Gesichtsausdruck prompt meinem eigenen vor wenigen Augenblicken aufs Haar glich. »Schätze, wir sitzen im selben Boot, was? Verlieren beide unsere Exe. Ich sage dir, es war ein komischer Monat. Wenn ich's nicht besser wüsste, könnte ich schwören, dass die ganze Zeit eine schwarze Wolke über der Insel gehangen hat.«

»Wann habt ihr euch getrennt?«, fragte ich.

Er lehnte sich im Stuhl zurück, und dessen hölzerne Beine ächzten unter seinem Gewicht. »Noch bevor sie in die Staaten zurück ist. Trotzdem ein harter Schlag.«

»Das weiß ich nur zu gut. Auch Jack und ich sind nicht im Guten auseinandergegangen.«

Ein Lächeln stahl sich auf sein Gesicht. »Ich werde für die Worte, mit denen ich mich von ihr verabschiedet habe, ebenfalls keine Preise gewinnen. Wäre es nicht schön, wenn wir im Voraus wüssten, wie die Dinge sich entwickeln? Stellt euch vor, was wir dann klugerweise alles nicht sagen würden.« Die beiden vorderen Stuhlbeine kehrten zum Boden zurück. »Also, was kann ich für euch tun?«

Ich zupfte an einem abgerissenen Fingernagel, der nur noch am seidenen Faden hing. »Das könnte sich jetzt verrückt anhören, aber ich gehe davon aus, dass es zwischen dem Tod von Gilda und dem von Irene einen Zusammenhang gibt.«

»Gilda wurde von einem Heckenschützen erschossen.«

»Aber nicht von dem, den sie eingesperrt haben«, sagte Jayne. Sie brachte ihn auf den neuesten Stand der Erkenntnisse und erzählte von unserer Exkursion, die er letzte Nacht verpasst hatte. Die Geschichte schien ihn zwar nicht weiter zu überraschen, aber doch stark zu beunruhigen.

Ich räusperte mich. »Wir haben gerüchteweise gehört, dass sich Irene vor ihrer Abreise von der Insel mit den verschwindenden Vorräten beschäftigt hat.«

»Ach das.« Er atmete stoßweise aus, und die ihm ums Gesicht fallenden Haare gerieten noch mehr in Unordnung. »Das wollte Late Nate auch schon auf die Japaner schieben.«

»Hab ich bereits gehört. Aber Irene wusste, dass sie es nicht waren, richtig?«, fragte ich.

»Ich war nicht hier, als es diese Vorfälle gab, aber sie hat mir gesagt, sie sei überzeugt, jemand Internes stecke dahinter.« Er beugte sich vor und senkte die Stimme. »Sie hat mir gegenüber angedeutet, dass es Blake ist, der nicht nur das ganze Zeug entwendet, sondern auch gleich an den Feind verkauft. Daher auch der Spitzname. Eine ganze Reihe Leute haben noch nach Einbruch der Dunkelheit beobachtet, wie er Pakete aus der Proviantbaracke geschleppt hat. Da war er noch nicht Konteradmiral – sein Offizierspatent ist erst nicht genehmigt worden –, und Irene zog in Betracht, ihre Informationen offenzulegen. Hätte sie das getan, wäre er sicher entlassen worden – oder noch schlimmer.«

»Und warum hat sie's nicht getan?«, fragte Jayne.

Er zuckte mit den Schultern. »Es hätte Aussage gegen Aussage gestanden. Und sie wollte damals schon hier weg. Ich glaube, sie wusste, zu diesem Zeitpunkt noch eine Welle zu machen, würde den Aufwand nicht lohnen. Und außerdem hörten die Diebstähle auch genau dann auf, als sie zwei und zwei zusammengezählt hatte.«

Ich war auf merkwürdige Weise enttäuscht von der Frau, die ich nie kennengelernt hatte. Ich wollte glauben, dass Irene eine Kreuzritterin für das Gute gewesen war. Dass sie, sobald es ein bisschen haarig wurde, gleich eingeknickt war, passte nicht ganz in dieses Bild. Aber genau das traf den Kern, oder nicht? Ich hatte sie einfach nicht gekannt. »Sobald Irene hier weg war, ging es aber wieder los, oder nicht?«

»In sehr viel geringerem Umfang. Ich glaube, auch andere wussten von Blakes Umtrieben und nutzten die Situation zu ihrem Vorteil. Sie müssen gewusst haben, das Blake kleinere Diebstähle nicht ahnden würde. Da er vorher alles auf die Japaner geschoben hatte, musste er das jetzt wieder tun – denn eine Untersuchung hätte sonst was ergeben können.«

»Glaubst du, Late Nate wusste, dass Irene ihm auf die Schliche gekommen war?«

»Ganz sicher. Es war wahnsinnig schwer für sie, bei den Wacs rauszukommen. Er war derjenige, der sich für sie eingesetzt und die Armee davon überzeugt hat, sie zu entlassen. Wie ich Irene kenne, hat sie das, was sie wusste, als Druckmittel eingesetzt, um ihn dazu zu kriegen, ihr zu helfen. Sie war alles andere als dumm. Sie wusste, wie der Hase läuft.«

»Es wundert mich, dass er sich so hat von ihr an die Kandare nehmen lassen«, sagte ich.

Er aschte ab. »Am Ende des Tages ist für ihn ja alles günstig gelaufen. Er ist nicht nur eine potentielle Unruhestifterin losgeworden, sondern hat ein paar Monate später auch noch seine Geliebte nach Tulagi bekommen.«

»Amelia Lambert«, sagte ich.

Er stach den Finger in die Luft. »Bingo. Sie hat einen erstklassigen Posten gekriegt und er etwas Zucker in seinen Kaffee. Bis Gilda aufgetaucht ist.«

»Was hat Gilda denn damit zu tun?«, fragte Jayne.

»Heißt das, ihr wisst es nicht?« Dotty senkte die Stimme. »Late Nate und Gilda waren doch seit eurer ersten Nacht auf Tulagi ein Thema.«

Als wir uns von Dotty verabschiedeten, brummte mir der Schädel. Wir gingen zum Strand, um vor der Probe noch ein bisschen Sonne zu tanken und unter uns zu sein. Der Hafen war voller Schiffe und Kräne. Wir setzten uns auf einen Felsbrocken im Schatten eines Kokoshains und sahen dem sorgfältig choreographierten Tanz der Güter zu, die von Schiffen kamen und auf andere verladen wurden. Konnte etwas vordergründig so Harmloses wie die Versorgung der Truppen der Grund für zwei Morde sein?

»Wie hat sich Gilda bloß mit diesem Kerl einlassen können?«, fragte Jayne.

»Frag mich nicht.« Der bloße Gedanke ließ meine Haut kribbeln. Konnte er sich ihr gewaltsam genähert haben? Hatte sie uns deshalb nichts davon erzählt?

»Glaubst du, Amelia weiß es?«, fragte Jayne. Grellbunte Loris flogen über sie hinweg.

»Wahrscheinlich.« Eine plötzliche Eingebung ließ mich mit den Fingern schnipsen. »Weißt du noch, Candy hat gesagt, dass Amelia ungefähr zur gleichen Zeit hier angekommen ist wie wir. Sie könnte auch in San Francisco gewesen sein, als Irene umgebracht wurde.«

»Aber welches Motiv soll sie gehabt haben?«, fragte Jayne. »Es klingt ja nicht so, als ob Blake sich allzu viele Sorgen gemacht hat, dass Irene ihn anschwärzen wollte, wenn er ihr dabei geholfen hat, die Entlassung zu erwirken.«

»Vielleicht war Amelia eifersüchtig? Sie kommt aus derselben Stadt wie Irene. Was, wenn sie sich gekannt haben? Vielleicht gab es eine tief sitzende Rivalität zwischen den beiden, und Amelia dachte, dass Irene mit ihrem Geliebten fremdgegangen ist. Wenn Blake sich einfach so Gilda schnappt, ist es dann so weit hergeholt, dass er mit Irene das Gleiche gemacht hat?«

Jayne streifte sich die Schuhe von den Füßen und grub die Zehen in den Sand. Ein paar Meter weiter ging ein Krebs auf seine lange Reise zum Wasser. »Ich kann's mir nicht vorstellen. Außerdem: Wenn Amelia ein paar Tage vor uns hier angekommen ist, ist sie doch sicher lange vor uns abgefahren. Ich weiß, du glaubst, dass die beiden Morde etwas miteinander zu tun haben, Rosie, aber ich finde, du solltest auch in Betracht ziehen, dass dem nicht so sein könnte. Manchmal gibt's auch echte Zufälle.«

Das hörte ich gar nicht gern. Ich wollte, dass es in meiner Welt gesittet und ordentlich zuging, dass Dinge, die sich ähnelten, auch miteinander in Zusammenhang standen. Zufälle machten mir einen Strich durch diese Rechnung. Nur, weil wir noch keine Verbindung zwischen Irene und Gilda gefunden hatten, bedeutete das nicht, dass es keine gab.

»Okay, spielen wir nach deinen Regeln«, sagte ich. »Dann klären wir erst mal das Einfachste: Wer hat Gilda umgebracht?« Ein Plumps ließ mich zusammenfahren. Eine herabfallende Kokosnuss war auf dem Stein neben mir gelandet.

Jayne lehnte sich auf die Ellbogen gestützt zurück, um mehr Sonne abzukriegen. »Van Lauer zum Beispiel. Er war hier. Kurz bevor auf sie geschossen wurde, hat er ihr etwas erzählt, das sie aufgeregt hat.«

Ich barg die Kokosnuss in der Armbeuge. »Stimmt. Und er ist nach der Hälfte unseres Auftritts rausgegangen, hätte also genug Zeit gehabt zu schießen. Willst du mitkommen, um mit ihm zu sprechen?«

»Warum nicht?«, meinte sie. »Etwas Besseres habe ich sowieso nicht vor.«

24 Klatschgeschichten

Um einen Schauspieler wie Van Lauer zur Rede zu stellen, sollte man besser ein Requisit dabeihaben, fand ich. Deswegen legten wir, bevor wir uns auf die Suche nach ihm machten, noch einen Zwischenstopp in der WAC-Baracke ein.

Er war in seinem Zelt und blätterte durch eine Ausgabe des *Life Magazine*, dessen Titel das Marineflieger-Ass Joe Foss zierte. Sein Kleidersack lag gepackt auf dem Feldbett und wartete zweifelsohne darauf, von jemand anderem zum Flugzeug geschleppt zu werden.

»Hallo«, sagte ich.

Mit der Zeitschrift wedelnd nahm er uns zur Kenntnis. »Kann ich Ihnen weiterhelfen?«

Ich knuffte Jayne mit dem Ellbogen in den Rücken, und sie ging einen Schritt nach vorn. »Sie sind sicher furchtbar beschäftigt und haben tausend andere Dinge im Kopf«, säuselte sie. »Aber vielleicht gibt es trotzdem eine Möglichkeit, ein Autogramm von Ihnen zu bekommen.«

Er musterte meine Freundin. Offensichtlich gefiel ihm, was er sah. Er lächelte sein Hollywood-Lächeln, das seinen Ehering wie durch Zauberhand unsichtbar machte. »Natürlich bekommen Sie ein Autogramm von mir, Miss …?«

»Hamilton, Jayne Hamilton. Und das hier ist meine Freundin Rosie.«

Er zwinkerte mir zu. »Hätten Sie denn auch gern ein Autogramm, Freundin Rosie?«

»Nein, danke«, sagte ich.

Er zog einen Stift hervor, und wir hielten ihm die Ausgabe der *Movie Scene* hin, in der ein Foto von ihm war. Er entstellte es mit seiner Unterschrift und gab Jayne das Magazin zurück.

»Was machen junge Damen wie Sie so weit weg von zuhause?«, fragte er.

Das konnte er nicht ernst meinen. »Wir sind auf USO-Tournee«, sagte ich. »Dieselbe, auf der auch Gilda war, Sie wissen schon, oder? Jayne ist die andere Frau, die an dem Abend verletzt wurde.«

»Richtig.« Er bot uns keinen Platz an. Er erkundigte sich nicht nach Jaynes gesundheitlichem Zustand. Was für ein Idiot.

»Wir wollten Ihnen unser herzlichstes Beileid aussprechen«, sagte Jayne.

»Ich danke Ihnen, aber eine Beileidsbekundung ist wohl nicht nötig.«

Hätten seine Worte eine Temperatur gehabt, hätten wir Frostbeulen davongetragen. »Aber«, sagte ich, »Sie müssen doch auch ein bisschen traurig sein über das, was passiert ist.«

Hinter seinen Augen rastete etwas ein, als hätte er gemerkt, dass es vorteilhafter für ihn war, Rührung vorzuschützen.

»Natürlich bin ich noch ganz durcheinander.« Er legte sich die Hand aufs Herz. »Gilda war eine grandiose Schauspielerin und eine wunderbare Freundin. Was ich sagen wollte: Sie vier empfinden wahrscheinlich ein größeres Verlustgefühl.«

»Aber keine von uns war je mit ihr liiert«, sagte ich.

»Ich auch nicht.«

»Sicher, jetzt nicht mehr, aber es gab doch mal Zeiten,

als das zwischen Ihnen eine ganz schön heiße Kiste war.«

Etwas in seinem Ausdruck änderte sich. »Wir hatten eine kleine Affäre. Das ist alles. Ich habe den Fehler gemacht, Gilda für diskreter zu halten, als sie letztendlich war.«

»Haben Sie MGM deswegen dazu gebracht, sie zu feuern? Weil sie indiskret war?«

Er zupfte sich einen Fussel von der Schulter. »So viel Einfluss habe ich wohl kaum. Sie wurde gefeuert, weil sie zu schwierig war. Niemand wollte mehr mit ihr arbeiten.«

»Was haben Sie an dem Abend, als auf sie geschossen wurde, mit ihr zu besprechen gehabt?«

Erst sah es so aus, als würde er die Frage als zu persönlich zurückweisen, aber die Versuchung, ein paar Dinge endlich einmal geraderücken zu können, ließ ihn weitersprechen. »Kurz bevor sie aus den Staaten abgereist ist, hat sie noch das lächerliche Gerücht in die Welt gesetzt, ich würde meine Frau verlassen und sie heiraten. MGM hat Wind davon bekommen und sehr deutlich gemacht, dass eine Scheidung inakzeptabel ist. Ich habe Gilda angefleht, ihre Aussage zurückzunehmen.«

»Warum sollte Gilda diesbezüglich die Unwahrheit gesagt haben?«

Er versuchte, den Fussel wegzuschnipsen, der aber hartnäckig an seinen Fingern kleben blieb. »Weil sie anscheinend dachte, es würde – genau wie eine Affäre mit mir – ihre Karriere befördern.«

»Warum sollte es? Sie war schon lange vor Ihnen ein Star.«

»Für mich gingen die Türen immer weiter auf, während sie sich für sie schlossen. Wenn sie es schaffte, sich an meinen aufgehenden Stern zu hängen, würde ihr das Studio vielleicht eine zweite Chance geben. Und falls das nicht funktionierte, würde das Studio möglicherweise durch die öffentliche Anteilnahme dazu gezwungen sein, sie zu behalten.«

»Das muss Sie wütend gemacht haben. Sieht für mich so aus, als ob der beste Weg aus dieser Situation für Sie gewesen wäre, Gilda ein für allemal zum Schweigen zu bringen.«

Der Fussel flog in die Luft und landete auf seiner Hose. »Worauf genau wollen Sie hinaus?«

»Ich will auf gar nichts hinaus, ich sage es ganz offen: Ich glaube, Sie haben etwas mit Gildas Tod zu tun.«

»Das ist absurd.«

»Ist es? Wie kommt's dann, dass Sie auf genau der Insel landen, auf der auch ihr Basis-Camp liegt?«

Er rollte mit den Augen, zog einen Schuh aus und fing an, ihn mit einem fleckigen Tuch zu polieren. »Tulagi ist das strategische Zentrum für alle Kriegsschauplätze im Pazifik. Es war unvermeidlich, hier zu landen.«

»Aber Sie wussten, dass sie hier ist, oder?«

»Natürlich wusste ich, dass sie auf den Inseln ist. Aber ich wusste nicht, dass sie hier ist. Und ich hatte ganz gewiss nicht die Absicht, sie ausfindig zu machen.«

»Natürlich nicht. Weswegen Sie auch die Sondervorstellung arrangiert haben.«

Er unterbrach die Arbeit und betrachtete sein Spiegelbild in dem glänzenden Leder. »Das war genauso wenig meine Idee wie hierherzukommen.«

»Wo sind Sie denn mitten in der Show hingegangen?«

»Wovon zum Teufel sprechen Sie?«

»Sie sind nach der ersten Hälfte unseres Auftritts aufgestanden und gegangen. Ich habe Sie gesehen.«

Er nahm sich den anderen Schuh vor. »Ich musste auf die Toilette.«

»Eine halbe Stunde lang?«

Er schwenkte seine schuhbedeckte Hand in meine Richtung. »Die Dauer meiner Darmbewegungen geht Sie wohl kaum etwas an. Glauben Sie mir, wenn ich Gilda hätte umbringen wollen, hätte ich dazu genügend Gelegenheit gehabt, noch bevor ich die Staaten verlassen habe. Ganz sicher hätte ich nicht den weiten Weg bis hierher auf mich nehmen müssen. Und meinen Sie ernsthaft, ich bin so dumm und gehe das Risiko ein, mit einem Mord einen Skandal heraufzubeschwören, nur damit die Leute meine Affäre vergessen? Ich bin zur Armee gegangen, um meine Glaubwürdigkeit zurückzugewinnen, und nicht, um sie noch weiter zu zerstören. Gildas Tod wird sich kaum als Segen für mich erweisen. Sobald die Geschichte in den Staaten publik wird, wird sie zur Märtyrerin erklärt.«

In diesem Punkt hatte er recht.

»Und darf ich Sie daran erinnern: Gildas Mörder ist gefasst worden. Auch wenn ich ihm vielleicht dankbar bin für seine Tat – dazu angestiftet habe ich ihn sicher nicht. Und jetzt bitte ich Sie zu gehen. Sofort.«

Zu unserer Ein-Uhr-Probe kamen wir fast eine halbe Stunde zu spät. Violet und Kay saßen wartend in der Kantine, vor Ungeduld schon ganz starr. »Habt ihr euch verirrt?«, fragte Violet.

»Wir haben für den Boden länger gebraucht, als abzusehen war«, sagte ich.

Sie zündete sich eine Zigarette an. Sie hatte auf uns warten müssen, jetzt mussten wir eben auf sie warten. »Wo seid ihr gestern Abend überhaupt gewesen?«

Ich sah Kay an, weil ich wissen wollte, ob und wenn ja was sie ihr schon erzählt hatte. Sie schüttelte so leicht den Kopf, dass Violet es, hätte sie es gesehen, für ein Zittern gehalten hätte.

»Ihr habt versucht, sie davon abhalten, dem Gefangenen etwas anzutun, oder?«

»Wir haben es nicht nur versucht«, sagte ich.

Sie spuckte mir einen Mundvoll Rauch entgegen. »Du bist tatsächlich ein Japsenliebchen, oder?«

Meine Nackenhaare richteten sich in Habachtstellung auf. »Was ich bin, steht überhaupt nicht zur Debatte. Die Frage ist, wer Gilda umgebracht hat.«

»Was meinst du damit?«

Kay rutschte tiefer in ihren Stuhl. »Sie haben den Falschen festgenommen.«

»Unglaublich. Du warst auch dabei? Und woher wisst ihr, dass er nicht der Richtige ist?«

»Weil er es uns gesagt hat«, sagte Jayne.

Violet warf die Hände über den Kopf, wobei ein Röllchen Asche auf den Boden fiel. »Oh, weil er es euch gesagt hat. Na, dann ist ja alles klar. Hat er euch vielleicht auch erzählt, dass die Japsen ein Anrecht auf diese Inseln haben? Vielleicht sollten wir den Alliierten schnell sagen, dass sie einpacken und nach Hause fahren können.«

»So war's nicht«, sagte ich. »Glaub mir: Sie haben den Falschen verhaftet. Dieser Junge steckt fast noch in den Windeln. Frag Spanky, wenn du mir nicht glaubst.«

Sie sah aus, als würde sie genau darüber nachdenken,

als ihr ein anderer Gedanke kam. »Also schön. Sie haben den Falschen. Aber wenn nicht er Gilda umgebracht hat, wer dann?«

»Das ist die Hundert-Dollar-Frage«, sagte ich. »Wusstest du, das Gilda eine Romanze mit Konteradmiral Blake gehabt haben soll?«

»Mit Late Nate? Klar«, sagte Violet, »das wussten wir doch beide, oder, Kay?«

Kay nickte.

Ich musste den Kopf schütteln um sicherzugehen, dass ich mich nicht verhört hatte. »Wenn ihr das wusstet, wieso habt ihr uns dann nichts davon erzählt?«

»Wir dachten: Wenn Gilda will, dass die Leute davon erfahren, wird sie's schon erzählen«, sagte Violet. »Ich habe es auch nur herausgefunden, weil ich die beiden zusammen gesehen habe. Und Kay hatte es von Dotty. Als uns klar war, dass wir es beide wissen, haben wir beschlossen, aus Mitleid zu schweigen. Ihr müsst zugeben, Gilda hatte ein Händchen dafür, sich die schlimmstmöglichen Männer auszusuchen.«

»Da hast du allerdings recht«, sagte ich. »Wir kommen gerade von einem Besuch bei Van Lauer.«

»Warum hat sie sich bloß mit Blake eingelassen?«, fragte Jayne.

»Er mag abstoßend sein, aber er besitzt Macht«, sagte Violet. »Und sein Bruder ist als Filmproduzent dick im Geschäft. Man kann ihn mögen oder nicht – es ist gut, ihn auf seiner Seite zu haben.«

Diese Erfahrung würde ich mit Sicherheit nie machen. »Aber warum hat sie sich in dieser Hinsicht so bedeckt gehalten?«, fragte ich.

»Würdest du nicht?«, sagte Kay. »Wir haben alle gesehen, wie er dich behandelt hat. Wer würde mit so einem schon gern in einen Topf geworfen werden?«

Sie hatte wahrscheinlich recht. Trotzdem keimte in mir der Verdacht, dass wir deutlich weniger über Gilda wussten, als wir dachten.

Da keine von uns Gilda würde ersetzen können, kam es uns nicht richtig vor, ihre Lieder zu singen. Wir strichen die Songs, dafür machte jede von uns eine Nummer mehr. Außerdem nahmen wir noch ein Schlussstück dazu, das wir zum Gedenken an Gilda und alle Gefallenen singen wollten.

Nachdem wir diese herzzerreißenden Entscheidungen gefällt hatten, wollten Jayne und ich einen Spaziergang machen, Kay und Violet gingen zur Baracke zurück. Es war ein schöner Tag, der sein Möglichstes tat, um die Insel von ihrer besten Seite zu zeigen. Nur ganz im Westen schienen sich Gewitterwolken zusammenzuballen. Auf einer Hälfte des Strands wirbelte eine Partie Football den Sand auf, auf der anderen hatte man ein Fischernetz zwischen zwei Pfosten gespannt, und die Amerikaner stellten sich beim Volleyball den Australiern. Wohin man auch sah: Männer mit verspiegelten Sonnenbrillen, die ihre freien Oberkörper, ihre Bräune und ihre Tätowierungen vorführten und den Eindruck erweckten, nichts in der Welt könne sie aus der Ruhe bringen. Sie wirkten so jung, so gesund und so stark, dass ich diesen Augenblick am liebsten mit der Kamera festgehalten und sie alle verewigt hätte, bevor sie wieder in die Schlacht zogen.

»Nur, um das mal festzuhalten – ich finde Van glaubwürdig«, sagte Jayne.

»Ich auch. Aber ich verstehe nicht, weshalb Gilda nicht die Wahrheit gesagt hat.« Wer war sie wirklich gewesen? Eine Frau, die man betrogen und der man das Herz gebrochen hatte, oder eine Schauspielerin, die so unbedingt an der Spitze bleiben wollte, dass sie dafür alles getan hatte – sogar mit jemandem so Abscheulichen wie Late Nate zu schlafen?

»Aber wenn es weder Van noch der Japaner waren, wer dann?«, fragte Jayne.

Hinter uns räusperte sich jemand. »Miss Winter, Miss Hamilton – Konteradmiral Blake möchte Sie sprechen.« Es war Amelia Lambert mit windzerzauster Frisur.

»Danke für die Mitteilung«, sagte ich. »Sagen Sie Ihrem Spezi doch, wir kommen später mal vorbei.«

Sie griff uns beide am Arm und zog uns vom Strand weg. »Er möchte Sie umgehend sprechen. Ich habe versprochen, Sie persönlich zu seinem Quartier zu eskortieren.«

Ich entwand mich ihrem Griff. »Machen Sie bloß nicht so einen Aufstand – wir kommen auch ohne Gewaltanwendung mit. Geht's um gestern Abend?«

Sie betrachtete mich von oben herab. »Ich weiß nicht, wovon Sie sprechen, aber Sie können sicher sein, dass er Kenntnis davon hat, falls Sie etwas Verbotenes getan haben.«

War er der Heilige Nikolaus, oder was? Innerlich überlief mich ein Schauer. Wenn es hier nicht um eine Abmahnung wegen der Verletzung der Ausgangssperre ging, dann würde uns sehr wahrscheinlich der Besuch im Kriegsgefangenenlager vorgehalten werden. Ich trug mich mit der Hoffnung, dass wir uns auf das Stillschweigen aller Beteiligten verlassen konnten, aber wahrscheinlich glich unsere gestrige Truppe doch eher einem sinkenden Schlepper auf hoher See: überall Lecks, keines zu stopfen.

Als wir vor Blakes Zelt standen, meldete Amelia unsere Anwesenheit. Er wies sie an, uns hereinzubringen, und entließ sie dann ohne ein Wort des Danks. Als sie auf dem Absatz kehrtmachte, war ihrem Gesicht deutlich anzusehen, dass sein Gebaren ihr rein gar nicht gefiel. Wenn sie nicht gerade einen Fingerabdruck auf meinem Oberarm hinterlassen hätte, hätte sie mir womöglich leid getan.

Würde sich eine betrogene Frau immer noch derart eifrig um die Anerkennung dieses Mannes bemühen? War es möglich, dass sie von der Beziehung zwischen Late Nate und Gilda nichts wusste? Oder hatte sie sich damit abgefunden, bei ihm zu bleiben, nachdem sie das Undenkbare getan hatte und ihre Rivalin losgeworden war?

»Danke, dass Sie gekommen sind, meine Damen«, sagte Blake.

»Nicht, dass wir eine Wahl gehabt hätten«, sagte ich.

Jayne bat mich mit flehendem Blick darum, den Mund zu halten. Blake bot uns wieder die Stühle an, auf denen wir schon gesessen hatten, als er uns über Gildas Tod aufgeklärt hatte.

Er faltete die Hände und starrte uns an wie ein Schuldirektor, der von einem Pennäler erwartet, seine Mitschüler zu verpetzen. »Soweit ich weiß, haben Sie Van Lauer einen Besuch abgestattet.«

»Wir sind große Fans von ihm«, sagte ich. »Wir wollten uns vor seiner Abreise unbedingt noch ein Autogramm holen.«

»Sehr witzig«, sagte Blake, »da hat er mir Ihren Besuch aber etwas anders geschildert. Er sagte, Sie hätten ihm zu verstehen gegeben, dass Sie ihn mit dem Tod von Miss DeVane in Verbindung bringen.«

»Ich habe ihm gar nichts zu verstehen gegeben«, sagte ich. »Ich habe es offen ausgesprochen.«

Die eine Hälfte seines Mundes verzog sich zu einem Lächeln. Wie bekam er das hin, ohne den Rest seiner strichdünnen Lippen zu bewegen? »Ich bin froh, dass wir darüber nicht diskutieren müssen. Captain Lauer war sehr aufgebracht wegen Ihrer Behauptungen, und auch wenn ich zugeben muss, kein Freund derjenigen zu sein, die nur aufgrund ihrer Position im zivilen Leben einen militärischen Rang erhalten, finde ich seine Aufregung doch überaus nachvollziehbar. Was mir bei dieser Angelegenheit allerdings am meisten zu denken gibt, ist der entstehende Eindruck, Sie glaubten nicht, dass wir mit dem Japaner den eigentlichen Täter gefasst haben. Können Sie mir sagen, warum?«

Jayne stieß mich mit dem Fuß an und drängte mich dazu, sie zuerst reden zu lassen. Ich tat ihr den Gefallen. »Wir haben mitbekommen, wie Lauer sich vor unserem Auftritt mit Gilda gestritten hat«, sagte sie. »Und dann ist er mitten in der Show verschwunden. Angesichts ihrer gemeinsamen Geschichte dachten wir, er hat dem Heckenschützen vielleicht den Auftrag gegeben oder so.«

»Ist das so, Miss Hamilton? Haben Sie deswegen gestern Nacht das Kriegsgefangenenlager besucht?«

Er wusste es also. Wer hatte gepetzt?

»Wir wollten den Schützen mit eigenen Augen sehen«, sagte Jayne.

Mit den Fingern auf die Schreibtischunterlage trommelnd starrte Blake Jayne an. Ich rechnete damit, dass er jetzt die Axt senken und verkünden würde, welche Konsequenzen das für uns hatte. Stattdessen ließ er das Trommeln sein und erlaubte dem Lächeln, sich auch über den Rest seines Gesichts auszubreiten. »Es ist sicher nicht meine Art, eine vernünftige Theorie abzustreiten, wenn es genügend Beweise gibt, die sie stützen.«

Hatte er tatsächlich gesagt, was ich gerade gehört hatte? War Blake möglicherweise willens, einen Fehler einzuräumen und uns ausreden zu lassen?

»Dieser Stepptanz von Ihnen und Miss Winter – wessen Idee war das eigentlich?«

Eine merkwürdigere Überleitung war mir selten untergekommen. Jayne sah mich an, offensichtlich unsicher, was sie von Blakes plötzlichem Themenwechsel zu halten hatte. »Ich glaube, meine«, sagte sie.

»Miss DeVane hat es Ihnen also nicht nahegelegt?«

Was hatte Gilda denn jetzt damit zu tun? »Nein«, sagte Jayne.

Ich fand, ich hatte lange genug geschwiegen. »Gilda hat sich weitestgehend rausgehalten, was den Ablauf der Show betraf. Sie hat alle selbst entscheiden lassen, was sie auf der Bühne zeigen wollten. Da wir schon eine Sängerin und eine Komödiantin hatten, hat Jayne eben einen Tanz vorgeschlagen.«

»Aber warum einen Stepptanz?«

Ich zuckte mit den Schultern. »Warum nicht? Jayne steppt ziemlich gut. Und ich bin beim Steppen auch immer noch um Welten besser als bei jedem anderen Tanz, den wir hätten aufführen können. Außerdem dachten wir, den Jungs würde es gefallen.«

»Hmmm …« Er kritzelte etwas auf ein Blatt Papier, das auf dem Schreibtisch lag. »Soweit ich weiß, gab es schon einmal einen Zwischenfall mit den Japanern, während Ihres Auftritts auf Guadalcanal. Haben Sie damals dieselbe Vorstellung gegeben wie an dem Abend, als Miss DeVane ermordet wurde?«

Worauf wollte er hinaus? »Nein. Ich habe an dem Abend, als die Schüsse fielen, nicht auf der Bühne gestanden, Sie erinnern sich sicher. Jayne hat alleine getanzt.«

»Und vermutlich produziert eine allein steppende Person ein gänzlich anderes Geräusch als zwei.« Da er das nicht als Frage formulierte, antwortete ich auch nicht. »Laut meinem Kenntnisstand haben Sie Erfahrung mit dem Verschlüsseln, Miss Winter.«

Ich musste lachen. Ich konnte nicht anders. »Hat Ihre Freundin Ihnen das erzählt?«

»Wer es mir erzählt hat, tut nichts zur Sache. Stimmt das?«

Ich zuckte mit den Schultern. »Ich habe mir nur einmal einen blöden kleinen Code ausgedacht, als ich einen Brief geschrieben habe.«

»Um die Zensur zu umgehen?«

»Sozusagen.« Langsam setzten sich die Puzzleteile zusammen, und das Bild, das sich ergab, gefiel mir überhaupt nicht. »Sir, worauf wollen Sie hinaus?«

»Ich glaube, Sie wissen ganz genau, worauf ich hinauswill, Miss Winter. Sie und Miss Hamilton haben eine Stepp-Choreografie entwickelt, die feindlichen Soldaten verschlüsselte Botschaften übermittelt.«

»Wir haben was?!«, keuchten Jayne und ich wie aus einem Mund.

»Sie brauchen es gar nicht erst abzustreiten. Einigen von uns, die an dem Abend, als auf Miss DeVane geschossen wurde, Dienst hatten, ist aufgefallen, dass Miss Hamilton eine Nachricht im Morsealphabet gesteppt hat. Wir dachten zunächst, es sei harmlos, aber mit Miss DeVanes Tod, der Änderung Ihres Programms genau an jenem Abend und dem Wissen, dass Sie gleich zweimal erfolgreich Japaner zu Ihrem Auftrittsort gelotst haben, haben wir meines Erachtens genügend Anlass, Ihre Absichten in Zweifel zu ziehen – ganz zu schweigen von Ihren eigenwilligen Betrachtungen, an denen Sie uns beim Abendessen hatten teilhaben lassen.«

»Wir haben überhaupt keine Absichten. Die Schrittfolgen, die wir getanzt haben – die Jayne getanzt hat –, sind Schrittfolgen, die jeder Stepptänzer kennt. Ich habe noch nie davon gehört, dass sie einen Code ergeben. Außerdem: Wenn wir mit den Japanern zusammenarbeiten würden, wäre es dann nicht dumm von uns, sie zum Auftrittsort zu locken, wo sie leicht gefangen werden können?« Er antwortete mir nicht. Er sah mich noch nicht einmal an.

»Verhaften Sie uns jetzt als Spione?«, fragte Jayne.

Er grinste sein prachtvolles Hai-Grinsen und nahm die Zeigefinger vom Kinn. »Noch nicht. Wie gesagt, es ist zunächst nur eine Theorie, ähnlich der, die Sie und Miss Winter sich ausgedacht haben. Unsere ist natürlich etwas glaubwürdiger, finden Sie nicht? Und wird zudem von mehreren Zeugenaussagen und anderen Beweisen gestützt. Falls Sie Ihre absonderlichen Hirngespinste weiterverfolgen, werde ich mich vielleicht dazu hinreißen lassen, dasselbe tun.«

»Sie wollen uns erpressen?«, fragte ich.

»Nein, ich lege Ihnen nur nahe, Vertrauen in die Streitkräfte zu haben. Wir sind dazu da, Sie vor Ihren ärgsten Feinden zu beschützen, auch dann, wenn das Sie selbst sein sollten.«

25 Seemann, pass auf

Als wir aus Blakes Zelt traten, regnete es. Wir waren so wütend, dass ich nicht übermäßig verwundert gewesen wäre, wenn sich das Regenwasser in der Sekunde, in der es mit unseren Körpern in Kontakt kam, in Dampf verwandelt hätte.

»Können wir das nicht irgendwem erzählen?«, fragte Jayne.

»Wem denn? Er hat hier das Sagen. Alles tanzt nach seiner Pfeife.«

»Vielleicht könnten wir Harriet schreiben und sie bitten, uns hier rauszuholen.«

»Nein, noch nicht.« Noch war ich nicht bereit, das Handtuch zu werfen. Irene hatte vielleicht aufgegeben, als es kompliziert wurde, aber ich würde das nicht tun. »Wer kann uns verpfiffen haben?«

»Jeder, der Angst davor hatte, erwischt zu werden«, sagte Jayne, »wer weiß das schon.«

Als wir am Gemeinschaftsraum vorbeikamen, rief jemand unsere Namen. Spanky.

»Genau mit euch wollte ich sprechen.«

Ich war mir nicht so sicher, ob ich auch mit ihm sprechen wollte. Immerhin hatte er mir gestern Nacht ein Messer an den Hals gehalten. Wahrscheinlich hätte ich einfach Fersengeld geben sollen, aber die Möglichkeit, eine Entschuldigung von ihm zu bekommen, war zu verlockend.

Wir gingen zu ihm hinein, wo Schaf, Fuchs und eine ganze Reihe anderer auf das wechselhafte Wetter mit Tischtennis und Poker reagierten. Spanky führte uns zu ein paar Stühlen, die rund um ein Radio gruppiert waren. Mac begrüßte uns mit einem schwachen Schwanzwedeln von einem Kissen am Boden aus, das er sich als Ort zur Genesung ausgesucht hatte.

»Was gibt's?«, fragte ich.

Spankys Augen waren rot geädert. Trotz der spärlichen Beleuchtung in der Gemeinschaftsbaracke blinzelte er gegen das Licht, als ob es ihm wehtäte. »Ich wollte mich für gestern Nacht entschuldigen. Die Kameraden haben mir erzählt, wie ich mich aufgeführt habe. Ich weiß, Worte sind nur ein schwacher Trost, aber es tut mir wirklich leid.«

Das war schön zu hören, machte sein Verhalten aber auch nicht ungeschehen. »Du erinnerst dich an gar nichts?«

»An nicht viel, dem Rebensaft sei Dank.« Er tippte sich mit dem Finger gegen den Kopf. »Ich habe aber einen gewaltigen Kater als Andenken.«

»Eine angemessene Strafe, wie ich finde.«

»Und dabei wird's nicht bleiben. Ich bin zu Blake bestellt worden.«

Jayne und ich waren also nicht die Einzigen. Was der Sache allerdings nicht ihre Brisanz nahm. »Willkommen im Klub.«

»Wer war denn da die Plaudertasche?«

Ich hob die Hände. »Schau uns nicht so an. Er hat gerade damit gedroht, uns Gildas Tod anzuhängen, wenn wir nicht die Klappe halten.«

»Ihr könnt froh sein, dass er es dabei bewenden lässt. Unsere Einheit muss in ein paar Tagen aufs Schiff nach New Georgia.«

»Echt?«, fragte Jayne.

»Glaubst du, darüber macht man Scherze?« In Spankys Augen funkelte die Aufregung. Und noch etwas anderes.

»Tut mir leid«, sagte ich.

»Muss es nicht. Die blöde Idee, zum Kriegsgefangenenlager zu gehen, kam immerhin von mir. Ach, und ich wusste ja, dass es mit der Kocherei mal ein Ende haben muss. Ich bin richtig froh drum – irgendwann reicht es auch, jeden Tag nur am Strand herumzuliegen. Aber Blake hat entschieden, unsere Abfahrt noch etwas nach hinten zu verschieben – er prüft erst noch, wer sich eine höhere Gehaltsstufe verdient hat. Violet wird nicht glücklich sein zu erfahren, dass ich nicht in eine neue Soldgruppe komme.«

»Mir war gar nicht klar, dass es so ernst ist zwischen euch beiden«, sagte Jayne.

»Was glaubst du denn.« Er stieß einen leisen Pfiff aus, der Mac zum Aufstehen veranlasste. »Wenn sie mich ließe, würde ich sie morgen heiraten.«

Dieses Thema wollte ich nicht mit der Kneifzange anfassen. »Und was ist mit Mac?«, fragte ich.

»Er ist nicht so der Typ zum Heiraten.«

»Nein, ich meine, fährt er mit dir?«

»Nicht in seiner Verfassung.« Ahnungslos, dass gerade über sein Schicksal entschieden wurde, legte Mac sich wieder auf sein Kissen.

»Haben vielleicht doch die Wachen geplappert?«, fragte ich.

»Auf keinen Fall.«

»Dann war es einer von deinen Freunden.«

Er zeigte mit dem Finger auf uns. »Oder eine von euren Freundinnen.«

Oder weder noch. Konnte es nicht auch sein, dass unsere Bewacher die Katze aus dem Sack gelassen hatten?

»Wie auch immer«, sagte er. »Ich wollte mich entschuldigen und euch wegen Blake vorwarnen, aber offenbar komme ich damit ja zu spät. Vielleicht wollt ihr Candy und Kay noch Bescheid sagen. Nichts ist schlimmer, als vor Blake gezerrt zu werden und nicht zu wissen, warum.«

»Roger, wird erledigt«, sagte ich.

Am nächsten Morgen machten sich Kay, Violet, Jayne und ich noch vor dem Frühstück auf zu einem neuerlichen Show-Tag. Es war gut, mal wieder aus dem Camp rauszukommen, nur Gildas Abwesenheit schmerzte noch mehr, wenn man ohne sie auf die Bühne musste. Wir gaben unser Bestes, aber mir fiel überaus deutlich auf, dass wir nicht ein Mal so lauten Applaus oder überwältigendes Gelächter bekamen wie zu Gildas Zeiten. Die Männer waren nicht so freundlich, unsere Leistung zu honorieren, obwohl oder gerade weil eine aus unseren Reihen fehlte. Violet tat noch das Ihrige hinzu, als sie aus jeder Show eine Mini-Gedenkfeier machte, mit einer innigen Eröffnungsansprache, in der sie Gildas letzten Auftritt schilderte und die Freude, die sie bei jedem ihrer Auftritte verbreitet hatte. Ich glaube, sie wollte das Kind einfach gleich zu Anfang beim Namen nennen, um dann in aller Ruhe weitermachen zu können. Aber diese Rechnung ging nicht auf, ihr Ansatz legte unserer Darbietung sogar einen Stolperstein in den Weg. Ist das Publikum erst mal gedrückter Stimmung, ist es ein Ding der Unmöglichkeit, diese Stimmung wieder zu heben.

Was Violet nicht davon abhielt, sich ständig darüber zu beschweren. Als ihre Witze verpufften wie die leer getrunkenen Torpedos, versteifte sie sich immer mehr, ihre Stimme wurde zu einem Bellen und ihre Sprüche wurden immer streitlustiger. Verdammt noch mal, sie wollte eine Reaktion von den Männern – und wenn sie dafür deren Zorn erregen musste, indem sie sich in Klischees über die einzelnen Truppenteile erging. Aber da spielten die Männer nicht mit. Anstatt lautstark zu protestieren, weil sie als Panzergrenadiere Waschlappen oder als Air-Force-Piloten Faulpelze genannt wurden, sahen sie ihr mit versteinerten Gesichtern zu oder kicherten mitleidig, was für Violet nur noch demütigender war.

Im Laufe des Tages wurde es immer schlimmer, so schlimm, dass ich fürchtete, die Männer würden Violet bald mit faulen Tomaten bewerfen, wenn wir nicht einschritten.

»Sie ist hackedicht«, flüsterte Jayne mir hinter der Bühne zu. Wir steckten mitten in der letzten Show des laufenden Abends und hatten den ganzen Tag nichts anderes gegessen als Obst und Käse.

»Wie soll sie das denn hingekriegt haben?«

»Keine Ahnung, ist aber so. Ich bin fast umgefallen, als sie mich angehaucht hat.«

Wir brachten den Auftritt ohne größere Katastrophen über die Bühne. Hinterher nahm ich Violet zur Seite. »Wo hast du den Alkohol her?«

Als sie zur Antwort ansetzte, bekam sie einen Anfall von Schluckauf, und sogar ihr in ihrem volltrunkenen Zustand wurde klar, dass Lügen zwecklos war. Sie zog den Flachmann unterm Rock hervor und hielt ihn mir hin. Ich lehnte ab. Was mir fürchterlich schwerfiel. Trinken war eine köstliche Alternative zu dem anstehenden Gespräch. »Ich habe so meine Quellen.«

»Die morgen besser versiegt sind.« Ich merkte, wie schroff ich klang, und versuchte es mit einem sanfteren Tonfall. »Ich habe das mit Spanky gehört.«

Sie schüttelte kaum merklich den Kopf. »Ich wusste ja, dass er nicht für immer bleiben würde, aber dass er den Marschbefehl so schnell bekommt, hätte ich auch nicht erwartet.« Sie nahm einen Schluck und steckte den Flachmann wieder unter den Rock.

»Ich weiß, wie schwer es ist, aber wir müssen das hier erst mal über die Bühne bringen. Und zwar nüchtern.«

Der Schluckauf kehrte zurück, und ich bekam den von Jayne beschriebenen Geruch in die Nase. Ich betete, dass kein offenes Feuer in der Nähe war. »Wann wird's bloß wieder besser?«, fragte sie.

Ich legte meinen Arm um sie und versuchte, nicht einzuatmen. »Ihm wird schon nichts passieren. Das ist nicht sein erster Kampfeinsatz.«

Sie wischte eine Träne weg. »Nein, ich meine das mit dem Publikum. Wann vergessen sie sie endlich?«

Es war nicht einfach, ihren Tonfall unter den Schichten von Trunkenheit zu interpretieren. »Ihr Tod ist bei allen noch ziemlich frisch. Ich bezweifle, dass man sie allzu bald vergessen hat.«

»Das wäre genau nach ihrem Geschmack«, sagte sie. »Sogar tot steht sie noch im Zentrum der Aufmerksamkeit.«

»Ich glaube kaum, dass sie das attraktiv gefunden hätte.«

Ein Geräusch zwischen Lachen und Schluchzen kam aus Violets Mund. »Ich frage mich, ob die Nachricht schon nach Hause durchgesickert ist. Es wird sicher überall Hommagen hageln, schlimmer als bei Carole Lombard.« Sie spuckte die Worte regelrecht aus, wobei sie einen hochprozentigen Sprühnebel verteilte.

Man kann nie wissen, was der Tod mit einem macht. Ich hatte schon häufiger erlebt, dass zu Wut geronnene Trauer sich auch gegen die Toten selbst richten konnte. An dem Abend, als ich das mit Jack erfahren hatte, war es mir genauso gegangen. Der Tod war einfach egoistisch und rücksichtslos und kam immer im unpassendsten Moment. Da war es nur natürlich, dass man dem Menschen gegenüber aggressiv wurde, der einen am meisten verletzte – indem er nicht mehr da war. War ihm denn nicht klar, dass seine Abwesenheit die Welt zu einem Scherbenhaufen machte?

»Ich dachte, es wäre einfacher«, sagte sie.

»Lass dir Zeit«, wiederholte ich. »Das kommt schon.«

Sie fing tatsächlich an zu weinen, und ich hielt sie fest, bis ihre Tränen versiegt waren.

Eigentlich sollten wir um neun Uhr abends mit dem Flugzeug zum Camp zurückfliegen, aber der Mann, der den Tag über unser Begleitschutz gewesen war, informierte uns, dass bis zum Morgen niemand mehr irgendwohin fliegen würde.

»Tut mir leid, meine Damen«, teilte er uns mit, »aber es ist viel zu neblig. Sieht so aus, als ob Sie hier heute zur Mondscheinkompanie gehören.«

»Zur was?«, fragte Violet

»Dass Sie über Nacht hierbleiben müssen. Bis frühestens acht Uhr morgens kommt keiner von hier weg.« Ich hielt nach dem betreffenden Nebel Ausschau, aber es war zu dunkel, um etwas zu erkennen. Da flogen diese Männer freiwillig durch den Bombenhagel, ließen sich aber von ein bisschen schlechtem Wetter gleich abschrecken?

»Wo sollen wir schlafen?«, fragte Violet.

»Oh, keine Sorge, wir haben eine Gästeunterkunft für Sie vier. Eine sehr schöne übrigens. Und Abendessen auch. Wenn Sie mir bitte folgen würden, dann bringe ich Sie gleich hin.« Er ging auf einen wartenden Jeep zu. Wir setzten uns ebenfalls in Bewegung, aber da hob er die Hand und bedeutete Jayne und mir, an Ort und Stelle stehen zu bleiben.

»Was ist denn?«, fragte ich. »Ist nicht genügend Platz für uns alle?«

»In diesem Jeep nicht, Ma'am. Bin sofort wieder für Sie da.«

Kay warf uns einen entschuldigenden Blick zu, als sie und Violet mit Hochgeschwindigkeit in die Nacht brausten. Ich war müde. Und hungrig. Die Vorstellung, wer weiß wie lange warten zu müssen, machte meine Laune nicht besser.

»Das war unhöflich«, sagte Jayne.

»Und wie. Er hätte uns doch ohne weiteres alle vier da reingekriegt.«

In der Ferne ließ sich ein hochwillkommenes Motorenbrummen vernehmen. Dann blendeten die Scheinwerfer eines näher kommenden Jeeps auf.

»Darf ich die Damen mitnehmen?«, fragte der Fahrer.

»Billy!«, quietschte Jayne. Er war nicht allein. Auf dem Beifahrersitz saß Pfirsich und grinste mich an.

»Was soll das denn?«, fragte ich.

»Wir entführen euch«, sagte Pfirsich. »Wir haben

Fressalien dabei, etwas zu trinken und einen tollen Ort mit Meerblick. Springt rein.«

Eine Viertelstunde später saßen wir auf einer kratzenden grünen Decke und bekamen ein Mahl serviert, das auch einem Vier-Sterne-General angemessen gewesen wäre. Die Jungs gaben ihr Möglichstes, aus dem zur Verfügung Stehenden Martinis für uns zu mixen, und aus den Blechbechern der Armee schmeckten sie irgendwie gleich noch viel besser.

Während wir aßen, ging der Mond über dem Meer auf, und der Himmel sah aus wie ein mit Diamanten besetztes samtschwarzes Tuch. Der Alkohol landete schnell einen Treffer, und in mir wuchs der Wunsch, näher ans Wasser zu gehen. Ich verließ unser Picknick und stolperte über den Strand bis zu der Stelle, wo die Wellen den Sand so bearbeitet hatten, dass er wie ein frisch aus dem Ofen geholter Kuchen aussah.

»Wir haben das alles arrangiert«, sagte Pfirsich.

Ich hatte nicht gehört, dass er mir gefolgt war. »Was?«

»Das mit dem Nebel.« Er zwirbelte einen unsichtbaren Schnurrbart. »Eine schändliche Taktik, nicht wahr?«

»Du hast veranlasst, dass wir nicht mehr abfliegen?«

Er wies mit dem Kopf auf Jayne und Billy, die eng umschlungen auf der Decke saßen. »Ich habe ihm einen Gefallen getan.«

»Das wäre ja nicht der erste.«

»Was soll ich sagen? Ich habe eine Schwäche für Verliebte. Außerdem werden wir in einer Woche verlegt.«

Ich war überrascht. Ich war davon ausgegangen, dass Pfirsich und Billy dauerhaft am Boden bleiben würden. »Wisst ihr schon, wo ihr hinkommt?«

»Wahrscheinlich nach New Georgia, falls der Spaß

bis dahin noch nicht vorbei sein sollte. Meine Männer werden schon nervös.«

»Das scheint die Runde zu machen. Weiß Jayne schon davon?«

»Ich denke mal, er sagt es ihr gerade. Ich habe ihm auf jeden Fall dazu geraten.« Wir sahen schweigend aufs Wasser und ließen die Wellen für uns das Gespräch führen. »Ich hoffe, du bist nicht sauer.«

»Warum sollte ich?«

»Dass ihr hier über Nacht festsitzt. Das kommt euch sicher nicht sehr gelegen.«

»Glaub mir: Für mich ist alles bestens, solange ich nicht auf Tulagi sein muss.« Ich brachte ihn auf den neuesten Stand, was seit Gildas Tod passiert war und wie Konteradmiral Blake die Schrauben angezogen hatte.

»Und was wollt ihr jetzt unternehmen?«

»Keine Ahnung. Vielleicht gar nichts. Vielleicht abwarten, bis wir zuhause sind, und dann Alarm schlagen.«

»Dann wird es für Blake natürlich einfacher, euch als Lügnerinnen hinzustellen. Ein größerer zeitlicher Abstand und eine größere Entfernung sind unter solchen Umständen nicht gerade hilfreich.«

Wie recht er hatte. »Ich will uns nicht noch tiefer in die Patsche reiten«, sagte ich. »Nicht, dass ich uns noch hinter Gitter bringe für einen Mord, den wir nicht begangen haben.«

»Er blufft«, sagte Pfirsich. »Wenn seine Theorie noch ein kleines bisschen lächerlicher wäre, könnte er sich Clownsschuhe anziehen und eine große rote Nase. Niemand wird glauben, dass ihr zwei Spioninnen seid. Und ganz sicher kauft ihm auch keiner ab, dass ihr per Stepptanz Verbindung zum Feind herstellt.«

»Du hast Konteradmiral Blake anscheinend noch nicht kennengelernt. Glaub mir, der schafft es, Menschen vom Unmöglichen zu überzeugen. Immerhin hat er eine ganze Insel dazu gebracht, einen japanischen Teenager für Gildas Mörder zu halten.« Es wurde frischer. Um mich zu wärmen, hakte ich mich bei Pfirsich unter. »Ich denke immer noch, dass das alles etwas mit Irene zu tun hat.«

»Mit wem?«

»Mit dieser Wac-Kommandeurin, die kurz vor unserer Abreise im Hafen von San Francisco umgebracht worden ist. Ihre Einheit ist auf Tulagi stationiert, und ich finde, dass sie genau wie Gilda ermordet wurde, ist ein Zufall zu viel.« Pfirsich roch gut. Nicht nur nach Seife und Waschmittel, da war auch ein leiser Hauch von Kölnischwasser. Die Männer auf den Inseln waren nicht gerade berühmt für ihren duschfrischen Duft. Er hatte sich die Zeit genommen, Vorbereitungen für den heutigen Abend zu treffen.

»Und worin soll die Verbindung zwischen den beiden bestehen?«

»Keine Ahnung. Auf Tulagi verschwinden Vorräte, und ich weiß, dass Irene diese Vorfälle untersucht hat. Vielleicht hat Gilda ja dasselbe herausgefunden wie sie.« Vielleicht hatte Gilda auch den Mut gehabt, das zu tun, wovor Irene sich gedrückt hatte. Anstatt Late Nate seine Umtriebe durchgehen zu lassen, hatte sie womöglich vorgehabt, ihn anzuzeigen.

»Aber hätte Gilda das wirklich interessiert? Der Unterschied zwischen einer pflichtbewussten Wac und einem Filmstar auf Tournee ist doch recht groß. Haben die beiden noch etwas anderes gemeinsam?«

»Sie waren beide Schauspielerinnen. Irene hat das Women's Army Auxiliary Corps wegen Hollywood verlassen. Sie hatte ein Vertragsangebot und alles.«

»Von Gildas Studio?«

»Weiß ich nicht genau.« Ich hatte noch gar nicht daran gedacht, danach zu fragen. Kay würde es sicher wissen.

»Dann haben die Ereignisse vielleicht gar nicht hier ihren Ausgang genommen, sondern dort, in Hollywood.«

Ich rieb die Patte seiner Uniformjackentasche. »Interessanter Aspekt.«

Wir gingen ein Stück, während ich darüber nachsann, wer hinter Gildas und Irenes Tod stehen könnte. Wer in Hollywood hatte mit beiden zu tun gehabt? Van Lauer war als Verdächtiger bereits ausgeschieden. Blieben Kay und Violet. Das einzige Problem war, dass sie keinen Grund hatten, gleich *beiden*, Gilda und Irene, den Tod zu wünschen.

Wir blieben stehen. »Willkommen zurück«, sagte Pfirsich.

»Hähm?«

»Ich rede seit fünf Minuten mit dir.«

»Oh Gott, tut mir leid. Was hast du gesagt?«

Er wandte mir sein Profil zu und sah hinaus aufs Meer. »Nichts Wichtiges.«

Irgendwann musste mein Arm verrutscht sein – anstatt ihn beiläufig unterzuhaken, war meine Hand mittlerweile wohlig warm in seiner geborgen. Erstaunlich, wie gut unsere beiden Pfoten zusammenpassten. Im Dunkel der Nacht konnte man nicht mal genau sagen, welche Finger wem gehörten. »Jetzt mal ernsthaft: Was hast du gesagt?«, fragte ich.

»Ich wiederhole mich aus Prinzip nicht.«

»Seit wann?«

Er stieß mich mit der Hüfte an, und ich stolperte nach links.

»Autsch. Okay, aber du hast über mich gesprochen, oder?«

»Ich wusste gar nicht, dass du ein so großes Ego hast.« Er schaute auf unsere ineinander verschränkten Hände. »Ich habe gesagt, dass ich den Gedanken komisch finde, dich vielleicht nicht mehr wiederzusehen.«

»Warum?« Prognostizierte er seinen eigenen Tod? Das wäre entschieden un-Pfirsich-haft gewesen.

»Ihr setzt eure Tournee fort und fahrt irgendwann nach Hause, gesetzt den Fall, Blake verhaftet euch nicht. Und ich mache dasselbe.«

Ich hielt seine Hand jetzt fester. »Aber wir könnten doch trotzdem in Kontakt bleiben.«

»Du meinst via Feldpost oder Telefon, falls ich je in die Staaten zurückkehren sollte?«

»Genau. Vielleicht könnten wir zusammen essen gehen, wenn du das nächste Mal in New York bist. Und vielleicht lande ich ja sogar mal in Atlanta. Immerhin bin ich jetzt schon im Südpazifik. Da kann die Eroberung von Georgia doch kaum schwerer sein.«

»Sagt eine Frau, die sich noch nie über die Mason-Dixon-Linie getraut hat.« Er ließ ein nachdenkliches Summen hören, das mir zu verstehen geben sollte, dass ihm dieser Gedanke im Lebtag nicht von allein gekommen wäre. »Es könnte also sein, dass du mich wiedersehen willst?«

Ich drehte mich von ihm weg, aus Angst, sonst in Tränen auszubrechen. »Ich werde dich sicher nicht dazu zwingen, wenn du nicht willst.«

»Es wäre schon nicht so einfach für mich«, sagte er. »Du kannst fürchterlich kompliziert sein. *Schwierig* ist das richtige Wort dafür. Und anstrengend.«

Wie konnte er es wagen, ein derartiges Urteil über mich zu fällen? Zugegeben, wir hatten seit unserem ersten Treffen ein paar Problemchen gehabt, und ich hatte ihn irgendwie in mein persönliches Drama mit hineingezogen, so wie Jayne Tony immer in Theaterstücke geschleppt hatte, die er nicht sehen wollte. Aber ich hatte auch meine Vorzüge, oder nicht?

Ich ließ seine Hand los und verschränkte die Arme vor der Brust. »Vergiss es«, sagte ich. »Mir war nicht klar, was für eine Zumutung ich bin.«

Damit ich mich nicht wieder wegdrehte, fasste er mich an den Ellbogen. »Ich habe Spaß gemacht«, sagte er.

Der Wind peitschte mir die Haare ins Gesicht, aber ich unternahm keinerlei Anstrengung, den Arm zu heben und daran etwas zu ändern. »Das war nicht witzig.«

»Glaubst du wirklich, dass ich dich nicht wiedersehen will, Rosie?«

»Was weiß ich.«

Er ließ mich los und legte mir einen Finger unters Kinn. Bevor ich begriff, was ich tat, stürzte ich mich auf ihn. Ich prallte mit solcher Wucht gegen ihn, dass wir mit den Zähnen zusammenstießen.

»Au!«, sagte er.

Wir prüften beide, ob unsere Beißerchen noch intakt waren. »Entschuldige«, sagte ich.

»Eigentlich wollte ich dich gerade küssen.«

»Ich weiß, aber ich wollte schneller sein.«

Wir versuchten es erneut und trafen diesmal aufeinander, ohne uns gegenseitig zu verletzen. Vielleicht lag es am Schwips, vielleicht am Vollmond, vielleicht an der frischen Meeresbrise, alles hatte bislang wie ein merkwürdiger Traum auf mich gewirkt. Aber als er mich küsste, schmolzen das unwirkliche Gefühl und meine Bedenken dahin, und ich merkte, wie ich den Atem anhielt, damit dieser wundervolle Augenblick nicht zu schnell vorbeiging. Irgendwann war es aber so weit – wenn ich nicht wieder Luft geholt hätte, wäre ich ohnmächtig geworden.

»Das war besser, als ich gedacht hatte«, sagte er.

»Na vielen Dank. Lass mich unbedingt wissen, was ich noch verbessern kann.«

»Halt beim nächsten Mal nicht den Atem an. Ich hatte schon Angst, dass du mir ohnmächtig wirst.«

Wir küssten uns wieder, wurden diesmal allerdings von einem Lachen unterbrochen, das ich mir anscheinend nicht verkneifen konnte.

»Was?«, fragte er und zog sich zurück.

»Hast du schon mal jemanden umgebracht?«

»Ist das eine philosophische Frage?«

»Ich meine jetzt nicht im Krieg, sondern so richtig Mordmord.«

»Natürlich nicht. Warum?«

»Weil sich, als ich das letzte Mal einen Mann geküsst habe, herausgestellt hat, dass er ein Mörder ist, und ich würde es gern vermeiden, diesen Fehler zu wiederholen.«

Mit einem weiteren Kuss bekräftigte er, dass sein moralisches Strafregister ohne Fehl und Tadel war. Irgendwann sanken wir in den Sand. Dann saß ich mit dem Rücken zu ihm zwischen seinen Beinen, und wir redeten – nicht über Gilda oder Jack oder meine Theorien, wer wen umgebracht haben könnte, sondern über uns. Während ich seine vielen Fragen zu meinem Vorkriegsleben beantwortete, bedeckte er meine Stirn mit Küssen, und ich schlang meine Finger in seine und fragte mich, ob nicht doch alles nur ein märchenhafter Traum war.

So blieben wir die ganze Nacht sitzen, bis wir schließlich in stummer Ehrfurcht die Sonne über dem Meer aufgehen sahen.

26 Mehr Informationen, bitte

Als wir wieder am Zelt eintrafen, waren Kay und Violet schon zum Aufbruch bereit. Sie sahen sich nicht an, und ihre Gesichter erzählten die Geschichte einer langen, ungemütlichen Nacht.

»Wo seid ihr denn gewesen?«, fragte Violet. »Haben die euch etwa eine bessere Bude gegeben?«

»So ungefähr«, sagte ich. Jayne war auch die ganze Nacht draußen geblieben, aber während bei mir der Zauber meines romantischen Abends mit der Erschöpfung schon deutlich nachließ, hatte sich bei ihr ein Dauergrinsen ins Gesicht gebrannt, das sogar mir schnell auf die Nerven ging.

»Und was habt ihr so gemacht?«, fragte sie die anderen in einem Tonfall, der deutlich machte, dass eigentlich lieber sie über ihre Nacht befragt werden wollte.

»Wir haben geschlafen – zumindest haben wir's versucht«, sagte Violet und warf Kay einen giftigen Blick zu.

»Was heißt, ihr habt's versucht?«, fragte Jayne.

»Es ist laut hier«, sagte Kay. »Nichts weiter.«

Da war noch etwas anderes im Busch, aber ich war nicht in der Stimmung, hinter dieses Geheimnis zu kommen. Ich wollte mich einfach nur aufs Ohr hauen und von Pfirsich träumen.

Stattdessen wurden wir in ein Flugzeug verfrachtet und zu unserem nächsten Zielort geflogen. Während des Fluges versuchte ich, ein Nickerchen zu machen, aber Jayne schien fest entschlossen, mich wach zu halten.

»Du und Pfirsich, ihr habt heute Morgen wahnsinnig verkuschelt ausgesehen«, sagte sie.

»Wir hatten einen netten Abend, das ist alles.« Es wurde immer schwieriger, ihr in die Augen zu sehen. Was zwischen mir und Pfirsich passiert war, fühlte sich zu privat an, um es mit ihr zu teilen. Was blöd war, wusste ich doch, dass sie sich für mich freuen würde, aber ich brauchte noch etwas Zeit, um meinen eigenen Gefühlen auf den Grund zu gehen, bevor wir beide anfingen, sie zu zerpflücken und zu analysieren. »Und du?«, fragte ich. »Ich hätte nicht gedacht, dass du heute Morgen so aufgekratzt bist. Hat Billy dir gesagt, dass er bald an die Front kommt?«

»Oh ja, das hat er mir schon gesagt.« Sie streckte die linke Hand vor und begutachtete ihre Nägel. »Ich war zuerst ziemlich mitgenommen, aber dann haben wir beschlossen zu heiraten.«

Hätte ich etwas Flüssiges im Mund gehabt, hätte ich es im hohen Bogen ausgespuckt. »Was?«

Nickend biss sie sich auf die Lippe, so, als müsste sie einen Schrei unterdrücken. »Er hat mir gestern einen Antrag gemacht.« Sie wedelte mit der Hand, an der ein aus einer australischen Silbermünze gehämmerter Ring saß.

»So wie's aussieht, hast du ja gesagt?«

Sie nickte wieder.

Ich bekam erst mal nicht mehr als ein »Wow!« heraus. »Das ging ja doch … recht schnell.«

»Wir heiraten ja nicht sofort. Ich habe ihm gesagt, dass ich keine Kriegsbraut sein möchte. Aber wenn der Krieg vorbei ist oder er seine Entlassung bekommt …« Sie verstummte. Ich fragte mich, ob sie daran glaubte, dass dieser Tag jemals kommen würde.

Ich klatschte in die Hände. »Also, ich freue mich riesig für dich.«

»Wirklich?«

Ich schlang die Arme um sie. »Und wie. Er scheint ein Trumpf zu sein, und ich habe dich noch nie so glücklich gesehen, seit … tja … einfach noch nie.«

Sie rückte etwas von mir ab, ließ mich dabei aber nicht los. »Wirst du meine Trauzeugin, wenn es so weit ist?«

»Nichts kann mich abhalten.«

Wir umarmten uns noch einmal und teilten den anderen die Neuigkeit mit. Ich freute mich wirklich sehr für sie. Natürlich ging es ziemlich schnell, aber niemand konnte sagen, wie lange es noch dauern würde, bevor die beiden ihre Pläne in die Tat umsetzen konnten. So, wie es mit dem Krieg voranging, würden sie noch mehr als genug Zeit haben, um sich besser kennenzulernen und das Stadium einer oberflächlichen Kriegsromanze hinter sich zu lassen, und dann konnten sie immer noch sehen, was sie wirklich wollten.

Am Ziel angekommen, legten wir – angefeuert von der Art Leichtsinn, die entsteht, wenn man eine Nacht durchgemacht und etwas Verbotenes getan hat – eine Wahnsinnsshow hin. Violet hielt sich zurück und zwang die Männer nicht zur Heiterkeit, nachdem sie die Stimmung mit ihrem Gilda-Tribut in den Keller gefahren hatte. Ob die Männer tatsächlich anders reagierten als am Tag zuvor, kann ich nicht mit Bestimmtheit sagen, aber ich glaube, es war mir auch egal. Ich war viel zu sehr mit mir selbst beschäftigt, und meine Gedanken kreisten um die Geschehnisse der Nacht zuvor.

Es war alles so merkwürdig und so wunderbar. Wer

hätte gedacht, dass der arme Pfirsich, der für mich nie mehr gewesen war als der Überbringer schlechter Nachrichten, einmal mein Herz würde klopfen lassen? Und wer hätte gedacht, dass ich auf dieser Reise, die bislang nichts als eine Aneinanderreihung von Katastrophen gewesen war, tatsächlich noch anfangen würde zu glauben, wieder verliebt zu sein?

»Hör auf zu grinsen«, flüsterte Violet, während wir über die Bühne tanzten. »Du siehst völlig durchgeknallt aus. Die Leute werden denken, dass du bekloppt bist. Oder betrunken.«

Ich tilgte das Lächeln von meinem Gesicht, aber es blieb und brannte einfach in meiner Brust weiter.

Nach drei Shows hintereinander war ich bereit, mich hinzulegen und zu sterben. Auch an die gestrige Nacht zurückzudenken, brachte keinen Esprit mehr in meine Schritte. Zum Glück sollten wir innerhalb der nächsten Stunde zum Camp zurückgeflogen werden, und es war unwahrscheinlich, dass der Flug wegen des erneuten Auftretens erfundenen Nebels Verspätung hatte.

Während wir unsere Sachen packten und wieder in die Kleider stiegen, die wir seit zwei Tagen ununterbrochen anhatten, sammelte sich an der Tür zum Garderobenbereich ein ganzes Kontingent, das uns mitteilen wollte, wie sehr ihm die Show gefallen hatte. Violet glühte vor Stolz und bot Männern ein Autogramm an, die gar nicht danach gefragt hatten, aber auch zu höflich waren, es abzulehnen. Wir wurden alle in Gespräche verwickelt und dankten den Männern ihr Lob mit Zeichen der Dankbarkeit für ihre bisherigen und noch ausstehenden Errungenschaften zu Lande und zur See.

»Miss Winter?« Ganz hinten in der Menschentraube versuchte sich ein Mann bemerkbar zu machen. Ich winkte ihn nach vorne und sah dabei schnell auf meine Armbanduhr. Noch zwanzig Minuten, bevor ich mich ins Flugzeug setzen und der Ohnmacht überantworten konnte.

»Hallo Matrose, Spaß gehabt bei der Show?«

»Sie erinnern sich nicht an mich, oder?«

Ich stand vor einem Gesicht, das zu einer unbestimmten Zahl von Männern gehören konnte, denen wir seit unserer Ankunft im Pazifik begegnet waren. Es war peinlich, all diese einzigartigen Personen ihrer Individualität zu berauben, indem ich eine einzige aus ihnen machte – der Feind verfuhr im Grunde nicht anders. »Es tut mir leid, ich habe in letzter Zeit zu viele Männer kennengelernt. Ich glaube, Sie müssen mir auf die Sprünge helfen.«

Er nahm seine Matrosenmütze ab, um mir eine andere Ansicht zu präsentieren. »Sie haben mich im Krankenhaus auf Guadalcanal besucht. Die Jungs nennen mich Whitey.«

Ich betrachtete ihn noch einmal. Es war der Kamerad, der sich beim Patiencen-Legen selbst betrogen und mich hatte abblitzen lassen. »Natürlich, ich erinnere mich. Wie geht es Ihnen?«

»Besser. Viel besser. Sie schicken mich nächste Woche schon wieder nach New Georgia.«

Wieso waren diese Männer so begeistert, wenn sie zurück in die Schlacht durften? Mir war das vollkommen unverständlich.

»Freut mich zu hören.« In der Annahme, dass unser Gespräch beendet war, drehte ich mich um. Jetzt, wo mir einfiel, wer er war, merkte ich, dass ich immer noch sauer war über die Art, wie ich von ihm behandelt worden war. Obwohl er mir nie, das sei der Gerechtigkeit halber vermerkt, ein Messer an den Hals gehalten hatte.

»Kann ich Sie einen Moment unter vier Augen sprechen?«

Noch siebzehn Minuten, bis ich schlafen durfte. Sie würden auch dann nicht schneller vergehen, wenn ich in der Gegend herumstand und darauf wartete, dass sich die Zeiger meiner Armbanduhr vorwärtsbewegten. »Sicher.«

Wir umrundeten den Pulk begeisterter Fans und gingen zum Veranstaltungsgelände zurück. Abgesehen von den Soda- und Bierflaschen, die die Männer liegen gelassen hatten, war der Platz gähnend leer. Zum Stehen war ich zu müde, weswegen ich mich auf den Klavierhocker setzte und ihn erwartungsvoll ansah.

»Ich wollte mich dafür entschuldigen, wie ich mich am Tag Ihres Besuchs benommen habe.«

Ich drückte mit den Fingern auf den Klaviertasten herum und spielte eine harmoniefreie Melodie, die mir gerade so einfiel. »Das ist nett, wäre aber nicht nötig gewesen.«

»Doch, wäre es. Ich war an diesem Tag furchtbar gekränkt – mein Mädchen hatte mir einen Abschiedsbrief geschrieben.«

»Autsch.« Wie unangenehm das gewesen sein musste, unterstrich ich mit einem schiefen Akkord.

»Überflüssig zu sagen, dass ich nicht sehr scharf darauf war, mich mit dem anderen Geschlecht zu unterhalten.«

Ich ließ es sein, auf den Tasten Quatsch zu machen,

und legte die Hände in den Schoß. Eine Viertelstunde bis zum Schlafengehen. »Machen Sie sich keine Gedanken. Ihnen ist verziehen. Ich bin nicht nachtragend.«

»Danke. Da ist allerdings noch etwas. Ich habe nachgedacht über das, was Sie mich gefragt haben. Über diesen Namen, nach dem sie gefragt haben.«

Mein Magen grummelte furchtsam. So also würde mein perfekter Tag enden: Jemand erzählte mir, dass Jack tot war, und erinnerte mich daran, dass es vielleicht nicht in Ordnung war, sich schon wieder in die Arme eines anderen Mannes zu werfen. »Sie haben ihn also gekannt?«

»Nicht als Jack, wie Sie ihn genannt hatten. Die Kameraden haben ihn Hamlet gerufen, weil er Schauspieler war – und wegen seinem Nachnamen.« Castlegate, ein Name wie gemacht für einen launenhaften dänischen Prinzen. »Wie auch immer, als mir klar wurde, dass ich ihn doch kenne, wusste ich, dass ich mit Ihnen sprechen muss.«

Ich stand auf. »Wenn ich Sie unterbrechen darf.« Ich streckte die Hand nach ihm aus, als ob ihn das davon abhalten sollte, das mir bereits Bekannte zu bestätigen. »Ich weiß, was passiert ist.«

»Ich habe selten etwas Erstaunlicheres gesehen. Schafft der's doch tatsächlich, denen mit zwei Kugeln im Bein davonzulaufen. Ich habe vorher nie groß auf ihn geachtet. Um ehrlich zu sein, habe ich ihn immer ein bisschen für ein Mimöschen gehalten, aber an diesem Abend hat er uns bewiesen, dass er seinen Mann besser stehen kann als wir alle zusammen. Wenn Sie ihn finden, sagen Sie ihm doch, dass es Whitey eine Ehre war, gemeinsam mit ihm zu dienen. Dem ganzen Rest der

Truppe auch. Und wenn die Sache vor Gericht kommt, sage ich liebend gern für ihn aus.«

Ach du Schande, der Junge wusste es noch nicht. Und hatte in seinem Kopf aus Jack einen Helden gemacht.

»Whitey, ich sage es Ihnen wirklich äußerst ungern, aber Jack ist tot.«

»Was?«

»Er ist an besagtem Abend ins Meer gegangen. Man geht davon aus, dass die Haie ihn erwischt haben. Oder dass er ertrunken ist.«

»Wer hat Ihnen das denn erzählt?«

»Jemand, der es wissen muss. Glauben Sie mir.«

Er setzte sich die Mütze wieder auf. »Dann hat man Ihnen einen Haufen Scheiße erzählt. Es war einer von uns, der sich diese Geschichte ausgedacht hat. Jack ist nie ins Wasser gegangen.«

Ich habe keine Ahnung, was Whitey danach noch sagte. Das Rauschen in meinem Kopf machte es unmöglich, etwas zu verstehen. Der Mann war sicher falsch informiert. Schließlich hatte man eine Leiche gefunden. War es nicht möglich, dass jemand den Männern eine Lüge aufgetischt hatte, um ihre Moral hochzuhalten und sie bloß nicht auf den Gedanken zu bringen, ihr Offizier sei mit einem Mord davongekommen?

»Miss Winter, alles in Ordnung?«

»Ja, ich denke schon.«

»Hören Sie, ich wollte Sie nicht durcheinanderbringen. Bestimmt hat derjenige, der Ihnen das erzählt hat, geglaubt, dass es stimmt. Grizzly hat unserem Befehlshabenden erzählt, dass er gesehen hat, wie Jack untergegangen ist, damit die Suche nach ihm eingestellt wird. Und am nächsten Tag kam er mit einer Leiche und einem blutigen Hemd an. Nach einem Toten sucht schließlich keiner mehr.«

Nein, er musste falsch informiert sein. Und selbst wenn nicht – Jack konnte unmöglich alleine im Dschungel überlebt haben. »Und wessen Leiche war das?«

»Die von einem Japsen, schätze ich. Das ließ sich nicht mehr so einfach feststellen, nachdem die Haie dran waren.«

Ich schwankte. Die ganze Erdkugel war aus der Achse gesprungen.

»Vielleicht sollten Sie sich setzen. Sie sehen ein bisschen blass aus.« Er wollte mich am Arm festhalten, aber ich trat von ihm zurück.

»Rosie? Wir brechen auf!«, rief Violet. Ich riss mich zusammen und straffte mich. Ich wollte das hier unbedingt bei klarem Verstand hinter mich bringen.

»Vielen Dank für dieses Gespräch«, sagte ich zu Whitey. »Und viel Glück.«

Bevor er noch ein Wort sagen konnte, sauste ich zurück zur Garderobe, schnappte mir meine Sachen, rannte den anderen hinterher und stieg mit ihnen ins Flugzeug. Die Kombination aus schneller Bewegung, einem langen Tag und Schlafmangel spielte mir übel mit. Ich fühlte mich schwindelig und schwach und verzehrte mich nach einem Drink. Whitey musste sich einfach irren. Jack konnte nicht mehr am Leben sein. Auch wenn er jene Nacht überlebt hatte: Er war verwundet. Es gab keine Gewähr dafür, dass er zwei Monate auf sich allein gestellt überlebt hatte.

»Rosie?« Über mir stand Jayne. Über mir? Ich war

kollabiert, ohne es zu merken. »Rosie? Kannst du mich hören? Alles in Ordnung?«

Ich bin mir nicht sicher, ob ich ihr eine Antwort gab. Alles, an was ich mich ab diesem Punkt noch erinnere, ist, dass Dunkelheit mich einhüllte.

Als ich aufwachte, lag ich im Lazarett von Tulagi, in demselben abgeschirmten Bereich, in dem auch Jayne nach den Schüssen gelegen hatte. Als ich mich zu bewegen versuchte, merkte ich, dass mir eine Infusionsnadel im Arm steckte.

»Sie sind wach«, sagte dieselbe Krankenschwester, die sich auch um Jayne gekümmert hatte. Ruth. Sie hieß Ruth.

»Wie lange war ich weg?«

»Ungefähr zwölf Stunden?«

»Zwölf Stunden?!«

»Wir haben Sie ruhig gestellt. Bei Ihrer Ankunft waren Sie einigermaßen verstört.«

In meinem Schädel hämmerte es, und ich tastete ihn schnell ab, um die Ursache des Schmerzes zu erforschen. Am Hinterkopf hatte ich eine Beule, die so empfindlich auf Berührung reagierte, dass ich aufstöhnte.

»Sie haben eine leichte Gehirnerschütterung«, sagte Ruth. »Außerdem waren Sie in einem akuten Erschöpfungszustand und dehydriert. Aber ansonsten sind Sie so gut wie neu.«

»Na dann ist ja gut, danke.« Ich versuchte angestrengt, mich an die Ereignisse vor meinem Zusammenbruch zu erinnern. Jack. Ich hatte mich mit Whitey über Jack unterhalten.

»Miss Hamilton wartet schon eine ganze Weile auf sie. Sie ist draußen im Vorraum.«

Jack lebte. Das hatte Whitey behauptet.

»Miss Winter? Soll ich Miss Hamilton hereinholen?«

»Ja, bitte«, sagte ich.

Jayne betrat den Krankensaal mit großen Augen und mit von ihrer Magazinsammlung beschwerten Armen. Den Zeitschriftenstapel legte sie auf das Beistelltischchen und nahm dann meine Hand.

»Wir haben uns solche Sorgen gemacht.«

»Tut mir leid.«

»Ich werde Pfirsich und Billy gehörig die Meinung geigen, das kannst du mir glauben. Ein Wunder, dass wir nicht beide vor Erschöpfung zusammengebrochen sind.«

»Das ist nicht ihre Schuld. Wie geht's den anderen?«

Sie ließ mich los und beschäftigte sich angelegentlich damit, Wasser in ein Glas zu gießen. »Die sind mit ihrem Latein am Ende. Sie reden nicht mehr miteinander, und jemand hat mich als Vermittlerin auserkoren. Ich sage dir, wenn wir morgen nach Hause fahren könnten, ich würde keine Sekunde zögern.«

Ich nahm das Glas, das sie mir hinhielt. »Das geht aber nicht.«

»Ich weiß. Wir müssen zuerst herausfinden, was mit Gilda passiert ist.«

»Und mit Jack«, sagte ich.

Sie berührte mich sanft am Kopf. »Bist du dir sicher, dass es dir gut geht, Rosie? Du bist ziemlich hart aufgekommen.«

»Ich habe nach dem Auftritt gestern mit einem Mann aus Jacks Einheit gesprochen. Er hat gesagt, dass Jack noch lebt.«

Jaynes Mund klappte auf. »Aber Pfirsich hat doch gesagt …«

»Ich weiß, was Pfirsich gesagt hat, aber vielleicht kennt er nicht die ganze Geschichte. Die Leute aus Jacks Einheit wollten ihn schützen, deswegen haben sie fälschlicherweise ausgesagt, dass er ins Wasser gegangen ist. Dabei haben sie gesehen, wie er zu Fuß weggelaufen ist.«

»Aber man hat doch eine Leiche gefunden.«

»Das war nicht er.« So langsam konnte ich die Vorstellung, dass Jack noch da draußen war, gefasster hinnehmen. Jayne war noch nicht so weit. Nicht, dass sie sich seinen Tod gewünscht hätte, aber ich glaube, sie konnte den Gedanken nicht ertragen, dass ich wieder von neuem um ihn würde trauern müssen.

Das konnte ich übrigens genauso wenig. Nach sechsmonatigem Kampf, etwas über seinen Verbleib herauszufinden, war auch ich mir nicht sicher, ob ich mit einer weiteren Achterbahnfahrt aus Fehlinformationen umgehen konnte. So schrecklich es klingt, aber erfahren zu haben, dass Jack tot war, war eine Erleichterung gewesen. Was passiert war, war passiert, und es blieb nichts außer zu trauern und wieder neu anzufangen. Mit der Unsicherheit zu leben war grausam.

Ruth kam mit einem Buch in der Hand zurück. »Ich fürchte, ich muss Sie bitten zu gehen, Miss Hamilton. Miss Winter braucht ihre Ruhe.«

Jayne lächelte mir schwach zu. »Lass uns erst mal keine Gedanken darum machen. Du sollst dich jetzt erholen, dann sehen wir weiter.« Sie schob den Stapel Zeitschriften Richtung Bett. »Ich dachte, du magst vielleicht lesen, wenn du schon die Zeit dafür hast.«

»Danke, das ist nett von dir.«

Sie drückte mir einen Kuss auf die Stirn. »Kay und

Violet kommen später bestimmt auch noch vorbei. Und sicher will sich auch Spanky verabschieden, bevor sein Schiff ausläuft.«

»Klar. Sie sollen ruhig kommen. Ich kann Gesellschaft gebrauchen.«

Um mich abzulenken blätterte ich müßig die Magazine durch, hatte aber den Eindruck, jedes Heft schon gelesen zu haben. Den Artikel über Gilda las ich ein zweites Mal. Dem Foto von Joan Wright, Gildas (jüngerer) Doppelgängerin, die wahrscheinlich die Nachricht von ihrem Ableben feierte, warf ich einen verächtlichen Blick zu. Ich versuchte, die Auswertung einer Meinungsumfrage zu lesen, die zu dem Ergebnis kam, dass die amerikanische Öffentlichkeit der Kriegsfilme überdrüssig wurde, konnte mich aber nicht darauf konzentrieren. Ich legte die Zeitschriften beiseite und versuchte zu schlafen, was aber ein Ding der Unmöglichkeit war, nachdem ich Jayne von Whitey erzählt hatte. Whitey hatte gesagt, Grizzly hätte das Gerücht in die Welt gesetzt, Jack sei ins Wasser gegangen. Dieser Name war mir doch geläufig, oder nicht? War uns nicht irgendwann ein Grizzly vorgestellt worden?

Ich konnte mich nicht an das dazugehörige Gesicht erinnern, gab schließlich auf und ließ mich vom Schlaf forttragen. Als ich aufwachte, war es schon spät, und nur die Lampe auf dem Schwesternschreibtisch leistete mir Gesellschaft. Eine Weile lag ich einfach so da, ganz von den nächtlichen Geräuschen der Krankenstation in Anspruch genommen. Was eine beunruhigende Angelegenheit war. Der Geist von Gilda DeVane schien in der Luft zu schweben, allerdings nicht leuchtend und lebendig, sondern als blasse, verwundete Leiche.

Ich setzte mich auf und stellte erfreut fest, dass sich das Pochen in meinem Kopf fast ganz gelegt hatte. Der Tropf war entfernt und die Infusionsnadel ersetzt worden von einem primitiven, von meinem Blut rostbraun gefleckten Verband. Ich schwang die Beine über die Bettkante und fröstelte, als die Füße den bloßen Betonboden berührten. Vorsichtig stand ich auf und merkte erleichtert, dass von allen Symptomen nur noch ein überwältigendes Schwindelgefühl übriggeblieben war. Ich musste pinkeln und schlich auf der Suche nach einer Latrinenbeschilderung auf Zehenspitzen an den schlafenden Soldaten vorbei durch die Station. Als ich das Klo schließlich fand, genoss ich ausgiebig das Ereignis, mich ohne die Hilfe medizinischer Gerätschaften erleichtern zu können.

Zurück auf der Station, war von Ruth immer noch nichts zu sehen. Der Gedanke, die Nacht hier zu verbringen, war nicht zum Aushalten. Auf dem Schreibtisch fand ich Stift und Papier und hinterließ ihr die Nachricht, dass es mir deutlich besser ging und ich zur WAC-Baracke unterwegs war.

Draußen im Camp herrschte Ruhe. Ich ging los und merkte, wie ich wegen des Schwindels und eines Nebelschleiers, der die Nacht merkwürdig erstarrt wirken ließ, die Orientierung verlor. In einiger Entfernung kamen aus einem Gebäude gedämpfte Stimmen. Die Kantine. An der Kantine musste ich vorbei, wollte ich zurück zum WAC-Lager.

Nein, in die Kantine musste ich gehen, um Grizzly zu finden.

Wie angewurzelt blieb ich stehen. Genau: Grizzly war einer der Jungs des Diakons, einer der Spieler, die in der Kantine arbeiteten.

Ich stieß die Tür auf und stand in einem dunklen Saal, der lediglich von dem Licht erhellt wurde, das hinten aus dem Küchenbereich kam.

»Hallo?«, rief ich.

Als Antwort kam ein klapperndes Geräusch, gefolgt von zu Boden fallenden Würfeln.

»Ist da jemand?«, rief ich wieder.

Der Diakon erschien in der Küchentür. »Na, wenn das mal nicht Rosie Winter ist. Was kann ich für Sie tun?«

Als ich auf ihn zuging, stolperte ich. Mein Kopf kam mir unnatürlich schwer vor, und ich fragte mich, ob mir von seinem Gewicht der Hals brechen könnte.

»Alles okay?«, fragte der Diakon.

»Ich bin gestern böse gestürzt, aber auf dem Weg der Besserung.« Ich schaffte es bis zum Küchendurchgang und hörte, dass dort gerade ein Würfelspiel in vollem Gange war. »Ich suche Grizzly«, sagte ich.

»Grizzly ist nicht da.«

Ich reckte den Hals, um hinter die Küchenwand zu schauen. »Sicher, dass er nicht da hinten Fusel brennt?«

Der Diakon ließ ein herzhaftes Lachen hören, das irgendwo tief aus seinem Unterleib zu kommen schien. »Nee, Grizzly hat sich gleich nach dem Saubermachen verkrümelt. Ich glaube, er trifft sich mit einem Mädchen. Er verduftet jetzt jeden Abend so schnell wie möglich.«

»Ist er denn morgen früh wieder da?«

»Wenn nicht, werde ich ihn standrechtlich erschießen. Mir fehlt es nämlich an Hilfskräften.«

Ich dankte dem Diakon für die Auskunft und setzte meinen Weg zum WAC-Lager fort. Schließlich sah ich die in Dunkelheit gehüllte Baracke. Das einzige wahrnehmbare Licht rührte von brennenden Zigaretten her, die im Blattwerk seitlich auf- und abtanzten.

»Hey!«, flüsterte ich den hinter den Bäumen versteckten Gestalten zu. »Ich kann euch sehen. Wir können euch alle sehen.«

Niemand antwortete, was mich nur noch wütender machte.

»Kleiner Hinweis: Wenn man beim Observieren von niemandem gesehen werden will, sollte man auf seinem Posten nicht rauchen.«

Immer noch keine Antwort.

Ich tat so, als würde ich weitergehen, drehte mich dann aber schnell um und brach durch die Blätter. Da waren definitiv Männer – auch wenn ihre tief gebräunte Haut fast mit der Dunkelheit verschmolz.

»Was machen Sie denn da?«, fragte einer.

»Ich stelle hier die Fragen: Was macht ihr denn da?« Meine Augen gewöhnten sich an die Lichtlosigkeit. Sie waren nur zu zweit, und beide arbeiteten sie für den Diakon, da war ich mir ziemlich sicher. »Ich hoffe, Blake bezahlt euch hierfür.«

»Still. Sonst hört Sie noch jemand«, sagte der eine.

»Ist mir egal. Das Spiel ist aus, Kameraden. Entweder ihr hört auf, uns hinterherzuspionieren, oder ich …« Mir fiel keine brauchbare Drohung ein. »Oder ich tu irgendwas.«

Einer fasste mich am Arm. Sein Griff war kräftig, und mir wurde zum ersten Mal klar, dass es sehr viel wahrscheinlicher war, dass er mir etwas antat, als ich ihm. »Ich schlage vor, Sie halten den Mund, drehen sich wieder um und gehen in die Baracke.«

»Grizzly, lass sie los«, sagte der andere.

Ich unterstützte diesen Vorschlag, indem ich mich seinem Griff entwand. »Sie sind Grizzly?«, fragte ich.

»Was wäre wenn?«

»Ich habe nach Ihnen gesucht. Ich bin Rosie Winter.«

»Ich weiß, wer Sie sind. Und jetzt hauen Sie ab.«

»Sie waren auf demselben Schiff wie Jack Castlegate … ähm … Hamlet. Sie waren in der Nacht da, als er verschwunden ist. Sie haben allen erzählt, dass er ins Wasser gegangen ist.«

»Wer hat Ihnen das denn gesagt?«

»Whitey. Keine Angst, ich will Sie nicht in Schwierigkeiten bringen. Ich muss nur wissen, ob es stimmt.« Er starrte auf mich herab, und ich verstand, warum die Leute seinen Lügen so einfach Glauben schenkten. Vor mir stand ein Mann wie ein Bär, der sich von nichts und niemandem einschüchtern ließ. »Ich kenne Jack noch von zuhause. Ich will nur wissen, ob es ihm gut geht. Das ist wichtig für mich. Bitte.«

Er schwitzte, seine Zigarette war schon lange nur noch ein Stück glühendrote Asche, das jeden Moment auf den Waldboden zu fallen drohte. »Wenn die Frage lautet, ob er diesen Abend damals lebend überstanden hat, dann ist die Antwort: ja.«

27 Die Zwillingsschwester

»Weiß er, dass ich hier bin?«, fragte ich.

»Was?«, sagte Grizzly.

»Weiß Jack, dass ich hier bin?«

»Hab Jack seit der Nacht, als er abgehauen ist, nicht gesehen. Hab's ihm zu verdanken, dass sie mich vom Schiff geschmissen und in den Küchendienst abgeschoben haben. Wenn Sie mich fragen: Ich schulde ihm keinen weiteren Gefallen.«

»Oh.« Es war also wirklich zwei Monate her, seit Jack zuletzt gesehen worden war. In dieser Zeit konnte alles Mögliche passiert sein – auch, dass ihn die Falschen gefunden und sich seiner ein für alle Mal entledigt hatten. »Und was ist mit Charlie Harrington? Haben Sie den auch gekannt?«

»Wen?«

»Er war in Jacks Einheit. Der Offizier hat ihn erschossen, es aber wie einen Selbstmord aussehen lassen.«

»Welcher Dienstgrad?«

»Corporal.«

»Gibt keine Corporals in der Navy.«

»Das hat mir schon mal jemand gesagt.«

»Und auf unserem Schiff gab's auch keinen Charlie Harrington. Wer hat Ihnen das erzählt?«

Er selbst. Hatte ich zumindest geglaubt. »Warum schnüffeln Sie uns nach?«, fragte ich. »Arbeiten Sie für Blake?«

»Sind Sie verrückt? Dem würde ich noch nicht mal die Schuhe putzen, wenn er mir eine Knarre an den Kopf halten würde.«

»Warum sind Sie dann hier?«

Von ihm würde ich keine Antwort bekommen, aber sein Freund hatte weniger Skrupel. Sozi, erinnerte ich mich, er hieß Sozi. »Wegen der Knete, und zwar einem ganzen Batzen.«

»Und was sollen Sie dafür machen?«

»Dafür sorgen, dass Sie und die kleine Blonde hier lebend rauskommen.«

Ich versuchte, mir auf das, was er da sagte, einen Reim zu machen. »Moment: Jemand bezahlt Sie, damit Sie uns beschützen?« Steckte vielleicht Billy dahinter? Jayne lag ihm zweifellos am Herzen, aber er hatte wohl kaum die nötigen Verbindungen – geschweige denn das Geld –, um ihr nächtlichen Wachschutz zur Verfügung zu stellen. Und mir gegenüber war er zu gar nichts verpflichtet. Vielleicht war es Pfirsich. Wenn er genügend Einfluss hatte, um uns zu besuchen, wann immer ihm der Sinn danach stand, lag es sicher auch in seiner Macht, Wachen anzuheuern. »Wer?«, fragte ich.

»Das hat Sie nicht zu kümmern«, sagte Grizzly.

»Jetzt kommen Sie schon – gibt es denn nichts, was Sie dazu bringen könnte, es mir zu verraten?«

Sie wechselten einen Blick, bevor sie antworteten. »Wir lassen mit uns reden.« Sozi ließ die Knöchel knacken. »Unsere Lieblingsfarbe ist grün.«

»Wollen Sie mir sagen, dass ich für die Information bezahlen soll?«

Grizzly nickte und aschte endlich ab. »Hundert Dollar.«

Sie hätten auch gleich die Freiheitsstatue verlangen können; über die verfügte ich genauso wenig.

Ich ging nicht sofort zur Baracke zurück, sondern lief zum Strand, zu der Stelle, an der ich Jacks Foto beerdigt hatte. Mit meiner Suche nach dem Miniaturgrab hatte ich kein Glück. Regen und Wellen hatten jedes Anzeichen davon eingeebnet. Eines Tages würde dieser Teil des Strandes ganz abgetragen sein, das Bild würde ins Wasser gespült werden und dasselbe Schicksal erleiden wie der ganze andere Kriegsschrott.

Auf dem Rücken liegend starrte ich in den Nachthimmel, in der Hoffnung, er habe eine Antwort für mich parat. Wo war Jack? Er musste nicht unbedingt auf Tulagi geblieben sein. Wenn sich die Japaner heimlich auf die Insel schleichen konnten, konnte er sich genauso gut auch von der Insel weggeschlichen haben. Und wenn man bedachte, wie ausdauernd seine Männer ihn beschützt hatten, war es gut möglich, dass sie eine Flucht arrangiert hatten. Vielleicht hatte er den Südpazifik schon längst verlassen und kam gerade irgendwo, wo man ihn wahrscheinlich nicht enttarnen würde, wieder zu Kräften.

»Hallo Rosie.«

Ich riss mich aus meinen Gedanken und sah Candy Abbott mit ihrer Tasche hinter mir stehen.

»Hallo«, sagte ich. »Hab dich gar nicht kommen gehört. Frühes Rendezvous-Ende?«

Sie unterdrückte ein Gähnen. »Eher spätes. Es ist fast zwei Uhr. Ich dachte, du bist im Lazarett.«

»Ich bin ausgebrochen. Hab die Ruhe da nicht ausgehalten.«

»Wie fühlst du dich denn?«

Frustriert. Überfordert. Verwirrt. »Och … na ja.«

»Willst du drüber sprechen?«

Wollte ich, aber nicht mit Candy. Sie war zwar ein nettes Mädel, aber um durch diese verhedderte Katastrophe hindurchzufinden, brauchte ich Jayne. »Eigentlich nicht.«

Sie ließ ihre Tasche zu Boden fallen und setzte sich zu mir in den Sand. »Trotzdem schön, dass du hier bist. Es gibt da etwas, was ich schon die ganze Zeit machen will, und da du in diesem Bereich Erfahrung hast, dachte ich, du hilfst mir vielleicht.«

»Klar. Um was geht's?«

Sie griff in die Tasche und zog etwas heraus, das nach einem Stück Papier aussah. Nein, es war eine Fotografie. »Ich will mich von Irene verabschieden wie du dich von deinem Freund verabschiedet hast. Trotz allem – sie ist gern hier gewesen, und ich finde, sie hat einen kleinen Gedenkort verdient, der an die Zeit erinnert, als sie an diesem Strand entlanggelaufen ist. Hilfst du mir, ihr Bild zu beerdigen?«

»Natürlich.« Ich nahm ihr das Foto aus der Hand und versuchte, die Gestalt im schwachen Mondlicht zu erkennen. Candy gab mir ihre Taschenlampe, und ich leuchtete das Bild mit ihrem warmen Schein an.

Auf dem Bild spazierte Irene den Strand entlang und hatte den Kopf lachend zurückgeworfen. Sie trug einen improvisierten Badeanzug, der aus ihrer WAC-Uniform gemacht war, das Wickeltop drohte herunterzurutschen und ihren ausladenden Busen freizulegen. Sie erinnerte mich an die Frauen auf den Kriegsplakaten – gesund und sexy, unabhängig und verführerisch gleichermaßen. Sogar in Schwarzweiß konnte man sehen, wie die Sonne auf ihren blonden Haaren glänzte. Die Männer mussten verrückt nach ihr gewesen sein. »Sie war schön.«

»Ja, nicht?«

Sie war nicht einfach nur schön – sie kam mir bekannt vor. Kein Wunder, dass ich mich, als ich sie im Wasser treiben sah, so zu ihr hingezogen fühlte. Irene glich Gilda DeVane aufs Haar.

Als wir die Baracke erreichten, waren wir nicht allein: Captain Lambert kam ebenfalls gerade von einem nächtlichen Ausflug zurück.

»Mist«, sagte Candy. »Wenn die mich erwischt, bin ich verloren.«

Ich schob sie zum Waldrand. »Duck dich. Ich lenke sie ab.«

Candy schlüpfte zwischen die Blätter und verschwand in der Dunkelheit. Ich fragte mich, ob sie auf Grizzly und Sozi stieß, und falls ja, was die beiden von dem neuerlichen Eindringling halten würden. Captain Lambert erreichte die Barackentür zeitgleich mit mir. Als ihr Blick auf mich fiel, wurde aus ihrem irren Grinsen ein höhnisches Lächeln.

»Was hat denn das zu bedeuten?«, fragte sie.

»Ich habe die Krankenstation nicht mehr ausgehalten und bin ausgebüchst. Was haben Sie als Entschuldigung vorzubringen?«

Sie verschränkte die Arme. Ihr Atem roch nach Whiskey. »Ich glaube nicht, dass Sie das irgendetwas angeht, Miss Winter.«

Ich zwinkerte ihr zu und drehte mich so, dass sie sich, um weiter mit mir sprechen zu können, mit dem Rücken zur Tür stellen musste. »Verstehe. Sie beide haben geknutscht und sich wieder versöhnt.«

»Ich muss doch sehr bitten.«

»Sie und Late Nate. Was hat es dafür gebraucht? Eine Entschuldigung? Ein Geschenk?«

Sie hob das Kinn. »Ich habe keine Ahnung, wovon Sie sprechen. Die Beziehung zwischen mir und dem Konteradmiral ist rein professioneller Natur.«

Candy nutzte den Moment und schlich sich, die Schuhe in der Hand, aus dem Dschungel in die Baracke.

»Wenn man dasselbe bloß auch von Ihnen und seinem Whiskey sagen könnte. Es hat Ihnen also nichts ausgemacht, dass er mit Gilda liiert war?«

Ihr Mund ging kurz auf, um sich dann mit einem Schnappen wieder zu schließen. Sie versuchte, den Schock zu verwinden, aber als sie die Schultern straffte, wurde das Licht in ihren Augen trübe. »Was der Konteradmiral in seinem Privatleben tut, ist seine Sache.«

»Tatsächlich?«

Sie zögerte kurz. »Ja. Ich schlage vor, Sie bewegen sich jetzt auf der Stelle in die Baracke – andernfalls trage ich Sie ein wegen Verletzung der Ausgangssperre.«

Ich umrundete sie und ging zur Tür. Sie blieb wie zur Salzsäule erstarrt stehen.

»Kommen Sie nicht mit?«, fragte ich.

Sie antwortete nicht. Mit geballten Fäusten marschierte sie weg vom Camp zum Quartier des Konteradmirals.

Am folgenden Tag hielten wir uns bedeckt. Nachdem ich Jayne auf den Stand meiner vorabendlichen Aktivitäten gebracht hatte, holte sie meine Sachen im Lazarett ab. Als ich die Lust verlor, in der Baracke herumzuliegen, zog ich in eine von turmhohen Palmen beschattete Hängematte am Strand um. In einem Zustand zwischen

Wachen und Schlafen landete ich in Gedanken immer wieder bei der großen Ähnlichkeit zwischen Irene Zinn und Gilda.

Was, wenn Irene nur zur falschen Zeit am falschen Ort und gar nicht das gemeinte Opfer gewesen war? Vielleicht hatte der Attentäter eigentlich vorgehabt, Gilda zu erschießen, und war ihr, als er seinen Irrtum bemerkte, bis nach Tulagi gefolgt, um sein Vorhaben auszuführen.

Diese Theorie ergab genauso wenig Sinn wie jeder andere meiner hirnverbrannten Ansätze – nur eines blieb: Warum war Irene am Tag ihrer Ermordung am Hafen gewesen? Sie hatte nicht verreisen wollen. Im Grunde hätte sie in L.A. sein und den Beginn ihrer Karriere vorantreiben sollen.

»Wie geht's dir?« Kay gesellte sich mit einer eiskalten Coca-Cola zu mir. Sie öffnete die Flasche mit einem Ploppen, und ich kippte das süße, kühle Getränk gierig hinunter.

»Danke dafür. Mir geht's besser. Bin nur noch ein bisschen zittrig auf den Beinen. Aber morgen sollte ich wiederhergestellt sein.« Ich trank die Cola aus und stellte die Flasche in den Sand. »Was ist denn zwischen dir und Violet los? Jayne hat gesagt, dass ihr euch immer noch an die Gurgel geht.«

»Ihre große Klappe geht mir langsam ein bisschen auf den Keks.«

»Du weißt, damit lasse ich mich nicht abspeisen.«

Kay seufzte schwer. »Ich habe erfahren, dass sie diejenige war, die uns wegen unseres Besuchs im Kriegsgefangenenlager bei Late Nate verpfiffen hat.«

»Nein!«

»Und ich bin mir ziemlich sicher, dass sie auch Lambert verklickert hat, dass ich früher eine Wac war.«

Wenn mir nicht so schwindelig gewesen wäre, hätte ich voller Verachtung den Kopf geschüttelt. »Damit hat sie sich aber selbst in den Fuß geschossen. Ihretwegen muss Spanky morgen nach New Georgia.«

»Deswegen werde ich sie morgen bemitleiden. Heute bekommt sie erst mal meinen Zorn zu spüren.«

Ich beschirmte meine Augen mit der Hand. »Ich zerbreche mir schon die ganze Zeit über etwas den Kopf. Vielleicht kannst du mir weiterhelfen.«

Kay setzte sich im Schneidersitz in den Sand. »Wobei?«

»Warum war Irene an dem Tag, als sie ermordet wurde, am Hafen?«

Eindeutig nicht auf diese Frage vorbereitet, zuckte sie zusammen. »Vielleicht hat sie jemanden verabschiedet.«

»Aber wen?« Ihre einzige romantische Liaison war die mit Dotty gewesen, und zu diesem Zeitpunkt waren die beiden schon lange getrennt. Außerdem war er ja hier auf den Inseln.

Kay pulte Schorf von ihrem Knie, wobei sich eine kleine Wunde wieder öffnete. »Mich.«

»Irene wollte sich mit dir treffen?«

Ganz fixiert darauf, sich eine blutende Wunde zuzufügen, nickte sie. »Nicht nur mit mir. Sie hat mich am Abend vorher angerufen und mir gesagt, dass sie in San Francisco sei, weil sie sich dort mit jemandem treffen wolle. Sie wusste, dass unser Schiff an diesem Tag ablegen sollte, weswegen sie vorgeschlagen hat, dass wir uns zu einem Bon-Voyage-Lunch treffen.«

»Warum hast du das denn nicht gesagt?«

»Keine Ahnung. Zuerst habe ich gedacht, dass sie mich versetzt hat, aber als ich hörte, was passiert war … Ich stand unter Schock. Und je länger ich damit gewartet habe, etwas zu sagen, desto abscheulicher musste es aussehen, irgendwann doch noch damit rauszurücken.«

Wenn ich jemals reich werden sollte, würde ich Kay ein Rückgrat kaufen. »Mit wem wollte sie sich denn treffen?«

»Das hat sie mir nicht gesagt. Sie meinte, hinterher würde sie es mir verraten, aber zunächst müsse es ein Geheimnis bleiben. Sie war ganz aus dem Häuschen – um wen auch immer es sich gehandelt hat, dieses Treffen war etwas, auf das sie sich freute. Vermutlich war es jemand vom Studio, vielleicht hatte es auch mit der Werbekampagne für ihren Film zu tun.«

»Könnte es sein, dass sie mit jemandem zusammen war?«

»Eine Liebesbeziehung? Nein. Dazu war sie noch nicht bereit.«

»Wegen Dotty?«

Sie zögerte kurz und nickte dann.

»Was ist zwischen den beiden vorgefallen?«, fragte ich.

Sie sah sich um, als hätte sie Angst, Dotty stünde direkt hinter ihr. »Sie sind zusammen aufgewachsen, und alle sind davon ausgegangen, dass sie heiraten würden. Er himmelte sie an, aber ich glaube, er hatte immer so eine Häuschen-mit-Garten-Vorstellung im Kopf. Er wollte eine Ehefrau und Kinder, keinen Filmstar. Eine Zeit lang machte sie sich vor, dass sie das auch wollte. Aber sie hatte dieses unglaubliche Talent. Du hättest sie sehen sollen, wenn sie eine Bühne betrat. Als würde sie von innen heraus leuchten. Wahrscheinlich war ich diejenige, die sie dazu angehalten hat. Ich wusste, sie hatte alles, was es braucht, um erfolgreich zu sein, und ich konnte nicht mit ansehen, wie sie ihr Talent vergeudete. Als ich erfuhr, dass MGM sich um sie bemüht hatte …«

»Ihr Studiovertrag war also mit MGM?«

»Ja. Und als ich herausfand, dass sie das Angebot abgelehnt hatte, um zu den Wacs zu gehen, habe ich sie ganz schön angeraunzt. Sie ist hier nie glücklich gewesen – sie hatte ein Problem mit einem der höheren Tiere.« Mit Late Nate. Zu wissen, dass er Proviant an den Feind verkaufte, musste sie rasend gemacht haben. »Sie war wie ich. Sie verabscheute Konflikte. Je mehr ich auf sie eingeredet habe, desto mehr hat sie sich das mit Hollywood noch mal durch den Kopf gehen lassen. Was zwischen sie und Dotty einen Keil trieb. Sie haben sich entfremdet, und als sie die Wacs verlassen hatte und zurück in den Staaten war …«

Ich wusste, wie diese Geschichte weiterging. »Ist Dotty zu dir übergewechselt.«

Sie nickte wieder. »Ich weiß, es klingt, als hätte ich die ganze Sache geschickt eingefädelt, aber ich wollte wirklich nur das Beste für sie. Und das war meines Erachtens eben nicht, auf der Insel zu bleiben. Ich wusste immer, dass ich Dotty nicht so viel bedeutete wie sie. Sie war so schön, und ich war … na ja, ich war …« Ihr versagte die Stimme, und ich füllte die Leerstellen. Sie war nicht die atemberaubende Blondine, deren Foto ich am Vormittag beerdigt hatte. Aber das bedeutete ja nicht, dass Kay nicht trotzdem liebenswert war. »Ich war so in ihn verliebt, dass ich dachte, es wäre egal, wenn er mich nicht ganz so sehr liebt. Ich war gewillt, die Tatsache zu ignorieren, dass er lieber Irene gehabt hätte als mich.«

»Und was passierte dann?«

»Er wurde verwundet und zur Erholung nach Hause geschickt. Und ich …«

»Du hast gemerkt, dass du schwanger warst.«

In ihren Augen zeigte sich Überraschung. »Woher weißt du das?«

»Jayne hat bei deiner medizinischen Untersuchung mitgehört. Hast du Tulagi deswegen verlassen?«

Sie nickte, wobei ihr die Tränen von den Wangen tropften. »Eine der Schwestern hat gelogen, damit ich meine Entlassungspapiere bekomme.«

»Ruth?«

Sie nickte wieder.

»Du weißt, wie gerne sie dich sehen würde. Es ist offensichtlich, dass du ihr am Herzen liegst.«

»Ich habe Angst, sie zu treffen. Sie wird wissen wollen, was passiert ist, und ich glaube nicht, dass ich ertrage, ihr das zu sagen.«

»Hat sie gedacht, du würdest das Baby behalten?«

Mit dem Hemdsaum wischte sie die Tränen weg. »Ansonsten hätte sie mir nicht dabei geholfen, nach Hause zu kommen. Damals dachte ich auch selbst noch, dass ich das Baby behalte. Dotty wusste nicht, dass ich schwanger war, und ich hatte diese dämliche Fantasie, dass ich das Baby bekomme, ihm irgendwann über den Weg laufe und wie in einem dieser ekelhaft kitschigen Filme verkünde: ›Das ist dein Sohn‹. Und in diesem Moment erkennt er, dass ich die Frau seines Lebens bin. Aber als ich in L. A. ankam, hat Irene mir erzählt, Dotty hätte ihr geschrieben, dass er sie immer noch liebte. Das hat mir das Herz gebrochen. Ich habe Irene von der Schwangerschaft erzählt, aber behauptet, der Vater sei irgendein verheirateter Offizier, in den ich mich verschossen hätte. Sie war es, die das mit der Abtreibung überhaupt erst vorgeschlagen hat.«

»Glaubst du, Dotty könnte erfahren haben, dass du schwanger warst?«

»Irene und Ruth waren die einzigen, die davon wussten, und keine von beiden hatte auch nur den geringsten Anlass, es ihm zu erzählen.«

Aber was war mit Kay selbst? Hatte sie das, was sie getan hatte, vielleicht so sehr bereut, dass sie Irene dafür bestrafen wollte? Immerhin hätte es ihr und Dotty eine Zukunft eröffnet, wenn Irene ein für alle Mal weg war vom Fenster.

»Ich weiß, was du denkst«, sagte sie. »Aber du kannst mir glauben: Was ich getan habe, habe *ich* getan – und nicht Irene. Sie war meine beste Freundin. Sie war wie eine Schwester für mich. Ich habe ihr nie die Schuld dafür gegeben, dass er sich für sie entschieden hat. Ich liebe Dotty. Das wird immer so sein. Aber ich habe bereits einmal versucht, ihn dazu zu zwingen, mich zu lieben, und bin nicht so blöd, es erneut zu probieren.«

Hoffentlich hatte sie da recht.

Ich berichtete Jayne bei einem leichten Mittagessen in der Baracke von meinem Gespräch mit Kay. Den verregneten Nachmittag verbrachten wir dann damit, Dame zu spielen und über unser weiteres Vorgehen nachzugrübeln.

»Arme Kay«, sagte Jayne. »Dotty und sie machen aber trotz allem wieder einen ganz schön vertrauten Eindruck.«

»Wer weiß, wie lange das hält. Sie scheint zu glauben, dass sie in seinen Augen immer nur ein Ersatz für Irene sein wird.«

Ich hatte das Gefühl, einen Stromstoß zu bekommen.

»Alles okay?«, fragte Jayne.

»Wo ist das *Screen-Idol*-Heft, das ich im Lazarett gelesen habe?«

Jayne fischte es heraus, und ich blätterte hastig die Seiten durch, bis ich zu dem Bild von Joan Wright kam, dem »nächsten großen MGM-Ding«, das der Autor kaltschnäuzig als »eine junge Gilda DeVane« bezeichnet hatte.

Von der Seite starrte mich ein Mädchen an, das der Irene auf dem Foto sehr ähnlich sah.

»Weißt du, wo Kay ist?«, fragte ich Jayne.

»Wahrscheinlich bei Dotty. Warum?«

Ich antwortete nicht, schnappte mir mein Regencape und rannte nach draußen. Jayne heftete sich sofort an meine Fersen. Durch Schlamm und Wolkenbruch kämpften wir uns zu Dottys Zelt. Kay war nicht da. Er war alleine.

»Das ist ja eine nette Überraschung«, sagte er, als wir eintraten. »Beim nächsten Mal solltet ihr vielleicht warten, bis der Regen etwas nachgelassen hat.«

»Danke für den Tipp«, sagte ich. »Aber das hier konnte nicht warten.« Ich schleuderte ihm das Magazin hin. »Seite neunundzwanzig.«

Er sah abwechselnd die Zeitschrift und mich an. »Was ist auf Seite neunundzwanzig?«

»Schau's dir einfach an.« Er befeuchtete den Finger und schlug das Heft auf. »Ist das Irene?«, fragte ich.

Er nickte langsam. »Daher haben sie also das Bild.«

»Wer hat was woher?«, fragte Jayne. Sie drückte das Wasser aus ihren Haaren und linste ihm über die Schulter.

»*Stars & Stripes.* Heute Morgen ist die neue Ausgabe eingetroffen.« Er langte nach einer Zeitung von dem Stapel auf seinem Schreibtisch und gab sie Jayne. Auf der ersten Seite war der Nachruf auf Gilda, zusammen mit dem Foto, das Dotty von ihr neben dem Ersatzwaschbecken gemacht hatte. Er bedeutete Jayne weiterzublättern, was sie so lange tat, bis sie das Bild von Joan sah. Daneben stand ein kurzer Artikel.

Hollywoods neuestes It-Girl war eine ehemalige WAAC-Kommandeurin

Die Polizei von Hollywood hat bestätigt, dass Irene Zinn, die in der Bucht von San Francisco ermordet aufgefundene ehemalige WAAC-Kommandeurin, eine Hollywood-Schauspielerin war, die MGM vor zwei Wochen als vermisst gemeldet hat. Zinn, deren Künstlername Joan Wright war, stand mit der Kriegskomödie *Mr. Hogans Tochter* kurz vor ihrem Leinwanddebüt. Das ist die zweite tragische Nachricht, die das Studio in Folge ereilte. Vorige Woche erst war der frühere MGM-Star Gilda DeVane während einer Camp-Show-Tournee der USO im Südpazifik durch Feindbeschuss getötet worden.

Es ist noch nicht bekannt, ob MGM am geplanten Kinostart von *Mr. Hogans Tochter* festhält.

»Ich kann nicht fassen, dass sie zwei Wochen gebraucht haben, um darauf zu kommen, dass sie ein- und dieselbe Person war«, sagte Dotty. »So ist Hollywood wohl. Ihr Tod war ihnen wahrscheinlich sogar egal, bis sie irgendwann nicht zur Probe erschienen ist.«

»Warum musste sie denn ihren Namen ändern?«, fragte Jayne.

»Sie fanden, ihr echter wäre zu nah dran an Irene Dunn.« Er betrachtete wieder das Bild in der *Screen Idol.* »Ich hatte keine Ahnung, dass sie sie als derart große Nummer gesehen haben. Sie hat immer alles heruntergespielt, als hätte sie nur hier und da eine Nebenrolle angeboten bekommen.«

Ich nahm Jayne die Zeitung aus der Hand und las den Artikel noch einmal. Irene war nicht einfach nur eine beliebige Schauspielerin mit einem Studiovertrag gewesen: Sie wurde als die neue Gilda vermarktet – und das nur wenige Wochen nachdem MGM Gilda gefeuert hatte, von demselben Studio, bei dem auch Violet unter Vertrag gestanden hatte, bevor sie zu der Tournee aufgebrochen war. Was hatte Violet doch gleich am Tag unserer ersten Begegnung gesagt? Dass jemand vom Studio sie Baby Gilda genannt hatte?

Was, wenn Violet hinter allem stand? Sie konnte beide Morde von vornherein geplant haben. Wenn Gilda und die Frau, die für Gilda einspringen sollte, tot waren, würde das Studio ihr vielleicht noch eine Chance geben, vor allem dann, wenn sie von genau der Tournee zurückkehrte, auf der Gilda gestorben war. Die ganzen Reden, die sie darüber gehalten hatte, wie sehr Gilda uns fehlte – das alles musste ein kalkulierter Versuch gewesen sein, ihr bei ihrer Rückkehr eine gute Presse zu bescheren.

»Rosie?«, sagte Jayne. »Was bedeutet das?«

»Weiß ich noch nicht genau«, sagte ich. »Aber ich werd's rausfinden.«

28 Candys Süßwarenladen

Nach dem Abendessen feierten wir mit den Jungs an der Badestelle Abschied, mit Getränken und Gesprächen. Während sich die Männer von dem abzulenken versuchten, was am kommenden Tag anstand, beobachtete ich Violet mit Argusaugen.

Meine Theorie hatte einen Haken. Auch wenn Violet die Hauptverdächtige war, hatte sie für den Abend, an dem auf Gilda und Jayne geschossen worden war, ein wasserdichtes Alibi. Sie konnte unmöglich diejenige gewesen sein, die geschossen hatte. Hatte sie alles noch ausgefuchster planen können? Lag Kay richtig und Violet hatte Gilda umgebracht, indem sie ihr von der Einnahme des Atabrine abriet? Malaria schien mir eine schrecklich unzuverlässige Waffe zu sein, aber vielleicht wusste Violet etwas, was ich nicht wusste. Vielleicht hatte sie etwas unternommen, damit Gilda ganz sicher erkrankte. Aber auch wenn es so gewesen war, blieb natürlich die Frage nach den Schüssen. Purer Zufall?

Spanky saß eingeklemmt zwischen Violet auf der einen und Mac auf der anderen Seite. Immer, wenn er aufstand, um sich ein Bier zu holen oder pinkeln zu gehen, zeichnete sich auf Violets Gesicht die Angst ab, er könnte nicht mehr zurückkommen. Ich ertappte Kay dabei, wie sie Violet ebenfalls beobachtete, und sah, wie ihre Wut verrauchte.

»Habt ihr gehört, dass sie den Hafen von Tokio umbenennen wollen?«, witzelte einer der Soldaten. »Sie wollen ihn Bombay taufen. Versteht ihr?«

Der Komiker bekam mehr Lacher, als der Witz eigentlich verdiente. Jemand zog eine Mundharmonika hervor und spielte die Melodie von »Die Leinen los«. Münder wurden bewegt, blieben aber stumm – anscheinend wollte niemand einen Text anstimmen, der vom Ausschiffen handelte.

Ich stützte mich rücklings auf die Ellbogen und sah zu den steil über dem Strand aufragenden Klippen hoch. Eine kaum wahrnehmbare Bewegung zog meinen Blick an. Vor einem der Höhleneingänge hüpfte ein Licht auf und ab.

Mir stockte der Atem. Fast hätte ich geschrieen, da oben lägen Japaner versteckt, aber etwas hielt mich zurück. Dieses Licht hatte ich schon einmal dort gesehen, und daraufhin war nichts Schlimmes passiert. Wer – oder was – auch immer da oben war, schien nichts Böses im Schilde zu führen.

Was, wenn …?

»Habt ihr noch Platz für zwei?« Billy und Pfirsich näherten sich der Badestelle. Beim Klang von Billys Stimme fuhr Jayne hoch, dann sprang sie ihn an und schlang die Beine um seine Hüften. Diese offenherzige Bekundung von Zuneigung ließ ihn lachen, und er wirbelte sie herum wie ein Kind.

Pfirsich kam zu mir und reichte mir die Hand. »Guten Abend, Miss Winter«, sagte er.

»Guten Abend.«

»Mein Kamerad hat darauf bestanden, ungeladen zur Party zu kommen. Ich hoffe, das macht Ihnen nichts aus.«

Ich ließ zu, dass er mich hochzog. »Natürlich nicht, obwohl Sie sich langsam mal ein Vorwarnsystem für Ihr unangekündigtes Auftauchen ausdenken könnten.«

Es fing an zu regnen, und die Party löste sich langsam auf. Den nach New Georgia beorderten Männern stand ein anstrengender Tag bevor. Sie sollten noch geimpft werden, mussten ihren Proviant überprüfen und hatten eine letzte Gelegenheit, einen Brief nach Hause zu schreiben, bevor sie sich in der Hitze des Gefechts wiederfanden.

»Lust auf einen Spaziergang?«, fragte Pfirsich.

Violet, Spanky und Mac brachen gerade auf, Jayne und Billy waren bereits verschwunden. Was aus Kay geworden war, wusste ich nicht – wahrscheinlich hatte sie sich mit Dotty davongemacht, ganz beglückt, dass ihm nichts würde zustoßen können. »Ja, solange ich bis zur Sperrstunde zurück bin«, sagte ich. »Captain Lambert hat mich sowieso schon auf der schwarzen Liste.«

Er nahm meine Hand, und wir gingen den Pfad zum Strand hinunter.

»Du wirkst geistesabwesend«, sagte er.

»Das bin ich auch.« Krampfhaft suchte ich nach etwas, das ich zu ihm sagen konnte. »Weißt du schon, wann ihr ablegt?«

»Es heißt, übermorgen, aber es würde mich nicht überraschen, wenn sich das noch nach hinten verschiebt.«

»Du musst aufgeregt sein.«

Sein Gesicht legte sich in Falten. »So würde ich das nicht gerade sagen. Ängstlich vielleicht. Wir haben es uns hier ein bisschen zu gemütlich gemacht, und es ist immer schwer, ins Ungewisse aufzubrechen. Ich habe mich schon richtig daran gewöhnt, an Land zu sein. Und natürlich habe ich auch andere Annehmlichkeiten zu schätzen gelernt.« Er beugte sich hinunter, um mich zu küssen. Ich wich nicht aus, aber ich küsste ihn auch nicht gerade zurück. »Sei nicht traurig, Rosie. Mir wird schon nichts passieren.«

»Ich bin nicht traurig.«

»Was ist es dann?«

Ich musste es ihm nicht sagen. Ihm nichts zu sagen, war wahrscheinlich sogar besser. Aber unsere Beziehung hatte schon mit einer Lüge begonnen, und es kam mir unfair vor, eine weitere hinzuzufügen, obwohl alles so gut lief. »Ich habe erfahren, dass Jack in dieser Nacht damals gar nicht ins Wasser gegangen ist.«

Er richtete sich abrupt auf. »Erfahren? Von wem?«

»Von dem, der sich die ganze Geschichte ausgedacht hat. Jack ist zu Fuß geflüchtet, und seine Freunde haben beschlossen, ihn zu decken. Sie haben eine von Haien zerfressene Leiche im Wasser gefunden und als seine ausgegeben.«

Der Druck seiner Hand wurde fester. »Und wo ist er jetzt?«

»Weiß ich nicht genau.«

»Hat derjenige gesagt, dass er noch lebt?«

»Das wusste er nicht. Niemand hat seit dieser Nacht etwas von ihm gehört.« Ich senkte die Stimme. »Er könnte in den Höhlen sein, Pfirsich. Wenn alle geglaubt haben, er ist tot, dann hat dort auch niemand nach ihm gesucht.«

Er passte sich meiner Lautstärke an. »Nicht in dieser Nacht damals, sicher, aber was ist mit dem Abend, an dem Gilda ermordet wurde? Sie haben doch auf der Suche nach den Japsen die ganze Insel auseinandergenommen.«

Er hatte recht. Wäre Jack da noch auf Tulagi gewesen, hätten sie ihn gefunden. Es sei denn, die zur Suche in den Höhlen abgestellten Männer waren genau die, die sich für Jacks Rettung eingesetzt hatten.

Pfirsich drückte meine Hand. »Ich weiß, du willst glauben, dass das wahr ist, aber du musst auch realistisch sein. Er war verwundet. Um zu überleben, hätte er Nahrung, Antibiotika und Trinkwasser gebraucht. Und zwar nicht nur ein bisschen, sondern genug, um über zwei Monate zu kommen.«

Wieder hatte er recht. Es war eine Sache, sich der Fantasie von Jacks Überleben an dem besagten Abend hinzugeben, aber eine ganz andere, an sein längerfristiges Überleben im Dschungel zu glauben. Vollkommen gesunde Männer wurden von der Buschfäule, der Beriberi-Krankheit und diversen anderen Infektionen dahingerafft. Ein Mann mit zwei Schussverletzungen hatte nicht den Hauch einer Chance.

Aber trotzdem: Hatte er mit dieser Nacht damals nicht schon den schwierigsten Part überstanden? Durfte man wirklich nicht auf mehr hoffen?

»Ich muss sichergehen«, erklärte ich Pfirsich. »Sonst könnte ich mir selbst nicht mehr in die Augen sehen.«

Wortlos hockte Pfirsich im Sand und rang nach Worten. Mit jedem Recht der Welt hätte er mich an Ort und Stelle sitzen und mit der Sache alleine lassen können, aber so war er nicht. »Gib mir die Möglichkeit, mit ein paar Leuten zu reden. Unternimm nichts, bevor ich das nicht gründlich durchdacht habe. In Ordnung?«

Ich willigte ein, mich mit Bauchgefühlaktionen zurückzuhalten. Wir verbrachten noch ein paar züchtige gemeinsame Minuten, dann verkündete Pfirsich, es sei

Zeit, mich zur Baracke zurückzubringen, er wolle nicht, dass ich die Sperrstunde verpasste. Während wir zurückgingen, hatte ich Fragen über Fragen im Kopf. Wenn sich die Männer aus Jacks Einheit die Geschichte nur ausgedacht hatten, um ihn zu schützen, warum war Pfirsich dann in dieses Lügenmärchen nicht eingeweiht gewesen? Und warum war er nach seiner Rückkehr in den Südpazifik zu einer anderen Einheit gekommen?

»Wer ist Charlie Harrington?«, fragte ich.

»Was?« Der Regen versah den Sand nach und nach mit Pockennarben.

»Der, der mir geschrieben hat, dass Jack vermisst wird: Corporal Charlie Harrington. Wer ist das?«

»Das hab ich dir doch schon gesagt: der Kamerad und Vertraute von Jack, dem der Befehlshabende Selbstmord unterstellt hat.«

»Aber in der Navy gibt es keine Corporals.«

Darauf sagte Pfirsich eine ganze Zeit lang nichts. Ich hoffte, es läge an seiner ebenfalls großen Verwirrung, hatte aber den Eindruck, dass hier noch etwas anderes im Busch war. »Charlie war bei den Marines.«

Er brauchte noch nicht mal die Finger hinter seinem Rücken zu kreuzen, so offensichtlich war, dass er log.

»Warum schwindelst du?«, sagte ich. »Niemand hat je von ihm gehört, auch die Jungs in Jacks Einheit nicht. Wie kann das sein?«

Pfirsich starrte zum Himmel hinauf. »Weil es ihn nie gegeben hat.«

Der erste Brief, den ich von dem imaginären Corporal Harrington erhalten hatte, hatte es geschafft, um die Zensur herumzukommen. Der zweite landete auf dem

Schreibtisch des Zensors und, sobald man Jacks Namen darin entdeckte, gleich ein paar Ebenen höher.

»Wir haben versucht, den Verfasser ausfindig zu machen«, sagte Pfirsich. »Irgendwann war uns klar, dass einer der Männer sie in Jacks Auftrag schrieb, um Informationen nach Hause durchsickern zu lassen, für den Fall, dass man seiner Familie erzählt hatte, er sei desertiert. Der falsche Dienstgrad sollte eine Fährte sein.« Schade, dass Jack nicht klar gewesen war, dass ich von militärischen Dienstgraden in etwa so viel Ahnung hatte wie von der deutschen Sprache. »Der zweite Brief kam nur nach schweren Eingriffen der Zensur durch, aber zu diesem Zeitpunkt hatte ich schon Anweisung, mich darum zu kümmern, dass der Kontakt abbrach. Mittlerweile war aber dein Brief mit dem vorgeschlagenen Verschlüsselungscode eingetroffen, und ich konnte den Gedanken nicht ertragen, dass du von jetzt auf gleich und ohne jede weitere Erklärung keine Briefe mehr von Charlie bekommst. Weswegen ich dir in einem weiteren Brief Charlies Tod mitgeteilt habe.«

»Aber warum bist du mich dann noch besuchen gekommen? Das verstehe ich nicht.« Und warum hatte er mir erzählt, dass Charlie ermordet worden war? Er musste doch gewusst haben, dass das nur mein Verlangen anstacheln würde, die Wahrheit herauszufinden.

»Meines Erachtens hattest du ein Recht darauf zu erfahren, was mit Jack passiert ist. Ich wollte, dass du es von jemandem hörst, der dabei war.«

Das war noch nicht die ganze Geschichte, das spürte ich deutlich, und ich glaube, er wusste, dass ich es merkte. Sein Auftrag, Jacks Kontakte zu Menschen in den Staaten zu unterbinden, und seine Verlegung auf ein anderes Schiff mussten damit zu tun haben, dass er irgendwie mitverantwortet hatte, was Jack zugestoßen war. Irgendwann waren ihm Zweifel gekommen, und er hatte beschlossen, die Sache gerade zu rücken. Er war nicht einfach nur in New York gewesen, um mir zu erzählen, was mit Jack passiert war. Diese Reise war eine Pilgerfahrt gewesen, bei der er nach Vergebung gesucht hatte.

Es gab keinen Gute-Nacht-Kuss. Ich glaube, Pfirsich wusste, dass ich langsam seinen Teil der Schuld an all dem zu ermessen begann, und wollte das Risiko nicht eingehen, die zwischen uns aufkeimende Entfremdung noch größer werden zu lassen. Er ging davon und war schon fast ganz von der Dunkelheit verschluckt, als er noch einmal stehen blieb und sich zu mir umdrehte.

»Eines solltest du noch wissen: Ich habe vielleicht hier und da gelogen, aber mir liegt etwas an dir. Das war von Anfang an echt.«

Ich antwortete nicht.

Als ich die Baracke betrat, waren die anderen Mädchen bereits anwesend und machten sich bettfertig. Ich wollte gerade dasselbe tun, als Amelias Stimme erscholl. »Achtung! Ich will, dass alle sich vor ihr Bett stellen. Und zwar sofort.«

Wir gehorchten und standen barfuß da, während sie vor uns die Reihen abschritt. Als Begleitung marschierten Regentropfen über das Dach der Wellblechbaracke, das zum Glück – anders als unsere vorige Unterkunft – keine undichten Stellen zu haben schien.

»Es sieht so aus, als sei der Alkohol verschwunden, den ich bei Miss Lancaster konfisziert habe. Möchte mir eine von Ihnen sagen, wo er sich befinden könnte?«

Mein Blick wanderte sofort zu Violet. Ihre Augen waren rot, zweifellos ein Ergebnis der emotionalen Aufwallung beim Abschied von Spanky. Falls sie sich ihren Schnaps zurückgeholt haben sollte – sie selbst lieferte keinen Beweis dafür.

»Sehr schön. Wenn niemand das Vergehen gesteht, werde ich wohl Ihre Koffer durchsuchen müssen.« Während wir in Habachtstellung dastanden, öffnete sie der Reihe nach jeden Koffer. Violets war sauber. Kays auch. »Ähem.« Captain Lambert stand neben Jaynes Koffer. Auf einem wüsten Kleiderhaufen lag eine einzelne Flasche.

»Die gehört mir nicht«, sagte Jayne.

»Wie recht Sie da haben«, meinte Captain Lambert. »Genau deswegen sagt man ja auch Diebstahl dazu.« Sie warf den Koffer zu und kam das letzte Stück bis zu mir. »Ta-da!«, rief sie, als sie den Deckel hob. »Und hier ist der Rest der Beute.«

Violets andere zwei Flaschen lagen Kopf an Fuß auf meiner Kleidung. Die eine war gerade erst ausgelaufen, die Flüssigkeit stand noch als Pfütze obenauf.

»Ich habe die nicht da hingetan«, sagte ich.

»Wer dann? Ein Geist?«

»Das ist ungerecht. Jemand hat uns reingelegt. Wir sind so lange unschuldig, bis unsere Schuld bewiesen ist.«

Captain Lambert schnalzte mit der Zunge. »So läuft das vielleicht in den Staaten, Miss Winter, aber nicht in meinem Camp. Sie und Miss Hamilton melden sich in der Latrine, wo Sie den Boden so lange schrubben werden, bis er meinen Sauberkeitsstandards entspricht.«

»Machen Sie das wegen Late Nate?«, sagte ich.

»Bei nochmaligem Nachdenken: Sie werden auch die Toiletten putzen.« Sie zog meine Zahnbürste aus dem Koffer. »Und zwar hiermit. Wollen Sie sonst noch etwas sagen? Ich habe ohne Weiteres noch mehr Arbeit für Sie.«

Ich hielt den Rand. Jayne und ich schnappten unsere Regenmäntel und machten uns auf den Weg zur Latrine.

»Unglaublich«, sagte ich. »Er betrügt sie, und wir werden dafür bestraft.«

»Wie lange werden wir wohl hier draußen sein müssen?«, fragte Jayne.

»Mindestens bis zum Morgen.« Ich füllte einen Eimer mit Wasser und Seife und tauschte meine Zahn- gegen eine kleine Scheuerbürste. Wir arbeiteten langsam, weil keine von uns geneigt war, sich bei der schier grenzenlosen Aufgabe auch noch anzustrengen. An die Wand über uns war eine Figur mit großer Nase gezeichnet worden, die uns still aus ihren Cartoon-Augen zusah. Eine Inschrift über ihm sagte uns, Kilroy sei hier gewesen.

Meine Gedanken sprangen zwischen Pfirsich und Violet hin und her – beide kein sonderlich erfreuliches Thema. Violet war eine potenzielle Mörderin, und Pfirsich war … er war …

Was war er? Was Violet getan hatte, hatte sie aus egoistischen Gründen getan. Pfirsich hatte als Navy-Offizier die Befehle seiner Vorgesetzten befolgt, er hatte nicht als jemand gehandelt, der vorsätzlich das Leben eines anderen zerstörte. Er musste geglaubt haben, das Richtige zu tun. Und als er zu einer anderweitigen Überzeugung gelangt war, hatte er versucht, die Sache wieder geradezubiegen.

»Woran denkst du?«, fragte Jayne.

»An Violet.« Ich war noch nicht so weit, Jayne von Pfirsich zu erzählen. »Sie ist die einzige Verdächtige, bei der alles einen Sinn ergibt.«

»Rosie …«

»Ich weiß, was du sagen willst: Wie soll sie geschossen haben, während sie hinter der Bühne war?«

Jayne runzelte die Stirn. »Nein, das ist einfach. Sie könnte Spanky gebeten haben, das für sie zu tun.«

Ich schlug mir vor die Stirn. Wie konnte ich nur so dämlich gewesen sein? »Natürlich. Was auch erklärt, warum Mac auf den Klippen war. Er ist Spanky hinterhergelaufen.«

»Aber warum sollte Spanky auf Mac schießen?«, fragte Jayne.

»Vielleicht um alle in die Irre zu führen.«

Jayne schüttelte den Kopf. »Das glaube ich nicht. Er liebt diesen Hund.«

In dieser Hinsicht hatte sie natürlich recht. Außerdem war auf den Hund mit einem Revolver und nicht mit einem Gewehr geschossen worden.

Von draußen kam ein Rascheln. Wir gingen in die Hocke, so dass wir durchs Latrinenfenster nicht zu sehen waren.

»Was war das?«, fragte Jayne.

»Ich glaube, da draußen ist jemand.« Wahrscheinlich Grizzly und Sozi, die einen günstigeren Beobachtungsposten bezogen, um uns hinterherzuspionieren. Ich reckte langsam den Kopf, bis ich gerade so über den Fenstersims schauen konnte. Eine Gestalt bewegte sich von der WAC-Baracke weg die Straße hinunter. Es war Candy.

Ich winkte Jayne heran, damit sie ebenfalls einen Blick auf die Gestalt warf, und sie bestätigte, was ich sah.

»Mit wem trifft sie sich eigentlich ständig?«, fragte ich.

»Mit einem Offizier?«, sagte Jayne.

»Das würde keine Heimlichtuerei erfordern.«

Jayne zuckte mit den Schultern. »Vielleicht ist es ja ein schon vergebener Offizier.«

Konnte auch Candy der Anziehungskraft von Late Nate erlegen sein?

Ein aufzuckender Blitz beleuchtete sie. Die Tasche, die ihr vor dem Bauch hing, war so vollgepackt, dass sie wie eine Schwangere aussah.

»Ich glaube, wir haben gerade die verschwindenden Vorräte ausfindig gemacht.«

Jayne keuchte. »Wirklich?«

»Immer, wenn ich sie nachts gesehen habe, kam sie gerade nach Hause – und die Tasche war leer. Was soll sonst drin gewesen sein?«

Jayne streckte sich, um Candy besser sehen zu können. »Glaubst du, sie verkauft das Zeug an die Japaner?«

Möglich wäre es. Candy sprach ihre Sprache und schien eine Schwäche für sie zu haben.

»Es gibt nur einen Weg, das herauszufinden«, sagte ich zu Jayne. »Du hast nicht zufälligerweise gerade Lust auf eine kleine Erkundungstour?«

Jayne deponierte ihre Scheuerbürste im Eimer. »Ich mache alles lieber als das hier.«

Der Regen war dichter geworden, was uns sehr gelegen kam. In unsere Regencapes gewickelt, die Schritte wegen des Sturms fast unhörbar, schafften wir es, so weit zu Candy aufzuschließen, dass wir sie im Blick behalten konnten, ohne sie auf unsere Anwesenheit aufmerksam zu machen. Wir sprangen hinter Zelte und schlüpften zwischen Bäume – wir taten alles, damit sie uns nicht sah. Es wurde eine lange Wanderung. Candys Ziel schien auf der anderen Seite der Insel zu liegen.

Schließlich erreichten wir das Dorf und konnten beobachten, wie Candy eine kleine, heruntergekommene Hütte betrat. Tief geduckt näherten wir uns. Wir konnten Bruchstücke einer in einer Art Pidgin-Englisch geführten Unterhaltung aufschnappen. Die Bewohner bedankten sich bei ihr. Sie bedankte sich bei ihnen. Ich stellte mich so, dass ich durch eines der Fenster sehen konnte. Candy stand im Kreise einer Familie von Eingeborenen und begutachtete gemeinsam mit ihnen einige auf dem Tisch liegende Gegenstände. Da waren Spritzen, kleine gläserne Ampullen mit Medizin und allerlei Lebensmittel aus der Kantine. Die Tasche hing jetzt leer und schlaff über Candys Schulter. Einer der Eingeborenen zog eine eigene Tasche hervor und packte die Vorräte ein.

»Und?«, fragte Jayne.

»Sie hat einfach nur einigen Eingeborenen den gestohlenen Proviant ausgehändigt, es scheint aber kein Geld im Spiel zu sein.«

Eine von der Hüfte aufwärts nackte Frau legte ein paar aus Betelnüssen gefertigte Halsketten auf den Tisch. Candy durchsuchte ihre Taschen und zog schließlich einige Scheine hervor. Dafür tauschte sie die kleinste der Ketten ein und legte sie sich um den Hals.

Ich schämte mich. Candy unterstützte natürlich nur

eine hilfsbedürftige Eingeborenenfamilie. Warum hatte ich ihr gleich das Schlimmste unterstellt? Irene musste ihr von Blakes Umtrieben erzählt haben. Als seine Diebstähle aufhörten, hatte Candy beschlossen, die Gelegenheit zu nutzen und so viel wie möglich für wirklich notleidende Menschen abzuzweigen.

Wir gingen zum Camp zurück und waren schon ein gutes Stück vorangekommen, als ein Geräusch uns zum Stehenbleiben veranlasste. Wir tauchten ins Unterholz ab und warteten wie versteinert darauf, dass die Quelle des Geräuschs uns passierte. Hier draußen war irgendjemand.

»Wo sind sie hin? Sicher hier lang«, sagte eine Männerstimme barsch.

»Weit können sie noch nicht gekommen sein.«

»Wir haben sie aber immer noch nicht eingeholt. Was haben sie überhaupt mit diesem Frauenzimmer zu schaffen?«

»Wetten, die schläft mit einem von ihren Freunden?«

Männer: Wissen immer ganz genau, wie bei uns der Hase läuft.

Die Inhaber der Stimmen kamen ins Blickfeld. Es waren Sozi und Grizzly.

»Wenn ihr noch mal was zustößt, bringt er uns um«, sagte Sozi.

»Noch mal gibt's nicht«, sagte Grizzly. »Er weiß nichts vom ersten Mal, kapiert?« Er spähte in die Nacht. Ich schwöre, mein Herz klopfte so laut, dass es die über unseren Köpfen nistenden Vögel aufstörte.

»Sollen wir uns trennen und jeder auf eigene Faust weitersuchen?«

»Nein«, sagte Grizzly, »ich gehe zurück. Ich habe einen Großauftrag reinbekommen, der noch aufs Schiff muss.«

Sie drehten um und gingen Richtung Camp zurück.

»Was machen wir?«, fragte Jayne.

»Ich würde sagen, wir folgen ihnen. Ich will wissen, wer uns beschatten lässt, will aber nicht dafür bezahlen.« Ich versuchte, aus dem Unterholz freizukommen, aber mein Regenzeug hatte sich verfangen. »Hilf mir doch mal, bitte«, sagte ich zu Jayne.

Sie untersuchte, wieso ich nicht vorankam. »Du hängst fest«, sagte sie schließlich.

»Das habe ich mir schon gedacht. Mach mich los.«

Sie zerrte an dem Regenmantel, und etwas riss. Trotzdem kam ich immer noch nicht vom Fleck.

»Hilf mir hier raus.« Ich versuchte, aus dem Poncho zu schlüpfen.

»Aber es gießt.«

»Nass zu werden ist nicht so schlimm, wie sie entkommen zu lassen.«

Wir ließen mein Regencape an einem Baum hängen. Ich platzte fast vor Nervosität, während wir zu den Männern aufzuschließen versuchten. Wer auch immer sie auf uns angesetzt hatte, er hatte ein persönliches Interesse an unserer Sicherheit und zahlte einen hohen Preis dafür. Und offenkundig wollte unser anonymer Wohltäter nicht gefunden werden.

Noch war nicht alles verloren. Immerhin gehörte eine Person, die nicht gefunden werden wollte, zu Grizzlys Bekanntenkreis: Jack.

29 Beschattet von Dreien

»Hey!«, brüllte ich in die Nacht. »Stehen geblieben!«

Sozi erstarrte. Grizzlys Hand senkte sich in seine Tasche und kam mit einer Waffe wieder zum Vorschein. Das Mondlicht spiegelte sich in dem Revolver.

»Ganz ruhig«, sagte ich. »Wir sind's, Rosie und Jayne.«

So schnell wie sie aufgetaucht war, verschwand Grizzlys Waffe wieder in der Tasche. »Mund halten«, sagte er.

»Warum?«

»Weil ich es sage, deswegen.«

»Das reicht mir nicht«, sagte ich und wich an den Rand des Dschungels zurück, wo ich mich Schutz suchend unter eine Palme stellte. Sie kamen mir sofort hinterher. »Hört mal, ich habe nach unserem letzten Zusammentreffen nachgedacht. Und mir kommt es so vor, als ob wir euch sehr viel gefährlicher werden können als ihr uns. Immerhin betreiben wir keine illegale Schnapsbrennerei, oder Jayne?«

»Nein«, sagte sie.

»Und was ich vom Hörensagen weiß, darüber würden sich die hohen Tiere gar nicht freuen.«

»Was willst du?«, fragte Grizzly.

»Einen Namen«, sagte ich. »Nichts weiter. Danach lassen wir euch in Frieden, und ihr könnt in Ruhe euer Ding durchziehen.« Darauf sagten sie nichts, weswegen ich einfach vorpreschte. »Wer hat euch angeheuert, uns zu beschatten?«

»Nicht euch. Sie.« Er zeigte mit dem Finger auf Jayne.

»Sozi hat aber eben noch von uns beiden gesprochen.«

»Er wollte höflich sein. Unserem Kontaktmann ist es vollkommen egal, ob Sie leben oder sterben.«

»Oh.« Das war nicht die Antwort, auf die ich gehofft hatte. »Also, wer ist es?«

Jayne schaute unserem Gespräch zu, als würden wir ein Spiel spielen, dessen Regeln sie durchs Zusehen erlernen wollte, um erst später einzusteigen. Während Grizzly einen inneren Kampf ausfocht, ob er uns die Wahrheit sagen oder es drauf ankommen lassen sollte, ging sie einen Schritt auf ihn zu.

»Es ist Tony, oder?«

Auf seinem Gesicht malte sich Erleichterung. Er würde das in ihn gesetzte Vertrauen nicht enttäuschen müssen.

»Ich sage nicht, dass er es ist, aber auch nicht, dass er's nicht ist.«

»Ausgerechnet … Weiß er über alles Bescheid, was ich hier so mache?«, fragte sie.

Er drehte die Handflächen nach oben. »Nein. Das ist keine Spanner-Sache. Wir schreiben nur hin und wieder einen Brief, damit er weiß, dass Sie in Sicherheit sind.«

»Könnt ihr das nicht auch machen, ohne uns ständig hinterherzurennen?«, fragte ich.

»Noch mal, es geht hier nicht um euch, sondern um sie. Nach der Schießerei haben wir beschlossen, das Ganze etwas zu intensivieren, nur für den Fall der Fälle.«

Die Reichweite von Tonys Einfluss machte mich sprachlos. Er war sicher nicht der mächtigste Mafioso in Manhattan, und trotzdem hatte er seine Augen sogar im Südpazifik. »Wenn ihr eigentlich nur Jayne bewachen sollt, warum habt ihr dann mich verfolgt, als Jayne auf der Krankenstation lag?«, fragte ich.

Grizzly warf Sozi einen Blick zu, der ihn hätte tot umfallen lassen müssen. »Weil wir nicht wussten, dass sie im Krankenhaus war. Jemand« – er versetzte Sozi einen Hieb mit dem Ellbogen – »hat mir gesagt, dass eins der anderen Mädchen getroffen wurde.«

»An dem Abend, als die Schüsse auf Gilda fielen, wart ihr da auch in den Felsen?«, fragte ich.

Sozi nickte und rieb sich die Stelle, wo Grizzlys Ellbogen ihn getroffen hatte.

»Habt ihr irgendetwas Ungewöhnliches gesehen?«, fragte ich ihn.

»Allerdings. Da oben in den Klippen war ein Wolf, der mich nicht vorbeilassen wollte. Ein Riesenvieh mit Zähnen wie Messern. Gott sei Dank hatte ich meine Knarre dabei.« Er zog einen Revolver, der Grizzlys aufs Haar glich, und stellte die Szene pantomimisch nach.

Ihm zu sagen, dass er nicht auf einen Wolf, sondern auf Mac geschossen hatte, würde niemanden weiterbringen, fand ich.

Als wir mit dem Säubern der Latrine fertig waren, ging gerade die Sonne auf. Zumindest versuchte sie es. Es regnete so stark, dass man sich nicht sicher sein konnte, ob der Morgen nun dämmerte oder nicht.

Ich hatte nur eine Stunde geschlafen, als das verfluchte Horn uns wieder aus den Federn holte. Stöhnend rollte ich mich auf die Seite. Candy lag in ihrem Bett, als wäre nichts geschehen. Sie grinste mich an und streckte die Arme über den Kopf.

»Gut geschlafen?«, fragte ich.

»Großartig«, erwiderte sie.

Der Regen trommelte einen Militärmarsch auf das

Wellblechdach. Sie würden bei einem solchen Wetter doch nicht von uns erwarten aufzustehen? Es blieb ihnen nichts anderes übrig, als uns zum gleichmäßigen Rhythmus des Sturms wieder einschlafen zu lassen, alles andere wäre grausam. Meine Augen fielen zu, und mein Körper erschlaffte. Ich befand mich schon fast im Tiefschlaf, als Violets Stimme mich weckte.

»Wir gehen heute auf Tour«, verkündete sie.

»Bei dem Regen?«

»Solange es nicht blitzt, können wir fliegen. Ein weiterer Lazarettbesuch steht an. Die meisten der Männer kommen Ende der Woche aufs Schiff nach Hause.«

Ich stöhnte erneut. Ich wollte nicht auftreten. Mein Kopf tat weh, und ich wollte mich im Selbstmitleid suhlen. Langsam zog ich mich an und packte meine Sachen für die Reise. Als ich meinen Regenmantel überziehen wollte, fiel mir ein, dass er irgendwo im Dschungel an einem Baumast hing. »Mist«, sagte ich.

»Was ist?«, fragte Kay.

»Ich habe mein Regencape verloren.«

Sie zeigte ans Fußende ihres Betts. »Ich hab Gildas. Nimm das doch.«

Sie ging aufs Klo, und ich öffnete ihren Koffer. Darin sah es immer noch so blitzsauber und ordentlich aus wie am Tag unserer Ankunft. Der Mantel lag nicht obenauf, weswegen ich blindlings auf dem Kofferboden herumtastete. Meine Finger stießen auf PVC-Stoff. Und auf etwas anderes.

Ich schob die sauber gefalteten Kleiderstapel auseinander und spähte auf den Grund des Koffers. Und da lag Gildas abgenutzte Lederhandtasche – die, die sie am ersten Tag auf dem Schiff getragen hatte. Ich wickelte die Tasche in das Cape und brachte das Bündel eilig zu meinem Bett. Kay kam in dem Moment zurück, als ich die Tasche verstaut hatte.

»Hast du den Regenmantel gefunden?«, fragte sie.

»Ja. Danke noch mal.«

»Kein Problem«, sagte sie grinsend. »Leih dir ruhig, was du brauchst.«

Nach einem unruhigen, Angst einflößenden Flug trafen wir sehr viel später als geplant auf einer anderen Insel ein. Eilig wurden wir zum Hospital gebracht, wo eine Gruppe schmerzmittelbetäubter Männer apathisch unserer Darbietung folgte. Es war nicht der allerbeste unserer Auftritte.

Danach ging es gleich zurück zum Flugplatz, wo wir erfuhren, dass der Blitzschlag schließlich doch eingesetzt hatte und uns sicherlich noch einige Stunden am Boden halten würde.

Unsere Gastgeber brachten uns zu einem Zelt, in dem wir das Gewitter abwarten sollten. Während sich die anderen mit einem Kartenspiel vergnügten, wanderten meine Gedanken immer wieder zu der Handtasche zurück. Warum hatte Kay sie an sich genommen? Wenn sie sie so gern gewollt hatte, hätte sie das doch an dem Tag sagen können, als wir uns alle ein Erinnerungsstück aussuchten.

Es sei denn, die Tasche war da schon längst in ihrem Besitz.

Aber Kay eine Diebin? Das stand in eklatantem Widerspruch zu allem, was ich über sie wusste (oder zu wissen glaubte). Ich schüttelte mir den Gedanken aus dem Kopf. Violet war unsere Verdächtige. Nur sie kam wirklich in Frage.

An niemanden bestimmten gerichtet wollte Violet jetzt wissen: »Glaubt ihr, die Männer konnten heute auslaufen?«

»Wahrscheinlich schon«, sagte Kay. »Auf den Schiffen sind sie an Gewitter gewöhnt.«

Violet seufzte schwer. »Dieser ganze Regen geht mir so auf die Nerven. Ich kann's kaum abwarten, dass wir hier weg und zurück in Hollywood sind.«

»Du machst also keine weitere Tournee?«, fragte Jayne.

»Oh nein. Ich bin mit der USBO fertig.« Sie sammelte die Karten ein und mischte.

»Was wirst du dann machen?«, fragte ich.

Zeitgleich mit einem Donnergrollen klatschten die Karten aneinander. »Zurück zu MGM gehen, denke ich.«

»Sicher, dass sie dich haben wollen?«, fragte ich.

Violet schürzte warnend die Lippen. »Ich denke, die wollen mich mehr denn je, jetzt, wo Gilda tot ist.«

»Wie herzlos du bist.«

Ein Blitz erhellte den Raum. »Vielleicht, aber es stimmt doch. Ich vermisse sie so sehr wie ihr alle, aber sie hinterlässt eben eine Lücke, die jemand wird füllen müssen.«

Und dieser Jemand hätte Irene sein sollen.

»Und was ist mit Spanky?«, fragte Jayne.

Violet hob den Stapel ab. »Ach, na ja, das war eine Zeit lang ganz nett, aber unterschiedlicher als wir beide kann man kaum sein. Ich glaube nicht, dass wir eine gemeinsame Zukunft haben.«

»Es wäre nett von dir gewesen, wenn du ihm das auch so gesagt hättest.«

Sie rollte mit den Augen. »Dem läuft schon eine andere über den Weg und er vergisst mich, da kannst du sicher sein.«

Aber so würde es nicht kommen – Spanky hatte sich nämlich in Violet verliebt. So sehr, dass er auf ihr Drängen hin sogar das Undenkbare getan hatte.

»Du hast ihm gesagt, er soll es tun, oder?«, sagte ich.

»Wovon redest du?«, fragte Violet.

»Von Gilda. Du hast Spanky dazu gebracht, sie zu töten.«

»Bist du verrückt? Spanky würde doch keiner Fliege etwas zuleide tun.« Violet war keine wirklich gute Schauspielerin. Ich konnte die Lüge in ihren Augen sehen.

»Wie hast du ihn dazu überredet? Hast du ihm gesagt, dass Gilda hinter dem Rücken über alle lästert? Oder hat es nur ein bisschen Selbstgebrannten gebraucht, um ihn zu überzeugen? So, wie der säuft, kann er sich wahrscheinlich sowieso nicht daran erinnern, was er getan hat.«

Violet hieb mit der Faust auf den Tisch. »Falls er irgendetwas getan hat: Ich war nicht diejenige, die ihn überredet hat.«

»Wer sonst?«

»Ich«, sagte Kay.

Ein krachender Donner ließ das Zelt erzittern. Jayne und ich sahen Kay mit vor Entsetzen starren Gesichtern an. Hatte sie das gerade wirklich gesagt?

»Sei still, Kay«, zischte Violet.

»Nein. Ich habe keine Lust mehr, still zu sein. Sie haben ein Recht darauf zu erfahren, was passiert ist.«

»Wir haben uns etwas versprochen.«

»Dieses Versprechen ist seit Gildas Tod hinfällig.«

Violet stieß so heftig gegen den Tisch, dass er kurzzeitig nur noch auf zwei Füßen stand. Die Karten glitten zu Boden. Kay bückte sich, um sie aufzuheben, aber Jayne hielt sie am Arm fest.

»Nein«, sagte sie, »lass mich das machen.«

Kay legte die Hände auf den Tisch, um ihn zu stabilisieren. »Spanky sollte sie nicht töten. Wir wollten sie nur verletzen, sie eine Zeit lang außer Gefecht setzen. Aber er war betrunken und nervös und konnte nicht mehr richtig zielen …« Sie machte eine Pause. »Alles wäre gut gegangen, wenn nicht die Malaria dazwischengekommen wäre.«

»Das ist nicht gesagt«, sagte Violet.

»Aber warum?«, fragte ich. »Warum zum Teufel wolltet ihr Gilda eins auswischen?«

Kay atmete tief ein, und zum ersten Mal fielen mir die dunklen Ringe unter ihren Augen auf. »Weil sie Irene umgebracht hat.«

Gilda war diejenige gewesen, die Irene am Tag unserer Abreise in San Francisco um ein Treffen gebeten hatte. Irene glaubte, ihr großes Vorbild kennenlernen zu dürfen. Nie im Leben hätte sie daran gedacht, dass Gilda die Senkrechtstarterin, die in ihre Fußstapfen treten sollte, loswerden wollte, damit MGM keine andere Wahl hatte als sie, Gilda, nach ihrer heldenhaften USO-Tournee und ihrer Neuerfindung als temperamentvolle, unerschrockene Naive wieder anzustellen.

Kay hatte die Wahrheit schon am Tag unserer Ankunft auf Tulagi erkannt, als wir unsere Sachen ausgepackt hatten. Die Handtasche hatte ihr den entscheidenden Hinweis geliefert: Es war Irenes Handtasche, die sie an unserem ersten Tag auf dem Schiff noch nicht als solche identifiziert hatte. »Wenn ich da schon gewusst hätte, dass Irene tot war, hätte ich vielleicht sofort geschaltet. So aber kann ich mich nur daran erinnern, dass ich dachte: Die Tasche passt ja gar nicht zu Gildas Schuhen.« Die Bedeutung der ausgebeulten Ledertasche wurde ihr erst bewusst, als sie von Irenes Tod erfuhr. Sie wusste, dass sie die Tasche noch einmal sehen musste. An einem Nachmittag, als wir alle ausgeflogen waren, öffnete sie Gildas Koffer und suchte nach ihr. Gerade, als sie die Tasche in der Hand hatte, wurde sie von Violet ertappt.

»Sie dachte, ich würde stehlen«, sagte Kay. »Ich hatte Angst, dass Gilda, wenn Violet ihr sagt, was ich getan habe, mich vielleicht …« Sie schluckte hart und konnte den Satz nicht zu Ende bringen. »Deswegen habe ich Violet alles erzählt, was ich über die Tasche wusste, und wir haben sie gemeinsam durchsucht. Und es war in der Tat Irenes Tasche, daran gab es keinen Zweifel. Ihr Ausweis war noch da, mit Foto.«

War es wirklich möglich, dass Gilda eine Mörderin war? Dass sie eine Lügnerin gewesen war, wussten wir. Und obwohl ich nicht glauben wollte, dass sie auch zu einem Mord fähig gewesen sein sollte – mir waren im vergangenen Jahr genügend Fälle von bösartigem Verhalten begegnet, um zu wissen, dass Menschen nur selten so sind, wie sie dem ersten Eindruck nach scheinen. Ich hatte für einen Mörder geschwärmt. Jayne war mit einem liiert gewesen. Wir hatten Seite an Seite mit Leuten gelebt, die gemordet hatten aus Gründen, die sie für legitim hielten. Und jetzt befanden wir uns auf einer Insel voller Menschen, die auf Grundlage einer Kriegsverordnung zum Töten ausgebildet worden waren. Es brauchte nicht viel, um Menschen zu einer derart fürchterlichen Tat zu veranlassen, zumal, wenn sie überzeugt waren, keine andere Wahl zu haben. Nicht, dass das Gilda entschuldigen würde. Ein Mord in Kriegszeiten schien mir besonders unverzeihlich. Wir verloren schon genug Leute an den Feind – mussten wir uns da auch noch gegenseitig abschlachten?

»Hast du deswegen so lange nicht zugegeben, Irene gekannt zu haben?«, fragte ich. »Weil du Angst gehabt hast?«

Kay nickte. »Auf dem Schiff hat mich der Schock zum Schweigen gebracht. Aber sobald mir klar war, was Gilda getan hatte, wollte ich nicht, dass sie dachte, ich könnte sie als Mörderin identifizieren.«

Mir lief es eiskalt den Rücken hinunter. Kay hatte recht. Wenn Gilda schon einmal für ihre Karriere getötet hatte, war es nicht allzu weit hergeholt zu glauben, dass sie auch ein zweites Mal so weit gehen würde.

»Wessen Idee war es, auf sie zu schießen?« Keine von beiden antwortete, aber der Blick, den sie tauschten, sprach Bände: Violet war diejenige, die auf Gerechtigkeit gepocht hatte. Kay war viel zu feige, um etwas vorzuschlagen, das darüber hinausging, sich ruhig zu verhalten. In einem Punkt hatte ich allerdings recht gehabt: Violet wusste, dass sie eine Chance bekommen könnte, richtig berühmt zu werden, sobald Irene und Gilda beide aus dem Rennen waren. »Und dann habt ihr zwei Spanky bequatscht, dass es Gilda nur recht geschähe, wenn sie für ihre Tat bestraft würde. Dummerweise hat er es versemmelt.«

Kay fing an zu weinen. »Wir wollten ihr einen Schreck einjagen. Mehr nicht. Und wir wollten sicher nicht auch noch Jayne in Mitleidenschaft ziehen.«

»Als das aber alles so nicht geklappt hat, habt ihr, anstatt euch zu eurer Tat zu bekennen, alles einem japanischen Heckenschützen in die Schuhe geschoben.« Ich schüttelte den Kopf. »Unglaublich. Ihr hättet das alles diesen Jungen ausbaden lassen. Ihr hättet zugelassen, dass er stirbt, nur damit eure blöde kleine Intrige nicht auffliegt. Warum seid ihr nicht zu Late Nate gegangen?«

»Spinnst du?« Violet stand auf. »Sie hat mit ihm geschlafen. Glaubst du ernsthaft, er hätte unserer Aussage mehr Gewicht gegeben als ihrer?«

Nein, aber sie hätten es wenigstens versuchen können.

»Tja, aber jetzt werden wir es ihm doch sagen müssen«, sagte ich.

Violet beugte sich vor. Im Ausschnitt ihrer Bluse konnte ich haufenweise Muttermale und Altersflecke sehen, die durch die Inselsonne herausgekommen waren. »Wenn ihr das tut, ist Spanky der Einzige, der bestraft wird. Er hat geschossen. Es gibt keinerlei Beweise, dass Kay und ich irgendetwas damit zu tun hatten. Und Blake wird euch beiden kein Wort glauben, das wisst ihr doch.«

Da hatte sie recht. So viel Murks die beiden auch gemacht hatten – sie hatten es irgendwie geschafft, das perfekte Verbrechen zu begehen.

Wir ließen die verbleibende Stunde in eisigem Schweigen verstreichen und waren erleichtert, als wir endlich ins Flugzeug steigen und unsere Gedanken sich im

Dröhnen der Motoren verlieren konnten. Nach der Landung gingen wir paarweise in entgegengesetzte Richtungen auseinander.

Jayne und ich flüchteten uns in den Gemeinschaftsraum, in dem die Spieltische leer standen. Nach dem Auslaufen der *McCawley* war das Camp zu einer Geisterstadt geworden.

»Ich kann's nicht fassen, dass Kay da mitgemacht hat.« Mit dem Finger fuhr Jayne die Rundung eines Tischtennisschlägers nach.

»Aber kann man ihr das wirklich vorwerfen?«, fragte ich. »Ihre beste Freundin ist ermordet worden. Jeder würde sich dafür rächen wollen. Wenn Gilda dich umgebracht hätte, hätte ich wahrscheinlich genau dasselbe gemacht.«

Jayne nahm sich einen Tischtennisball und fuhr die Naht entlang. Lust auf ein Spiel hatten wir beide nicht. »Ich finde es aber trotzdem nicht richtig, dass sie damit durchkommen.«

»Die Einzige, die mit allem durchkommt, ist Gilda. Sie hat die Erde als Heilige verlassen. Kay und Violet müssen mit dem, was sie getan haben, weiterleben. Ich könnte mir vorstellen, dass das für keine von beiden einfach wird.«

30 Jacks kleine Überraschung

»Rosie?« Gerade, als wir gehen wollten, kam Dotty in die Gemeinschaftsbaracke geschlüpft. Der Schweiß rann ihm in Strömen übers Gesicht, und auch sein Hemd war dunkel vor Schweiß.

»Was ist denn los?«, fragte ich.

»Ich habe dich vorher schon gesucht, aber es hieß, euer Flug hat Verspätung. Sie haben Jack gefunden.«

Mir stockte der Atem.

»Er lebt«, sagte Dotty, »aber sie haben ihn verhaftet.«

»Warte mal – eins nach dem anderen. Wer hat ihn verhaftet? Wo haben sie ihn gefunden?«

»Auf einen Hinweis haben sie heute Morgen, nachdem ihr weg wart, einen Trupp Männer zu den Höhlen geschickt. Offensichtlich hat er sich da seit Monaten versteckt gehalten.«

»Aber wie ...« Die Frage blieb in der Luft hängen. Außer Jayne, Grizzly, Sozi und mir wusste nur eine weitere Person, dass Jack vielleicht in den Höhlen war. Und Grizzly war sicher nicht in der Gegend herumgelaufen und hatte allen erzählt, dass der Jack, der seiner eigenen Aussage zufolge ins Meer gegangen war, noch lebte. »Wie geht es ihm?«

»Gut, soweit ich weiß. Einige der Eingeborenen haben ihm wohl schon seit geraumer Zeit heimlich Lebensmittel und Medikamente gebracht. Ich habe gehört, dass die Höhle mit so gut wie allem Lebensnotwendigen ausgestattet war. Sogar mit Büchern und Schnaps.«

»Kann ich ihn sehen?«, sagte ich.

»Das bezweifle ich. Er wird gerade verhört. Sein Bein

ist immer noch so schlimm, dass sie ihn ins Lazarett gebracht haben. Es heißt, sie haben alles abgeriegelt.«

Nachdem Dotty gegangen war, nahm Jayne meine Hand. Mir brummte der Schädel von all dem, was gerade passiert war. Jack war am Leben. Er war in Sicherheit.

»Ich muss ihn sehen«, flüsterte ich.

»Ich weiß. Wirst du auch. Wir denken uns was aus.«

Beim Abendessen konnte ich nichts zu mir nehmen. Ich schob das Essen auf meinem Teller hin und her, damit bloß niemand auf den Gedanken kam, mich nach meinem verminderten Appetit zu fragen. Es fiel auf, dass Violet dem Mahl ganz ferngeblieben war. Dem Flurfunk zufolge lag sie ebenfalls auf der Krankenstation, weil sie sich über einen stechenden Schmerz in der Seite beklagt hatte. Man hatte den Verdacht, es sei der Blinddarm, obwohl es vermutlich eher die Verzweiflung war. Violet wollte unbedingt von der Insel weg und zurück nach Hollywood – und wenn sie sich dafür operieren lassen musste.

»Sie muss fürchterlich einsam sein«, sagte Jayne.

»Gut«, sagte ich. »Es geschieht ihr nur recht, wenn sie leiden muss.«

»Das ist nicht sehr nett. Wir sollten sie besuchen gehen. Sie ein bisschen aufmuntern.«

»Ja, aber erst, wenn die Hölle zufriert.«

Jayne trat mir gegen das Schienbein. Hart.

»Wenn ich's recht bedenke«, sagte ich zwischen zusammengebissenen Zähnen, »würde man von einem guten Christenmenschen genau das erwarten, oder?«

Kay saß schweigend mit uns am Tisch. Nach dem Dinner versuchte sie, sich schnellstmöglich aus dem

Haus des Hochkommissars zu verdrücken. Aber noch bevor sie den Pfad erreicht hatte, rief ich ihr hinterher.

»Du musst mir einen Gefallen tun«, sagte ich zu ihr.

»Natürlich«, sagte sie. »Jeden.«

»Ich will, dass du mir reinen Wein einschenkst.«

Ihr Gesicht wurde lang.

»Keine Sorge, es geht nicht um Gilda.« Ich erzählte ihr von meinem Plan. Es begeisterte sie nicht, worum ich sie bat, aber ich wusste, sie würde mir nichts abschlagen. Sie hätte mir wahrscheinlich auch ihre Leber gespendet.

Als der Mond schief vom Himmel grinste, machten sich Jayne, Kay und ich auf den Weg zur Krankenstation, die Arme voll mit den weißen und gelben Blüten des Frangipani-Baums. Vor der Baracke waren Wachen postiert, aber sie ließen uns problemlos passieren. Wer das Gebäude betrat, war ihnen egal, ihnen bereitete eher Sorge, wer es verließ.

Kay blieb in Türnähe stehen, während Jayne und ich uns Ruth näherten. Sie saß an ihrem Schreibtisch vor dem großen Krankenzimmer. *Krieg und Frieden* lag aufgeschlagen vor ihr, aber für mich sah es nicht so aus, als ob sie mit ihrer Lektüre vorangekommen war.

»Hallo«, sagte ich.

»Miss Winter! Ich bin so froh, Sie zu sehen. Ich habe mir reichlich Sorgen gemacht, als Sie mitten in der Nacht ausgeflogen sind.«

»Ich weiß. Tut mir leid. Ich hatte einen Lagerkoller.« Mit den Fingern trommelte ich auf ihren Schreibtisch. »Meinen Sie, wir dürften Violet besuchen? Soweit wir wissen, ist sie vor Kurzem hergekommen. Wir dachten, wir heitern sie auf und bringen ihr ein paar Blumen.«

»Natürlich«, sagte Ruth. Noch bevor sie aufgestanden war, um uns den Weg zur genesenden Violet zu weisen, kam Kay um die Ecke gebogen.

»Hallo Ruth.«

Ruths Hand fuhr zum Mund, darunter breitete sich ein Lächeln über ihr ganzes Gesicht aus. »Kay! Ich habe mich schon gefragt, ob du überhaupt noch mal vorbeikommen würdest.«

»Ich weiß, und es tut mir leid. Ich muss dir etwas erzählen. Meinst du, wir könnten uns unter vier Augen unterhalten?«

Ruth führte sie in ein angrenzendes Zimmer. Ich bedeutete ihr, dass wir nun auf die Station gingen, und zustimmend winkte sie uns weiter.

Jayne ging zu Violets Bett hinter dem Vorhang. Ich drehte mich auf dem Absatz um und machte mich auf die Suche nach Jack. Ihn zu finden dauerte nicht lange.

Er lag in dem Zimmer, in dem Gilda aufgebahrt gewesen war. Ich konnte ihn schon hören, noch bevor ich ihn sah. Auch erschöpft und krank hatte er immer noch diese sonore Schauspielerstimme, die sogar im Flüsterton über eine ganze Menschenmenge hinweg trug. Vor der offen stehenden Tür hielt ich lauschend inne, während ich versuchte, meinen ganzen Mut zusammenzunehmen. Was sollte ich als Erstes zu ihm sagen? Ich liebe dich? Oder einfach in seine Arme stürzen und mich an ihn klammern, als ginge es um mein Leben?

»Sie glauben, sie müssen es vielleicht abnehmen«, sagte er zu jemandem.

»Das sagen sie nur, um dich zu bestrafen. Du lässt sie erst mal gar nichts tun, bevor du nicht zurück in den Staaten bist.« Die andere Stimme war weiblich und kam mir bekannt vor.

»Wie bist du überhaupt hier reingekommen?«

Ich schob mich näher, um diejenige, die da bei ihm im Zimmer war, erkennen zu können. Es gelang mir, einen Kopf voll schmutzig blonder Locken auszumachen.

»Ich habe ihnen erzählt, dass ich deine Verlobte bin.«

Man konnte das Lächeln in seiner Stimme hören. »Kluges Mädchen.«

»Mach dir keine Sorgen wegen dem Bein. Ich habe doch auch bislang nicht zugelassen, dass dir etwas zustößt, oder?«

Jack kam in mein Blickfeld. Der schöne, selbstsichere Jack. Dünn ja, blass ja, aber immer noch so, dass mein Herz bei seinem bloßen Anblick stehen blieb.

Er grinste. Es war ein müdes Grinsen, aber eines, das ich nur zu gut kannte. »Stimmt, du warst ein Schatz. Ich weiß gar nicht, warum du so viel für mich riskiert hast.«

Sie drehte sich ins Profil. Es bestand kein Zweifel darüber, wer sie war. »Weil ich dich liebe. Das hast du dir mittlerweile bestimmt schon gedacht.«

»Ich liebe dich auch, Candy«, flüsterte er.

Ich blieb nicht so lange, um mit anzusehen, wie er sie küsste. Ich rannte aus dem Lazarett und rannte so lange, bis ich mich irgendwo mitten im Dschungel wiederfand. Pfirsich hatte mich hintergangen. Jack hatte mich hintergangen. Gab es da draußen noch irgendjemanden, auf den Verlass war?

Ich hoffte, dass ich mich heillos verirrt hatte, dass ich diesen dunklen Wald nie wieder würde verlassen müssen, dass mein Körper verfaulen würde wie die Leichen der Feinde – aber irgendwann hatte ich wieder einen Weg heraus gefunden und sah in der Ferne das Camp. Wie hatte es nur dazu kommen können? Was redete ich da – es war nicht allzu schwer, sich das vorzustellen. Candy hatte ihn gerettet, nicht ich. Nicht ich, sondern Candy hatte ihn gesund gepflegt, ihn mit allem Lebensnotwendigen versorgt und organisiert, dass die Eingeborenen das auch taten. Und in der Folge hatten sie sich verliebt, und ich war vollständig in Vergessenheit geraten.

Aber hatte er mich nicht auch schon davor längst vergessen? Ich hatte ihm nie so viel bedeutet wie er mir.

Benebelt wanderte ich im Camp umher und war mir nur undeutlich dessen bewusst, dass es aus den Lautsprechern emsig summte. Ich machte mir gar nicht erst die Mühe, den Wörtern einen Sinn zu entlocken. Solange sie nicht Candys vorzeitige Entlassung verkündeten, war mir alles egal. Sollten uns die Japsen doch bombardieren. Nichts war mehr wichtig.

Zurück ins WAC-Camp konnte ich nicht. Candy würde bald da sein, und ihr herzförmiges Gesicht würde noch leuchten von der süßen Erinnerung an die mit Jack verbrachte Zeit. Stattdessen ging ich hinunter zum Strand. Sollte ich nicht dankbar sein, dass er überhaupt am Leben war? Reichte das denn nicht? Waren Glück und Unversehrtheit desjenigen, den ich wirklich liebte, nicht wichtiger als meiner selbst? Das war bei mir nicht so, was vielleicht bedeutete, dass ich ihn nie richtig geliebt hatte. Vielleicht war ich dafür zu egoistisch. Deswegen hatte er mich ja auch verlassen: Weil ich verdammt noch mal zu egoistisch war, um überhaupt zu begreifen, warum der Krieg für ihn eine so wichtige Rolle spielte. Candy hatte das begriffen. Ich war eine dumme kleine Schauspielerin, sie eine Soldatin. Sie war alles, was er sich wünschte, alles, was zu sein ich nicht in der Lage war.

Ich schrie in den Nachthimmel, als ob der Mond irgendwie für meine Misere verantwortlich gewesen wäre. Ich wollte jemandem wehtun, aber niemand war da, den ich hätte mit Schlägen eindecken können. So schlug ich mich stattdessen selbst, wieder und wieder, bis meine Oberschenkel mit blauen Flecken übersät waren.

Als ich aufwachte, hatte ich Sand im Mund und spürte einen dumpfen Schmerz in der unteren Körperhälfte.

Ich machte mich auf die Suche nach Jayne und Kay und rechnete damit, sie im Haus des Hochkommissars zu finden, aber da waren sie nicht. Niemand war da. Ich schaute auf die Uhr, vielleicht hatte ich mich in der Uhrzeit vertan. Es war früh genug, als dass auf jeden Fall jemand beim Frühstück hätte sein müssen. Verblüfft lief ich durchs Camp und hielt Ausschau nach einem bekannten Gesicht, das ich über den merkwürdigen Mangel an Betriebsamkeit befragen konnte. Schließlich entdeckte ich Dotty, der eilig zu Fuß die Straße überquerte.

»Hey Dotty!«, rief ich. »Wo sind denn alle?«

Er blieb abrupt stehen und drehte sich um. »Hast du das nicht mitgekriegt?« Ich schüttelte den Kopf. »Vor New Georgia ist es gestern Abend ungemütlich geworden. Zwei Flugzeuge der Navy sind abgeschossen worden, und die *McCawley* hat auch einen Treffer abgekriegt. Es werden hohe Opferzahlen gemeldet. Überflüssig zu erwähnen, dass wir umgehend zum Vergeltungsschlag gerufen sind.«

»Ist es deswegen überall so ruhig?«

»Ja. Ich glaube, alle warten starr wie Ölgötzen darauf, dass wir zurückschlagen.« Er sah erst nach links und dann nach rechts, bevor er weitersprach. »Ich habe gehört, dass fast alle Männer aus Spankys Einheit gefallen sind.«

»Spanky auch?«

Er nickte. So also ging die Sache für Spanky aus. Er war genau wie Gilda als Held gestorben.

Ich bedankte mich bei Dotty für die Informationen und ging meines Wegs. Angekommen in unserer Baracke, fand ich alle auf ihren Betten sitzend vor. Sie versuchten, die Nachrichten zu verarbeiten. Im Raum herrschte Schweigen, nur gelegentlich hörte man einen Schluchzer. Entweder wussten sie, was passiert war und wem es passiert war, oder sie vermuteten einfach, dass das Ganze einen unguten Ausgang nehmen würde. Ich sah mich nach Candy um, konnte sie allerdings nicht entdecken. Aber Violet war da, einen Arm um Mac geschlungen, in der anderen Hand ein zerknülltes Taschentuch. Vielleicht hatte sie jetzt doch Gewissensbisse. Zu wissen, dass die letzten Worte, die man an einen todgeweihten Mann gerichtet hatte, eine Lüge gewesen waren, konnte nicht sehr trostreich sein.

»Wo warst du?«, fragte Kay.

»Das ist eine lange Geschichte. Wo ist Jayne?«

Kay wies mit dem Kopf nach rechts. »Als ich sie zuletzt gesehen habe, wollte sie zum Klo.«

»Alles klar.« Ich ging zur Tür.

»Rosie.« Kays Stimme ließ mich innehalten. »Sie ist ziemlich durch den Wind.«

»Keine Sorge – ich kümmere mich um sie.«

Ich dachte schon, in der Latrine wäre niemand, als ich schließlich doch noch Jaynes Füße hinter einer Kabinentür ortete. »Jayne? Ich bin's. Entschuldige, dass ich gestern Abend einfach so verschwunden bin. Ich habe es einfach nicht über mich gebracht, hierher zurückzukommen.«

Sie antwortete nicht. Anstatt ihr die Möglichkeit zu geben, mich wegen meiner Rücksichtslosigkeit zu rügen, galoppierte ich vorwärts. Hatte sie erst gehört, warum ich die Nacht freiwillig woanders verbracht hatte, würde sie sich wie eine dumme Gans fühlen, weil sie sauer auf mich gewesen war.

»Du glaubst nicht, was passiert ist. Ich habe Jack gesehen, ja, aber er war nicht allein: Seine Freundin war bei ihm.«

Jayne ließ ein Geräusch wie einen Schluckauf hören. War sie betrunken?

»Für den Fall, dass du dich das jetzt fragst«, sagte ich. »Seine Freundin ist Candy Abbott. Es ist wohl so, dass ihre nächtlichen Ausflüge keine Hilfslieferungen an die Eingeborenen waren. Die Eingeborenen haben nur die Boten für sie gespielt und Jack die Lebensmittel gebracht. Wahrscheinlich sollte ich ihr dankbar sein – immerhin hat sie ihm geholfen. Aber so schrecklich es sich anhört: Bei dem Gedanken daran, dass er eine andere liebt, bricht mir das Herz noch viel mehr als bei der Nachricht von seinem Tod damals.«

Sie sagte immer noch nichts. Kilroy glotzte mich über seine lange Nase hinweg an.

»Jetzt komm schon raus. Bitte. Ich würde mich gern an deiner Schulter ausweinen.«

Die Klotür schwang auf. Jaynes Gesicht war rot und verquollen. Um die Finger hatte sie mit Wimperntusche und Lidschatten verschmiertes Toilettenpapier gewickelt.

»Warum weinst du denn?«, fragte ich.

»Wegen Billy«, flüsterte sie. »Sein Flugzeug ist abgeschossen worden.« Sie machte eine quälend lange Pause, als ob sie sich zusätzliche Luft in die Lungen pumpen müsste, um den nächsten Satz herauszupressen. »Er ist tot.«

Ich ging zu ihr und nahm sie in die Arme. Im selben Moment brach sie zusammen. Überwältigt von ihren Gefühlen bebte und zitterte sie. Sie war so klein. War sie schon immer so winzig gewesen? Oder hatte der Aufenthalt hier ihre Masse derart verringert, dass mittlerweile sogar ihre Knochen innen hohl waren?

»Oh Jayne. Das wusste ich nicht. Wann hast du es erfahren?«

Sie versuchte, etwas zu sagen, aber die Worte wollten nicht über ihre Lippen. Sie seufzte schwer, einmal, zweimal, dann schaffte sie ein Flüstern: »Vor ein paar Stunden.«

Während ich unten am Strand Jack und Candy dafür verflucht hatte, am Leben und frisch verliebt zu sein, hatte sie in dieser schmuddeligen Latrine den Tod des Mannes betrauert, mit dem sie den Rest ihres Lebens hatte verbringen wollen. Aber war es nicht immer so? Alles drehte sich nur um mich. Sogar, wenn auf Jayne geschossen wurde. Diese ganze verfluchte Reise war nur ich gewesen, ich, ich, ich.

Ich fuhr ihr mit den Fingern durch die Haare. »Es tut mir so leid. Ich hätte hier sein sollen.«

An meiner Brust schüttelte sie den Kopf. »Hauptsache, du bist jetzt da.«

Spanky und achtundzwanzig weitere Männer waren beim Torpedoangriff der Japaner auf die *McCawley* umgekommen. Billy war auf seinem ersten Einzeleinsatz bei dem Versuch abgeschossen worden, die Japaner aus der Luft auszuschalten. Pfirsich hatte mehr Glück gehabt. Er war heil wieder herausgekommen und konnte sich zwei weitere Abschüsse gutschreiben. Ich machte mir nicht die Mühe, ihm zu gratulieren. Vielleicht werde ich irgendwann auch seine Version der Geschichte über die Umstände von Jacks Entdeckung hören wollen, aber noch bin ich dazu nicht bereit.

Einen Tag nach dem Eintreffen der Nachrichten verschwand Yoshihiro mitten in der Nacht aus dem Kriegsgefangenenlager. Es hieß, er sei entwischt, aber niemand konnte das bestätigen.

Kay beschloss, nicht weiter auf die Bühne zu gehen. Sie will nach Hause fahren und an Dottys Seite ein geregeltes Leben führen.

Violets rätselhafte Schmerzen in der Seite brachten ihr – und Mac – die Heimreise ein. Falls ihre Karriere seit ihrer Rückkehr im Aufwind sein sollte, hat man in der Szene davon noch nichts mitbekommen.

Jacks Beinverletzung war so schwerwiegend, dass man ihn zurück in die Staaten schickte, wo er auf seine Anhörung vor dem Kriegsgericht wartet. Candy konnte eine notfallbedingte Entlassung erwirken, um mit ihm fahren zu können. Ich habe beide vor ihrer Abreise nicht mehr zu Gesicht bekommen.

Jayne und ich haben Harriet in einem Brief darum gebeten, uns lieber früher als später hier rauszuholen (und unsere Anfrage mit dem Versprechen versüßt, ihr Informationen über einen gewissen Proviant klauenden Offizier zu beschaffen). Jayne will nach Hause. Sie möchte Billys Familie kennenlernen und zu seiner Beerdigung gehen. Als sie mich bat, mit ihr zu fahren, musste ich nicht lange überlegen. Sie war bereit, mich auf meiner Reise zu begleiten, da ist es nur fair, wenn ich dasselbe für sie tue.

Danksagung

Unendlich dankbar bin ich meinem Agenten Paul Fedorko und den wundervollen Menschen, die bei Harper Collins gearbeitet haben, arbeiten und noch arbeiten werden, allen voran Sarah Durand, Wendy Lee und Emily Krump. Wie immer geht ein großer Dank an Gregg Kulick, der die Bücher so schön macht, dass sogar ich sie zur Hand nehmen möchte.

Beschämte Umarmungen bekommen meine wunderbaren Kritiker, deren Weisheit und Rat mir immer hochwillkommen sind: Lucy Turner, Joseph Plummer, Ralph Scherder, Paula Martinac, Jeff Protzman, Beverly Pollock, David Doorley, Judy Meiksin, Sloan Macrae, Carol Mullen und F.J. Hartland. Und von Herzen kommende Umarmungen gehen an Die Sechs, die mich immer aufmuntern, wenn ich es gerade dringend brauche.

Gerührte Küsse bekommt die Truppe bei Mystery's Most Wanting, die mich bei allem unterstützt, was ich tue – besonders Randy Oliva, Barbara Williams, Chris und Laura Bondi, Heather Gray, Steven Werber und Scot Rutledge.

Weil sie weit über das hinausgehen, was die Pflicht ihnen gebietet, verspreche ich hiermit Geoffrey Orton, Morgan Kelly, David White und Alison Trimarco Freigetränke.

Weil sie völlig Fremden meine Bücher angedreht, Veranstaltungen mitgeplant, Kostüme angezogen, Partys besucht, Flugtickets gekauft und mich viele Meilen von einer Buchhandlung zur nächsten gefahren haben, danke ich Stephen und Nancy Miller, Loretta Miller und

Barb von der Haar. Worte können nicht ausdrücken, wie dankbar ich euch bin.

Auch die Unterstützung aus der Independent-Krimi-Szene macht mich sprachlos. Ein extragroßes Dankeschön an die wunderbaren MitarbeiterInnen im Mystery Lovers Bookshop (Oakmont, Pennsylvania), bei Aunt Agatha's (Ann Arbor, Michigan) und bei Murder by the Book (Houston, Texas).

Und wie immer geht ein Riesendank an meine hündische Rasselbande, an Rizzo, Chonka, Sadie und die wahre Violet. Wir vermissen dich, Saure-Gurken-Gesicht.

Kathryn Miller Haines
Miss Winters Hang zum Risiko
Rosie Winters erster Fall
Kriminalroman
Aus dem Amerikanischen von
Kirsten Riesselmann
Deutsche Erstausgabe
st 4090. 484 Seiten

Um die Miete bezahlen zu können, bräuchte Rosie Winter – großes Talent und große Klappe – dringend mal wieder ein Engagement. Aber im Kriegsjahr 1943 sind die guten Rollen am Broadway schwer zu kriegen, und für die schlechten hat Rosie leider viel zu viel Temperament. So hält sie sich mit einem Job im Detektivbüro von Jim McCain über Wasser. Bis ihr eines Nachmittags die Leiche ihres Bosses in die Arme fällt.

»Schauplatz New York City: Haines erweckt in ihrem stilsicheren Debüt die Zeit des Zweiten Weltkriegs zum Leben. Hochamüsant und witzig mit einer unerwarteten und bösen Wendung im letzten Akt.« *Publisher's Weekly*

»Keck und schwungvoll.« *Kirkus Review*

NF 978/1/8.10

Kathryn Miller Haines
Ein Schlachtplan für Miss Winter
Rosie Winters zweiter Fall
Kriminalroman
Aus dem Amerikanischen von
Kirsten Riesselmann
Deutsche Erstausgabe
st 4166. 487 Seiten

Keine Feldpost vom Exfreund, dafür Fleischrationierung und zwei linke Füße beim Vortanzen: Die Laune von Rosie Winter, Broadway-Schauspielerin ohne Engagement, ist in diesem Frühjahr 1943 nicht die beste. Und dann wird auch noch Al verhaftet, Rosies treuer Kumpel aus der New Yorker Unterwelt.
Broadway-Starlet Paulette Monroe wurde erschlagen. Al, ein Muskelprotz im Dienst der Mafia, gesteht die Tat. Klar, dass ihm jeder glaubt. Doch Rosie Winter kennt Al und weiß, dass er kein Mörder ist. Als für die Show, in der Paulette die Hauptrolle hätte spielen sollen, noch Tänzer gesucht werden, sieht Rosie ihre Chance. Zusammen mit ihrer Freundin Jayne macht sie sich daran, Als Unschuld zu beweisen. Mit Witz, Verstand und dem Herz auf der Zunge ermittelt Rosie Winter wieder in der kriegsgeplagten New Yorker Theaterwelt der 40er Jahre.

NF 1006/1/11.10

Ingrid Hedström
Die toten Mädchen von Villette
Kriminalroman
Aus dem Schwedischen von
Angelika Gundlach
Deutsche Erstausgabe
st 4128. 402 Seiten

Villette, Belgien, 24. Juni 1994: Drei junge Mädchen stöckeln nachts von der Johannisprozession durch den Wald in ihr Heimatdorf zurück. Kurze Zeit später werden die jungen Frauen tot aufgefunden. Ein junger Mann aus der Gegend hatte die Teenager in seinem Wagen mitgenommen. Was nach einem einfachen Fall für die junge Ermittlungsrichterin Martine Poirot aussieht, entwickelt sich bald zur gefährlichen Suche nach einem Serienmörder, die zurückführt in die Zeit der Kollaboration, zu der dunklen Geschichte zweier junger Widerstandskämpferinnen, Renée und Simone. Und Poirot wird mit einem dunklen Kapitel ihrer eigenen Familiengeschichte konfrontiert ...
Auftakt zu einer Krimiserie um die herrlich normale und im Beruf so toughe Ermittlungsrichterin Martine Poirot.

»Selten sind die schwedischen Krimis so einfallsreich und dabei sorgfältig geschrieben.« *Dagens Nyheter*

»Hedström vereint gekonnt spannende Intrigen, schmutzige Geheimnisse mit ihrer Kenntnis von Belgiens Politik und Kultur.« *Svenska Dagbladet*

NF 1011/1/7.11

Ingrid Hedström
Die Gruben von Villette
Kriminalroman
Aus dem Schwedischen von
Angelika Gundlach
st 4218. Etwa 400 Seiten

Villette, Belgien 1994: Beim Löschen eines Prahms wird ein junger Journalist tot aufgefunden. In der Hand hält er ein verblichenes Foto aus einer alten schwedischen Zeitung, es zeigt Minenarbeiter. Suchte er einen von ihnen?
Erste Erkundigungen ergeben, dass er nach Villette geschickt worden ist, um über das tragische Grubenunglück zu schreiben, das sich in den fünfziger Jahren in der Stadt ereignet hat. 162 Kumpel kamen damals ums Leben. War Vorsatz im Spiel – und der Journalist dem Täter auf der Spur?
Kein einfacher Fall für die junge Untersuchungsrichterin Martine Poirot. Als in Villette ein zweiter Mord geschieht, erkennt sie, dass sie der Wahrheit auf der Spur, aber auch, dass ihr eigenes Leben bedroht ist.

NF 1003/1/1.11

Rosa Ribas
Kalter Main
Kriminalroman
Aus dem Spanischen von
Kirsten Brandt
Deutsche Erstausgabe
st 4088. 368 Seiten

Hochwasser in Frankfurt, und in den Fluten des Mains treibt ein Toter – ermordet, wie sich schnell herausstellt. Hauptkommissarin Cornelia Weber übernimmt den Fall, und die Ermittlungen bringen nicht nur so manche dunkle Seiten des Mordopfers, eines seit Jahrzehnten in Frankfurt lebenden Spaniers, ans Licht, sondern lassen auch Webers eigene Vergangenheit wiederaufleben ... Zwischen Bankentürmen und Bahnhofsviertel – der erste Fall der eigenwilligen Frankfurter Kommissarin Cornelia Weber.

»Spannend bis zum Schluss.« *Ecos*

NF 979/1/8.10

Rosa Ribas
Tödliche Kampagne
Ein neuer Fall für Kommissarin Cornelia Weber-Tejedor
Kriminalroman
Aus dem Spanischen von Kirsten Brandt
Deutsche Erstausgabe
st 4184. 462 Seiten

Ein brutaler Mord sorgt für Aufregung in Frankfurts Werbeagenturen: In ihrem zweiten Fall taucht Hauptkommissarin Cornelia Weber-Tejedor tief ein in die Welt der Jungen und Kreativen … kreativ auch, wenn es um Mord geht? Zunächst sind es nur Drohbriefe, die in der Frankfurter Werbeagentur Baumgard & Holder eingehen, doch dann wird ein Kollege ermordet aufgefunden. Wollte man im Wettstreit um eine lukrative Kampagne, die die Stadt Frankfurt ausgeschrieben hat, einen unliebsamen Konkurrenten aus dem Weg schaffen? Cornelia Weber, in Eheprobleme verstrickt und unzufrieden über die Zusammensetzung ihres Teams, übersieht ein entscheidendes Detail. Dann geschieht ein zweiter Mord.

NF 1013/1/7.11

Adrian Hyland
Outback Bastard
Ein Emily-Tempest-Krimi
Aus dem australischen Englisch
von Peter Torberg
Deutsche Erstausgabe
st 4110. 364 Seiten

Emily Tempest, Weltenbummlerin, kehrt an den Ort ihrer Kindheit zurück: Moonlight Downs tief im Outback Australiens. Doch die Aborigines-Gemeinschaft, die sie vor vielen Jahren verließ, hat sich verändert. Als innerhalb von Stunden nach ihrer Ankunft ein alter Freund ermordet wird, beginnt sie Fragen zu stellen, die ihr Leben gefährden. Aber Emily ist schon als kleines Mädchen keinem Ärger aus dem Weg gegangen …
Rache der Geister oder Kampf um Landrechte? Eigentlich wollte Emily Tempest zu sich selbst finden, doch plötzlich sucht sie einen Mörder. Der Beginn einer Serie um die schlagfertige Emily Tempest.

»Unputdownable. Ein Krimi mit Suchtgarantie.«
Sydney Morning Herald

»Dieses Debüt ist ein Knaller. So souverän und stilsicher, dass selbst erfahrene Autoren vor Neid erblassen.« *Vogue*

»Mordsmäßig gut, von der ersten Seite bis zu seinem rasanten Ende.« *Boston Globe*

»Wunderschön geschrieben.« *Publishers Weekly*

NF 977/1/8.10

Adrian Hyland
Kaltes Feuer
Ein neuer Fall für Emily Tempest
Aus dem australischen Englisch
von Peter Torberg
st 4213. 390 Seiten

Vor Jahren hatte Emily Tempest ihre Aborigine-Gemeinde verlassen, um die Welt zu sehen. Jetzt ist sie zurück im Outback – und arbeitet ausgerechnet für die Polizei. Gleich an ihrem ersten Arbeitstag wird sie mit dem Tod eines alten Freundes konfrontiert. Alle glauben, dass er von einem Betrunkenen erschlagen worden ist. Doch die Steinskulptur im Garten des Toten erzählt eine andere Geschichte. Und Emily geht ihr auf den Grund.

»Hyland schreibt rasant und witzig und hat dabei immer die Poesie der australischen Landschaft im Blick.« *Focus*

NF 1004/1/11.10

Maurizio de Giovanni
Der Winter des
Commissario Ricciardi
Kriminalroman
Aus dem Italienischen von
Marianne Schneider
Deutsche Erstausgabe
st 4102. 246 Seiten

Neapel, Anfang der dreißiger Jahre. Commissario Ricciardi, ein intelligenter, melancholischer Einzelgänger aus reichem Elternhaus, besitzt eine Gabe, die sein Schicksal bestimmt: Er hört die letzten Gedanken von Ermordeten, sieht sie im Augenblick ihres Todes. So auch, als Arnaldo Vezzi, der Star der Opernszene, der Lieblingstenor des Duce, ermordet aufgefunden wird … Ein geheimnisvoller und abgründiger Kriminalroman – der erste Teil der vier Jahreszeiten des charismatischen, melancholischen Commissario Ricciardi.

»Schluss. Vier Stunden, die wie im Flug vergangen sind, und man schämt sich der aufsteigenden Tränen, die einem den Hals zudrücken, während eine bestürzende Zärtlichkeit im Herzen um sich greift. Aber es ist doch nur ein Roman, sagt man sich und kann sich nicht erklären, warum *Der Winter des Commissario Ricciardi* einen dermaßen mitgenommen hat. Nur ein Kriminalroman …« *Roma*

»Wie Simenon und der ›persönlichere‹ Chandler.«
La Repubblica

Maurizio de Giovanni
Der Sommer des
Commissario Ricciardi
Kriminalroman
Aus dem Italienischen von
Doris Nobilia
Deutsche Erstausgabe
st 4249. 364 Seiten

Sommer 1931, Neapel ächzt unter Hitze und Faschismus gleichermaßen. Commissario Ricciardi vermögen beide nicht aufzuhalten. Eine unheimliche Gabe lässt dem brillanten Ermittler keine Ruhe, er hört die letzten Worte der Toten. Sein neuester Fall allerdings stellt seine Hartnäckigkeit auf eine schwere Probe: Herzogin di Camparino, geheimnisvolle und skandalumwitterte Herrin der Salons und Theaterlogen, wurde ermordet. Die Liste der Verdächtigen ist lang, doch länger noch die Liste derer, die allzu gründliche Nachforschungen um jeden Preis verhindern wollen …
Seine Vorgesetzten misstrauen ihm, seine Kollegen glauben, er spreche mit dem Teufel. Doch Commissario Ricciardi kennt nur ein Ziel: den Mörder zur Strecke bringen. Seine Jagd führt ihn tief in die Abgründe der High-Society im Italien der dreißiger Jahre.

»Eine schwermütige Serie. Schön, dass es sie gibt.«
Kurier, Wien

NF 1010/1/7.11